Frank Goldammer

BRUCH EIN DUNKLER

FRANK GOLDAMMER

BRUCH

EIN DUNKLER ORT

KRIMINALROMAN

WUNDERLICH

Originalausgabe
Veröffentlicht im Rowohlt Verlag, Hamburg, September 2022

Covergestaltung Hafen Werbeagentur, Hamburg
Coverabbildung Andy & Michelle Kerry / Trevillion Images; iStock; Shutterstock
Satz aus der Quadraat bei hanseatenSatz-bremen, Bremen
Druck und Bindung CPI books GmbH, Leck, Germany
ISBN 978-3-8052-0090-5

Die Rowohlt Verlage haben sich zu einer nachhaltigen Buchproduktion verpflichtet. Gemeinsam mit unseren Partnern und Lieferanten setzen wir uns für eine klimaneutrale Buchproduktion ein, die den Erwerb von Klimazertifikaten zur Kompensation des CO_2-Ausstoßes einschließt.
www.klimaneutralerverlag.de

FSC www.fsc.org
MIX
Papier | Fördert gute Waldnutzung
FSC® C083411

EIN DUNKLER ORT

1

Hauptkommissarin Nicole Schauer sah sich im Büro ihres neuen Chefs um. Es sah aus wie jedes andere, freudlos, graue Möbel. Doch immerhin standen hier ein paar Pflanzen, die ganz gepflegt aussahen. Sie wollte dem stiernackigen Typen ihr gegenüber einfach mal zutrauen, dass er es selbst war, der sich um das Grünzeug kümmerte.

Karsten Simon, seines Zeichens Erster Hauptkommissar der Dresdner Kripo, war ein bulliger, kahlköpfiger Mann mit leicht gequältem Gesichtsausdruck. Ob er wirklich litt oder sich damit nur Arbeit vom Hals hielt, musste sie noch herausfinden. Schauer hoffte, sie würde sowieso nicht lang hierbleiben. Das Ganze hier war nämlich ein einziges großes Missverständnis.

Ein bisschen peinlich war die Situation schon, sich so gegenüberzusitzen, nichts gesagt zu haben, außer einigen ersten Begrüßungsfloskeln. Lange saßen sie noch nicht hier. Die Uhr auf Simons Schreibtisch zeigte vier Minuten nach neun. Pünktlich um neun war sie wie bestellt erschienen. Sie war gespannt, wie lange sie noch warten sollte. Das einzige Geräusch im Moment war der Novemberregen, der gegen die Fensterscheiben prasselte. Endlich regte sich Simon. Er griff zum Telefon, wählte eine Durchwahl, ließ es klingeln, gab nach wenigen Sekunden auf.

«Nun, Felix kommt wohl nicht», sagte er.

Schauer hob die Augenbrauen. Ihr neuer Kollege, Felix Bruch, hatte beschlossen, einfach nicht zum Termin zu erscheinen, ging offenbar auch nicht ans Telefon, und sein Chef nahm das so hin?

Felix, der vom Glück Begünstigte. Super Zustände, dachte sie sich. Nicole übrigens kam von Nike, wusste sie, seit sie zehn oder elf war, altgriechisch für Sieg. Super Witz.

«Ich möchte Sie jedenfalls noch einmal im Namen aller willkommen heißen. Vielleicht gelingt es Ihnen mit Ihren Erfahrungen, ein wenig frischen Wind in unser Team zu bringen.»

Ganz bestimmt nicht, höchstens ein paar Wochen. Schauer nickte freundlich und lächelte. «Darf ich mal fragen, weshalb Hauptkommissar Bruch nicht erscheint?» Sie hatte sich angewöhnt, Dinge gleich anzusprechen, ehe sie sich zu Problemen entwickelten.

Simon lächelte unglücklich. «Felix ist ein wenig … eigen.»

«Eigen? Wenn Sie ihn bestellt haben, sollte er doch zum Termin erscheinen.»

Simon wiegte den Kopf. «Ich habe ihn ja nicht wirklich bestellt, es war eher eine Bitte.» Er seufzte. «Sie müssen wissen, er hatte es in letzter Zeit nicht leicht. Vor Kurzem erst hat er bei einem Unfall seinen langjährigen Kollegen und Freund verloren.» Simon deutete auf eine Pinnwand, an der ein schwarz gerahmtes Foto hing. Hübscher Kerl, der Tote, grinste, als wäre er high.

Eine Bitte, dachte sich Schauer. Toll, ganz, ganz toll. Sie presste einen Moment lang den Kiefer zusammen. Konnte sich Simon nicht durchsetzen, dass er seine Untergebenen nur bitten konnte, in sein Büro zu kommen, oder hatte Bruch einen solchen Sonderstatus, dass er sich das erlauben konnte?

«Michael Bartko hat den Wagen selbst gefahren. Felix war Beifahrer. Er wurde aus dem Wagen geschleudert. Bartko hatte keine …» Simon schloss den Mund. Es ging ihm nahe, sah Schauer und wollte es dabei belassen. Aber eines fragte sie sich dann doch.

«Und Hauptkommissar Bruch ist jetzt bereits wieder dienstfähig?»

«Natürlich», sagte Simon etwas ungehalten. «Sonst wäre er ja nicht hier.»

«Er ist ja aber gar nicht hier!»

«Ich meine, im Gebäude. Im Dienst», beeilte sich Simon zu konkretisieren und sprach dann schnell weiter. «Jedenfalls hätte ich Sie gern einmal herumgeführt, um Ihnen alle vorzustellen, und ich hätte Ihnen auch gern ein wenig Zeit gelassen, sich einzugewöhnen, doch die Umstände zwingen mich, das vorerst zu verschieben.» Simon beugte sich vor und schob ihr eine Aktenmappe entgegen. Schauer nahm sie, sah vorerst nicht hinein. «Ein Kind ist verschwunden. Ein Mädchen. Es gilt größte Eile. Was Sie wissen müssen, steht alles hier drin.»

Ihr war, als wollte er noch etwas sagen. Seltsam, dieser Simon, dachte sie. Ein Bär von einem Mann, sah aus wie einer, dem man nachts im Dunklen nicht begegnen mochte, und mit seinen circa fünfzig Jahren sollte ihm doch keiner mehr etwas vormachen können. Trotzdem druckste er hier herum.

«Das ist doch aber hier die Mordkommission, wieso betreuen wir den Fall?»

«Aus Kapazitätsgründen.»

«Ah.» Schauer hob das Kinn, damit war ja alles geklärt.

Simon sah das auch so. «Sie werden sehen, Bruch hat so seine Art. Aber er ist ein guter Kerl. Ein guter Ermittler. Hat es nicht leicht. Hatte es noch nie.» Er schien ergriffen.

Ich auch nicht, dachte Schauer und setzte sich gerade hin. Und was sollte das heißen, *seine Art*?

Schauer erhob sich. Sie wollte das hier beenden, ehe Simon noch in Tränen der Rührung ausbrach. «Dann will ich mal!», sagte sie.

Simon sprang auf, reichte ihr die Hand über den Tisch. «Auf gute Zusammenarbeit, die anderen Kollegen werden Sie im Laufe der Woche noch kennenlernen. Ihr Büro finden Sie den Gang hinunter, ganz am Ende.»

Als sie Simons Büro verließ, wusste sie nicht, was sie von alledem halten sollte. Menschen neigen ja dazu, entweder zu unter- oder zu übertreiben. Wenn Simon sich schon gezwungen sah, sie auf die Verhaltensweisen ihres neuen Kollegen hinzuweisen, was mochte das dann bedeuten? Sie hatte bestimmt keine Lust, Kindermädchen für irgendeinen unzuverlässigen Typen zu spielen. Das konnten die sich abschminken. Sie würde sich nichts gefallen lassen. Das hatte sie sich fest vorgenommen. So viel war in letzter Zeit schiefgelaufen, dass sie sich weigerte, auch nur eine zusätzliche schlechte Nachricht zu akzeptieren.

Ihre Tasche geschultert, die Akte in der Rechten, lief sie den Gang hinab, passierte eine Reihe geschlossener Bürotüren. Nur eine auf dem halben Weg stand offen, die Küche. Ein Mann kam in diesem Moment heraus, balancierte eine volle Tasse auf einem Unterteller. Er war gerade so groß wie sie, eins siebzig, Bauchansatz, kurze Haare, mochte etwa um die fünfzig Jahre alt sein. Er hatte O-Beine wie einer, der seit frühester Jugend Fußball spielte. War das Bruch?

«Morschn», sagte er zuerst nur, blieb dann aber doch stehen, als er das neue Gesicht wahrnahm.

«Sie sind wohl die neue Kollegin?», fragte er freundlich. «Buchholz, Ralf», stellte er sich vor.

«Nicole Schauer, ja, ich bin die Neue.»

«Und Sie arbeiten jetzt mit ...» Er sprach es gar nicht aus, deutete nur auf die entsprechende Tür.

Sie nickte.

«Na, dann viel Glück. Wir sehen uns.» Buchholz hob die Augenbrauen und ging zurück in sein Büro.

Ganz toll, dachte Schauer, wirklich ganz toll.

2

Felix Bruch saß in seinem Büro und starrte auf den dunklen Bildschirm seines Computers. Er hatte kein Licht eingeschaltet, und die Lamellen vor dem Fenster waren vom Abend des gestrigen Tages noch geschlossen. Es konnte noch nicht lang sein, dass er in der Dunkelheit saß, ins Leere starrte, während es draußen in Strömen goss. Das Telefon begann zu vibrieren. Er ignorierte es. Nach kurzer Zeit gab der Anrufer auf.

Er dachte an nichts. Buchstäblich nichts. Unmöglich, nur einen Gedanken festzuhalten, ihn weiter zu denken. Jemand hatte ihn angesprochen, vorhin auf dem Gang. Und dann hatte er hier im Büro ein Telefonat geführt. Weshalb, daran konnte er sich gerade nicht erinnern. Versuchte es auch gar nicht, denn vielleicht war es das, was diese graue Leere in ihm ausgelöst hatte. Das oder der Regen.

Es regnete inzwischen seit drei oder vier Tagen. Die Wolkendecke war in der ganzen Zeit nicht einmal aufgerissen, kein einziger Sonnenstrahl drang hindurch. Als hätte jemand die Stadt mit einem dunklen Tuch abgedeckt, wie man einen Vogelkäfig am Abend zudeckte. Längst waren die Rasenflächen übersättigt, die Pfützen auf den Straßen riesig. Fuhr draußen vor dem Präsidium ein Auto vorbei, hörte es sich an, als zerrisse jemand genüsslich eine Zeitung. Das tat ihm nicht gut, wusste Bruch.

Schritte näherten sich, verzögerten. Er sah auf, schob sich in seinem Stuhl zurecht. Beinahe verwundert nahm er die Pistole in seiner Hand wahr. Er konnte sich nicht erinnern, aus welchem

Grund er sie aus dem Holster genommen hatte. Als es klopfte, wusste er nicht sogleich, wohin mit ihr. Zu träge für hektische Bewegungen, legte sie einfach auf den Tisch.

Schon öffnete sich die Tür, einen Spalt erst nur, dann ganz, ein schmaler Streifen Licht fiel vom Gang in den Raum.

«Das ist aber düster hier», sagte die Frau. Schmal sah sie aus, ihre Haare waren ganz kurz.

«Der Lichtschalter ist neben der Tür», antwortete Bruch. Jetzt fiel ihm wieder ein, dass er heute eine neue Kollegin bekommen sollte. In Simons Büro hätten sie bekannt gemacht werden sollen.

Die Frau langte nach dem Schalter. Als sämtliche Deckenbeleuchtung anging, verengte Bruch die Augen zu Schlitzen.

«Was machen Sie denn hier im Dunkeln?», fragte sie.

Ihr Haar war schwarz gefärbt. Das stand ihr nicht. Bruch antwortete nicht. Nicht weil er nicht wollte, er wusste keine Antwort auf ihre Frage. Beziehungsweise keine, die sie etwas anging.

«Wir hatten um neun einen Termin bei Karsten Simon!», sagte die Frau, dabei sah sie sich um, suchte wohl eine Ablage für die Mappe in ihrer Hand.

Ihr Haar war noch nass, ebenso die Schultern ihrer Jacke. Kam nicht von hier. Ihre Art zu sprechen verriet sie als eine aus dem Norden.

«Na, wie dem auch sei», sagte sie nun. «Schauer. Hauptkommissarin. Nicole. Neue Kollegin. Aus Hamburg ursprünglich. Wir sind jetzt ein Team.» Sie sprach es aus, als wäre es ein Witz.

Bruch sah sie nur an. Er wollte ihr gern erklären, dass er ihr in diesem Moment kaum folgen konnte, es war, als wäre er im Nebel. Als liefe er durch Zeitlupenmorast. Er musste erst einmal ankommen in dieser neuen Situation.

Wieder wartete sie auf seine Erwiderung. «Ist das dort mein Platz?», fragte sie, ehe Bruch auf den Gedanken kam, seinen Namen zu nennen, und deutete auf den Schreibtisch quer vor dem Fenster.

Bruch nickte. Ja, jetzt war es ihr Platz.

Sie nickte demonstrativ, setzte sich in Bewegung und warf ihm im Vorbeigehen die Aktenmappe auf den Tisch. «Ehe wir uns noch verplaudern, wir haben schon einen Auftrag!» Mit einer fast zornigen Bewegung ließ sie dann ihre Tasche auf den Schreibtisch fallen. Sie setzte sich gar nicht erst. Lehnte sich mit dem Gesäß an ihren Tisch, verschränkte die Arme vor der Brust, deutete mit dem Kinn auf die Mappe.

«Wollen Sie nicht mal reinschauen?»

Bruch schüttelte den Kopf. Er wusste schon Bescheid. «Ein Kind wird vermisst. Celina Kühn, zwölf Jahre alt. Sie suchen es seit gestern Abend.»

«Sie wissen also Bescheid, dann können Sie mich ja unterwegs aufklären!», sagte Schauer und stieß sich vom Schreibtisch ab.

Fragend sah sie ihn jetzt an. «Und wie sieht es aus, wollen wir los?»

Bruch hob die Hand.

Diese fast bittende Geste brachte Schauer ein wenig zur Räson. Mochte sein, sie hatte den Mann überfordert. Gut möglich, dass der geschlafen hatte, bevor sie ins Büro gekommen war. Mochte sein, dass er deshalb den Termin verpasst hatte. Seine ganze Erscheinung sprach für diese Theorie. Die Haare ein kleines bisschen zu lang, ziemlich ungekämmt. Rasieren hätte er sich auch können. Zudem hatte er noch tiefe Augenringe. Aber die hatte sie auch. Kam davon, wenn man nachts erst ewig nicht einpennen konnte und sich dann im Schlaf ständig herumwarf, um dann am Morgen noch vor dem Weckradio zu erwachen. Von seiner Gestalt her hätte Bruch Marathonläufer sein können, oder Bergsteiger, oder er hatte sehr abgenommen, er sah aus, als wären ihm die Klamotten eine Nummer zu weit.

«Seit gestern suchen sie die Gegend ab. Hundestaffeln. Drohnen. Hubschrauber. Insgesamt mehrere Hundert Leute», sagte er.

Es schien ihm schwerzufallen, in Sätzen zu sprechen. Ohne die Vorwarnungen der anderen wäre ihr das vielleicht alles gar nicht so komisch vorgekommen, aber nun fragte sie sich nur noch mehr, ob Bruch überhaupt dienstfähig war. Nach dem tödlichen Unfall eines Kollegen hatte er bestimmt einige Gespräche mit Psychologen hinter sich, denen konnte nicht entgangen sein, dass er nicht einmal in der Lage war, ein normales Gespräch zu führen. Entweder herrschte hier wirklich großer Personalmangel, oder der Typ hatte es wirklich drauf, sodass man nicht auf ihn verzichten konnte. Irgendwie wollte sie Letzteres aber nicht glauben.

«Es sind somit genügend Leute vor Ort.»

Was er wohl damit sagen wollte, war, dass sie keinen Grund zur Eile hatten.

«Wie ist denn dann dein Plan?», fragte sie ihn.

Er sah sie fragend an, doch sie hatte keine Lust, den Satz noch mal zu wiederholen. Zu spät fiel ihr auf, dass sie ins Du gewechselt war. Schien ihn aber nicht zu stören, oder er hatte das überhaupt nicht registriert.

Jetzt regte er sich. «Wir müssen uns über die Vorgehensweise einig werden. Es gibt einen Umstand, den wir in Betracht ziehen müssen.»

«Der da wäre?»

«Vor zwei Jahren ist schon einmal ein Kind dort weggekommen. Aus derselben Siedlung. Ebenfalls ein Mädchen, damals zehn, jetzt zwölf Jahre alt, wie das verschwundene Kind. Nach knapp zwei Wochen tauchte es wieder auf.»

«Einfach so?»

Bruch nickte. «Dehydriert, leicht unterernährt.»

«Und?»

Jetzt sah er sie wieder fragend an. War er ein Autist oder so? Schauer sah sich gezwungen auszusprechen, was man gern unausgesprochen ließ. «Zeigte sie Anzeichen eines sexuellen Missbrauchs?»

«Keine äußerlichen.»

Schauer sah ihren neuen Kollegen an, wartete, ob er seiner Antwort noch eine Ergänzung hinzufügte. «Herrgott, was heißt das, keine äußerlichen? Innerliche vielleicht?» Bleib ruhig, mahnte sie sich, bleib ruhig.

«Soweit ich weiß, ließen ihre Eltern damals keine weiteren Untersuchungen zu. Da das Kind äußerlich keine Verletzungen aufwies, jedoch unter Schock stand, beließ man es dabei. Die Eltern waren der Meinung, das Kind wäre traumatisiert genug, als dass jetzt noch ein Gynäkologe an ihr herummurksen sollte.»

«Murksen?»

«So hat es die Mutter damals genannt.»

«Das verstehe ich nicht – das sollte man dann doch eigentlich wollen, also herausfinden, was passiert ist ... Sind das Moslems oder so, oder Christen, ich meine, fundamentale?»

Bruch schüttelte nur den Kopf. Nicht schnell, sondern als müsste er sich daran erinnern, wie das ginge. Hin, her.

Schauer ließ ihm einen Moment, als sie sicher war, dass nichts mehr kam, fragte sie weiter. «Also das Mädchen verschwindet, alle suchen sie, doch sie bleibt verschwunden. Dann taucht sie auf, durstig und hungrig, keiner weiß, wo sie war? Und sie sagte nichts? Und dabei bleibt es? Niemand geht der Sache nach?»

«Irgendwann gab man auf.»

«Aha.» Erst jetzt sah sie, dass seine Dienstwaffe vor ihm auf dem Tisch lag. Hatte er sie geputzt? Aber da war kein Putzzeug. Warum lag sie dann da? Warum saß er in einer völlig finsteren Bude, mit der Knarre vor sich?

«Und worauf warten wir?», fragte sie, als es den Anschein hatte, dass sonst gar nichts mehr geschah.

Wieder zögerte er, als müsste er sich erst erinnern. «Ich habe die Akten von damals bereits angefordert. Müssten jeden Moment hier sein.»

War das, bevor er hier mit seiner Waffe rumgespielt hat oder währenddessen? Schauer griff sich an die Nasenwurzel, schloss die Augen einen Moment. Wo war sie hier nur hingeraten? Warum musste ausgerechnet jetzt ihrem Versetzungsgesuch stattgegeben werden? Ausgerechnet jetzt.

«Dann setz ich mich mal hin! Oder ich hol mir erst mal einen Kaffee.»

Als sie zurückkam, stellte sie ihm eine Tasse auf den Tisch, warf ein kleines Päckchen Kondensmilch und ein Tütchen Zucker hin.

Bruch sah erstaunt auf. Er hatte gar keinen Kaffee bestellt.

«Bitte!» Schauer schüttelte den Kopf, ging an ihren Platz.

«Danke», sah er sich gezwungen zu sagen. Seine Jacke war vorhin auch nass geworden. Zwar waren es nur wenige Meter von seinem Auto bis zum Eingang des Präsidiums gewesen, doch die hatten genügt, ihn zu durchnässen. Nun stieg die Feuchtigkeit von seinen Schultern auf. Es roch nach nassem Leder. Er müsste sie auf der Heizung ausbreiten, doch der Gedanke, sie auszuziehen, ließ ihn frösteln.

Ihr Stuhl quietschte, als sie sich setzte, und für einen Moment war es, als wäre Michael wieder da. Doch der konnte nicht da sein, hatte kopfüber im zerstörten BMW in den Gurten gehangen und war verbrannt. Die Bilder wollten ihn nicht loslassen. Er hätte gut erst mal alleine weitermachen können. Wie sollte er es nur mit dieser Frau aushalten, die offenbar immerzu sprechen musste. Wie ruhig war es mit Michael gewesen. Manchmal hatten sie den ganzen Tag nicht gesprochen. Kein Wort. Nicht einmal Guten Morgen hatten sie gesagt oder Mach's gut.

«Willst du gar nichts wissen von mir?», fragte sie nun. «Wir können uns doch duzen, oder? Sind doch jetzt Kollegen.»

Spottete sie? «Was muss ich denn wissen?»

Jetzt stöhnte sie, kippte sich zwei Tütchen Zucker in den Kaffee, keine Milch, rührte mit einem sehr kleinen Löffel um, der kein

Tee-, sondern eigentlich ein Salzlöffelchen war. Wie der in die Besteckschublade gekommen war, hatte er nie herausfinden können.

«Du musst schon mal gar nichts wissen. Ich dachte nur, da wir jetzt Kollegen sind, solltest du doch vielleicht einen Wissensvorteil den anderen gegenüber haben. Sonst fragen die dich noch was, und du kannst keine Antwort geben.»

«Mich fragt keiner.»

«Na, das ist ja ein Wunder.» Wieder schüttelte sie den Kopf. «Ich bin jedenfalls achtunddreißig, komme ursprünglich aus Zeven, bei Hamburg ist das. Ich war bei der Hamburger Kripo. Sicher fragst du dich jetzt voller Spannung, wie ich nach Dresden gekommen bin.» Sie sah ihn an, hob die Augenbrauen.

Ihr zuliebe nickte er.

«Ich hab einen Typen kennengelernt. Im Urlaub, auf Ibiza. Dresdner. Hübsch, groß, erfolgreich. Zu schön, um wahr zu sein. Ich bin fast zwei Jahre gependelt. Immer wenn ich frei hatte, bin ich hierhergekommen. Alle zwei, drei Wochenenden mal, eigentlich noch weniger. Schließlich dachte ich, ja, das ist sie, endlich die große Liebe. Ich habe um Versetzung gebeten. Und ein Jahr lang geschah nichts, keine Stelle frei. Dann aber macht er Schluss mit mir, und prompt bekomme ich den Posten hier.» Jetzt schloss sie den Mund. Bestimmt war ihr selbst aufgefallen, dass ihr ironischer Ton, mit dem sie sich durch den Alltag rettete, ins Zynisch-Wütende gekippt war.

«Deshalb bin ich hier», schloss sie und ließ den Rest unausgesprochen. Bruch vermutete, sie hatte umgehend um Rückversetzung gebeten.

Sie hatte sich hinreißen lassen. Von sich selbst. Er hatte sie nicht aufgefordert zu sprechen. Nun guckte er betreten aus der Wäsche, wusste mit den Informationen nicht umzugehen. Sie musste sich zusammennehmen, nicht immer denken, dass die anderen an ihrem Schicksal interessiert waren. Geschweige denn, dass sie ihre

Gedanken nachvollziehen konnten. Irgendwie schien er vollkommen überfordert. Bestimmt projizierte sie ihre Wut auf Sebastian irgendwie auf ihn.

«Na ja, tut mir jedenfalls leid für deinen Kollegen», sagte sie, mit dem Versuch, einen friedlicheren Ton zu treffen.

«Warum?», fragte Bruch.

Schauer schwieg verblüfft. Hatte er gerade gefragt, warum?

«Du kanntest ihn doch nicht», sagte Bruch.

«Nein», erwiderte sie verunsichert.

«Warum tut es dir dann leid?»

«Meine Güte, das sagt man eben so, er war ja schließlich dein Kollege und wohl auch dein Freund. Und außerdem war er einer von uns. Ein Polizist, nicht wahr.» Dass man das erklären musste. Inzwischen hatte sie das Gefühl, irgendwie im Irrenhaus gelandet zu sein. Oder war das Ganze nur ein Streich, um der Neuen aus dem Westen gleich mal eins auszuwischen.

Sie hatte jedenfalls genug davon. Es brannte ihr unter den Nägeln, endlich loszufahren. Da waren Leute, die suchten ihr Kind. Sie mochte sich das gar nicht ausmalen, auch wenn sie keins hatte. «Sag mal, wen muss ich denn jetzt anrufen, damit wir die Akte schneller bekommen.»

Zu ihrer Überraschung griff Bruch nach einem Zettel auf seinem Tisch und reichte ihn ihr hinüber.

3

Er ließ sie den Dienstwagen fahren. Das wäre bei ihren Leuten in Hamburg nicht passiert, da hätte sie auf den Tisch hauen müssen.

«Du musst mir den Weg sagen, ich kenne mich hier noch nicht so gut aus.» Es regnete noch immer. Jedes Mal, wenn sie glaubte, es ließe nach, wurde sie von neuen Schauern überrascht. Sie war Regen gewöhnt von daheim, doch es wäre auch nicht schlecht, wenn es wenigstens mal kurz aufhören könnte.

Bruch deutete die Richtung nur an, und um nicht gleich wieder auf Konfrontationskurs zu gehen, fragte Schauer nicht weiter, er würde ihr schon sagen, wenn sie falsch fuhr.

«Dresden ist ja nicht so groß wie Hamburg. Eine halbe Million Einwohner?»

«Sechshunderttausend», korrigierte Bruch.

Vielleicht getraute er sich seit dem Unfall nicht zu fahren. Doch er wirkte ganz entspannt. Sehr entspannt.

«Und von dir gibt's nichts zu erzählen?», versuchte sie ihn zu animieren. Doch er schüttelte nur den Kopf.

«Wie heißt der Stadtteil, wo wir hinmüssen?»

«Goppeln.»

«Und gibt es einen Grund, warum gerade wir beide uns jetzt um die Sache kümmern sollen? Hattest du damals auch schon mit dem ersten verschwundenen Kind zu tun?»

«Nein.»

Also gut, dachte sie, lassen wir das. Entweder wird er noch warm, oder eben nicht. Schweigend fuhren sie weiter.

Endlich ließ der Regen nach, auch wenn der Himmel nicht weiter aufklarte. Immerhin konnte man sich nun aufrecht im Freien bewegen. Bruch stieg aus, kaum dass Schauer den Wagen an den Straßenrand gelenkt hatte.

«Meine Fresse», staunte sie, als sie ausgestiegen war, und er musste sich zu ihr umdrehen, um zu verstehen, was sie meinte.

Sie deutete auf die vielen Polizeifahrzeuge, den Hubschrauber, der über der Gegend kreiste. Es gab einen Bach, der durch den Gerbergrund floss. Einige alte Gehöfte, kleine Waldstücke, Gärten, steile Hänge, weiter hinauf breite Felder. Genug Plätze, sich oder jemanden zu verstecken.

«Wollen wir jetzt hier stehen bleiben?», fragte Schauer ihn. Bruch spürte, wie ihn diese vollkommene Gefühlslosigkeit verließ, wie dieser ihm so willkommene Zustand von leisem Unmut unterwandert wurde. Konnte sie ihm denn keine Sekunde Zeit lassen?

«Da drüben ist die Einsatzleitung.» Er deutete auf einen großen Bus. Er fand, all dieser Aufwand hier war übertrieben und unnötig. Entweder war das Kind fortgelaufen, oder es war entführt worden. Hier in der Gegend würde man sie nicht finden. Dieses Aufgebot hier war für die Öffentlichkeit.

Man erwartete sie schon. Die drei Uniformierten im Bus gaben bereitwillig Platz frei.

«Hauptkommissar Püschel», stellte sich der Ranghöchste vor. «Ich nehme an, Sie sind Schauer und Bruch von der Kripo», er wartete keine Bestätigung ab, wandte sich dem einen Bildschirm zu. «Wir haben zuerst die nächste Umgebung zum Wohnhaus des Kindes abgesucht, hier!» Er zeigte auf das markierte Haus auf dem Satellitenbild. «Danach haben wir die Suche systematisch ausgeweitet. Haben das Gelände hier und hier entlang in Kette durchlaufen. Einige Leute sind unterwegs zu Adressen von Freunden und Bekannten. Es gibt hier in der Nähe zwei größere und einige kleinere Teiche, die werden auch einer nach dem anderen abgesucht.»

«Wo sind die Eltern?», unterbrach Bruch den Mann.

«Die sind beide zu Hause, waren die ganze Nacht unterwegs. Sie haben in ihrer Siedlung alle Nachbarn zusammengetrommelt. Die ziehen seit Stunden in Gruppen herum und helfen bei der Suche. Ein paar Leute aus dem eigentlichen Dorf auch. Das ist hier nicht ganz so einfach. Es gibt viele Alteingesessene und die Neuhinzugezogenen, in diesen beiden Siedlungen.» Er tippte auf zwei Wohngebiete auf der Karte. «Ich habe so das Gefühl, da hat sich noch nicht viel überschnitten. Die stehen sich misstrauisch gegenüber.»

«Sind das hier Koppeln?», fragte Schauer und deutete auf den Bildschirm. «Hat das Mädchen mit Pferden zu tun? Kann es nicht sein, dass sie ausgeritten ist? Dann müsste man das Suchgebiet ausweiten.»

Der Uniformierte sah Bruch mit ganz leiser Belustigung an.

«Was denn», fragte Schauer sogleich, «ist das unwahrscheinlich? Kleine Mädchen stehen doch auf Pferde. Und so ein Tier kann ja auch durchgehen, oder sie hat sich buchstäblich verlaufen.»

«Also ein vermisstes Pferd hat niemand gemeldet!», sagte der Polizist.

«Es ist ja auch erst früher Vormittag. Ehe die durch den Stall sind, braucht es seine Zeit. Wenn das ein großer Stall ist und eines nicht in seiner Box ist, denken die doch erst mal, dass irgendwer das Tier auf die Koppel gebracht hat. Ehe da einer merkt, dass ein Pferd fehlt, können Stunden vergehen.»

Bruch fand die Idee gar nicht schlecht.

«Soll doch jemand zu den Ställen fahren und fragen», schlug er vor. «Wir gehen unterdessen zu den Eltern.» Der Uniformierte nickte, was er davon hielt, war seinem Gesicht anzusehen.

«Hattest du Pferde?», fragte er seine neue Kollegin, als sie wieder im Freien standen.

«Früher.» Schauer nickte.

Früher. War alles besser. Nee, nicht alles.

Schauer sah sich um. Sie befanden sich am Rande Dresdens. Mit Blick auf die Stadt, die sich im Elbtal unter ihnen ausbreitete. In der Ferne deuteten sich die Hügel der Sächsischen Schweiz an. Da waren sie oft gewesen. Sie und Sebastian. Mit Freunden. Seinen Freunden. Jetzt war alles trübe, die Sicht sehr schlecht. Passte gut zu dem ganzen Schlamassel hier.

Bruch schritt neben ihr aus. Er hatte seine Hände in die Jackentaschen geschoben. Schauer konnte ihn immer noch nicht einschätzen. Mit dem war was, eindeutig. Wie eine Aura umgab ihn etwas, das nicht zu definieren war. Redete kein unnötiges Wort. Seine Mimik konnte sie nicht lesen, es gab im Prinzip keine. Hatte ihr geholfen mit der Idee von den Pferden. Obwohl er sie bestimmt für genauso bescheuert hielt. War ja auch bescheuert. Welches Mädchen holte sich schon ein Pferd aus dem Stall, sattelte auf, ritt alleine davon. Außer eben sie selbst. Mit elf.

Die Wohnsiedlung war ganz typisch, wie alle Siedlungen. Ein großes erschlossenes Baugrundstück, aufgeteilt in Dutzende große und kleine Parzellen, meist kleine. Neue Häuser dicht an dicht, meist geschmacklos oder wenigstens preiswerter Standard. Was war das schon für ein Leben?, fragte sich Schauer, darauf hinzuarbeiten, so ein Haus zu besitzen, wo man dem Nachbarn die Hand fast durchs Fenster reichen kann, der Garten so groß ist wie ein Klassenzimmer, ständig ein Rasenmäher ging oder Kinder schrien. Aber vielleicht dachte sie nur so, weil ein solches Leben für sie gerade in ganz weite Ferne gerückt war.

Vor einem Haus standen Leute in Grüppchen – unübersehbar das der Familie Kühn. Ein Team vom Fernsehen war auch schon da. Bruch, ihr einen halben Schritt voraus, lief direkt auf die Haustür zu, und es schien, als wäre er unsichtbar, denn niemand drehte sich nach ihm um. Erst als er an der Haustür klingelte, wurden die Leute aufmerksam.

«Sind Sie von der Kripo?», fragte eine Frau. Bruch sah sie zwar an, machte jedoch keine Anstalten zu antworten oder sonst weiter darauf zu reagieren, erwirkte aber, dass die Frau verstummte für den Moment.

Bruch klingelte noch einmal, sein Daumen blieb lang auf dem Knopf.

«Hören Sie, sind Sie von der Kripo?», wendete sich die Fernsehfrau nun an Schauer. «Gibt es schon Erkenntnisse?» Schauer sah sich gezwungen zu antworten. Oder auch nicht, warum auch.

«Das hilft auch nicht weiter, wenn Sie alles verschweigen!», insistierte die Frau.

Schauer berührte Bruch mit ihrem Ellbogen. «Felix?»

Bruch drehte sich um, bedachte die Frau mit einem Blick, der sie endgültig verstummen ließ.

Ein Mann in Jeans und Pullover öffnete nun die Tür. Mitte dreißig etwa. Sah aus wie ein Ingenieur oder so, jedenfalls wie jemand, der den ganzen Tag auf einen Bildschirm starren musste. Völlig übernächtigt außerdem. Dicke Augenringe. Willkommen im Klub.

«Herr Kühn?» Bruch zeigte seine Marke vor. «Kripo. Wir gehen rein.»

Zwar regte sich leiser Widerstand in dem Mann, doch er trat beiseite.

«Hauptkommissare Bruch und Schauer», stellte Schauer sie vor, damit ein wenig Menschlichkeit in die Situation kam. «Ist Ihre Frau da?»

«Sie schläft, wir waren die ganze Nacht draußen. Wir haben auch schon alles gesagt, es wäre besser, Sie würden da draußen suchen helfen.»

«Wecken Sie sie», sagte Bruch.

«Bitte!», fügte Schauer hinzu, auch wenn es Kühn schon mal gar nichts anging, was sie taten. Vermutlich glaubte er, die Polizei täte nicht genug, so wie es angesichts solcher Situationen immer unterstellt wurde. Noch standen sie im Flur, sehr beengt. Kühn setzte zu sprechen an, ergab sich dann jedoch der Notwendigkeit. Er ließ die Schultern fallen, deutete auf den großen Raum hinter der nächsten Tür. Es war eine Art Wohnzimmer-Küchen-Kombination, füllte fast die gesamte Grundfläche des Hauses aus. Eine Treppe führte von hier nach unten und oben.

«Und haben Sie noch mehr Kinder? Holen Sie die auch», befahl Bruch.

«Bitte!», fügte Schauer erneut nachdrücklich hinzu.

«Setzen Sie sich ins Wohnzimmer, ich hole sie. Können Sie ...», begann er noch, verstummte dann, winkte ab und stieg die Treppe hinauf.

«Was wollte er sagen?», fragte Schauer leise.

Bruch setzte sich nicht, blieb im vorderen Bereich des Raumes stehen. «Wir sollen unsere Schuhe ausziehen.»

Sie musste ihn gar nicht fragen, ob sie das tun würden. Außerdem war das Fertigparkett sowieso schon völlig verdreckt von all den Leuten, die heute und am gestrigen Tag hier drinnen gewesen sein mussten.

«Ist es vielleicht möglich, dass du ein wenig freundlicher bist?», fragte sie in derselben Lautstärke, fast flüsternd. «Die vermissen ihr Kind.»

Bruch zeigte keine Reaktion. Unterdessen kam Kühn mit seiner Frau zurück, im Schlepptau zwei Kinder. Einen älteren Jungen und ein kleines Mädchen. Frau Kühn, eine kleine dunkelhaarige Frau, auf dem besten Wege, völlig in ihrer Rolle als Hausmütterchen aufzugehen. Sie schien völlig benommen, war wohl aus dem Tiefschlaf gerissen worden. Schauer tat das leid. Bruch dagegen wartete emotionslos, bis sich alle auf dem breiten Sofa gesetzt hatten.

«Wann genau wurde Ihre Tochter das letzte Mal gesehen und von wem», fragte Bruch in seiner unnachahmlichen Art, keinerlei Betonung zu verwenden.

Schauer konnte nur wieder den Kopf schütteln, atmete schwer

durch und schob sich vor ihren Kollegen. «Wir sind Hauptkommissar Bruch und Hauptkommissarin Schauer von der Kriminalpolizei. Wir wissen, was Sie derzeit durchmachen, und wie Sie sehen, setzen wir alle Mittel ein, nach Ihrer Tochter zu suchen. Wir wissen auch, dass Sie schon ausgesagt haben und es für Sie schwer ist, alles noch mal zu wiederholen.» Oder zu sehen, ob die Aussagen widersprüchlich sind, fügte sie in Gedanken hinzu. «Es ist jedoch für die weiteren Ermittlungen notwendig, noch der kleinsten Kleinigkeit nachzugehen. Wir benötigen mehr Informationen über Ihr Umfeld und wenn möglich den minutiösen Ablauf des gestrigen Tages. Deshalb müssen wir Sie noch einmal befragen, damit wir nichts übersehen. Wann also genau haben Sie Ihre Tochter Celina das letzte Mal gesehen?»

«Sag du», flüsterte Frau Kühn heiser. Auf dem Bild hatte Celina ihrer Mutter sehr ähnlich gesehen, rundliches Gesicht, dunkle glatte Haare.

«Minutiös kann ich Ihnen das nicht wiedergeben. Gestern Nachmittag kam Celina aus der Schule. Gegen halb drei. Sie blieb eine Weile auf ihrem Zimmer, oder?» Kühn langte an seiner Frau vorbei und tippte seinem etwa vierzehnjährigen Sohn auf den Oberschenkel. «Maxim?» Der nickte mit schwer genervtem Gesichtsausdruck.

«Weiß nich genau, sie war da, als ich aus der Schule kam. Ich hab sie reden hören in ihrem Zimmer», presste er hervor, und viel fehlte nicht, dass er die Augen rollte.

«Habt ihr miteinander gesprochen?», fragte Schauer ihn.

«Nee, nichts.»

«Wie steht ihr zueinander? Sprecht ihr über persönliche Dinge, vertraut sie dir Geheimnisse an?»

«Nee, null.» Der Junge stöhnte wie jeder Pubertierende, der der Meinung war, alle Welt hätte sich gegen ihn verschworen.

Es geht um deine Schwester, du Flachzange, wollte Schauer auffahren. Sie schob ihre rechte Hand in die Jackentasche.

«Du verstehst aber, wie wichtig es ist, dass wir wirklich alles wissen müssen. Deine Schwester ist verschwunden! Hattet ihr Streit?»

«Hören Sie, die sind wie Hund und Katz», mischte sich der Vater ein. «Die streiten andauernd, aber ich denke, das hat damit nichts zu tun, dass Celina weg ist.»

Schauer drehte sich halb nach Bruch um, sah im Augenwinkel, wie er unmerklich die Augen verengte. Konnte gut sein, dass der Bursche es im Streit übertrieben hatte und die Schwester deshalb davongelaufen war, interpretierte sie diese kurze Regung. Sofern er nicht einfach nur was im Auge hatte.

«Also Celina war auf ihrem Zimmer. Als Sie kamen, Frau Kühn, war sie dann noch da?»

Die Frau nickte, schien gar nicht richtig anwesend. «Ich habe Sarah aus dem Schulhort geholt. Gegen vier war ich daheim.»

Schauer hockte sich hin, um mit dem kleineren Mädchen auf Augenhöhe zu sein. «Und du? Verstehst du dich mit deiner Schwester?»

Das Mädchen nickte. Sie musste sieben, höchstens acht sein.

«Und warst du bei deiner Schwester gestern, habt ihr gesprochen? Worüber?»

«Sie hat gesagt, ich soll in mein Zimmer gehen.» Sarah verzog beleidigt den Mund. «Dann ist sie selbst gegangen.»

«Stimmt das?» Schauer sah auf, sah den Eltern in die Augen. «Die Kleine hat Celina als Letzte gesehen?»

Herr Kühn meldete sich wieder zu Wort. «Sie muss gegangen sein, während meine Frau in der Küche war, oder im Keller bei der Waschmaschine. Sie hat sich nicht verabschiedet. Wir haben uns nichts dabei gedacht, als wir es bemerkten.»

«Wann war das noch mal?», fragte Schauer. Inzwischen war ihr klar geworden, dass sie das hier allein bestreiten durfte. Der Herr Bruch hielt sich ganz raus, im Gegenteil, er sah aus dem Fenster, als gäb es da etwas Wichtigeres.

«Etwa um fünf, also siebzehn Uhr. Da wollte ich Celina fragen, ob sie mit einkaufen fahren wollte. Ich war inzwischen heimgekommen, das war sechzehn Uhr dreißig, das weiß ich, weil im Autoradio gerade die Nachrichten begannen. Es war eigentlich ausgemacht, dass Celina zum Einkaufen mitkommt. Ich dachte mir, sie hätte keine Lust und wäre zu ihrer Freundin gegangen.»

«Linda Herzfeld», sagte Bruch.

«Ja, die.»

Okay, mehr kommt nicht, stellte Schauer mit einem Blick auf Bruch fest und übernahm wieder. «Also Celina war weg, vermutlich schon, als Sie heimkamen?»

Kühn nickte. «Ich war in der Küche. Ich hätte sonst sehen müssen, wenn sie geht.»

«Und zuerst dachten Sie sich nichts dabei. Hatte Celina ihr Handy dabei, sie hat doch sicher eins?»

«Wir haben sie angerufen, aber es klingelte in ihrem Zimmer.»

«Ist es sichergestellt?»

«Ja, aber Ihre Kollegen kommen nicht rein, Celina ändert dauernd ihren Zugangscode. Um die Abendbrotzeit bin ich dann rüber zu Herzfelds, doch da war Celina gar nicht. Also Lindas Eltern haben Celina nicht gesehen.»

«Und ihre Freundin, Linda?»

«Die war auch nicht da. Deshalb dachten wir ja, die beiden Mädchen wären gemeinsam unterwegs. Ich war ziemlich sauer, weil es mittlerweile schon dunkel war und Celina dann nicht mehr draußen herumlaufen sollte.»

«Hier auf dem Dorf? Hatten Sie Angst um sie?»

Kühn sah sie an und verzog das Gesicht zu einer ungläubigen Fratze. Auch die Frau sah auf. Natürlich, nun war ja offensichtlich etwas geschehen. Doch grundsätzlich kannte Schauer es von den Leuten auf dem Dorf, dass die weniger ängstlich waren als Eltern in der Stadt.

«Sie sind noch recht neu hier», sagte Bruch, und dieser Satz fügte sich so nahtlos in ihre Gedanken ein, dass es fast beängstigend war. Die Kühns waren ja im Prinzip Stadteltern, nur dass sie vor ein paar Jahren in diese Siedlung gezogen sind. Noch dazu war ja tatsächlich schon einmal etwas passiert. Das hatte sie beinahe vergessen. Vor zwei Jahren war ein anderes Kind verschwunden. Linda, Celinas Freundin.

«Gut, egal, mein Fehler», versuchte sie zu beschwichtigen. «Also Linda war dann gestern auch weg, weshalb Sie glaubten, beide Mädchen wären gemeinsam losgezogen?»

Kühn nickte, aber seine Haltung hatte sich verändert. Er hielt sie für bescheuert. Dabei sollte er erst mal Bruch richtig kennenlernen. «Linda tauchte später wieder auf, gegen acht gestern Abend. Celina aber nicht.»

«Also war Linda die Letzte, die Celina vor ihrem Verschwinden gesehen hat?»

«Nein, eben nicht. Linda sagt, sie wäre allein unterwegs gewesen, ohne Celina. Sie hätte sie nicht mehr gesehen, seit sie gemeinsam aus der Schule gekommen waren.»

«Gut, vielen Dank», wurde Schauer von Bruch überrascht. Ohne abzuwarten, ob sie ihm folgte, wendete er sich ab und verließ das Wohnzimmer in den kleinen Flur. Sie sah noch, wie er sein Handy aus der Jackentasche zerrte.

«Ich nehme an, Sie haben alle potenziellen Kontaktpersonen aufgelistet und den Kollegen übergeben?», fragte sie, um dem Ganzen wenigstens einen Abschluss zu verpassen. Kühn nickte, schien noch etwas sagen zu wollen, schwieg aber dann.

Schauer erhob sich. «Legen Sie sich alle noch mal hin, versuchen Sie zu schlafen. Wir kommen später noch einmal vorbei.» Damit verließ sie die Familie.

«Geh ich heut nicht zur Schule, Mami?», fragte Sarah leise, als Schauer den Flur erreicht hatte und das Haus verließ. Draußen stand Bruch mit seinem Telefon am Ohr.

«Hast du deine Tabletten genommen?», fragte eine weibliche Stimme am Telefon.

Bruch zögerte mit der Antwort. Es lag nicht an den Leuten, die hier standen und ihn erwartungsvoll ansahen. Er wollte antworten, aber für diesen Moment wusste er es nicht. Er konnte sich nicht daran erinnern, ob er sie heute genommen hatte oder nicht.

«Du weißt, es wird besser!», versprach die Frau, statt auf eine Antwort zu bestehen. «Es wird immer besser!»

Das stimmte, doch meistens erst nachdem es schlimmer geworden war. «Ich hab sie genommen», erwiderte er endlich. Doch sicher war er sich nicht. Seine Tage glichen sich so sehr, dass es gut sein konnte, er erinnerte sich an einen anderen Morgen. Woher wusste sie, dass ausgerechnet heute ein solcher Tag war, an dem es ihm schwerfiel, durch den Morast des Menschseins zu waten? Wusste sie von der neuen Kollegin? Natürlich.

«Musstest du wieder daran denken?»

Bruch schwieg und wusste doch, dass er ihr damit Antwort gab.

«Auf Regen folgt Sonnenschein», sagte sie nach einigen Augenblicken.

Er wusste das selbst. Dass sie es immer wieder sagen musste, war nur Ausdruck ihrer Hilflosigkeit. «Ich muss», sagte er und drückte das Gespräch weg.

«War das wichtig?», fragte die Neue sogleich. Ihretwegen hatte er aufgelegt. Er hatte sie kommen hören. Zu spät jedoch.

«Nicht wichtig, privat.» Er steckte das Telefon weg und lief los, um von den Umstehenden wegzukommen.

Schauer schien das zu verstehen, folgte ihm zwanzig Meter stumm. Dann stellte sie ihn zur Rede. «Hör mal, du kannst mich da drinnen nicht einfach so stehen lassen. Ich hätte noch hundert Fragen stellen können.»

Genau das hatte er befürchtet. Er schaute sie an, sie hatte ein schönes Gesicht. Aber es war voller Härte. Warum sie ihre Haare so kurz schnitt, verstand er nicht. Vielleicht wollte sie noch härter erscheinen.

«Die Familie kann uns nicht weiterhelfen.»

«Ach ja, das weißt du?», fragte Schauer höhnisch.

Bruch nickte. Er wusste es. «Lass uns zu den Herzfelds gehen. Ich will diese Linda sehen. Dass sie sagt, sie hätte Celina nicht gesehen, heißt nicht, dass es auch so war.»

«Meine Güte, drei ganze Sätze», spottete sie.

«Warst du beliebt in Hamburg?», fragte Bruch.

«Was geht's dich an?»

Also nicht. Vermutlich hatte sie es nicht leicht gehabt da. Vermutlich hatte sie es nie leicht gehabt. «Warst du lang weg damals, mit dem Pferd?»

Schauer stand ein paar Sekunden still, den Mund leicht geöffnet, die Hände in die Hüften gestemmt, den Kopf leicht schräg. «Hat dir das irgendjemand erzählt?»

Bruch sah ihr in die Augen. Verletzt war sie. Weil ihr Freund sie verlassen hatte und sie nun mit diesem Job in Dresden festsaß. Aber das war nicht alles.

Sie ergab sich. «Ich wollte damals einfach nur mal allein sein, hab mir das Pferd meiner Freundin genommen. Die kannten mich da im Stall. Die dachten, ich wollte mit ihm spazieren gehen. Wollte ich auch erst, aber dann bin ich aufgesessen und losgeritten. Dann kam eins zum andern. Ich ritt zu weit, es wurde dunkel. Ich wusste, ich würde zu spät kommen, dann gäb's Ärger. Also ritt ich noch weiter. Blieb draußen über Nacht.»

«Es gab Ärger.»

«Allerdings. Am nächsten Tag, als ich zurückkam. Hab Stallverbot bekommen und hatte eine Freundin weniger.» Schauer schnaubte und schüttelte den Kopf beim Gedanken daran. «Ich war nicht gut im Lügen. Hätte einen auf kleines Mädchen machen können, *der ist mir durchgegangen, und dann wusste ich nicht, wo ich war*», verstellte sie die Stimme, «aber das kann ich eben nicht.»

«Aber das war noch nicht das Schlimmste», sagte Bruch. Er wusste, da war noch etwas.

«Wie meinst du das?» Sie gab sich wieder hart. Es brauchte ein paar Sekunden. Dann sackte sie ein Stück zusammen. «Das Schlimmste war, meine Alten haben es gar nicht gemerkt, dass ich überhaupt weg war.»

Bruch nickte. «Gehen wir zu den Herzfelds.»

Sie sah ihn ein paar Sekunden an, als hätte sie noch mehr erwartet. «Na ja, lassen wir das. Ist es das dort?»

Bruch sah zu dem beigefarbenen Einfamilienhaus, hinter dessen Wohnzimmerfenster sich etwas bewegte. Anstatt Schauer zu antworten, steuerte er auf die schmale Einfahrt zu, hörte sie hinter sich leise mit sich selbst sprechen. Er verstand, was sie sagte, er wusste, was man von ihm hielt, und es war ihm egal. Er hatte keinen Grund, sich deshalb zu erklären oder sein Verhalten zu ändern.

«Ich spreche jetzt!», sagte er zu Schauer, ehe er klingelte.

Niemand öffnete. Also klingelte er noch einmal. Dann noch einmal.

«Die sind arbeiten und zur Schule», sagte Schauer.

Nein, sie waren da. Heute würde hier niemand zur Arbeit und zur Schule fahren. Die gesamte Siedlung schien auf den Beinen oder war die ganze Nacht hindurch auf der Suche nach dem Mädchen gewesen.

«Ich habe gesehen wie die Gardine sich bewegt hat.»

«Das war vielleicht eine Katze.»

Bruch ging nicht darauf ein. Er klingelte noch einmal. Dann hämmerte er mit der Faust gegen die Tür.

«Ich komm ja schon!», rief eine zornige Männerstimme. In der Spiegelung des Glases der Eingangstür sah Bruch, wie Schauer abschätzig den Mund verzog, weil er recht behalten hatte. Was war nur immer so schwer daran, das zu akzeptieren? Endlich wurde drinnen die Tür zum Flur aufgerissen, dann die Eingangstür. Ein großer Mann, unrasiert, in Jogginghosen und ausgeleiertem T-Shirt öffnete.

«Wir waren die ganze Nacht unterwegs und wollen schlafen. Was müssen Sie denn alle wecken?», fuhr er Bruch an.

«Herr Herzfeld? Heiko Herzfeld?»

«Ja, und Sie?»

«Bruch, Kripo.» Er trat vor. Zu spät fiel ihm auf, er hatte vergessen, Schauer vorzustellen.

«Moment, was wollen Sie denn hier?» Der Mann stellte sich ihm in den Weg.

«Wir müssen über das Verschwinden Ihrer Tochter vor zwei Jahren mit Ihnen sprechen.»

«Ich hab's ja geahnt, jetzt geht das wieder los!» Herzfeld trat vor und richtete seinen Zeigefinger auf Bruchs Brust. «Wir haben damals alles versucht. Alles. Es war nichts herauszufinden. Was soll sich jetzt geändert haben? Was können wir jetzt dafür, dass denen das Mädel wegläuft? Sie haben doch Linda gestern vernommen, da hat sie Ihnen alles schon gesagt. Sie hat Celina nach der Schule nicht mehr gesehen.»

«Mit uns hat sie nicht gesprochen und wir nicht mit ihr.» Bruch schob sich weiter vor. Herzfeld war ein wirklich großer Mann, massig, und sie hatten keine rechtliche Handhabe, ihn zu vernehmen. Er musste es darauf ankommen lassen.

Herzfeld ließ es auf ein Blickduell ankommen, dann aber wich er zurück. Bruch, der im Augenwinkel sah, dass Schauer sich bemerkbar machen wollte, gab ihr ein kaum merkliches Handzeichen.

«Holen Sie Ihre Frau und Ihre Tochter», befahl Bruch.

Herzfelds Kiefer mahlte. Er hob noch einmal den Finger, um sich vormachen zu können, Herr der Lage zu sein. «Sie werden sowieso nichts Neues erfahren!» Damit ging er die Treppe hinauf.

«Mann, das wäre bestimmt auch anders gegangen», raunte Schauer.

Bruch schüttelte unmerklich den Kopf. «Die haben einen guten Anwalt und sind geschult im Umgang mit der Polizei.»

Schauer sah ihn nur skeptisch an.

Herzfeld kam zurück, mit seiner Frau, Katja Herzfeld, und seiner Tochter Linda. Diese war durchschnittlich groß für ihr Alter, hatte lockige aschblonde Haare, mit einem Haargummi zu einem einfachen Zopf gebunden. Sie sah sehr ernst aus, aber nicht schüchtern.

«Wenn Sie sich bitte setzen», sagte Bruch und zwang sich zu einem Tonfall, der ihn anstrengte. «Ich bitte Sie um Verzeihung, aber es ist wirklich erforderlich.» Herzfeld und seine Tochter setzten sich.

«Worüber wollen Sie denn sprechen?», fragte Frau Herzfeld, sie hatte sich nicht gesetzt. «Über gestern? Da ist doch alles gesagt! Oder über den Vorfall vor zwei Jahren? Das hat mit dem hier nichts zu tun!»

«Wie können Sie das wissen?» Er kam also mit moderatem Ton nicht weiter, dann konnte er sich diesen sparen.

«Es ist einfach so!» Frau Herzfeld verschränkte die Arme vor der Brust. «Sie können doch jetzt nicht jedes Mal zu uns kommen, wenn irgendwo ein Kind verschwindet!»

Bruch hob wieder leicht die Hand, weil Schauer sich regte. «Sie wollen also niemals erfahren, was damals mit Ihrer Tochter geschah.»

«Reden Sie nicht so über sie in ihrer Gegenwart!»

«Dann soll sie doch selbst erzählen!»

«Was denn?», fauchte Frau Herzfeld.

«Der gestrige Tag. Linda, du bist mit Celina in einer Klasse.»

Linda sah erst ihre Mutter an, nickte dann.

«Ihr fahrt zusammen zur Schule.»

Linda nickte. «Ja, mit dem Bus, in die Stadt. Sie kommt jeden Morgen und klingelt hier. Nachmittags fahren wir zusammen heim.»

«Wie verbringt ihr den Tag in der Schule, sitzt ihr nebeneinander, steht ihr auf dem Schulhof zusammen?»

«Ja, meist. Gestern auch.»

«Hat sie da irgendetwas erzählt, dass sie zu Hause Streit hatte?»

Herzfeld ging dazwischen. «Das hat Linda gestern alles schon erzählt!»

Bruch ignorierte ihn einfach, sah das Mädchen an. Die sah wieder zu ihrer Mutter, bekam deren Erlaubnis. «Nein, sie hat wirklich gar nichts erzählt. Nichts Besonderes. Ihr großer Bruder nervt. Und ihre kleine Schwester. Aber das ist ja ...» Sie sprach es nicht aus.

«Sie haben noch ein Kind?», fragte Bruch.

«Luisa, sie ist im Kindergarten», antwortete Herzfeld.

«Dann seid ihr gestern nach der Schule heimgefahren, habt euch vor deiner Haustür getrennt? Hat sie irgendwas gesagt, sich anders als sonst verabschiedet?»

«Gar nicht, nein.»

«Hat sie dir einmal erzählt, dass sie sich verfolgt fühlte? Gab es jemanden, den sie nicht mochte oder vor dem sie Angst hatte?»

Linda schüttelte heftig den Kopf.

«Wie fühlst du dich jetzt? Kannst du nachvollziehen, wie man sich fühlt an Celinas Stelle?»

«Hören Sie mal!» Herzfeld sprang auf und stieß Bruch mit der flachen Hand heftig gegen die Schulter. Ehe Bruch reagieren konnte, hatte Schauer das Handgelenk des Mannes gepackt und schüttelte mit zusammengekniffenen Lippen den Kopf. Dann löste sie ihre Finger, einen nach dem anderen. Herzfeld nahm den Arm runter, rieb sich das schmerzende Handgelenk. Bruch sah Schauers Handabdruck, so fest hatte sie zugepackt.

«Sie können nicht meine Tochter so hinterrücks damit überfallen. Was wissen Sie denn schon, was die durchgemacht hat. Wir sind froh, dass sie ein ganz normales Kind geblieben ist. Machen Sie das bloß nicht kaputt mit dieser dummen Fragerei.»

«Soviel ich weiß, haben Sie sich damals einer körperlichen Untersuchung Ihrer Tochter widersetzt.» Bruch ließ das Mädchen nicht aus den Augen. Die sah zu Boden, während die Erwachsenen sich stritten, vermittelte nicht den Eindruck, als ob es sie tangierte.

Nun mischte sich auch die Mutter wieder ein. «Das haben wir, und wissen Sie was, das geht Sie nichts an.»

Bruch hatte auch kein Problem damit, sich der Frau zu stellen. «Hatten Sie kein Interesse daran zu erfahren, ob es ihr körperlich gut geht oder ob Schlimmeres passiert ist. Sie hätte innerlich verletzt sein können, oder schwanger oder unfruchtbar.»

«Raus, raus hier, jetzt! Gehen Sie, alle beide. Ich will, dass Sie sofort mein Haus verlassen.» Frau Herzfeld zeigte zur Tür. Herr Herzfeld hatte sich unterdessen wieder gesetzt und seinen Arm um Lindas Schultern gelegt. Er flüsterte ihr etwas zu, sie schüttelte den Kopf.

Ein Telefon begann zu klingeln. Es war Schauers. Sie nahm den Anruf an.

«Schauer», sagte sie, wendete sich ab und ging nach draußen. Es hatte sowieso keinen Sinn, hier noch zu bleiben. Bruch hatte die Leute vollends gegen sie aufgebracht.

«Buchholz hier, wir haben uns heute Morgen auf dem Gang getroffen. Bruch hat mal wieder sein Handy aus. Sie sollen sich beide um eine Person kümmern. Männlich, zweiundvierzig Jahre, wohnhaft in Bannewitz. Die Adresse und den Namen sende ich Ihnen per E-Mail zu. Der Mann war verurteilter Sexualstraftäter, hat seine Strafe abgesessen. Wohnt seit vier Monaten mit neuer Identität in einer Sozialwohnung, arbeitet als Hilfskraft auf einem Getränkehof.»

«Aha, und wie kommen Sie auf den, so plötzlich?»

«Den hat der Computer ausgespuckt. Den und noch zwei andere, die aber ganz am anderen Ende der Stadt wohnen.»

«Ach so, und Bannewitz ist gleich hier irgendwo?»

Buchholz zögerte einen kleinen Moment. «Goppeln gehört zu Bannewitz.»

Schauer schnaufte. Stand sogar am Ortseingangsschild, erinnerte sie sich. Das würde noch eine Weile dauern, ehe sie sich die ganzen Ortsteilnamen gemerkt hatte. Oder eben auch nicht. Warum Mühe daran verschwenden. «Geht klar. Danke.» Sie legte auf und drehte sich Bruch zu, der ihr nach draußen gefolgt war.

«Erstens. Ist dein Handy aus? Mach es wieder an. Zweitens, wir sollen nach Bannewitz.» Sie scrollte auf ihrem Display, suchte die E-Mail und öffnete sie. «Drittens, was war das jetzt gerade wieder? War das dein Plan, die Leute wütend zu machen? Hat super funktioniert!»

«Die Leute sind mir egal. Das Mädchen ist der Schlüssel. Sie weiß was.»

«Na klar. Warum sorgen wir nicht dafür, dass ihr Trauma aufbricht und sie zu einem menschlichen Wrack macht!» Sie sah Bruch an, dessen Haar vom Regen und der feuchten Luft inzwischen völlig durchnässt war. Er müsste frieren in seiner Lederjacke, doch so wie auch ihr Sarkasmus an ihm abprallte, schien ihn auch die Temperatur nicht zu stören. «Warum glaubst du das denn? Kann es nicht wirklich sein, dass das eine mit dem anderen gar nichts zu tun hat? Immerhin liegen zwei Jahre dazwischen.»

«Es ist derselbe Ort und Celina ihre beste Freundin», sagte er trocken.

Er hatte recht. Sie musste runterkommen. Vielleicht war es die Erinnerung an den Tag, als sie nach Hause kam, nachdem sie die ganze Nacht weg gewesen war, voller Angst und Reue, und niemand, wirklich niemand hatte ihre Abwesenheit überhaupt bemerkt. In dem Moment fühlte sie sich nicht mehr nur alleine, nun wusste sie, sie war es auch.

«Hier, da sollen wir hin.» Sie hielt Bruch ihr Handy hin. «In der

Zentrale haben sie einen Sexualstraftäter gefunden, der in der Nähe wohnt.»

Bruch sah sich die Mail an. «Das hat damit nichts zu tun.»

Sie drehte das Handy um, damit sie selbst noch einmal einen Blick darauf werfen konnte, nicht dass sie ihm aus Versehen etwas anderes gezeigt hatte, doch es war die richtige E-Mail.

«Ein entlassener Sexualstraftäter. Ganz in der Nähe. Was gibt es denn da zu überlegen?»

«Ich überlege nicht.»

«Felix, wir fahren da jetzt hin.»

Bruch verblüffte sie einmal mehr, indem er sich jetzt einfach geschlagen gab und nickte. Er folgte ihr unter den Blicken der Anwohner zum Wagen.

«Was machen die hier jetzt eigentlich», fragte Schauer, während sie den Motor anließ. «Stehen herum, warten auf Neuigkeiten? Sieht nicht so aus, als ob sie nach dem Mädchen suchen.»

«Eine Mischung aus Empathie und Neugier», erwiderte Bruch auf ihre eigentlich rhetorische Frage. Er sah sich sogar nach den Leuten um. Während er sie betrachtete und abschätzte, blinzelte er nicht einmal. Ein Terminator, dachte Schauer und konnte über ihren Vergleich nicht einmal schmunzeln.

«Ich halte unterwegs noch mal bei einem Bäcker», kündigte sie an. «Hab gar nichts zu essen. Und einen Kaffee könnte ich auch noch mal gebrauchen.»

Bruch reagierte nicht, sie verstand das als Zustimmung.

4

Der Bäcker war schnell gefunden, lag auf direktem Weg durch die lang gestreckte Ortschaft in Richtung Hänichen, einem weiteren Ortsteil von Bannewitz.

Schauer parkte halb auf dem Bordstein, um nicht die Straße zu blockieren. Da Bruch weder Anstalten machte auszusteigen, noch etwas zu ihr sagte, musste sie davon ausgehen, dass er nichts wollte.

«Sie sind wohl von der Polizei?», fragte die Verkäuferin, eine ältere Frau mit grauem Haar, kaum dass Schauer den Laden betreten hatte. Außer ihnen war niemand in der Bäckerei. «Ist das Mädchen noch immer weg?»

Schauer nickte. «Leider.»

«Die ist bestimmt bloß weggelaufen.»

«Meinen Sie?», fragte Schauer in einem Tonfall, der eigentlich zum Ausdruck bringen sollte, dass sie keine Lust auf Spekulationen hatte.

«Ja, na klar, Stadtkinder. Ich sag Ihnen, die andere damals, die war auch nur weggelaufen.»

«Wie kommen Sie denn darauf?»

«Ich denk's mir halt. Die wollen es nur nicht zugeben. Damals gab's nämlich einigen Ärger deshalb.»

«Wie meinen Sie das denn?»

«Ach na ja, man hatte so das Gefühl, die glaubten, wir hätten was damit zu tun.»

«Wir? Sie meinen die Alteingesessenen?»

«Ja, was natürlich völliger Quatsch ist. Es gab eben Reibereien, nachdem hier so viele hinzugezogen waren. Hatten uns ja einiges erhofft. Mehr Umsatz. Aber die kaufen ihr Zeug alle in den großen Kaufhallen, gefrorene Brötchen und Brot aus der Maschine.»

«Das da, mit Salami!» Schauer zeigte auf ein belegtes Brötchen. «Wie meinten Sie denn das, dass Sie was damit zu tun hätten. Die haben ja nicht ernsthaft behauptet, die Alteingesessenen hätten das Mädchen damals entführt?»

«Na, gesagt hat das natürlich niemand, ich sag ja, das war so unterschwellig, als könnten wir was dafür. Drei fünfzig bitte.»

«Und zwei Kaffee bitte.»

«Hätten Sie das mal gleich gesagt, dann hätt ich die zuerst gemacht. Das wären dann sieben achtzig.»

Sieben Euro achtzig, wiederholte Schauer in Gedanken. Irrsinn. Das wären fünfzehn Mark sechzig gewesen für ein belegtes Brötchen und zwei Kaffee.

«Was hat sie gesagt», fragte Bruch.

«Wie meinst du?»

Bruch schwieg, sah sie an. «Ihr habt miteinander gesprochen», sagte er dann, nach einigen Augenblicken.

Schauer stellte die Kaffeebecher in die Halterungen des BMW, warf den Zucker und Milchpackungen in die Armaturenablage und legte das eingepackte Brötchen ins Türfach. «Nur Waschweibergeschwätz. Dass die aus der Siedlung damals behaupteten, die alten Dorfbewohner hätten mit dem Verschwinden von Linda was zu tun.»

Bruch sah sie an, ohne zu blinzeln. Dass der eine Kaffee für ihn sein sollte, hatte er anscheinend noch nicht registriert. Oder er war einfach nur ein ignoranter Affe, der nicht Danke sagen konnte.

«Du denkst doch nicht ernsthaft drüber nach?», fragte Schauer und startete den Motor.

«Hat sie das konkretisiert?»

«Nee, nur so ein Gefühl», zitierte Schauer. Wie er fragte, ohne die Stimme anzuheben, jeder Satz wie eine Aussage, das machte sie richtig wütend.

«Ungewöhnlich ist das.» Es hörte sich an, als käme gleich noch mehr, doch Bruch hatte fertig. Schauer kniff für einen Moment die Augen zusammen. Dann fuhr sie los.

«Immerhin ist das Mädel ja wieder da und hat niemanden im Dorf beschuldigt.»

«Hast du den alten Mann gesehen. Der stand mit draußen vor dem Haus der Kühns.»

Schauer wusste, wen Bruch meinte. «Ja, der muss mindestens achtzig sein.»

«Der scheint nicht neu hinzugezogen. Den will ich sprechen.»

Schauer wagte einen Blick zur Seite. «Wieso?», fragte sie. «Wieso soll der nicht hinzugezogen sein, und wieso willst du ausgerechnet den sprechen und wieso ... ach.» Sie winkte ab. Herr Bruch würde schon wissen warum.

«Der Kaffee ist übrigens für dich!», sagte sie und zeigte auch noch auf den Becher, damit er auch kapierte, dass nur der rechte Becher für ihn war. Man wusste ja nie. Bruch glotzte auf den Becher.

«Danke!», sagte Schauer deutlich.

«Danke», wiederholte Bruch. Doch was war das schon wert, wenn man darum betteln musste.

Sven Berger war nicht zur Arbeit erschienen, erfuhren sie auf dem Getränkehof, schon am Vortag nicht. Sie mussten hoffen, dass er daheim war.

«Hast du gehört, gestern ist er auch nicht da gewesen!» Schauer sprach es aus, als wäre es von Bedeutung.

Bruch schwieg dazu. Er mochte nicht sprechen, nicht in diesem Zustand, in dem er sich befand. Wenn ihm jedes Geräusch, jede menschliche Regung wie bittere Galle aufstieß. Das Grau des Himmels sich mit dem Grau in ihm mischte. Jedes Wort zu viel war ihm eine Pein. Und der Tag war noch nicht einmal zur Hälfte um.

«Bist du immer so schweigsam? Wie war denn das mit deinem Kollegen? Sprach der immer für euch? Oder lässt du mich etwa auflaufen, weil ich die Neue bin?» Schauer beschleunigte den Wagen.

Bruch atmete durch. Vier Fragen in fünf Sekunden. Er hatte noch nicht einmal Antwort auf die erste.

Michael hatte gesprochen, wenn es darauf ankam. Michael war anders gewesen als er. Er wollte die Initiative ergreifen. Immer. Wollte der Macher sein. Handeln. Immer überall sein. Das Wort führen. Ihm war es immer recht gewesen. So konnte er sich Worte sparen. Außerdem fuhr Michael zu schnell. Alles war ihm zu langsam. Drei Autos hatte er in zehn Dienstjahren verschlissen. Sein Tod hatte damit nichts zu tun. Wie er ihn in dem Moment angesehen hatte. Warum er ihm diese Frage gestellt hatte, kurz davor? Das alles hatte einen Grund, doch sosehr er sich mühte, sich zu erinnern, in seinem Kopf war nur zähe graue Masse.

Inzwischen hatte Schauer die Geduld schon wieder verloren. «Okaaay, ich seh schon, das wird noch lustig mit uns beiden.»

«Ich schweige lieber», sagte Bruch aus demselben Grund, aus dem er vorhin den Kaffee getrunken hatte, eine Art Pflichtgefühl.

Es war nicht weit zu Sven Bergers Wohnung. Sie befand sich in einem großen Wohnhaus, das zwischen mehreren gleich aussehenden Wohnhäusern stand und Wohnraum für bestimmt zweihundert Menschen bot. Der ganze Komplex war recht neu, kein typischer Sozialwohnungsbestand. Vermutlich hatte man wirklich versucht, den Mann ins wahre Leben zu integrieren, nicht in die Subkultur der Plattenbaughettos. Was auch immer das wahre Leben war.

«Wenn der nicht aufmacht, stehen wir dumm da», murmelte Schauer, während sie die Klingelschilder studierte.

«Er hat Auflagen, er wird öffnen müssen.» Bruch hatte die Klingel längst gefunden, konnte nicht länger warten und drückte auf den Taster.

«Wasn?», plärrte es aus der Sprechanlage.

«Herr Berger? Kripo. Lassen Sie uns rein!»

«Hä! Kripo?»

«Herr Berger, lassen Sie uns rein.»

«Gleich, muss erst was anziehen!» Die Verbindung brach ab.

«Oder was wegräumen», raunte Schauer.

Kurz darauf summte der Türöffner. Bruch drückte die Tür auf, ließ Schauer zuerst hinein.

«Treppe oder Aufzug?», fragte sie.

«Aufzug.»

«Aber woher wissen wir, welche …»

«Vierte.» Das hatte man anhand der Anordnung der Klingeln erkennen können.

In der Vierten angelangt, stand dort schon ein Mann in der offenen Wohnungstür. Besonders schick hatte er sich nicht gemacht. Trug ausgebeulte Jogginghosen, einen labbrigen Pullover und Badelatschen. Sein Haar war schütter. Er hatte einen ordentlichen Bauchansatz, vermutlich vom Bierkonsum. Einige Tätowierungen zierten seinen Hals und die Finger. Hässliche kleine Bilder. Von einem Laien gestochen.

«Was wolltn ihr hier?», fragte er.

«Gehen wir rein!», bestimmte Schauer.

«Dürft ihr das überhaupt?»

«Wollen wir es rausfinden? Ist da was drin, das wir nicht sehen sollen?»

«Nee, Mann, ich mein doch nur.» Berger gab nach, schlurfte in seine Wohnung hinein. Schauer und Bruch folgten ihm.

Die Wohnung war in keinem guten Zustand, das Laminat verdreckt, die Wände abgegriffen, die Türen angeschlagen. Kaum zu glauben, dass er erst vier Monate hier wohnte.

«Braucht ihr nicht zu glotzen, hab die Bude so bekommen.»

Das musste eine glatte Lüge sein. Auf dem Couchtisch standen leere Bierflaschen, eine Großpackung loser Tabak, Zigarettenpapier. Es war kalt in der Wohnung, vermutlich weil er glaubte zu lüften, indem er alle Fenster ankippte. Dabei stank es penetrant nach Rauch. Unterdessen knisterte die Heizung voll aufgedreht. Die Möbel waren billig, vermutlich komplett aus zweiter Hand.

«Haben Sie nur dieses Zimmer?», fragte Schauer.

«Nee, nochn Schlafzimmer.»

«Ich seh mir das an!» Schauer trat zurück in den Flur. Berger wollte ihr nach, doch Bruch stellte sich ihm in den Weg.

«Setzen», befahl er. Berger zuckte mit den Achseln und ließ sich auf die Couch fallen. Er nutzte die Zeit, drehte sich mit geschickten Bewegungen eine Kippe, zündete sie an und lehnte sich in großer Geste zurück, legte den Arm auf die Rückenlehne der Couch. Grinste. Zwei Frontzähne fehlten ihm, einer oben, einer unten.

«Die wird da nix finden.»

«Das heißt, es gibt was zu finden», sagte Bruch.

«Nee, nur dass es nichts zu finden gibt. Weshalb seid ihr denn hier?»

«Warum waren Sie gestern nicht arbeiten?»

«Habs vergessen und eh kein Bock, der Penner dort nervt nur.»

«Was haben Sie stattdessen gemacht?», fragte Berger, sah Schauer an, die zurückgekommen war.

Berger breitete die Arme aus. «Abgegammelt. Fernsehn geglotzt. Seid ihr deshalb hier, weil ich nicht auf Arbeit war?»

«Ihr richtiger Name ist Jens Bürger», sagte Schauer.

«Geht dich mal gaaar nix an, Süße. Und schon gar nicht sollste das hier so laut rumkrakeelen.»

Schauer trat näher an den Mann heran. «Sie haben eine Freiheitsstrafe verbüßt. Vier Jahre wegen schweren sexuellen Missbrauchs.»

«Kann sein, ja, bin verurteilt worden. War ausgemacht. Die haben einen Dummen gesucht.»

Schauer wollte noch etwas fragen, doch Bruch kam ihr zuvor. Er spürte, wie angespannt sie plötzlich war, und die viele Fragerei vorhin und das nervöse Schweigen waren möglicherweise der Tatsache geschuldet, dass sie ein Problem mit Sexualstraftätern hatte.

«Schildern Sie Ihren Tagesablauf gestern.»

«Alles?» Berger feixte frech.

«Alles!»

«Also, erst mal hab ich schön ausgepennt. Da wart ihr schon auf Achse. Dann bin ich aufgewacht, bin pissen gegangen. Dann hab ich mir eine Kippe gedreht. Hab 'nen Schluck Bier getrunken. Dann hab ich mir noch 'ne Kippe gedreht. Dann hab ich die Glotze angemacht, zwischendurch aus dem Fenster gesehen und so weiter und so fort. Zwischendurch hab ich 'ne Büchse Fertigzeug gefressen. Und scheißen war ich auch. Irgendwann war es Nacht, und ich bin auf der Couch eingepennt.»

«Sie kommen sich wohl witzig vor?», fragte Schauer.

Bruch berührte sie ganz leicht mit seinem Ellbogen. «Waren Sie gestern draußen.»

«Ist das 'ne Frage? Nee, nicht einmal!»

«Gibt's Zeugen dafür?»

«Wasn für Zeugen, ich wohn ganz allein hier! Die Assis hier im Haus wolln mit mir nix zu tun haben.»

«Haben Sie ein Auto? Ein Moped, irgendein Fortbewegungsmittel?»

«Nee, Mann, von dem bissl Geld, was ich bei dem da oben krieg, kannst dir grad mal Kippen und Alk besorgen.»

«Wie kommen Sie denn zur Arbeit», fragte Bruch. Er musterte Schauer. Eine Veränderung war an ihr geschehen. Ihr Gesicht hatte sich verändert.

«Mitm Fahrrad halt.»

«Er hat Sie doch gerade gefragt ob Sie ein Fortbewegungsmittel haben», schnauzte Schauer den Mann unvermittelt an. «Kennen Sie jemanden in Goppeln? Kommen Sie manchmal da hin?»

«Was soll ich denn ...» Der Mann verstummte. «Jetzt kapier ich, was los ist.» Er erhob sich.

«Setzen Sie sich wieder», mahnte Bruch.

«Ihr Wichser denkt, ich hab mit der verschwundenen Göre zu tun! Ich bin doch kein Kinderficker.»

«Wissen wir das?», fragte Schauer. Ganz weiß war sie im Gesicht. «Wie kam es denn zu vier Jahren Knast?»

Berger beugte sich vor, kam ihr mit seinem Gesicht ganz nahe. «Kann ich dir sagen, Püppchen ...»

Weiter kam er nicht. Schauers Faust traf ihn ansatzlos im Gesicht. Er stürzte rücklings mit dem Oberkörper auf die Couchkante, prallte dann nach vorn, fand sich auf allen vieren wieder. Blut schoss ihm aus der Nase.

«Eh Alte, bissu bescheuert!», keuchte er, hielt sich die Hand vor das Gesicht.

Schauer holte noch einmal mit der Rechten aus, doch nun reagierte Bruch, hielt sie am Unterarm fest. Einen Moment fochten sie einen stummen Kampf aus. Bruch brauchte seine ganze Kraft, Schauer aufzuhalten. Nun schüttelte er stumm den Kopf, so wie sie es bei Herzfeld getan hatte, als der ihn körperlich angegangen war. In diesem Moment klärte sich Schauers Gesicht auf. Sie nickte ihm zu. Bruch ließ ihren Arm los.

Schauer ging in die Hocke. «Hol mal ein Küchentuch oder Toilettenpapier», bat sie Bruch. Der ging los, kürzte gleich ins Bad ab, zerrte ein paar Meter Toilettenpapier von der Rolle. «Es gibt so ein paar Worte, die gehen gar nicht. Püppchen zum Beispiel. Kleine, Mädchen, Schlampe, Fotze», hörte Bruch Schauer dabei sagen. Anstatt sofort zurückzugehen, wartete er im Flur. «Und wenn einer wie du das nicht kapiert, obwohl er schon vier Jahre im Knast gesessen hat, dann gibt's eben aufs Maul, kapierste? Penner wie du müssen lernen, dass nicht die Frauen an deinem Scheißleben schuld sind, sondern du selbst!»

«Loslassen», rief Berger theatralisch und leidend. Bruch machte absichtlich ein Geräusch, ehe er sich anschickte, ins Wohnzimmer zurückzukehren. Als er in die Tür trat, hatte Berger sich auf dem Boden sitzend an die Couch gelehnt, sein T-Shirt war voller Blut. Bruch warf ihm den ganzen zusammengeknüllten Haufen Klopapier in den Schoß.

Berger nahm es und presste sich das Papier ins Gesicht. «Du hast das gesehen», nuschelte er. Schon begannen ihm hübsche lila Augenringe zu gedeihen. «Die zeig ich an. Du hast das gesehen! Geboxt hat die mich und mir fast das Ohr abgerissen!»

Bruch erwiderte nichts. Stattdessen zog er den Sessel heran, setzte sich auf die vorderste Kante. «Gestern. Wo waren Sie da?»

«Hier, hab ich doch gesagt!»

«Den ganzen Tag. Können Sie das beweisen?»

«War klar, war so klar, kaum passiert was, bin ich geliefert. Ihr braucht doch nur einen Dummen.»

«Würden Sie mir bitte auf meine Frage antworten.»

Dieser Bruch. Er hörte sich an wie so ein Automat. Unheimlich fast. Und Berger, der musste schlucken und stellte sein Gewinsel ein. «Ich kann's nicht beweisen. Höchstens die Nachbarn, die kriegen das ja mit, wenn ich rein- oder rausgehe. Mein Fernseher war ja auch an. Aber die können mich nicht leiden.»

Ja, warum nur. Schauer spürte, wie die gerade abgeflaute Wut wieder in ihr aufstieg. Sie hatte ihn gar nicht schlagen wollen, das wollte sie nie. Aber dieses Wort. *Püppchen*. Sie wusste gar nicht, warum er vier Jahre gesessen hatte. Musste schon schwere sexuelle Nötigung gewesen sein. Er sah nicht aus wie ein Vergewaltiger, der nachts Frauen nachstieg oder kleine Mädchen befummelte. Eher war er einer von der Sorte, die glaubten, ihre Frau wäre ihr Besitz. Die ihrer Ollen mal eine reinballerten, wenn das Essen nicht auf dem Tisch stand. Oder es mit ihr trieben, auch wenn die gar nicht wollte.

Trotzdem hätte es nicht passieren dürfen, dass sie zuschlägt, vor allem nicht am ersten Tag.

«Kennen Sie das Mädchen, das verschwunden ist?»

«Was? Nein, ich weiß doch noch nicht mal, wer das ist. Ich weiß es nur aus dem Radio, dass sie ein Mädchen suchen.»

«Halten Sie sich manchmal in Goppeln auf, haben Sie Bekannte da?»

«Nein, keine. Hören Sie mal, können Sie nicht leiser sprechen, die Leute hier, die sollen nicht wissen, was ich für einer war. Deshalb hab ich ja einen anderen Namen jetzt.»

Bruch erhob sich. Berger wich gleich zurück, als erwartete er noch mehr Schläge.

«Gut, Sie werden hierbleiben. Für gelegentliche Besorgungen dürfen Sie raus. Haben Sie ein Telefon?»

«Ja, da drüben!» Berger zeigte auf den Fernsehtisch, dort lag ein altmodisches Tastenhandy.

«Ich notiere mir Ihre Nummer, tragen Sie es bei sich und gehen Sie ran, wenn ich anrufe.» So wie er das sagte, durfte es keinen Widerspruch geben. «Wo ist Ihr Kellerschlüssel?»

Berger stemmte sich hoch, setzte sich auf die Couch. «Liegt auf dem Schränkchen im Flur.»

Bruch gab ihr ein Zeichen, dass sie im Keller nachsehen sollte.

«Und was ist jetzt damit?», fragte Berger anklagend und deutete auf sein Gesicht.

Bruch zögerte keine Sekunde mit der Antwort. «Das müssen Sie kühlen.»

Er sagte keinen Ton, als sie wenige Minuten später in den BMW stiegen. Seine Miene war ausdruckslos. Er schien ihr keinen Vorwurf zu machen, zeigte aber auch kein Verständnis. Irgendwie war es, als wäre gar nichts geschehen.

«Wir müssen ihn beobachten lassen. Körperlich und durch Mobiltelefonortung.»

«Mit dem Verschwinden von Linda vor zwei Jahren kann er ja nichts zu tun haben, da war er im Bau. Glaubst du, er hat was mit Celinas Verschwinden zu tun?»

Bruch antwortete nicht, und inzwischen glaubte sie verstanden zu haben, dass er einfach nichts sagte, wenn er keine Meinung zu einem Thema hatte.

«Hör mal», begann sie. Es konnte nicht unbesprochen bleiben. Sie musste etwas sagen. «Ich kann bestimmte Dinge nicht ab. Wenn einer so mit mir redet, dann brennen mir die Sicherungen durch.» Sie sah kurz zu ihm herüber. Bruch zeigte keine Regung.

Aber er musste doch eine Meinung dazu haben. Es konnte ihm doch nicht völlig egal sein. Wenn so was publik wurde, dann gab es immer gleich einen Riesenaufschrei. Polizeigewalt, das führte ruckzuck zur Suspension.

Sie wollte nicht fragen, aber die Worte formten sich hinter ihrer Stirn und verursachten Druck. Sie mussten hinaus. «Wirst du das melden oder so?»

Vor ihnen schaltete eine Ampel auf Rot. Sie hielt, sah ihn an.

Endlich bemerkte er es, erwiderte ihren Blick. Er sagte nichts. Aber sein Blick, der musste ihr genügen.

5

Ihr war unwohl auf dem Weg zurück nach Goppeln. Nicht allein dass sie dem Typen eine verpasst hatte, der Geruch des Blutes, seine ganze widerliche Art sorgten dafür. Noch dazu schien Bruch recht zu haben, es war sinnlos, was sie taten. Fuhren durch die Gegend, fragten Leute nach Dingen, die sie bereits erzählt hatten. Und dieses Dreckswetter. Vorm Haus der Kühns stellte sie den Wagen ab.

«Haben Sie diesen Mann schon einmal gesehen?», fragte Schauer.

«Wer ist das?», fragte Yvonne Kühn, Celinas Mutter. Inzwischen war es früher Nachmittag. Sie hatte ein wenig geschlafen. Schien nicht mehr so benommen. Hatte sich angekleidet, als wollte sie gleich hinaus.

«Haben Sie ihn schon einmal gesehen?»

Die Kühns beugten sich über den Laptop, studierten ein Bild von Berger. Sie flüsterten miteinander. Schauer ließ ihnen den Raum. Schließlich ließen beide ab vom Computer. «Nein, nicht dass wir uns daran entsinnen könnten. Wer ist denn der Mann?»

«Das kann ich Ihnen nicht sagen!»

«Können wir das Foto ausgedruckt bekommen?», fragte Herr Kühn.

«Ganz sicher nicht! Können sich Ihre Kinder das Bild bitte ansehen!»

«Maxim, Sarah!», rief Kühn so laut und unvermittelt, dass Schauer zusammenzuckte. Sie sah Bruch an, um Kontakt zu bekommen, das Gefühl, nicht ganz allein zu sein. Doch der starrte nur, als wäre er in Gedanken ganz woanders. Oder auf Stand-by, um Akku zu sparen.

Das Mädchen kam die Treppe runtergeflitzt. Der große Bruder schlurfte betont langsam hinterher. Als er der Polizisten gewahr wurde, stöhnte er.

«Schaut ihr euch bitte das Bild an und sagt, ob ihr den Mann schon einmal gesehen habt», bat Schauer. Angesichts des großen trägen Burschen bekam sie schon wieder Puls. Dem konnte ja seine Schwester nicht so egal sein. Oder? Oder er wusste etwas. Noch einmal sah sie Bruch an, und tatsächlich betrachtete er den Jungen, als hätte er gerade denselben Gedanken gehabt.

Maxim guckte nur kurz. «Nee, kenn ich nicht», sagte er und wollte schon wieder abdrehen.

«Du hast doch noch gar nicht richtig hingesehen!», entrüstete sich seine Mutter. Wieder stöhnte der Junge, riss seine Augen auf, starrte den Bildschirm drei Sekunden lang an.

«Reicht das?», fragte er.

Kühn wollte aus der Haut fahren, doch seine Frau hielt ihn zurück.

«Wer ist das?», fragte die Kleine. Niemand nahm sie wahr.

«Kann ich wieder hoch?», fragte der Junge.

«Geh», antwortete Bruch.

Frau Kühn sah ihm nach. «Seit einem Jahr pubertiert er. Und seit er ein paar neue Mitschüler in der Klasse hat, ist er unausstehlich.»

Bruch hatte sich leicht bewegt. Mit dem Gesicht deutete er nach oben. «Wären Sie einverstanden, wenn wir ihn mal kurz allein auf seinem Zimmer sprechen?», fragte Schauer in der Hoffnung, Bruchs Botschaft richtig verstanden zu haben. Warum fragte er nicht selbst?

«Wenn Sie sich davon was erhoffen.»

«Wasn?», maulte Maxim auf ihr Klopfen hin. Schauer öffnete die Tür, trat nach links, Bruch hinter ihr nach rechts. Maxim saß an seinem Computer, hatte sich für eine Runde Fortnite eingeloggt. Nun schob er sein Headset so, dass wenigstens ein Ohr frei war.

«Was issn?»

«Du hast den Mann schon mal gesehen», sagte Bruch.

Maxim öffnete den Mund, wollte widersprechen. An Bruchs starrem Blick scheiterte er jedoch.

«Ja, is aber nicht wichtig.»

«Deine Schwester ist verschwunden», entfuhr es Schauer scharf. Bruch bewegte sich ein paar Zentimeter vor. Vorsichtshalber schob Schauer ihre Hände in die Jackentaschen.

«Du sagst also, du kennst den Mann, und ich will wissen, woher. Ob es wichtig ist, entscheiden wir», sagte Bruch.

Maxim kaute auf seiner Unterlippe, in seinem Mundwinkel wuchs ein kleines Ekzem. «Sagen Sie auch meinen Alten nichts. Die nehmen mich noch von der Schule.»

Es war fast tröstlich für Schauer, dass Bruch den Jungen ebenso nur ansah, ohne zu antworten, wie er es bei ihr immer tat.

«Also der vertickt Dope an der Schule. Ich weiß das nur, weil mir das einer gesagt hat. Ich rauch nichts.»

«An deiner Schule?», fragte Schauer. Sie hätte diesem Asozialen nicht nur eine reinschießen sollen. «Und deine Schwester ist an derselben Schule?»

«Ja, na klar», er tat, als wäre es ganz logisch. Wie nahe er dran war, auch eine geschossen zu bekommen, konnte er nicht ahnen.

«Seit wann treibt der Typ sich da rum?»

«Schon seit ein paar Wochen.»

Bruch drehte in diesem Moment ab.

«Danke, kannst weiterspielen», schloss Schauer die Runde. Eigentlich müsste man es machen wie Bruch, einfach gehen, wenn man fertig war. Oder sagen, was man sagen wollte. Oder nichts sagen. Doch irgendwie fühlte es sich immer falsch an. Um so zu sein, muss man entweder ganz cool sein oder nicht ganz richtig ticken in der Birne. Zu welcher Kategorie Bruch zählte, da war sie sich längst nicht sicher.

«Konnte er Ihnen weiterhelfen?», fragte Frau Kühn unten.

Schauer nickte. «Und? Was machen Sie jetzt?»

«Ich geh wieder raus, nach ihr suchen. Wir haben zwar schon alle bekannten Stellen abgesucht, aber ich kann nicht nur im Haus sitzen.»

«Wenn wir nur diese Linda zum Reden bringen könnten», sagte Schauer leise.

«Ich weiß, auch das haben wir schon versucht. Gefleht habe ich. Die wollen einfach nicht.»

«Frau Kühn, verzweifeln Sie nicht. Es muss nicht immer gleich das Schlimmste passieren!»

Die Frau schüttelte den Kopf, wie ein trotziges Kind. «Doch, sieht man doch, überall auf der Welt geschehen schlimme Dinge.»

«Das kommt Ihnen nur so vor. Die allermeisten Kinder tauchen wieder auf. Meist haben sie nur Mist gebaut und trauen sich nicht heim. Haben Sie ein Instagram-Profil? Dann machen Sie ein kurzes Video, sagen Sie ihr, dass sie heimkommen soll, wenn sie irgendwo da draußen ist. Dass sie keine Angst vor Strafe haben soll.»

«Aber sie hat doch ihr Handy nicht!» Die Frau war kurz davor, in Tränen auszubrechen.

«Frau Kühn, heutzutage finden Kinder immer einen Weg, ihre Konten zu checken.»

«Und wenn Sie ihre Konten knacken? Sie hat doch Instagram und TikTok.»

«Wir sind schon dabei!», log Schauer, denn so einfach war das nicht. Rein rechtlich.

Ohne es absprechen zu müssen, steuerten sie auf das Haus der Herzfelds zu. Wenn Maxim diesen Berger kannte, wussten bestimmt noch mehr Kinder dieser Schule von ihm. So auch Linda.

«Ja, bitte?», fragte Herr Herzfeld.

«Wir müssen noch einmal mit Linda sprechen.»

Es war Bruch recht, dass Schauer sprach. So musste er seine Kraft nicht mit unnötigem Geschwätz verschwenden, konnte sich umsehen, das Mienenspiel der Leute beobachten.

Herzfelds Gesicht verhärtete sich. «Ich muss Sie aber ausdrücklich bitten, sie nicht auf ihr Verschwinden anzusprechen.»

Bruch sah deutlich, wie sich die Haltung seiner Kollegin wieder änderte, obwohl sie sich nach außen hin nicht bewegte. «Ich kann das nicht garantieren. Es geht schließlich darum, Celina zu finden. Wir müssen Linda ein Bild zeigen.»

«Was für ein Bild?», fragte Herzfeld. Hinter ihm öffnete sich eine Tür, seine Frau gesellte sich hinzu.

Schauer drehte den Kopf ein wenig, ohne ihn anzusehen, doch Bruch wusste, sie bat um Hilfe.

«Wir müssen Linda sprechen», sagte er. «Jetzt.»

Herzfeld zögerte, doch seine Frau reagierte. Sie drehte sich um, öffnete die Wohnzimmertür ein wenig. «Linda, komm mal.»

«Was wollen Sie ihr zeigen?», fragte sie dann.

«Ein Bild!», antwortete Schauer. «Und wir möchten es nur Ihrer Tochter zeigen. An unserem Laptop im Wagen.»

Bruch wusste, warum sie es den Eltern vorenthalten wollte, hatte dieselbe Akte gelesen.

«Wieso dürfen wir es nicht sehen?», fragte Frau Herzfeld mit einem leicht quengelnden Tonfall. Es schien ihnen nicht recht, dass sie nicht mehr die erste Opferrolle spielen konnten. Ihre Tochter war verschwunden gewesen, und ein Wunder hatte sie zurückgebracht. Nun standen andere im Mittelpunkt.

«Wir fürchten, Sie ziehen die falschen Schlüsse.»

«Wie meinen Sie das denn?», fragte Herzfeld, doch endlich kam Linda.

«Kannst du mal kurz zu unserem Auto kommen», bat Schauer das Mädchen. Linda nickte stumm.

«Zieh dir was über!», mahnte ihre Mutter, reichte ihr die Jacke, half sogar den Reißverschluss zu schließen. Linda ließ es widerwillig geschehen. Dann trat sie ins Freie, lief mit den beiden Polizisten zum BMW, ohne etwas zu sagen.

«Dieser Mann.» Schauer klappte den Laptop auf. «Kennst du den? Sag's ehrlich!»

«Schon gesehen», sagte Linda. «An der Schule. Die Jungs sagen, der verkauft Drogen.»

«Weißt du, ob er mit Celina gesehen wurde? Hatte sie irgendwie Kontakt zu ihm? Oder hat sie mal mit dir über ihn gesprochen?»

Bruch hörte etwas und drehte sich um. Frau Herzfeld hatte sich eine Strickjacke übergezogen und war ihnen mit einigem Abstand gefolgt. Ob sie sich hatte anschleichen wollen, konnte er nicht wissen, aber sie hatte Filzpantoffeln an, und nur leises Steineknirschen hatte sie verraten.

«Wen hat sie gesehen?», fragte sie aggressiv.

«Frau Herzfeld, was Sie hier tun, ist nicht mehr nur lästig, Sie behindern die Ermittlungen.» Schauer schien sich zur Ruhe zwingen zu müssen. Bruch sah, wie es kochte in ihr.

«Das ist meine Tochter. Wir hatten genug Leid mit ihr.»

«Mama, es ist doch ...»

«Sei still!», fuhr die Frau ihre Tochter an.

Schauer reichte Bruch den Laptop, trat der Frau entgegen. Bruch legte das Gerät ins Auto, damit er für den Notfall beide Hände frei hatte.

«Soweit wir wissen, haben Sie nie versucht, das Verschwinden Ihrer Tochter aufzuklären. Sie haben sich allem verweigert. Weder wurde sie von einem Arzt untersucht, noch haben Sie einen Psychologen an sie herangelassen. Alles angeblich zum Schutze Ihres Kindes. Möglicherweise haben Sie so die Aufklärung eines Verbrechens verhindert. Und das führt uns direkt zu Celinas Verschwinden. Möglicherweise hätte das dadurch auch verhindert werden können.»

Linda gab plötzlich ein seltsames Geräusch von sich und fing an zu würgen. Keuchend blieb sie, einen Moment vornübergebeugt, richtete sich dann auf, wischte sich mit dem Handrücken über den Mund.

«Sehen Sie, was Sie angerichtet haben», fauchte ihre Mutter, ihr war das ganz recht. Sie nahm Linda bei den Schultern und schob sie in Richtung ihres Hauses zurück.

«Sie müssen sich kooperativer verhalten, sonst muss ich andere Wege gehen. Notfalls müssen wir Ihre Mitarbeit erzwingen, es geht schließlich um das Leben eines Menschen», rief Schauer ihr nach.

Die Herzfeld drehte sich um, ohne ihre Tochter loszulassen. «Dann machen Sie das doch!», sagte sie wütend.

An der Haustür angelangt, stand dort ein kleines Mädchen von etwa sechs Jahren. Sie hielt eine kleine Plüschgiraffe in der Hand und sah die beiden Polizisten neugierig an.

«Luisa, geh rein!», befahl ihre Mutter, schob Linda an ihr vorbei.

«Ist Linda böse?», fragte Luisa.

«Nein, deine Schwester ist nicht böse», erwiderte Schauer.

Ihre Mutter kam zurück und fasste sie am Arm. «Luisa, rein jetzt.» Damit zog sie das Kind ins Haus und warf die Tür zu.

«Was nun?», fragte Schauer.

«Warum sagt sie das», meinte Bruch.

«Die ist eben überbesorgt.»

«Nein, ich meine das kleine Mädchen, Luisa, warum sagt sie, dass Linda böse ist.»

«Sie hat gefragt», korrigierte Schauer.

Bruch starrte auf die Stelle vor der Tür, versuchte sich die Szene genau in Erinnerung zu rufen. Müsste sie nicht fragen, ob Linda böse war? Ist Linda böse, hatte sie gefragt.

«Wie wollen wir weiter vorgehen?», fragte Schauer, und das Bild verpuffte.

«Leiten wir die Beobachtung Bergers in die Wege.»

«Willst du ihn nicht festnehmen lassen? Ein Zusammenhang ist gegeben, durch seine Vorstrafe wird der Staatsanwalt kaum zögern.»

«Falls er Celina in seiner Gewalt hat, ist sie nicht bei ihm daheim. Wenn, dann hat er sie irgendwo versteckt, und er wird es uns nicht sagen, wenn er inhaftiert ist.»

«Aber sie ist vielleicht irgendwo eingesperrt und gefesselt. Sie wird Todesängste ausstehen.»

«Sie ist noch nicht einmal vierundzwanzig Stunden weg. Es besteht keine akute Lebensgefahr für sie. Beobachten wir ihn lieber.»

Schauer trat näher an ihn heran. «Felix! Sie ist ein Kind. Und wenn sie irgendwo eingesperrt und gefesselt ist, dann steht sie Todesängste durch. Holen wir uns den Kerl.»

«Es würde nicht besser für sie. Er würde nichts sagen, denn würde er sagen, wo sie ist, wäre er überführt. Beobachten wir ihn, wohin er sich bewegt, was er tut.»

«Und mit wir meinst du uns?»

«Nein, andere sollen das tun. Wir befragen die Kinder in der Nachbarschaft. Jedes Kind. Bestimmt kennen sie ein paar Verstecke in der Umgebung, die kein Erwachsener kennt.»

Die nächsten zwei Stunden brachten nur eine Erkenntnis: Stadtkinder kannten keine Verstecke. Die meisten Bewohner dieser Siedlung waren erst vor wenigen Jahren hierhergezogen, hatten all ihre Stadtgewohnheiten behalten, zu denen auch gehörte, dass Kinder, zumindest die jüngeren, fast überallhin mit dem Auto gebracht wurden. Dass sie nicht allein draußen herumziehen sollten und auch gar keine Lust dazu hatten. Keines der befragten Kinder kannte die Umgebung als bis gerade zur Grenze der Siedlung genauer. Mit den Kindern der Alteingesessenen gab es fast ebenso wenig Kontakt, wie auch die Erwachsenen untereinander hatten, sie gingen sogar in verschiedene Schulen.

«Wir müssten herausfinden, ob Celina außer Linda noch

mehr Freunde in der Siedlung hatte», schlussfolgerte Schauer. Sie musste sich eingestehen, dass sie keine Lust mehr hatte. Bestimmt suchten sie ganz an der falschen Stelle, befürchtete sie. Immerhin war man mit dem Bus in wenigen Minuten in Dresden und noch ein paar Minuten später im Stadtzentrum. Konnte es nicht sein, dass Celina einfach ausgerissen war, sich in der Stadt herumtrieb. Sie wäre nicht das erste Kind, das mit zwölf auf die Straße geriet. Wegwollte. In Städten wie Hamburg, Frankfurt oder Berlin sah man gar nicht mehr hin, so viele gab es, die auf der Straße lebten. Mochte es erst eine lustige Idee sein auszureißen, wurde es immer schwieriger zurückzukehren, je länger man wegblieb. Der Stolz war im Weg und die Angst vor der Strafe.

«Was nun?», fragte sie und kam sich bescheuert vor. Als müsste sie ihn um Hilfe bei der Entscheidung bitten. Es war Feierabend. Sie hatte alles getan, was an diesem Tag möglich war. Mehrere Hundert Leute suchten nach Celina. Noch dazu die Anwohner, die sich den Suchtrupps anschlossen. Sicher waren sie besorgt um das Kind, aber ein bisschen war es auch Abenteuer und auf jeden Fall eine Abwechslung, und wer wäre nicht gern derjenige, der sie fand. Ein Held.

«Dienstschluss», sagte Bruch und hatte damit offenbar so lange gewartet, bis sie ihre Gedanken beendet hatte. Meinte Simon das, als er andeutete, dass Bruch jemand Besonderes war, oder wie hatte er sich ausgedrückt? Gab's nicht diese Leute, die in den Gesichtern anderer lesen konnten wie in einem Buch? Ein Superrecognizer, nein, ein Menschenleser.

Aber gab es auch jemanden, der ihn lesen konnte?

6

Was für ein seltsamer Tag, dachte sie, als sie die Wohnungstür hinter sich schloss. Ein paar Augenblicke blieb sie im dunklen Flur stehen, betrachtete die Bilder vor ihrem inneren Auge. Dann tastete sie nach dem Lichtschalter. Sebastian hatte ihr die Wohnung gelassen. Immerhin, feiner Kerl, in der Beziehung. So richtig darüber freuen konnte sie sich nicht. Sie hatten sich diese Wohnung gemeinsam gesucht. Einfach war es nicht gewesen. Schöne Wohnungen in guten Stadtvierteln waren knapp und teuer. Striesen hieß das Viertel hier. Sebastian hatte darauf bestanden hierherzuziehen. Wie ein Schachbrett fast lag das Viertel, sanierte Altbauten, große Bäume überall. Viele Kinder, wäre es nach ihr gegangen, hätte es noch eines mehr werden können. Es ging aber nicht nach ihr. Ein angrenzender Park, kurze Wege in die Stadt. Ihre Wohnung war eine Dreizimmerwohnung, eigentlich zu groß für sie, ein Zimmer zu viel. Doch da Zweiraumwohnungen nicht viel billiger waren, konnte sie auch hierbleiben. Hübsch hatten sie es sich hier gemacht. So hübsch, dass es schon wieder langweilig war. War ja auch niemand da, der das wertschätzte. Helle Räume, weiße Möbel, auf antik gemacht. Hübsche Couch, Paisleymuster. Ein paar teure Grünpflanzen, aus dem Gartenmarkt, die besser ein wenig Selbsterhaltungswillen mit sich brachten. So schön war das alles, dass es sie schon manchmal anwiderte, denn es sah aus wie aus der Werbung, aber machte keineswegs glücklich, wie es die Leute in der Werbung immer darstellten. Man müsste eine Warnung hinzufügen, wie bei den Zigaretten oder bei Finanzanbietern. Achtung, die Darstellungen der Personen können stark von der Realität abweichen. Natürlich hatte sie das schon bei der Einrichtung der Wohnung gewusst. Sie sah ja genug in ihrem Job. Sie ärgerte sich nur über sich selbst, wie konnte sie nur geglaubt haben, bei ihr wäre es anders. Eine Katze hätte sie gern, doch dafür wohnte sie viel zu hoch, dritter Stock. Dafür hatte sie eine gute Aussicht von ihrem Balkon und eine Menge Vogelgezwitscher. Es konnte schlimmer sein. Im Wohnzimmer schaltete sie den Fernseher an, damit es nicht so still war. Das war Selbstbetrug, wusste sie. Aber es half. Deshalb betrog man sich ja. Für den schlimmsten Notfall hatte sie noch was im Kühlschrank. Obwohl sie eigentlich keinen Alkohol trinken sollte.

Endlich konnte sie sich ausziehen, die Jacke, die sie den ganzen Tag getragen hatte, die Hose. Untenrum nur im Slip, ging sie in die Küche, um zu sehen, was der Kühlschrank noch für Überraschungen in sich barg. Salat war im Gemüsefach. Aber sie hatte keine Lust, ihn anzurichten. Genau genommen hatte sie keine Lust, ihn zu essen. Sie griff nur immer automatisch danach im Supermarkt, auch fürs Gewissen. Sie hätte jetzt Appetit auf irgendwas Fettes. Pizza könnte sie bestellen. Doch irgendwie war das auch deprimierend, den armen Typen die ganze Treppe für eine Pizza hochzujagen, nur damit er sich dann mit einem Augenzwinkern verabschieden konnte.

Ess ich eben Knäckebrot, dachte sie, riss eine neue Packung auf, richtete es sich mit Frischkäse und Schinken an und legte noch ein paar Tomaten dazu. Dann ging sie ins Wohnzimmer, setzte sich auf die Couch, sie lehnte sich zurück, legte die Füße auf den Tisch. Im Fernsehen liefen gerade Nachrichten, und das war ja etwas, das sie jetzt in diesem Moment überhaupt nicht brauchte. Sie griff nach der Fernbedienung, beließ es dann aber dabei, denn es wurde von ihrem Fall berichtet. Sie hielt sich den Teller unters Kinn und biss vom Knäckebrot ab, kaute zweimal. Dann stöhnte sie, nahm doch die Fernbedienung und stellte lauter.

Die Reporterin war vor Ort in Goppeln, es musste ein Beitrag vom Nachmittag sein. Schauer sah im Hintergrund die erste Häuserreihe der Wohnsiedlung, sogar ihren Dienstwagen sah sie dort stehen. «Die Polizei sucht mit zwei Hundertschaften das Gelände ab, Hubschrauber mit Wärmesensoren überfliegen Goppeln und die umliegenden Ortschaften», sprach die Reporterin ins Mikrofon. Sie vergaß zu kauen, wartete gespannt, ob sie und Bruch auch ins Bild geraten waren.

«Inzwischen wurde auf allen sozialen Medien ein Suchaufruf gestartet», berichtete die Reporterin aus dem Off, während eine Videobotschaft der Kühns abgespielt wurde.

«Celina, falls du das siehst, komm nach Hause, wir vermissen dich sehr», sprach Frau Kühn, dann brach ihr die Stimme, und obwohl sie bestimmt hatte mehr sagen wollen, war das Video schon zu Ende.

«Unterdessen zeigen sich die Nachbarn sehr solidarisch. Parallel zur Polizei suchen sie die Umgebung ab.»

Eine der Frauen aus der Nachbarschaft der Kühns wurde eingeblendet. «Wir sind natürlich sehr besorgt. Wir sind ja alle Eltern, haben ja alle Kinder hier, und es bewegt einen schon sehr zu sehen, wie alle mitmachen», sprach sie zur Reporterin.

«Die Polizei will sich zu dem Fall nicht konkret äußern, es wird in alle Richtungen ermittelt, kommentierte ein Sprecher der Polizei», äußerte sich die Reporterin weiter.

Nun setzte sich Schauer gerade hin, hörte auf zu kauen, denn der alte Mann wurde eingeblendet, auf den Bruch sie heute schon aufmerksam gemacht hatte. Er war recht groß, mit fülligem Bauch, hatte weißes Haar, er mochte weit über siebzig Jahre alt sein. Für das Wetter schien er zu dünn gekleidet.

«Ich seh die Kinder immer spielen», sagte er, «und vor zwei Jahren gab es ja schon einmal so einen Fall hier, da kam das Kind zum Glück wieder heim. Ich kann die Sorge der Eltern sehr gut nachvollziehen, deshalb habe ich die Suche mitorganisiert. Als Einheimischer kennt man sich doch besser aus als die Hinzugezogenen.» J. Jolisch, Nachbar, stand am unteren Bildrand geschrieben.

«Zwei Jahre zuvor», nahm die Sprecherin den Faden auf, «war ein zehnjähriges Mädchen aus derselben Siedlung verschwunden, tauchte nach zwei Wochen äußerlich unversehrt wieder auf, ohne dass die Polizei herausfinden konnte, was mit ihr geschehen war. Nun gilt es herauszufinden, ob diese beiden Fälle auf irgendeine Art in Verbindung stehen. Die Suche nach dem vermissten Kind wird unterdessen fortgesetzt.»

Bruch stellte seinen Wagen auf dem erstbesten Parkplatz ab, den er fand. Direkt vor seinem Block eine Lücke zu finden, war ein Glücksfall. Deshalb ersparte er sich das unnötige Gesuche. Er stieg aus, warf die Tür zu. Der BMW piepte, als die Zentralverriegelung schloss. Vom Dönerladen auf der anderen Straßenseite sah eine Gruppe junger Männer zu ihm herüber. Syrer, Afghanen, er wusste es nicht. Sie waren immer da. Der Dienstwagen passte nicht ganz in das übliche Bild hier im Plattenbauviertel Gorbitz. Im Gegenteil, nur selten verirrten sich Fahrzeuge dieser Preisklasse hierher, nicht selten mussten sie dann mit tiefen Kratzern oder zerstochenen Reifen dafür büßen. Seit Michael tot war, hatte er sich angewöhnt, mit dem BMW heim und zur Arbeit zu fahren, obwohl er selbst ein Auto besaß, das nun schon seit Monaten unbewegt auf dem Parkplatz stand, ein älterer schwarzer Golf Kombi.

Bruch wohnte seit einigen Jahren hier im größten Neubaugebiet Dresdens, das in den Siebzigern aus dem Boden gestampft wurde, um der Wohnungsnot der DDR Herr zu werden. Damals heiß begehrt, waren die Wohnungen jetzt letzte Station Gescheiterter jeglicher Art, Immigranten und einiger weniger Übriggebliebener. Es war nicht ratsam, nachts allein unterwegs zu sein. Es war nicht ratsam, etwas Teures im Auto liegen zu lassen, und auch nicht, sich persönlich bei seinen Nachbarn über den Lärm zu beschweren.

Es war nicht überall im Viertel so schlimm, weiter oben hatten sie die Häuser einige Etagen zurückgebaut, Wohnungen teuer saniert. Hier aber, wo er wohnte, hatten sich Plastiktüten im Gebüsch verfangen, lag zerbröseltes Styropor wie Schnee auf der Wiese, waren die Klingelschilder angeschmolzen und die Wände besprüht.

Bruch machte das alles nichts aus. Er hatte, was er wollte, eine günstige Wohnung und, trotz all der lauten Menschen um sich herum, seine Ruhe. Niemand sprach ihn an, niemand klingelte. Und niemand rührte den BMW an.

Er warf einen langen Blick auf die jungen Männer am Dönerladen. Bestimmt ahnten sie, was er war, und bestimmt hatte sich herumgesprochen, dass man sich in diesem Falle gegenseitig in Ruhe ließ. Er sah über die Wohnungen voller nicht gemeldeter Personen hinweg, den Grasgeruch aus manchem Fenster, die aufgebrochenen Autos und Briefkästen, den übermäßigen Lärm, der nachts aus mancher Wohnung dröhnte, die Autorennen, die sich hier am Wochenende manchmal geliefert wurden. Dafür belästigte man ihn nicht, und der Wagen blieb heil, egal welche Begehrlichkeiten er bei dem einen oder anderen weckte.

Jetzt betrat er das Treppenhaus. Er schaltete das Licht nicht an, obwohl es inzwischen richtig finster wurde, ignorierte seinen Briefkasten, begann die Treppen hinaufzusteigen. Diverse Gerüche umfingen ihn, Essensgeruch verschiedenster Kontinente, Geruch von Schuhen, die auf den Treppenpodesten herumlagen. Hundegeruch, Altemenschengeruch. Der Kellerabgang schien ein unendlicher Quell latenten Uringestanks zu sein. Im ersten Obergeschoss tönten Schießgeräusche. Der junge Mann, der dort wohnte, hatte die wirkliche Realität längst aufgegeben, lebte von staatlicher Hilfe, wurde immer fetter, und wenn ihm eines Tages die Möglichkeit geboten wurde, sich virtuell beim Jobcenter zu melden, würde er gar nicht mehr aus dem Haus gehen. In der Zweiten wohnten links ein junges Russenehepaar, aber immer war die Wohnung voller Leute, ihnen gegenüber eine junge Frau, die zwar dem Drogensumpf entkommen war, doch nur, um nun ihr Dasein mit zwei Kindern, immer hart an der Armutsgrenze, zu fristen. Verbraucht sah sie aus. Ausgelaugt, wie eine Greisin, obwohl sie höchstens Mitte dreißig war, sie grüßte nie, weil sie zu scheu war, zwang sich, ihre Kinder zu lieben. Wie viele Menschen mochten ihr geholfen oder sie gezwungen haben, ihrer Sucht zu entfliehen, damit sie jetzt mit diesem Leben bestraft wurde?

Über ihr, in der Dritten, ein alter Mann, an die neunzig. Er war fast taub, ihn störte das Geschrei der Kinder nicht. Er rauchte, das roch man im ganzen Haus. Bruch sah ihn höchstens einmal im Monat. Wenn er irgendwann starb, würde es wochenlang niemand bemerken, denn sein Fernseher lief ununterbrochen.

In der Vierten wohnte ein junger Mann, der nur nachts die Wohnung verließ. Vermutlich nur ein Spinner, vielleicht heckte er etwas aus. Ging auf Raubzug oder folgte Frauen und malte sich aus, wie es wäre, sie ins Gebüsch zu zerren, und wagte es doch nie.

Bruch wohnte in der Fünften, ihm gegenüber eine fünfköpfige syrische Familie. Sie beäugten ihn misstrauisch, wussten sicherlich, dass er Bulle war, und glaubten, er wohnte wegen ihnen hier, um sie zu beobachten. Wenn er ihnen gelegentlich begegnete, senkten sie die Blicke, selbst die Kinder, ließen ihn stumm passieren und beteten wohl, er möge seine Aufmerksamkeit nicht auf sie richten.

Oben angelangt schloss Bruch seine Wohnung auf. Er betrat sie, schloss die Tür hinter sich, ließ das Licht vorerst aus, obwohl der Flur fensterlos war und nur ein schmaler trüber Lichtstreif anzeigte, wo die Wohnzimmertür einen Spalt offen stand. Für einen Moment, so tat er es immer, lehnte er sich an die Wohnungstür. Hier war Ruhe. Keine völlige Ruhe, nein, er hörte alles in diesem Haus, selbst die Frau ganz unten im Erdgeschoss, die sich Mühe gab, ihren Mann leise zu verprügeln. Hier aber war er in seiner Blase, seinem einzigen wirklichen Rückzugsort. Hierher kam niemand. Hier war er für sich.

Er vernahm ein leises Geräusch, leises Tapsen. Aus dem Wohnzimmer kam die Katze. Sie schlängelte sich durch den schmalen Spalt in der Tür. Sie ließ ihm diese ersten Sekunden. Jetzt kam sie und strich ihm um die Beine. Als Nächstes würde er in die Küche gehen müssen, eine Dose Katzenfutter öffnen, ihr zu fressen geben, das Wasser wechseln. Drei Jahre war sie bei ihm, nein, vier. Er hatte keinen Namen für sie.

Nachdem er seine Jacke ausgezogen und seine Schuhe abgestreift hatte, kümmerte er sich um die Katze. Dann öffnete er seinen Küchenschrank. Er besaß nicht viel. Ein paar Teller und Tassen, ein paar Gläser, Besteck. Aus dem Küchenschrank nahm er wahllos eine Fertigmahlzeit, riss die Packung auf, stellte sie in die Mikrowelle. Die nächsten Minuten nutzte er, den Fernseher anzuschalten, ins Bad zu gehen, um sich zu erleichtern. Die Katze fraß, sah kurz auf, als er zurückkehrte. Grau getigert war sie, mit gelben Augen. Sie folgte seinen Schritten, obwohl es jeden Tag dieselben waren.

So karg wie seine Küche war die gesamte Wohnung. Grünpflanzen besaß er nicht. Die Räume waren spärlich möbliert: im Wohnzimmer eine Couch, in schlichtem Grau, pflegeleicht. Ein niedriger Tisch davor. Ein Schrank, in dem die nötigsten Papiere waren. Keine Bilder an den Wänden. In seinem Schlafzimmer gab es ein Bett, einen Kleiderschrank. Darin auch nur das Nötigste: Unterwäsche, Hosen, Hemden. Seit er hier wohnte, hatte er nicht das Bedürfnis gehabt, irgendetwas zu verschönern oder zu verbessern. Eigentlich nicht erst, seit er hier wohnte. Schon immer. Es hatte nur lange Zeit, hier allein in der Wohnung, benötigt, das zu verstehen.

Als er im Bad fertig war und sich die Hände wusch, hielt er plötzlich inne. Er hob den Kopf und sah in den Spiegel. Das vermied er sonst, sich selbst zu betrachten. Manchmal hatte es den Anschein, als tat das Spiegelbild nicht ganz dasselbe wie er. Er hob seine Hand, langte nach dem Griff der Spiegelschranktür, öffnete sie. Auch hier nur die wichtigsten Dinge: Zahnputzzeug, Rasiergerät, Seife. Und eine Tablettendose. Die nahm er.

Das Etikett war abgegriffen. Es war noch immer dieselbe Dose, die er vor einiger Zeit bekommen hatte. In einem kleinen Paket. Nachschub kam in kleinen verschweißten Tüten. Kleine weiße Tabletten. Sie waren gut für ihn. Brachten ihn über den Tag. Verhinderten das Schlimmste. Er öffnet die Dose, hielt dann aber inne. Falsch war das, die falsche Zeit. Er hatte heute Morgen seine Tablette genommen. Eine sollte er am Tag nehmen, nicht zwei. Trotzdem schüttelte er sich eine aus der Dose auf die offene Handfläche. Lange sah er sie an. Betrachtete sie, ohne zu denken. Nichts war in seinem Kopf, nur das Bild von diesem kleinen runden weißen Ding, das so viele chemische Reaktionen auslöste oder unterdrückte, an dem so viele Leute geforscht hatten, um jemandem wie ihm zu helfen, und die nicht mal im Ansatz verstanden, was dann im Kopf vor sich ging. Welches war seine wahre Natur, fragte er sich an guten Tagen. Die, die zutage kam, wenn er die Tablette ausließ, oder dieser Zustand, der eintrat, wenn er sie nahm? Wer war er, fragte er sich, doch ganz emotionslos, nicht verzweifelt, ganz frei von Pathos. Wer war er denn?

Er spürte eine Bewegung, sah nach links unten, wo die Katze in der Tür saß. Es war ihr fremd, dass er so lang dastand. Sie sah ihn an. Ihm in die Augen. Bruch tat die Tablette zurück, schloss die kleine Dose, stellte sie zurück.

Das Essen in der Mikrowelle war bereits fertig, er hatte das Klingeln überhört. Er nahm die Assiette heraus, noch eine Gabel aus dem Besteckfach, dann setzte er sich auf die Couch, aß nur mit der Gabel, vornübergebeugt, ohne richtig zu registrieren, was er überhaupt aß, in der Linken hielt er die Fernbedienung, schaltete durch die Programme. Starrte dabei den Fernseher an. Die Katze, an das stetige Flackern längst gewöhnt, war auf das andere Ende der Couch gesprungen, rollte sich zusammen, bedeckte ihr Gesicht mit dem Schwanz und schloss die Augen.

Bruchs Daumen bewegte sich unmerklich, drückte und drückte die kleine schwarze Taste, die schon ganz abgenutzt war, ihre Beschriftung längst abgerieben. Plötzlich hielt er inne. Das zweite Mal an diesem Abend überraschte er sich, indem er aus seinen Gewohnheiten brach. Er legte die Fernbedienung und die Gabel ab, erhob sich. Die Katze hob den Kopf, sah ihn an. Nicht so sehr als wunderte sie sich, eher als schaute sie, was nun geschehen würde. Nicht wirklich interessiert, eher unbeteiligt. Wie ein Polizist, der zum Observieren einer Person eingeteilt war. Und manchmal, an seinen schlechteren Tagen, glaubte er das sogar. Dass sie hier war, um ihn zu beobachten.

Heute aber wusste er, dass das Blödsinn war. Dafür aber war ihm, als hätte jemand nach ihm gerufen. Ganz leise nur. Er wusste, das konnte nicht sein. Das wusste er genauso, wie er wusste, dass die Katze nicht zu seiner Beobachtung hier war. Aber trotzdem glaubte er, etwas gehört zu haben. Es konnte nicht schaden nachzusehen, dachte er sich, und das erste Mal am Tag geriet er in wirkliche Zweifel. Sonst zweifelte er nie. Die Dinge, die zu tun und zu sagen waren, ließen keinen Raum für Zweifel. Er trat hinter dem Tisch hervor, steuerte auf die Wohnzimmertür zu, verharrte, lauschte in den Flur. Die Katze hatte ihren Kopf ein wenig gedreht, sah ihn an, sah ihm in die Augen.

Nichts, er hörte nichts. Was er gehört hatte, musste ihm sein Geist vorgegaukelt haben. Trotzdem trat er durch die offene Tür, fand sich im dunklen Flur wieder, hielt inne und lauschte in Richtung des dritten Zimmers, dessen Tür immer verschlossen blieb.

Bis zu ihr waren es jetzt nur noch zwei Meter. Er fand sich wieder, die Klinke in der Hand, wusste nicht, wie das geschehen war. So stand er lang. Sehr lang. Er wusste, er durfte dem Drang nicht nachgeben, den Illusionen, die sein Gehirn manchmal für ihn bereithielt. Er durfte den Schlüssel nicht drehen, die Klinke nicht niederdrücken. Durfte nicht in das Zimmer sehen. Er hatte nichts gehört, sich nur etwas eingebildet. Sein Unterbewusstsein wollte ihn überlisten, wollte ihn verleiten.

Er senkte seinen Blick, betrachtete seine Hand, die Finger fest um die Klinke geschlossen, so fest, dass sie ganz weiß wurden und die Hand zu zittern begann. Dann drehte er hastig seinen Kopf. Die Katze war ihm nicht nachgelaufen. Trotzdem blieb das Gefühl, jemand hätte ihn beobachtet. Er ließ die Klinke los, machte drei, vier hastige Schritte, warf einen Blick ins Wohnzimmer, wo das Tier auf der Couch lag wie zuvor.

Wieder stand er still. Wie eingefroren. Zu viele Optionen, die sich ihm gleichzeitig auftaten. Im Spiegelschrank standen die Tabletten. Er könnte doch eine nehmen, dann würde er klarer denken. Die Tabletten schalteten all das Überflüssige aus, das Falsche, das Eingebildete. Doch auch das durfte er nicht übertreiben. Sein Verstand beschritt einen schmalen Pfad, er durfte nicht aus der Balance geraten. Aus dem verschlossenen Zimmer hatte ihn die Stimme gerufen. Die Couch lockte mit dem Versprechen, den gewohnten Zustand wiederzufinden.

Bruch entschied sich für sie. Heute hatte er genügend Kraft, sich allem anderen entgegenzustellen. Doch er fürchtete, das nächste Intervall rückte näher. Es würden Tage kommen, in denen er der Stimme nicht widerstehen konnte, wenn sie ihn rief. Was würde er dann sehen, öffnete er die Tür? Jedenfalls nichts, das ihm guttat. Er ging wieder zur Couch, setzte sich. Er fühlte weder Stolz, dass er sich hatte überwinden können, noch die Enttäuschung der unbefriedigten Neugier. Er saß nur wieder, nahm die Gabel, aß weiter das Essen, das so kalt geworden war, als hätte er nicht Minuten im Flur verbracht, sondern eine Stunde oder länger. Er nahm die Fernbedienung, begann wieder durch die Programme zu schalten. Zweiundsiebzig hatte er. Und wenn er hinten angelangt war, schaltete er zurück auf die Eins und begann wieder von vorn. Er suchte. Er wusste nicht wonach. Nur, dass er suchte.

7

Schauer versuchte sich gelassen zu geben. Zehn Kollegen saßen hier. Sieben Männer, drei Frauen. Außer Simon und Buchholz kannte sie noch niemanden. Da sie zu früh da gewesen war und sich als Erste in dem Raum gesetzt hatte, waren ihr die Ganggespräche draußen entgangen und bestimmt auch die Gelegenheit, Kontakt zu knüpfen. Zwar hatten sie alle mit freundlichem Hallo oder Guten Morgen gegrüßt, aber gesprochen hatte sie keinen. Und es musste wohl Zufall sein, dass die Stühle direkt neben ihr alle frei geblieben waren. Die Dienstbesprechung lief schon zehn Minuten, als Bruch kam. Ohne ein Wort zu sagen, ohne sich zu entschuldigen oder jemanden zu grüßen, setzte er sich auf den erstbesten freien Platz, anstatt, wie sie gehofft hatte, neben sie. Toll, dachte sie, wirklich toll, da wären wir wieder auf Start, gehen Sie nicht über Los, sondern direkt durch die Hölle.

Bruch sah nicht gut aus. Noch schlechter als gestern. Als hätte er die ganze Nacht nicht geschlafen. Vielleicht gab er sich ja nur so hart und machte sich doch Gedanken, wo das Mädchen sein könnte.

Simon ging mit keiner Silbe auf Bruchs Zuspätkommen ein. Er hatte stehend vor der Videoleinwand von seinem Zettel vorgelesen, kurz gewartet, bis Bruch saß, und dann einfach fortgesetzt.

«Die Suche wird also erweitert, wir bekommen noch einmal hundert Leute von der Bereitschaft dazu. Die müssen richtig eingewiesen werden. Das Suchgebiet wird hauptsächlich in den ländlichen Bereich vergrößert.» Er zeigte entsprechende Gebiete auf dem Satellitenbild auf der Projektionswand an. «Des Weiteren sind die Kollegen von der Autobahnpolizei instruiert, sämtliche Rastplätze und Tankstellen zu kontrollieren. Aufgrund der Nähe zur Autobahn besteht der Verdacht, Celina Kühn könnte sich als Anhalterin abgesetzt haben oder als blinder Passagier auf einem Lkw. Auch die tschechische Polizei ist informiert. Die Innenstadt fällt in Ihren Bereich, Schmidtke. Sie und Ihr Team suchen dort die üblichen Plätze auf.»

Eine der Frauen, eine untersetzte Person von etwa vierzig Jahren, mit sehr kurzen Haaren, nickte. Sie machte einen burschikosen Eindruck, trug Jeansklamotten. «Ist nicht so leicht zurzeit, wegen dem beschissenen Wetter ist kaum jemand draußen», kommentierte sie in breitem Sächsisch.

Simon nickte, wollte schnell fortfahren. Er beugte sich zu seinem Tisch, klickte auf seinem Laptop herum. Bergers Bild erschien. «In Sachen Sven Berger. Dieser Mann heißt eigentlich Jens Bürger, saß vier Jahre wegen schwerer sexueller Nötigung und versuchtem Totschlag. Das Gericht konnte ihm damals nur die mehrfache Vergewaltigung seiner Lebensgefährtin nachweisen. Es besteht jedoch der Verdacht, dass er sich auch an ihrer damals vierzehnjährigen Tochter vergriffen hat. Die aber ist irgendwann abgehauen und nicht auffindbar gewesen.»

«Gewesen?», fragte Schauer.

Simon sah auf, alle anderen sahen sie an.

«Soweit ich das sehe, gibt es noch immer keinen Hinweis auf ihren derzeitigen Aufenthaltsort. Wir gehen dem Vorschlag Hauptkommissar Bruchs nach, lassen den Mann beobachten. Bisher verhält er sich unauffällig, blieb den ganzen restlichen Tag und die Nacht in seiner Wohnung. Der Garten eines Freundes von ihm wurden ohne sein Wissen durchsucht, ohne Ergebnis.»

Was soll's, dachte sich Schauer, haben mich ja sowieso schon alle angeglotzt. «Gibt es nicht ein Mittel, Familie Herzfeld und vor allem ihre Tochter Linda zu vernehmen? Es ist doch nicht von der Hand zu weisen, wie wichtig ihre Aussage jetzt sein könnte, lebenswichtig sogar!»

Simon nickte wieder. «Ein schwieriges Thema. Die Kollegen von der Vermisstenstelle hier und beim BKA könnten ein Lied davon singen.»

Alle im Raum nickten. Tja, Schauer war damals nicht dabei gewesen. Wäre schön gewesen, der Idiot hätte sich neben sie gesetzt und könnte sie aufklären. Stattdessen saß sie hier ganz allein.

«Können Sie das bitte konkretisieren?», fragte sie, bemüht, ihre aufkommende Aggression zu unterdrücken.

«Dazu wollte ich gerade kommen. Familie Herzfeld hat beim Verschwinden ihrer Tochter Linda vor zwei Jahren in kürzester Zeit alle Knöpfe gedrückt, die es zu drücken gab. Sie wurden nicht müde, von der ersten Minute an die Unfähigkeit der Polizei anzuklagen. Jede Maßnahme war ihnen zu lasch und zu wenig. Sie gingen zur Presse, da war das Kind noch nicht einmal zwölf Stunden weg, da waren noch nicht einmal alle Kontaktpersonen geprüft. Ganze achtmal erstatteten sie Dienstbeschwerde. Sie trommelten über alle Kanäle Leute zusammen. Suchtrupps könnte man sagen. Aber das geriet ihnen ein wenig außer Kontrolle, da waren Leute aller Couleur dabei: Rechte, Hooligans, besorgte Bürger, mit Schreckschusspistolen, Luftgewehren, und einer hatte sogar eine Machete. Die Polizei hatte plötzlich mehr damit zu tun, diese Leute unter Kontrolle zu halten, als das Kind zu suchen. Die zogen durch die Gegend, verlangten willkürlich Einlass in Häuser, die ihnen verdächtig erschienen. Ein Mann wurde sogar schwer verletzt. Er kam ihnen verdächtig vor, als er von der Nachtschicht heimkam, da griffen sie ihn an. Als Linda dann gefunden wurde, oder besser gesagt, wiederauftauchte, zogen sich die Herzfelds ganz schnell zurück. Sie sagten, das Kind wäre traumatisiert, aber sie wollten es keinem Arzt anvertrauen, keine Psychologen zurate ziehen, wollten weder unsere Hilfe in Anspruch nehmen noch die, die ihnen von Opferverbänden angeboten wurde.»

«Es weiß also wirklich niemand, was mit dem Kind damals geschehen ist. Nicht einmal, ob sie verletzt oder sexuell missbraucht wurde?», fragte Schauer.

«Es gab keine Handhabe, die Eltern zu zwingen, einer solchen Untersuchung zuzustimmen.»

«Natürlich, wenn das Wohl des Kindes gefährdet ist», unterbrach Schmidtke ihn entrüstet. «Dafür gibt es Leute vom Jugendamt. Das Kind hätte untersucht werden müssen!» Mit finsterem Blick nickte sie Schauer zu.

Simon verzog das Gesicht. «Karo, du warst damals nicht dabei. Alle waren froh, dass da Ruhe reinkam. Die Mutter von Linda sagte damals aus, sie hätte sich ihre Tochter angesehen, sie wäre an entsprechenden Stellen gänzlich unversehrt, es gab keine Hämatome, keine äußeren Verletzungen und auch keine Anzeichen für ein gewaltsames Eindringen in Scheide und Anus.»

Das genügte Schmidtke nicht. «Aha, und das konnte sie wissen, ist sie Ärztin?»

«Wird deshalb jetzt mit solch großem Aufwand gesucht», fragte Bruch. Das völlig unerwartete Erklingen seiner Stimme veranlasste alle, sich nach ihm umzusehen. Eine ganz seltsame Stille entstand. Stiller als still.

Simon sah ihn fragend an. «Wie meinst du das?»

Bruch erwiderte den Blick ein paar Momente länger als nötig. «Um einem solchen Szenario vorzubeugen.»

Simon wendete sich stöhnend ab. «Ihr wisst selbst, in der heutigen Zeit ist ein Shitstorm schneller entfacht als ein Waldbrand im Hochsommer. Da das Verschwinden des Kindes so schnell öffentlich bekannt wurde, sahen wir uns gezwungen, sofort mit allen Mitteln vorzugehen. Vor allem auch, damit die Truppen von damals nicht wieder auf der Bildfläche erscheinen. Ich für meinen Teil halte das für nicht gerechtfertigt. Ich denke, das Kind ist ganz einfach abgehauen.»

«Was glauben Sie denn, was mit Linda damals geschehen ist?», fragte Schauer, zwang Simon damit, seinen Kopf wieder ganz in die andere Richtung zu drehen.

Er zögerte mit der Antwort. «Ich denke, Linda ist damals auch einfach nur ausgerissen. Und es war den Herzfelds peinlich, als sie wieder auftauchte.»

«Zwei Wochen lang?», quiekte Schmidtke zynisch. «Eine Zehnjährige?»

Simon hob die Schultern. «Hat jemand noch Vorschläge, Ideen?»

«Was ist mit diesem Jolisch?», fragte Schauer. Sie hatte das mit Bruch allein besprechen wollen. Doch eigentlich gab es keine Veranlassung für Geheimniskrämerei oder gar Vertrautheit mit dem Kerl.

Simon konnte ihr sogar weiterhelfen. «Jochen Jolisch heißt der Mann, sechsundsiebzig Jahre alt, früher Landwirt. Er ist früh verwitwet, hat zwei erwachsene Kinder, mehrere Enkel. Er half damals auch bei der Suche nach Linda. Zeigt sich sehr engagiert. Auch jetzt, haben Sie sicher gestern im Fernsehen gesehen. Er hat jedoch damals sehr mäßigend auf die Herzfelds eingewirkt und sich auch gegen diese Bürgermiliz gestellt. Die waren übrigens auch in sein Haus eingedrungen, hatten Keller, Dachboden, auch seine Scheune und den Schuppen durchsucht und dabei auch einigen Schaden angerichtet.»

«Welches Interesse könnte er haben, sich so bei der Suche einzubringen?», fragte Schauer.

Simon sah sie verdutzt an und lachte dann auf. Schauer verstand nicht. «So eine Frage hätte ich von Felix erwartet», fügte er erklärend hinzu und brachte damit fast alle zum Lachen. «Er will eben helfen, ein vermisstes Kind zu finden.»

Schauer atmete durch, sah in die Runde, bis auch das letzte Grinsen verschwunden war. Dann hob sie den Daumen. «Er hat doch keinerlei Bezug zu den Kindern, er ist ein alter, alleinstehender Mann. Will er sich wichtigmachen?» Jetzt streckte sie den

Zeigefinger aus. «Hat er etwas gutzumachen?» Jetzt den Mittelfinger. «Ist er einsam, sucht Gesellschaft? Oder …» Sie hob den Ringfinger und sprach es nicht aus.

«Vielleicht all das gleichzeitig!?», bot Simon als Antwort an. «Zumindest die ersten drei Punkte. Man muss ja nicht immer misstrauisch sein. Es gibt auch gute Menschen.»

Gute Menschen! Was sollen wir denn jetzt tun?, wollte Schauer als Nächstes fragen. Wenn schon Hunderte Leute nach dem Kind suchen, wenn die Herzfelds nicht sprechen wollen, wenn Berger beobachtet wird. Bruch verhinderte das, indem er sich erhob.

«Wir sind fertig», sagte er, und es war eindeutig keine Frage.

«Moment!», sagte Simon.

Bruch, der schon fast an der Tür war, blieb stehen.

«Folgendes ist passiert.» Wieder beugte er sich vor, schaltete auf das nächste Bild. Es war eine Zeichnung von einem Gesicht, eine ganz schlichte Skizze, ein Phantombild. Es deutete die Kopfform an, den Sitz der Augen, die Frisur, die schmale Nase mit dem leichten Knick. Schauer konnte dennoch auf Anhieb Sven Berger erkennen.

«Dieses Bild tauchte gestern in den sozialen Medien auf, mit der Bildunterschrift: Wer hat diesen Mann gesehen? Facebook, Instagram, Twitter, Snapchat. Es wurde von einer Facebookseite gepostet, die bekannt ist dafür, Bilder vermisster Kinder oder meistens sehr ungenaue Täterbeschreibungen zu veröffentlichen, aber auch radikale Maßnahmen gegen straffällige Sexualtäter zu fordern. Von dort breitete sich das Bild über Nacht auf die anderen Kanäle aus. Wir haben intern nach diesem Phantombild gesucht, aber es scheint nicht aus Polizeibeständen zu kommen. Genau genommen hat es von Berger nie ein solches Phantombild gegeben. Wir prüfen derzeit noch, woher das Bild eigentlich stammt, ob es Zufall ist, dass dieses Bild jetzt auftaucht.»

«Kein Zufall», sagte Bruch. «Es stammt von den Herzfelds.»

«Ach ja?»

«Ja», erwiderte Bruch, und mehr nicht. Simon wartete gar nicht erst ab, ob Bruch fortfuhr, sah nun Schauer fragend an.

«Wir haben gestern den Kühns ein Foto von Berger gezeigt», fühlte sie sich genötigt zu erklären. «Es hat sich herausgestellt, dass der Bruder von Celina Berger vom Sehen kennt, weil er Drogen an seiner Schule verkauft. Um uns diese Information bestätigen zu lassen, haben wir das Bild Linda Herzfeld gezeigt. Aber nur ihr! Steht alles im gestrigen Protokoll.»

«Ja, weiter?»

Schauer hob die Schultern. «Ihre Mutter lief ihr nach, zu unserem Wagen, vielleicht hat sie etwas gesehen.»

«Das muss sie gar nicht», sagte Bruch. «Es gibt im Internet Programme, um Phantombilder zu erstellen. Das Mädchen wird den Mann beschrieben haben.»

«Und warum sollen es nicht die Kühns gewesen sein?», fragte Simon.

«Die waren es nicht», sagte Bruch, und Schauer fragte sich, was ihn so sicher machte. Immerhin waren sie es, die ihr Kind vermissten.

«Ist das strafbar?», fragte jemand.

«Ich glaube nicht», antwortete Simon. «Müssen wir prüfen lassen. Das Bild ist ohne jede Angabe von Ort, Alter, Größe. Es könnte sogar eine fiktive Figur sein, zumindest kann der Urheber das behaupten.»

«Wenn jemand das Bild in die Hände bekommt, der diesen Berger kennt, lebt der sehr gefährlich», merkte Buchholz an. «Es findet sich immer jemand, der die Gewaltfantasien anderer auslebt.»

Simon beschwichtigte mit einer Handbewegung. «Er wird ja beobachtet. Falls er mit Celinas Verschwinden etwas zu tun hat, wäre das sehr kontraproduktiv. Wie gesagt, ich glaube das nicht. Die ist nur fortgelaufen. Vielleicht bringt uns ja die Auswertung der Überwachungskameras an den Bahnhöfen weiter.»

Ein Mann, der weiter hinten saß, nahm das zum Anlass, die

Sitzung zu beenden. «Wir sind an der Sache dran!», sagte er, stand auf und verursachte damit einen Aufbruch wie in einer Schulklasse nach dem Pausenklingeln.

«Wer war das? Der dann aufgestanden ist?», fragte Schauer, als sie an einer Ampel halten mussten. Bis dahin waren sie stumm geblieben. Hatten kein Wort miteinander gesprochen. Gut geschlafen? Moin moin. Wie geht's? Fehlanzeige.

«Thomas Voss, Oberkommissar, hat sich auf Bildauswertung spezialisiert, zu dem kannst du auch gehen, wenn dein Computer nicht mehr geht.»

«Warum warst du zu spät?»

«Hab nicht auf die Uhr gesehen», antwortete Bruch so schnell, dass es wie einstudiert klang.

«Wollen wir die Herzfelds darauf ansprechen, auf das Phantombild?»

«Hilft es unseren Ermittlungen?», fragte Bruch, was zugleich auch seine Antwort war.

«Wenigstens regnet es nicht mehr», sagte Schauer, mit einer Erwiderung hatte sie nicht gerechnet, aber warum auch immer löste es bei Bruch eine Reaktion aus.

«Können wir solcherart Floskeln lassen?», sagte er gepresst. «Sag einfach nichts, wenn nichts zu sagen ist. Es macht mich müde.»

Sprachlos sah sie ihn an, hatte er das jetzt wirklich gesagt? War der Typ wirklich so unverschämt? Ihr erster Impuls war, aus dem Auto zu steigen und ihm zu sagen, dass er seinen Dreck auch alleine machen konnte. Doch vielleicht ging das wirklich nicht gegen sie, versuchte sie zu relativieren, vielleicht konnte er so was wirklich nicht ertragen. Vielleicht doch so was wie ein Autist. Aber warum sagte ihr das keiner?

Bis nach Goppeln fuhren sie stumm. Gelegentlich knackte es im Funk. Und als ob der Himmel sie Lügen strafen wollte, zog er sich zu, je weiter sie den Berg hinauf aus der Stadt fuhren, an den Autobahnauffahrten angelangt, begann es schließlich zu regnen.

Bei der Siedlung hatten sich inzwischen noch zwei weitere Übertragungswagen hinzugesellt, nun waren es fünf, der Hubschrauber war noch nicht aufgestiegen. Eine Gruppe Leute hatte sich am Straßenrand versammelt, mit Gummistiefeln, Taschenlampen und Stöcken. Schauer passierte die kleine Ansammlung, bog in die hintere Einfahrt zur Siedlung ein, wo nichts weiter los war, stellte dort das Auto ab.

«Hör mal», gab sie sich versöhnlich. «Ich bin neu hier, ich weiß nicht, wie du tickst. Du sagst es mir ja auch nicht. Ich weiß auch nicht, welche Tabletten du nehmen musst. Ich will's auch gar nicht wissen.» Wollte sie schon. «Wenn du etwas möchtest, dann sag es mir. Aber ordentlich, nicht, als wär ich zurückgeblieben oder was weiß ich.»

«Jolisch wohnt da drüben. Fahr auf sein Grundstück. Ich will ihn sprechen.»

Schauer öffnete den Mund, doch für diesen Moment wollte ihr nichts einfallen. Sein Verhalten machte sie einfach nur fassungslos. Sie zwang sich, ihren Blick von ihm loszureißen. Dann schaltete sie auf Drive und fuhr zum Grundstück, das schräg gegenüber der Neubausiedlung lag und von einem altersschwachen Zaun eingegrenzt wurde.

Sie hatte es also doch mitbekommen. Von den Tabletten gehört. Bruch lauschte nach innen, versuchte, seine Gefühle zu erforschen. Es sollte ihn eigentlich wütend machen oder wenigstens besorgt sein lassen. Das Grundstück war groß. Würde Jolisch es verkaufen, könnten sie noch zwölf oder fünfzehn dieser kleinen Parzellen daraus machen, mit Häusern drauf, die individuell aussahen und im Grunde alle gleich waren. Obstbäume gab es hier, so alt wie ihr Besitzer selbst, krüppelig, klein gehalten, die Äste nach unten gebogen. Ein großer vom Alter und der Feuchtigkeit schwarzer Stapel geschichteten Holzes befand sich dicht neben der großen Scheune, man könnte ihn von innen aushöhlen und als Versteck benutzen. Die Scheune, ein großes Gebäude, ebenso schwarz, sah aus, als würde der nächste Sturm sie niederreißen. Doch vermutlich hatte sie schon vielen Stürmen standgehalten. Jolischs Haus, zweistöckig zwar, jedoch niedrig, geduckt, mit einigen Anbauten, die über die Jahrzehnte hinzugefügt worden waren. Verstecke gäb es genügend. Er stieg aus. Er wusste, er müsste mit seiner Kollegin sprechen. Müsste ihr sagen, dass sie es nicht persönlich nehmen soll. Aber all diese Dinge zu sagen, zu sprechen selbst, war ihm zuwider. Er müsste ein schlechtes Gewissen haben, wusste er, sich unwohl fühlen, sie so vor den Kopf zu stoßen, doch so wie er auch keine anderen Gefühle in sich fand, waren auch diese nicht aufzutreiben. Außerdem, da war er sich sicher, hatte sie ihre eigenen Geheimnisse. So waren sie doch eigentlich quitt.

Sie folgte ihm zu dem Haus. Vor der verzogenen hölzernen Tür hielten sie, im Schutze eines schmalen Vordachs. Rechts neben ihnen befand sich eine kleine Veranda.

«Bestimmt ist der gar nicht da, ist mit den anderen losgezogen.»

Jolisch war da, hinter einem Fenster hatte er Licht gesehen. Um sich die Antwort zu sparen, hob er die Hand, drückte die Klingel. Da sie nicht zu funktionieren schien, klopfte er.

«Kommen Sie rein, es ist offen», rief Jolisch von drinnen.

Bruch drückte die Klinke, musste sich leicht gegen die Tür stemmen, die klemmte.

«Kommen Sie doch durch die Hintertür», kam ihnen Jolisch entgegen. «Ach, wer sind denn Sie?», fragte er und trocknete sich die Hände an einem alten Küchentuch ab.

«Polizei. Schauer, Bruch», er zeigte auf Schauer und sich.

«Regenschauer, Wolkenbruch», der Alte lachte. In seiner Jugend musste er ein Hüne gewesen sein. Jetzt lief er mit steifen Hüften. «Wie kann ich Ihnen denn helfen? Möchten Sie Kaffee?»

«Nein», sagte Bruch.

«Ja!», überstimmte ihn Schauer. «Er ist nur bescheiden.»

Der Alte lachte wieder, drehte ab. Schauer stieß Bruch mit dem Ellbogen an und riss die Augen auf, während sie gleichzeitig ihren Kopf ein Stück vorschob. Bruch konnte die Mimik nicht deuten. Sie folgten dem Mann durch den Flur in die Küche, die wie in alten Zeiten der wichtigste Raum im Hause schien.

«Wen haben Sie denn erwartet?», fragte Schauer, nahm den angebotenen Platz in der Sitzecke an, rutschte durch, mit dem Rücken zum Fenster, zog energisch an Bruchs Jacke, damit er sich auch setzte. Bruch ließ sich auf der kurzen Querbank nieder, das Fenster zu seiner Rechten.

«Na ja, die Nachbarn halt. Sie sind wegen dem Mädchen hier, denke ich? Ich glaube ja, das Kind ist weggelaufen. Die wird schon wiederkommen, aber es hilft ihnen, wenn man etwas tut.»

«Sie glauben also gar nicht, dass etwas geschehen ist?»

Jolisch nickte, kam mit zwei Tassen in der einen Hand, die er trug, indem er seine Finger hineinsteckte und sie zusammenpresste, und in der anderen Hand eine uralte Kaffeekanne, deren Ausguss verkrustet war. Bruch sah in Schauers Gesicht, dass sie es nun bereute, Kaffee verlangt zu haben. Jolisch stellte die Tassen ab, goss ein, reichte sie ihnen, schob ihnen dann noch eine Dose fette Kaffeesahne zu. Auch der Ausguss der Plastikdose war nicht sauber. Allgemein war das Haus in einem schlechten Zustand. Es roch muffig, nach Feuchtigkeit in den Wänden, nach uraltem Fußbodenbelag, darunter mischten sich Gerüche von Kaffee, Bier, altem Brot, Männerkleidung. Dreckig war es nicht hier, aber auch nicht sauber, zwischen all den unzähligen Dingen, die sich im Laufe der Jahrzehnte angesammelt hatten, lagen Staub und tote Fliegen. Die Fensterscheiben waren halb blind, die Türen der Möbel hingen schief, die Griffe waren speckig. Bruch sog tief Luft ein. Eine Note, die er nicht direkt zuordnen konnte, schien zwischen all den Ausdünstungen zu schweben. Dann nahm er seine Tasse und trank. Der Kaffee war bitter. Musste sehr bitter sein, dass er es schmecken konnte.

«Kannten Sie das Mädchen?», fragte Schauer, und Bruch sah, wie sie die Tasse zum Mund hob und tat, als würde sie trinken.

«Ich hab sie natürlich immer gesehen, sie laufen ja vom Bus nach Hause an mir vorbei. Sie und die anderen Kinder.»

«Hatten Sie Kontakt zu ihnen? Über den Gartenzaun sozusagen?»

Sie versuchte unverfänglich zu bleiben. Bruch betrachtete den Mann.

Jolisch lächelte. «Sie haben versucht, Obst zu klauen. Das ist lange schon her. Ich hab sie mit der Harke verjagt. Aber das war nur Spaß, gewissermaßen zur Abschreckung.»

«War da Celina mit dabei? Und Linda auch?»

«Also ich kann die ja nicht so unterscheiden, aber ich denke schon. Seitdem grüßen sie mich, und ich geb ihnen manchmal Kirschen und Äpfel.»

«Aber ins Haus haben Sie sie nie eingeladen?»

Jolisch schien keinen Hinterhalt zu erkennen. Er winkte nur lachend ab. «Was sollen denn die Kinder bei einem alten Mann im Haus. Die würden sich doch nur unwohl fühlen.»

«Damals, vor zwei Jahren, als Linda verschwunden war, da gab es einen Trupp selbsternannter Sheriffs, die drangen sogar in Häuser ein und suchten nach ihr. In Ihres auch? Die glaubten wohl, Sie, Herr Jolisch, hätten das Kind entführt?»

Jetzt wurde Jolisch ernster. «Wissen Sie, ich kann die Sorge der Leute ja verstehen, und wäre es mein Kind, ich würde wahrscheinlich dasselbe anstellen. Man darf ihnen das nicht übel nehmen.»

Warum wich er der Antwort aus, fragte sich Bruch.

«Aber waren sie bei Ihnen im Haus?»

«Na ja, sie kamen in der Nacht. Hämmerten an meine Haustür, ein paar waren schon in der Scheune. Ich war denen wohl verdächtig. Sie wunderten sich, warum ich mich so bei der Suche engagierte, weil ich ja doch die Familien hier gar nicht gut kenne. Die Neuen. So ist das noch immer, die Zugezogenen aus der Stadt sind schon sehr zurückhaltend. Aber natürlich fanden sie Linda hier nicht.»

«Wurden Sie bedroht?», fragte Schauer. Sie hatte die Tasse abgestellt und hoffte sicher, sie geriete in Vergessenheit. Bruch sah, dass am inneren Rand der Tasse auch Rückstände klebten.

«Na ja, schon. Zwei drückten mich an die Wand und meinten, sie würden mich nicht aus den Augen lassen. Die waren ziemlich wütend. Aber das war ja nicht nur bei mir so. Bei anderen waren sie auch.»

«Es hieß, die Hinzugezogenen behaupteten, die Alteingesessenen hätten mit der Entführung etwas zu tun? Wie kommen die darauf?»

Jetzt lächelte Jolisch wieder. Er hatte sich kürzlich rasiert, doch vermutlich sah er nicht mehr so gut, unter seiner Nase und am Kinn waren Borsten verblieben. «Es gab Leute, die behaupteten, einige der Alten wären nicht einverstanden gewesen mit dem Verkauf des Heidemann-Grundstücks.»

«Auf dem die Siedlung entstanden ist?», hakte Schauer nach.

«Ja. Heidemann starb zweitausend. Dann geschah erst mal lange nichts. Dann beschlossen die Erben, seine Söhne, das Grundstück zu verkaufen. Ein Immobilienunternehmer ließ es erschließen, und es wurde zum Baugrundstück deklariert. Das war alles nicht ganz koscher, wenn Sie mich fragen, aber was läuft da schon koscher, die sind doch alle von hinten bis vorne geschmiert. Irgendwann fing der Bau an, und Sie wissen ja, wie das ist. Wenn die Leute etwas aus dem gewohnten Trott bringt, werden sie ungehalten. Es gab ein paar, die wollten das nicht, wollten keine neuen Nachbarn, wollten ihre Ruhe.»

«Sie auch?»

Warum sie das alles wissen wollte, dachte Bruch, das war kein Grund, ein Kind zu entführen.

Jolisch nickte und verschränkte seine großen kräftigen Finger vor dem Bauch. «Ich auch, ja. Aber ich habe mich daran gewöhnt. Erst an den Bau, dann an die vielen neuen Leute.»

«Haben Sie keine Anzeige erstattet damals?»

«Nein, wissen Sie, ich bemühe mich seit Langem, die Neuen und die Alten zusammenzubringen. Ich habe auch schon Feste organisiert. Ich wollte nicht noch mehr Unfrieden stiften. Ich wurde ja auch schon gefragt.»

«Wonach?»

«Mein Grundstück zu verkaufen. Sehen Sie!» Er deutete zum Fenster. Schauer drehte sich um, doch Bruch musste nicht hinsehen. Er wusste, man hatte Ausblick über die Stadt, von der Sächsischen Schweiz, wo man bei gutem Wetter die Festung Königsstein deutlich sehen konnte, bis Radebeul, ganz im Nordwesten. Und unten im Kessel konnte man die Frauenkirche erkennen, die Hof- und Kreuzkirche, das Rathaus. Menschen fanden so was schön.

«Aber Sie lehnten ab?»

«Sollen meine Kinder sehen, was sie damit machen, wenn ich mal dod bin.»

Wie er es aussprach. Mit weichen d, als ob das den wirklichen Tod abhalten könnte. Er wollte nicht sterben. Wollte noch ewig so leben. Bruch nahm den Gedanken auf. Was wollte er? Warum sich ewig diesem Zustand aussetzen. Für ihn bedeutete der Tod nichts.

Etwas ließ Bruch den Kopf nach rechts drehen und doch aus dem Fenster sehen. Jemand lief dort an der Straße entlang. Trug etwas in der Hand. Einen Beutel. Ein Kind. Von seinen Eltern zum Bäcker geschickt.

«Wir müssen gehen», sagte er. «Jetzt.»

Schauer sah zu ihm, folgte dann seinem Blick. «Herr Jolisch, vielen Dank für Ihre Auskunft und die Gastfreundschaft.» Sie schob sich seitlich aus der Sitzecke, erhob sich. «Falls Sie wieder in Not geraten, rufen Sie uns an. Hast du eine Karte?», wandte sie sich an Bruch.

Das ist vollkommen unnötig, dachte er, doch holte er eine aus seiner Brusttasche, sie war geknickt und leicht aufgequollen von der Feuchtigkeit in seiner Jacke. Er legte sie auf den Tisch, neben der noch vollen Tasse seiner Kollegin.

«Linda», rief Schauer halblaut, «warte doch mal!»

Das Mädchen hatte fast die Siedlung erreicht. Noch war die Sicht zu ihrem Elternhaus verdeckt. Linda ging zügig, und seit Schauer und Bruch das Haus verlassen hatten, lief sie noch zügiger.

Schauer beschleunigte. Nur ein wenig schneller, und sie würden rennen.

«Bleib jetzt stehen!», befahl sie. Genug mit der Rennerei. Sie waren die Polizei.

Linda blieb stehen, wie sie war, drehte sich nicht um. Schauer holte sie ein, hielt aber so viel Abstand, damit sie sich nicht bedrängt fühlte. «Hör doch mal, Linda, ich weiß, deine Eltern wollen nicht, dass du mit uns sprichst, aber das ist falsch. Du musst darüber sprechen. Was damals geschehen ist. Es würde uns vielleicht helfen zu verstehen, was gerade mit Celina los ist. Willst du es uns nicht sagen? Willst du nicht, dass wir deine Freundin finden?»

Linda schüttelte den Kopf. Sie sah Schauer dabei nicht an, starrte geradeaus ins Leere.

Schauer beugte sich hinab, wollte Linda in die Augen schauen. «Warst du beim Bäcker? Lassen dich deine Eltern allein gehen?»

«Ich wollte es so», sagte Linda heiser.

«Du wolltest mal allein gehen? Wirst du sonst überallhin gebracht?»

«Ja, überallhin.»

«Du fährst also nicht mit Celina und den anderen Bus?»

«Doch, aber immer mit denen, nie allein.»

Schauer sah sich nach Bruch um. Der war ein paar Meter zurückgeblieben. Ahnte er, welchen Eindruck er auf das Kind machen würde? Oder wollte er einen Fluchtweg abschneiden?

«Und es ist dir wirklich ganz und gar unmöglich zu sagen, was damals geschah? Du warst zwei Wochen weg? Wo warst du?»

Linda begann wieder mit dem Kopf zu schütteln.

«Hör mal, was auch immer damals geschehen ist, es ist nicht deine Schuld, verstehst du? Wer immer dir was angetan hat, der ist schuld, nicht du. Du bist ein Kind. Aber willst du denn, dass Celina dasselbe durchmachen muss?»

Linda schüttelte nur den Kopf. Schauer überlegte, wie sie weiter fragen konnte. Es war klar, dass das Kind nicht einfach so zu knacken war, wenn sie zwei Jahre lang nichts dazu gesagt hatte.

«Kannst du nicht wenigstens etwas sagen, bist du angesprochen worden damals? Hat dich jemand in ein Auto gelockt? Hattest du dich verlaufen?»

Linda schüttelte einfach immer nur weiter den Kopf. Inzwischen hatte sie die Augen geschlossen, und es sah aus, als weinte sie. Der Regen aber hatte ihr ganzes Gesicht benetzt.

«Linda, es geht um deine Freundin. Celina. Vielleicht ist sie in Lebensgefahr. Willst du, dass ihr etwas Schlimmes passiert, dass wir ihr nicht helfen können, nur weil du nichts sagen willst?» Das war gemein, wusste Schauer. Aber wie sonst sollte man an das Kind rankommen.

«Linda!», rief es von Weitem, schrill war der Ruf. Ängstlich und wütend zugleich. Frau Herzfeld kam angestürmt. In weiter Strickjacke, Jogginghose und Hausschuhen kam sie in großen Schritten an. In diesem Moment brach es aus dem Mädchen heraus. Sie ließ den Brötchenbeutel fallen, schlug sich die Hände vors Gesicht.

«Sehen Sie!», schrie ihre Mutter. «Sehen Sie, was Sie anrichten!» Sie packte ihre Tochter am Arm, zerrte an ihr. «Komm, komm mit, wir gehen heim! Ich hab's dir gesagt, ich hab's dir gesagt, die fangen dich ab. Die tun dir weh. Die tun dir nur weh!» Wütend zerrte sie an dem Kind, zog sie fort, zur Siedlung hin. Die Brötchen ließen sie liegen.

Schauer bückte sich danach, hob den Beutel auf.

«Frau Herzfeld!», rief sie.

Die drehte sich ruckartig um.

«Ihre Brötchen!» Schauer ging zu ihr hin, reichte ihr den Stoffbeutel, der auf einer Seite ganz nass war. «Wir wollen nur Celina helfen. Ihren Eltern. Sie müssen doch wissen, wie die sich fühlen!»

«Ich weiß es!», schrie die Frau. «Ich weiß es genau. Deshalb helfen wir alle. Aber mein Kind, das lassen Sie in Ruhe! Fragen Sie doch nach den Jugendlichen! Oder sollen wir Ihre ganze Arbeit machen? Ja?»

«Was denn für Jugendliche?»

Frau Herzfeld atmete tief ein und begann ruhiger zu sprechen. «Die Kinder erzählen von denen, fragen Sie doch die. Aber lassen Sie meine Tochter in Ruhe!» Mit einem letzten hasserfüllten Blick ging Frau Herzfeld davon. Schauer ließ sie davonziehen. Sie wartete, bis Bruch herankam, der sich die ganze Zeit zurückgehalten hatte.

«Warum weint sie?», fragte sie ihn. «Ich habe ihr doch keine Angst gemacht. Weil sie traumatisiert ist? Weil sie reden möchte und ihre Eltern es ihr verbieten? Weil sie nicht mehr so von ihnen behandelt werden möchte?»

«Weil sie etwas Schlimmes getan hat.»

Schauer fühlte sich wieder einmal genötigt, ihm genau ins Gesicht zu sehen. War das jetzt eine Idee von ihm, oder hielt er das für einen Fakt, oder war es ein Witz, eine ironische Weiterführung ihrer Optionen. Doch man konnte ihm nichts aus der Mimik lesen. Sie ließ es dieses Mal einfach so stehen. Bestimmt war er einfach so, meinte es gar nicht böse, wenn er nicht grüßte oder Gespräche abrupt beendete. Dann musste man sich ermahnen, ihm das nicht übel zu nehmen. Wie mochte es nur seiner Familie ergehen, seiner Frau, seinen Eltern und Geschwistern, sich immerzu daran erinnern zu müssen, dass er es nicht mit Absicht tat.

«Du hast nach den Tabletten gefragt», sagte er unvermittelt.

«Den Jolisch?» Sie konnte sich nicht erinnern. Anstatt sie aufzuklären, sprach Bruch einfach weiter.

«Niemand außer Michael wusste davon.»

Jetzt kapierte sie, er meinte seine Tabletten. Sie zuckte mit den Achseln. Geht mich auch nichts an, sollte das heißen.

«Du hättest es nicht erfahren sollen», gab er freiheraus zu.

«Na ja ...» Nun wusste sie nichts dazu zu sagen. Eine Drohung schien das nicht zu sein. Eher so etwas wie eine Bitte. Nur dass der Affe nicht bitte sagen konnte. Und was sollte sie auf eine unausgesprochene Bitte antworten, eine unausgesprochene Antwort?

«Na ja, du hast ja auch nichts wegen Berger gesagt.» Sie versuchte es mal mit einem Lächeln. Er verstand das nicht. Starrte sie nur weiter an. Man mochte ihm eine klatschen, wenn er so dastand.

«Ich will damit sagen, da wären wir ja quitt!»

Bruch nickte. «Gehen wir zu den Kühns. Maxim wird wissen, wer die Jugendlichen sind, von denen Frau Herzfeld eben sprach.»

«Maxim ist nicht da», sagte Udo Kühn. Der Mann war ganz grau im Gesicht. Schauer konnte sich gut ausmalen, wie es war, frühmorgens nach einigen Stunden gnädigen Schlafs zu erwachen und von der Realität eingeholt zu werden. Sie selbst hatte auch genug Realität bekommen in letzter Zeit.

«Wo ist er denn?»

«Er wollte mit ein paar anderen Jungs los, nach Celina suchen.» Kühn hob müde die Schultern, vielleicht haben die Kinder ja eine Idee, sagte diese Geste aus. Oder er ahnte, der Junge wollte einfach nur raus und seine Ruhe vor dem ganzen Rummel. Auch das war nicht unwahrscheinlich. Es konnte gut sein, der Junge machte sich keine Sorgen um seine Schwester. Er steckte mitten in der Pubertät, und da machte das Gehirn gerade bei Jungen einige sehr kritische und nicht ungefährliche Phasen durch.

«Wissen Sie ungefähr, wohin?»

«Sie sind mit den Rädern unterwegs.»

«Gut», sagte Schauer, und Kühn wollte schon die Tür schließen, da hob sie noch einmal die Hand. «Herr Kühn. Ich habe Ihnen doch gestern ein Bild von einem Mann gezeigt. Dieses Bild, oder zumindest ein Phantombild, ist noch in der Nacht im Internet aufgetaucht. Sagen Sie mir, dass Sie nichts damit zu tun haben!»

Kühn hielt inne. «Bringt das Celina irgendwie in Gefahr?», fragte er dann.

Schauer zögerte. Bruch kam ihr unerwartet zu Hilfe.

«Wenn Ihre Tochter sich in der Gewalt dieses Mannes befinden sollte, dann kann es sie in höchste Gefahr bringen.» Damit schloss er und ließ Kühn in seinem Elend zurück.

«Wir glauben das aber nicht!», fügte Schauer deshalb dazu. «Haben Sie nun etwas damit zu tun?»

«Wem haben Sie es noch gezeigt?»

Schauer wartete, ob Bruch etwas sagte, da er aber schwieg, sagte sie auch nichts.

«Den Herzfelds?», fragte Kühn.

«Linda!», erwiderte Schauer. «Belassen Sie es dabei. Wir werden uns darum kümmern, wenn es so weit ist. Lassen Sie uns erst mal Ihre Tochter finden!»

Nun war es Kühn, der noch etwas sagte. «Sie denken doch sicher, sie ist schon tot, oder?»

«Wie kommen Sie denn darauf?»

«Sie suchen doch wie nach einer Toten, mit Leichenhunden und Stöcken.»

«Herr Kühn, wir müssen alles in Betracht ziehen. Es kümmern sich noch viel mehr Leute, als Sie denken. Ich kann Ihnen gern Kontakt zu einem unserer Psychologen ...»

«Das wurde uns schon angeboten! Danke.» Kühn nickte und schloss die Tür.

8

«Wir können doch jetzt nicht sinnlos durch die Gegend fahren, bis wir ein paar Jungs mit Fahrrädern sehen», murrte Schauer nach einer halben Stunde.

«Bessere Idee?», fragte Bruch.

«Wir könnten ...» Schauer schloss den Mund wieder. Ihr fiel auch nichts Besseres ein.

Bruch richtete sich im Sitz auf. «Halt an!»

Schauer bremste stark, hielt. Bruch stieg aus, musste sich gegen heftigen Wind stemmen, der übers Feld fegte und so den Lärm der Autobahn wegdrückte. Er ging ein Stück zurück, beugte sich ein wenig nieder. Schauer, die keinen Schimmer hatte, was vor sich ging, drehte sich im Sitz, betrachtete ihn durch die Heckscheibe. Dann kam er zurück.

«Stoß zurück, dann da entlang.» Er zeigte auf das Feld.

«Das ist ein Feldweg, völlig aufgeweicht», merkte Schauer an. Hatte er Fahrradspuren gesehen? Während der Fahrt? Hatte er sie gelesen wie ein indianischer Spurenleser? Das wäre ein gefundenes Fressen für alle, wenn die Neue, die Wessitante, den Karren im Schlamm versenkte. Da sie aber sowieso nicht gegen diesen Hornochsen ankam, fuhr sie ein Stück zurück, lenkte den Wagen auf das Feld.

Zuerst fuhr sie sehr vorsichtig, doch so schlimm wie vermutet war es nicht, sie fasste Mut und beschleunigte ein bisschen. Zuerst ging es leicht bergauf, weg von der Stadt. Rechts tauchte ein Waldstück auf. Der Weg schien daran vorbeizuführen, schwang sich dann aber nach rechts. Schließlich erreichten sie den Wald. Kaum mehr als ein Wäldchen, groß wie ein Fußballfeld.

«Dort sind sie», sagte Bruch, und Schauer sah gar nichts.

«Wenn du es sagt.»

Schon stieg Bruch aus, zog die Schultern hoch, rammte die Fäuste in die Jackentaschen. Ein Königreich für einen Schirm, dachte Schauer. Nein, für ein Pferd. Ein hübsches. Nicht zu groß, nicht zu viel Weiß in den Augen. Drauf und weg. Sie stieg aus, klappte sich den Jackenkragen hoch, folgte Bruch, der schnurstracks ins Dickicht brach. Jetzt sah sie drei Fahrräder. Weiter hinten nahm etwas Gestalt an, als sie sich näherten. Eine Art Unterstand. Äste und Bretter kreisrund um einen Baumstamm gelehnt, mit einer Plane umhüllt, bildeten sie ein Zelt. Schauer roch Zigarettenrauch. Ehe Bruch dort reinstürmte und die Kinder verschreckte, gab sie ihm einen Klaps an den Ellbogen, erbat sich Vortritt, hockte sich vor den Eingang.

Man hatte sie schon bemerkt. Die Kippen waren weg, hastig verscharrt im Waldboden.

«Coole Bude», sagte Schauer. Viel Platz war hier nicht drin. Dunkel war es. Aber irgendwie gemütlich. Hätte ihr als Kind super gefallen. Gefiel ihr jetzt noch.

Die drei Jungen sahen sie an wie eine Erwachsene, die versuchte, cool zu sein. Dabei war sie cool. Nein, war sie nicht. Bruch war cool, aber nur weil er einen Hirnschaden hatte. Maxim war dabei, die beiden anderen kannte sie nicht. Stumm sahen sie sie an.

«Ich muss dich was fragen», wendete sie sich an Celinas Bruder.

«Kennst du die?», fragte einer der anderen.

«Ja, sie ist Bul…izistin.»

Ja, Bullizistin. Schön, wenn Kinder schon so eine Einstellung hatten.

«Warum seid ihr eigentlich nicht in der Schule?»

Die zwei fremden Jungen hoben die Schultern und senkten die Köpfe. Maxim fühlte sich wohl von einer Antwort befreit.

«Wir haben gesagt, wir helfen suchen», antwortete einer.

«Halt doch das Maul», knurrte Maxim leise.

«Na ja, vielleicht könntet ihr uns ja wirklich helfen. Ein paar Leute haben uns gesagt, hier würden sich Jugendliche rumtreiben. Von außerhalb. Wisst ihr, wer damit gemeint sein könnte?»

Maxim senkte seinen Kopf ein wenig, blickte unter seinen Augenbrauen durch zu seinen Freunden hin. Schauer ließ ihm Zeit. Ein bisschen.

«Was ist, willst du nicht antworten? Denn zum Nein sagen ist es jetzt zu spät», sagte sie nach fünf Sekunden. «Kennt ihr die?»

Die drei Jungen schwiegen. Es war offensichtlich, dass sie sich in einer Art Falle sahen, die sie sich selbst gebaut hatten. Vielleicht mochten die beiden anderen etwas zu erzählen haben, doch Maxim, der der größte von ihnen schien, hinderte sie mit seinem Schweigen daran.

«Maxim, es geht um deine Schwester!», wagte Schauer den Vorstoß. «Mag sein, dass du jetzt gerade angepisst bist von ihr und auch von deinen Eltern, dass dir alles scheißegal ist. Aber es wird eine Zeit kommen, in fünf Jahren vielleicht, oder eher, oder später, da wirst du es schwer bereuen, falls du uns etwas zu sagen hättest und hast es nicht getan. Warum schweigst du?»

Maxim antwortete nicht, starrte sie nur finster an. Lange dauerte der Moment, und Schauer wusste, wenn es eine winzige Hoffnung gegeben hatte, dass er doch nachgab, verblasste die mit jeder Sekunde des Schweigens. Sie spürte eine Berührung. Das musste Bruch sein. Wollte der es versuchen? Wollte er sie totstarren? Sie sah auf. Er gab ihr ein stummes Zeichen mit dem Kopf. Sie erhob sich, ließ sich von ihm ein paar Schritte wegziehen.

«Ich ruf den Richter an», sagte er, «er wird Beugehaft veranlassen. Das halten die nicht länger als ein, zwei Tage durch!»

Schauer starrte Bruch verständnislos an. Als sie den Mund öffnete, hob er den Finger, drehte den Kopf zum Unterschlupf hin. Drinnen war eine heiser geflüsterte Diskussion entbrannt, die offensichtlich in ein Gerangel ausartete. Das Zelt bewegte sich, Teile des fragilen Gestells rutschten, die Plane verlor ihren Halt, sank ein Stück herab. Einer der Jungen kroch heraus, strampelte sich frei, da er offenbar festgehalten wurde. Endlich sprang er auf. Sein Kopf war hochrot.

«Wir kennen die!», keuchte er.

«Ja, kannst du uns Namen sagen?»

Der Junge nickte. «Maria, Oskar und André, das ist ein Russe! Und noch zwei, von denen ich nicht weiß, wie die heißen.»

«Und du?»

«Ich heiß Paul!»

Inzwischen waren Maxim und der dritte Junge aus dem Zelt gekrochen, hatten sich die Hosenböden und die Knie abgeklopft.

«Warum sagst du uns das nicht gleich?», fragte Schauer.

«Ist doch egal!», murrte Maxim, warf noch einen hasserfüllten Blick auf seinen Freund.

«Wie heißen die anderen zwei?»

«Maddox und Hermann.»

«Wisst ihr, woher die kommen, hier aus dem Ort?»

«Nee, aus Prohlis.»

«Was ist denn das?», fragte Schauer vorsichtshalber. Sie glaubte es zwar zu wissen, Sebastian hatte gelegentlich mit einiger Abscheu davon gesprochen, aber sie wollte sicher sein.

«Plattenghetto», sagte der dritte Junge mit derselben Mischung aus Ekel und Überheblichkeit.

«Wisst ihr, wo sie wohnen oder auf welche Schule die gehen?»

Die zwei anderen Jungen schüttelten die Köpfe, während Maxim regungslos blieb.

«Du weißt es», sagte Bruch.

Maxim sah ihn an, hielt dem Blick erstaunlicherweise stand. Kein Wunder, dachte Schauer. Pest und Cholera.

«Die gehen auf die Hilfsschule da! Zumindest Maria und Hermann», sagte der dritte Junge.

«Das ist keine Hilfsschule!», widersprach der zweite.

«Ich weiß, wo», sagte Bruch.

«Gibt es noch irgendwas zu wissen über diese fünf?», fragte Schauer. Sie sah Maxim an, doch der war so verbockt, dass er selbst jetzt noch kein Wort sagte. Dagegen lösten sich die Zungen der anderen beiden Jungen.

«Die haben wir vor zwei Jahren an einem Teich kennengelernt, wo wir baden im Sommer. In Kauscha. Ist eigentlich verboten da. Und die haben sich immer lustig gemacht, dass wir vom Dorf kommen, und wir haben die verarscht, weil die in dem Ghetto wohnen, wo nur Assis sind. Irgendwann sind die mal mit Fahrrädern aufgetaucht. Dann haben die das Gruselhaus entdeckt. Da hocken die manchmal.»

«Gruselhaus?»

«Na ja, ein richtiges Haus ist das nicht, eigentlich ein Bauernhof. Der ist verlassen, ganz kaputt. Unsere Alten verbieten uns, da hinzugehen, weil man in den Boden einbrechen kann, oder die Decke kann abstürzen. Wir waren aber trotzdem ein paarmal da!»

«Wo ist denn das?»

«Gleich wenn Sie aus Dresden kommen, durch Kauscha. Sieht man sofort.»

Schauer sah sich nach Bruch um. «Wurde das schon durchsucht?»

Bruch nickte.

«Also dort hängen die fünf ab? Und ihr auch manchmal?»

Paul nickte. «Also, wäre cool, wenn Sie das unseren Alten nicht sagen.»

Schauer wendete sich Maxim zu. «Hast du uns deshalb nichts sagen wollen?», fragte sie.

Maxim sah sie nur finster an.

Schauer trat noch näher. «Gut, dann sag halt nichts. Ich würde dir aber raten, deine Wut jetzt nicht an deinem Freund auszulassen!»

«Pfff», entfuhr es Maxim. «Freund.»

«Und jetzt?», fragte Schauer. «Fahren wir zu der Schule?»

«Auf dem Weg dahin sehen wir uns den Bauernhof an.»

«Ich dachte, das wäre ein kleiner Bauernhof», staunte Schauer und lenkte den BMW bis vor das große verschlossene Tor. Bruch stieg aus, warf die Tür zu. Schauer gesellte sich zu ihm, stemmte die Hände in die Hüften und blies aus.

«Wie soll man denn hier reinkommen?»

Der Hof schien riesengroß, das Tor vor ihnen war bestimmt fünf Meter hoch, machte einen sehr massiven Eindruck. Es schloss die etwas zwanzig Meter breite Öffnung an der Stirnseite des Dreiseitenhofs komplett ab. Der Innenhof musste wenigstens so groß sein wie zwei Turnhallenfelder. Die Gebäude rechts und links besaßen auf die Straßenseite hin kein einziges Fenster. Drei Stockwerke waren sie hoch. Wie es drinnen aussah, war nicht zu erkennen. Schauer trat vor, klinkte an der Tür, die in das große Tor eingelassen war, um es nicht komplett öffnen zu müssen, wenn nur eine Person hinein- oder hinauswollte.

Die Tür war verriegelt, und auf dieser Seite schien es keinen weiteren Zugang zu geben.

«Wir gehen außen herum», bestimmte Bruch. Es gab keinen wirklichen Weg, auf der rechten Seite des Hofes hatte er zumindest einen Trampelpfad entdeckt. Bestimmt würden sie im Schlamm rutschen und nach dieser Runde völlig verdreckt aussehen. Kalt war ihm auch, zumindest sagte ihm die Vernunft, dass ihm kalt sein müsste.

Ihn stimmte nachdenklich, dass der Junge nichts hatte sagen wollen. Zwar fühlte er selbst eine völlige Leere, dort wo Gefühle für andere Menschen sein sollten, doch der Junge konnte nicht so verstockt sein. Er musste wenigstens ein winziges bisschen Zuneigung für seine Schwester empfinden, allein seiner Eltern wegen konnte es ihm nicht völlig egal sein, was mit ihr geschah.

Er musste wissen, dass seine Eltern todunglücklich waren und sein Leben sich dadurch nur verschlechtern würde. Wodurch also wurde dieses kleine Gefühl unterdrückt, was veranlasste ihn zu schweigen?

Er lief los, um die nächste Ecke, dort führte der Trampelpfad an der Längsseite entlang über eine sanfte Kuppe. Hinter der Rückseite des Bauernhofs war dichter Pflanzenbewuchs zu erkennen.

Auf dieser Seite gab es Fenster auf jeder Etage. Die Erdgeschossfenster lagen jedoch so hoch, dass man die Unterkante nur auf Zehenspitzen und mit ausgestreckten Armen erreichen konnte. Außerdem waren sie vernagelt. Der Hof samt seiner Gebäude musste sechzig oder achtzig Meter lang sein, das hintere Ende jedoch zeigte sich weit mehr baufällig, als sie es erreichten. Was von Weitem wie Bäume oder Büsche ausgesehen hatte, war einfach nur dichtes Brombeergestrüpp, das sämtliche Birken und Obstbäume überwuchert hatte. Man konnte noch Strukturen eines Gartens erkennen, dahinter fiel das Gelände ein wenig ab, einen Teich gab es, mit einem Entensteg und einer kleinen Insel. Ein alter Schuppen war zusammengebrochen, ein kleiner Stall stand noch. Auch ein Gewächshaus war zu erkennen, das von innen völlig zugewachsen schien. Der gute Zustand der Längsseite hatte getäuscht, das Quergebäude des Dreiseitenhofs war zum Teil eingestürzt. Der Dachstuhl hing durch, Schutt war wie eine kleine Lawine in den alten Garten gerutscht, von Schlingpflanzen längst erobert. Hier herrschte seit Jahren nur noch Verfall, seit Jahrzehnten sogar. Möglich, dass der Hof kurz nach der Wende aufgegeben wurde, nachdem die LPG aufgelöst worden war. Bruch fand einen ganz schmalen Pfad, wie von Tieren ausgetreten, und es wäre nicht verwunderlich, wohnten Marder hier, Füchse oder wenigstens wilde Katzen.

«Du willst da jetzt nicht rein?», fragte Schauer. «Hast du nicht gesagt, es wurde nach Celina durchsucht?»

Ja, das hatte er gesagt, kein Grund also, noch einmal nachzufragen. Bruch betrat den schmalen Pfad. Er wollte sehen, wie es in dem Gebäude aussah. Hinter ihm stöhnte Schauer, er hörte, wie sie ihr Handy herausnahm.

«Schauer hier», sagte sie. Dann stöhnte sie wieder. «Ja. Die Neue! Dieser Bauernhof an der Straße von Kauscha nach Goppeln, wurde der abgesucht? Ja, ich warte! Warte doch mal!»

Letzteres galt wohl ihm. Bruch sah keinen Grund zu warten, soll sie doch einfach nachkommen. Er suchte den Schutt nach einem Weg ab, über den er ins Gebäude gelangen konnte.

«Ja», sprach Schauer hinter ihm mit ihrem Gerät. «Ja, aha. Danke.» Sie legte auf. «Also, die haben das Gebäude mit Hunden umkreist und mit Drohnen überflogen. Also mit dem Hubschrauber. Da die Hunde nicht angeschlagen haben, ging man davon aus, dass das Kind hier nicht sein kann.»

«Dann müssen wir eine Durchsuchung anordnen», sagte Bruch und begann den Schuttberg hinaufzuklettern. Ihm war, als gäbe es einen Pfad. Und wenn die Jugendlichen sich hier herumtrieben, dann würden sie schon in dem Gebäude gewesen sein.

«Du gehst mir grad wirklich auf den Sack!», murrte Schauer. «Erstens sollten wir schleunigst zur Schule fahren und nach den Jugendlichen sehen, zweitens ist das wirklich gefährlich, hier rumzuturnen, drittens ist die Bude so groß, da brauchst du ein paar Leute, um durchzublicken.»

Bruch wusste, dass sie recht hatte. Aber etwas war hier, schlug in ihm eine Saite an, ohne dass er es erklären konnte. Als lauerte etwas, als beobachtete ihn jemand. Er nahm sein Handy hervor, sah auf die Uhr. «Kommt denn jemand?»

«Ja, sind auf dem Weg. Zehn Mann.»

«Die Kinder sitzen im Unterricht, können nicht weg. Ich will bei der Durchsuchung dabei sein. Geh du vor, sie sollen das Tor aufbrechen. Ich warte hier hinten.»

«Warum?», fragte Schauer, dann kam sie näher, senkte die Stimme. «Glaubst du, hier ist jemand drinnen.»

Bruch wollte zuerst gar nichts erwidern. Er konnte es genauso wenig wissen wie sie. «Könnte sein», sagte er dann, weil er wusste, dass Leute solche Dinge hören wollten.

«Geht klar, ich fange die vorn ab.» Schauer zog sich zurück. Bruch wartete, bis sich ihre Schritte verloren. Dann kletterte er den Schuttberg weiter bis nach oben, duckte sich unter einem herabhängenden Mauerstück hindurch ins Innere der Ruine.

Drinnen war es finster, roch modrig-feucht. Scharfer Geruch deutete auf die gelegentliche Anwesenheit einiger Tiere hin. Die Decke hing durch, Balken waren zerbrochen, auf ihnen lastete das Gewicht des eingestürzten Daches. Es tropfte wie in einer Höhle. Bruch wagte sich weiter vor. Lief mit kurzen vorsichtigen Schritten. Es knisterte und raschelte. Das Haus musste unzähligen Mäusen, Vögeln und anderem Getier als Unterschlupf dienen. Leise knarrte etwas über ihm. Das war der Wind, der am Gebäude drückte und zerrte. Seltsam, dass alles leer stand und dem Verfall preisgegeben war, angesichts dessen, dass heutzutage jedes Grundstück seinen Wert hatte. Er fand einen Gang, prüfte den hölzernen Boden. Mehr tastend als sehend kam er an eine geschlossene Tür. Sie ließ sich nicht bewegen. Er lehnte sich mit seiner linken Schulter dagegen, schwang ein Stück zurück und warf sich gegen das Türblatt. Statt aufzugehen, knackte es laut, und die Tür, nichts als Pressspan und Pappe, brach durch. Bruch trat mit dem Fuß dagegen, brach sie ganz aus den Angeln. Der Raum dahinter war heller, durch zwei Fenster, eines ganz trüb, das andere vernagelt, drang Licht. Bruch trat über die Trümmer der Tür hinein, sah sich um. Es war ein Büro. Wie aus einer anderen Zeit. Der Schreibtisch, der Stuhl, die Regale, das Telefon auf dem Tisch, der hölzerne Spind, alles DDR-Standard. Die Tapete schälte sich von den Wänden. An der Decke und in den Ecken wucherte Schimmel. Eindeutig, dass dieser Raum seit der Wende oder kurz danach von niemandem mehr betreten worden war. Selbst Tiere hatten noch keinen Zugang gefunden. Bruch trat zurück in den düsteren Gang, entdeckte nun jedoch eine weitere Tür, die er zuvor in der Dunkelheit nicht gesehen hatte. Diese war auch verzogen, doch ließ sie sich öffnen. In diesem Raum standen in einer langen Reihe Tische und Stühle. Die Decke hing herab wie eine Regenplane, auf der sich das Wasser staute, es mochte nur noch eine Berührung fehlen oder eine leichte Erschütterung, und sie bräche herab. Der Raum, gleichermaßen Besprechungs- und Durchgangszimmer, besaß Fenster zu beiden Seiten. Die links auf der Längsseite, die sie vorhin passiert hatten, waren vernagelt, rechts die Fenster zum Hof waren zwar angelaufen, doch Bruch konnte hindurchsehen. Der Hof war wirklich sehr groß und vollgestellt mit schwerem Gerät, das früher Hunderttausende Mark wert gewesen sein musste. Traktoren waren zu erkennen, Zuggeräte für die Feldarbeit. DDR-Laster, Multicars, auch einen Wartburg erkannte Bruch. Alles war verrostet. Längst hatte die Natur das Gelände zurückerobert. Der teils gepflasterte, teils betonierte Boden war von Gräsern und Unkraut gesprengt, Birken wuchsen zwischen der Gerätschaft. Die drei Innenseiten des Hofes sahen noch ganz intakt aus, lagen windgeschützt. Jedoch konnte es nur noch eine Frage von wenigen Jahren sein, bis auch diese Fassaden zu bröckeln begannen und schließlich einbrachen. Bruch zog sich zurück. Er war hiergeblieben, um den hinteren Fluchtweg zu überwachen, nicht um das Gebäude zu erkunden. Er kehrte durch den Gang zurück, rutschte den Schuttberg mehr hinab, als dass er kletterte, und kaum war er unten angelangt, klingelte sein Telefon.

«Wir sind jetzt am Tor, sie brechen es auf!»

«Schick jemanden hinter. Wenigstens zwei Mann.» Er legte auf und wartete.

Es dauerte zwei Minuten, da vernahm er Schritte. Drei Uniformierte in Overalls kamen um die Ecke, zwei Männer, eine Frau.

«Beziehen Sie hier Stellung für den Fall, dass jemand versucht, sich zu entfernen», befahl Bruch und wollte sogleich den Schutthaufen wieder erklimmen.

«Sie meinen, wir sollen hier einfach stehen und warten?»

Bruch hielt inne. Die Anweisung war doch eindeutig gewesen. «Ja», antwortete er. Dann machte er sich auf. Diesmal hielt er sich nach rechts, als er oben angelangt war. Und hier schien es auch, als ob es einen schmalen Pfad gab, der durch den Staub und den Dreck auf dem Boden führte. Er schlängelte sich an herabhängenden Brettern und Deckenteilen vorbei, führte nach rechts durch die Öffnung einer eingestürzten Wand, dann wieder nach links durch eine offene Tür. Hier war es überall düster, wenn auch nicht ganz finster. Die Fenster auf dieser Seite waren von Pflanzen zugewachsen. Hier war der Pfad deutlicher auszumachen, er führte nun zu einem Treppenhaus, in dem die Farbe von den Wänden geplatzt und wie Laub zu Boden gefallen war. Das Dach hier war undicht. Wasser tropfte vom rostigen Geländer. Staub, Pollen und Pflanzenreste bildeten eine regelrechte Schicht auf den Stufen, nur in der Mitte der Stufen war zu sehen, dass hier jemand oder etwas gelegentlich entlanglief. Bruch stieg die Stufen hinauf. Auf dem ersten Podest fand er ausgebrannte Teelichter. Die Jugendlichen schienen sich also wirklich gelegentlich hier aufzuhalten.

Sein Handy klingelte wieder. Es war Schauer.

«Wo bleibst du denn jetzt?»

«Ich bin schon drin, ganz hinten. Von dir aus linke Seite.»

«Super, ich warte hier wie eine Dumme.» Jetzt war Schauer diejenige, die auflegte. Bruch steckte sein Handy weg, stieg weiter die Treppe hinauf. Oben angelangt fand er einen Wohnbereich vor. Er betrat ein Wohnzimmer mit Couch, Sesseln, Tisch und Schränken aus DDR-Produktion. Alles lag voll Staub und Blättern. Spinnweben hingen an den Wänden, so alt und dicht, dass sie ganz massiv erschienen. Die Gardinen waren vergilbt, das Holz der Fensterbänke vom eindringenden Wasser aufgequollen, der Lack geplatzt, voll mit Hunderten toter Fliegen. Durch eine weitere Tür ging es in eine kleine Küche. Sie sah aus, als wären die Bewohner gerade erst gegangen. Der Küchenschrank voller Utensilien,

Gläser, Töpfe, Besteck, auf dem Küchentisch sogar noch Teller, eine offene Butterdose, ein offenes Honigglas, ein Messer. Bruch konnte es sich nicht anders erklären, als dass der letzte Bewohner vom Frühstück weggerufen wurde und nicht wieder zurückkehrte. Durch eine weitere Tür kam er in einen winzigen Raum, in dem ein zerwühltes Bett stand. Auch hier lag Staub in dicken Schichten, hatten Mäuse ihren Dreck hinterlassen. Ein kleiner Vogel lag tot unter dem Fenster. Bruch verließ die Wohnung wieder. Ihn verwunderte, dass die Jugendlichen sich nicht dieser Räumlichkeiten angenommen hatten. Gerade das Sofa und die Sessel hätten sich doch zum Abhängen angeboten.

«Uh, gruslig!», stöhnte Schauer, die plötzlich in der Tür stand.

Bruch hob die Schultern. Schauer betrat den Raum, sah sich ebenso um, wie er sich gerade umgesehen hatte. Nach wenigen Augenblick kam sie zurück, schüttelte in seltsamer Manie den Kopf.

«Was ist», fragte Bruch.

«Bedrückt dich das nicht?»

«Es ist eine verlassene Wohnung.»

«Eine alte Frau hat hier gelebt, sie ist vor circa anderthalb Jahren gestorben. Ich stelle mir vor, wie sie da am Tisch sitzt, ein Brötchen isst und einfach vom Stuhl kippt. Hat ein paar Tage gedauert, ehe man sie fand.» Wieder schüttelte sie den Kopf, stülpte dabei die zusammengepressten Lippen nach innen.

«Wie hieß sie?»

«Elisabeth Gessner. Ihr gehörte das hier alles.»

«Sie wohnte hier ganz allein?», fragte Bruch, und nun fühlte er doch mal etwas, nämlich mäßiges Erstaunen.

«Sieht so aus. Offenbar hatte sie hier hinten ihr kleines Refugium, das und den Garten. Eine funktionierende Toilette gab es offenbar nicht, zumindest haben wir noch keine gefunden. Die muss in den Garten gegangen sein. Hier gibt's wirklich eine Menge Verstecke. Wird eine Weile brauchen, bis die hier alles durchsucht haben.»

Bruch deutete zum Fenster. «Da unten ist ein Teich mit Enten. Wer füttert die.»

Schauer stellte sich kurz auf die Zehenspitzen. «Die versorgen sich doch bestimmt selbst. Wollen wir mal nachsehen?»

Der Tümpel war in keinem besseren Zustand als das Haus und die kleine Wohnung darin. Was auch immer getan werden musste, um den Teich zu pflegen, es war nicht getan worden. Teile des Ufers waren abgesunken, fast drei Viertel waren von Schilf überwuchert. Die Zuchtenten waren halb verwildert, Wildenten hatten den Teich für sich entdeckt. Der Entenstall stand offen. Schauers größte Sorge war gewesen, einen verschlossenen Verschlag zu finden mit einem Dutzend verhungerter Tiere darin.

«Erben gibt es nicht?», fragte Bruch.

«Woher soll ich denn das wissen?», entfuhr es Schauer. Dass er offenbar die erstbeste Gelegenheit genutzt hatte, in das Haus einzusteigen, wurmte sie noch immer. Anscheinend hatte er sie nur loswerden wollen, indem er sie zum Tor schickte, damit er in Ruhe sein Ding machen konnte.

«Du wusstest auch den Namen der alten toten Frau.»

«Ja, stimmt, das haben die Kollegen schnell herausgefunden, aber das war es dann auch schon.» Konnte sein, dass sie ein wenig aggressiv war. Aber das mit der alten Frau beschäftigte sie. Warum wohnte die hier ganz allein in diesem riesigen Gebäude, halb verwahrlost? Warum starb sie ganz allein, und niemand bekam es mit? Grundsätzlich war das nichts Neues für sie. In Hamburg waren sie auch immer mal zu einem solchen Fall gerufen worden. Jemand nippelte ab, in seiner Wohnung in einem Block mit Hunderten Leuten drum rum, und niemand bekam es mit. Erst wenn es anfing zu stinken oder die halb verhungerten Haustiere verzweifelt an der Tür kratzten, nachdem sie von Herrchen oder Frauchen alles Essbare abgekaut hatten. Aber hier war es noch einmal etwas anderes. Diese Ahnung davon, wie es war, auf einem Hof zu leben, der früher voller Leben gewesen war. Im Frühjahr und zur Erntezeit musste es hier hoch hergegangen sein, da wurde Tag und Nacht gearbeitet. Da war immer jemand da. Und dann die Wende, alles brach zusammen, alle gingen davon. Der Mann starb, die Kinder waren weg, und schließlich war der Hof leer, nur die Frau da, inmitten dieser leeren Hülle. Ganz allein, ganz für sich, während der Sturm über die Hügelkuppe pfiff oder der Regen an die Fenster prasselte. Was mochte sie gedacht haben? Hing sie ihren Erinnerungen nach, war sie zu sehr mit ihrem Alltag beschäftigt? Begann sie zu verwahrlosen, ohne es zu bemerken? Wann hatte sie aufgehört, ihre Wäsche zu waschen, sich selbst? Wann hatte sie angefangen, aus Konserven zu essen oder mit sich selbst zu reden.

«Was ist?», fragte Bruch.

«Was geht's dich an?», erwiderte sie und drehte ab. Nichts ist, nur Panik. Panik, genauso einsam zu enden. Und was vor ein paar Jahren noch ganz lächerlich schien, nahm langsam Gestalt an. Die Zeit begann knapp zu werden. Es gab immer mehr zu berichten, immer weniger Zeit, die man gemeinsam erleben konnte, sofern man überhaupt jemand fand, wegen dem man sogar in eine andere Stadt zog, eine neue Sprache lernen musste, um dann dort sitzen gelassen zu werden.

«Fahren wir zu der verdammten Schule», sagte sie, um Beherrschung bemüht. Sie rammte die Fäuste in die Jackentaschen.

«Trifft dich das so?», fragte Bruch.

Bin ich jetzt sein Studienobjekt, fluchte Schauer innerlich. «Ja, sieh es dir an!» Sie zeigte auf ihr Gesicht. «Das nennt man Emotion. Ist so 'ne Tradition bei Menschen. Zeigt man, wenn man sauer ist, oder traurig, oder wütend, gerührt, oder verliebt. In diesem Fall ist das eine Mischung aus Angst und Mitgefühl.» Sie schnappte nach Luft.

Bruch sah sie an, und nichts regte sich in seiner Miene.

Mensch, dachte sie sich, der Kerl hat wirklich ein Problem, er kann ja gar nichts dafür. «Tut mir leid. Komm jetzt!»

9

Förderzentrum Albert Schweitzer hieß die Schule, und in der Schulleitung wusste man gleich, wer Maria und Hermann waren.

Maria Horn hieß das Mädchen mit vollem Namen und Hermann Wenke der Junge.

«Was haben sie denn angestellt?», fragte die Sekretärin.

«In diesem Falle nichts, wir müssen sie als Zeugen befragen», antwortete Schauer. Eines Tages würde sie wohl tot in Ohnmacht fallen, sollte Bruch mal von sich aus das Wort ergreifen.

«Zeugen», wiederholte die Frau seufzend. «Ich geh sie mal holen. Warten Sie bitte hier.»

Kaum war die Sekretärin losgelaufen, kam die Schulleiterin aus ihrem Büro. «Die haben es beide nicht leicht. Kaum jemand hier», sagte sie. «Hermann wird daheim verprügelt, seit frühester Kindheit. Wir warten nur auf den Tag, an dem er zurückschlägt. Lang wird es nicht dauern. Und Marias Mutter hat die Familie verlassen, da war sie gerade mal fünf oder so. Wächst bei ihrem Vater auf, aber der ...» Die Frau winkte ab. Schon hörten sie Schritte, und die Schulleiterin verstummte.

Die Sekretärin kam zurück, im Schlepptau ein junges Mädchen und einen großen Jungen, fast schon so groß wie Bruch. Das Mädchen war hübsch, aber wie ein Flittchen gekleidet, völlig überschminkt und zog ein Gesicht, das einen veranlasste, ihr ohne einen Grund eine scheuern zu wollen. Der Junge guckte ein bisschen dümmlich, vermutlich hatte er Angst, dass man ihm wegen irgendeiner Schweinerei auf die Schliche gekommen war.

«Sind Sie Bullen, oder so?», fragte Maria.

«Sind wir. Bruch und Schauer. Kripo.»

«Was wolln Sie denn?»

«Maria!», mahnte die Sekretärin, weil das Mädchen sich allzu lasziv an den Tresen gelehnt hatte.

«Wir suchen einen Oskar, einen Maddox und einen André.»

«Kennen wir nicht!», sagte Maria und wollte sich sogleich verabschieden.

«Du gehst erst, wenn wir es sagen!», sagte Schauer bestimmt. Sie mochte das Mädchen, trotz des mauligen Gesichts. Seit ihrem fünften Lebensjahr ohne Mutter. Sie kämpfte sich durch, auf ihre Weise. «Wir wissen, dass es eure Freunde sind und ihr zusammen abhängt. Wir müssen euch alle sprechen. Könnt ihr uns sagen, wo wir die anderen drei finden?»

«Die gehen auf die andere Schule drüben. Auf der Dings, wo auch der Skatepark ist», antwortete Maria, sah dann Hermann auffordernd an.

«Gamigstraße. Sind wir irgendwie verhaftet oder so?», fragte der Junge.

«Nein, aber ihr müsstet bitte mitkommen! Wir müssen euch alle gemeinsam befragen!» Das war dieselbe Schule, die auch Maxim und Celina besuchten.

«Heißt das, für heut ist Schluss mit Schule?», fragte Hermann.

Schauer hob die Schultern, nickte.

«Yesss!» Maria hob die Faust und zog am imaginären Schiffshorn.

Einerseits waren die fünf eigentlich noch Kinder, fasste sie für sich zusammen, andererseits schon Jugendliche, denen man unter bestimmten Umständen auch nicht begegnen wollte. Oskar, André und Maddox waren wie Hermann groß gewachsen, wobei Oskar sie alle überragte, stachen nicht durch übermäßige Intelligenz heraus, und über ihre Fähigkeit, Empathie zu empfinden, machte Schauer sich schon gar keine Illusionen. Sie hatten sich in der Schule in der Gamigstraße einen kleinen Raum erbeten und waren mangels besserer Alternativen in einem großen Kellerraum gelandet, der gleichsam Heizungskeller wie auch Abstellplatz war. Hier fanden sich überzähliges oder defektes Kleingerät aus der Turnhalle sowie alte Stühle und Tische, sodass man sich wenigstens setzen konnte. Während Maria das Ganze anscheinend noch immer für einen großen Spaß hielt, waren Hermann und die anderen Jungen nach anfänglichem Gestänker untereinander ziemlich ernst geworden.

Jetzt lümmelten sie auf ihren Stühlen, hätten vermutlich gern eine geraucht. Schauer warf einen fragenden Blick zu Bruch, der daraufhin keine Reaktion zeigte. Somit war das wieder einmal geklärt. Sie sollte sprechen und wusste noch nicht recht, wie zu beginnen. Sie wollte Informationen, ohne jemanden zu verschrecken.

«Wir haben euch zusammengetrommelt», begann sie, «nicht weil wir euch irgendetwas zur Last legen, sondern weil wir etwas wissen wollen. Uns wurde mitgeteilt, dass ihr euch gelegentlich in Goppeln aufhaltet. Stimmt das?»

«Ist ja nicht verboten, oder?», fragte Maria.

«Ist das ein Ja?»

«Ja, na und?»

«Was macht ihr da, und wie kommt ihr dahin, mit dem Bus?» Schauer sah von einem zum nächsten. Die Jungen schienen auf ihren Stühlen ein klein wenig herunterzurutschen.

«Mit Fahrrädern, wie denn sonst», übernahm Maria das Antworten.

Vermutlich hatten sie Mopeds gestohlen, oder sogar ein Auto, dachte sich Schauer. «Und was macht ihr da? Ist das nicht langweilig da?»

«Voll *lame*», stimmte Maria zu. «Waren auch ewig nicht mehr da!»

«Da gibt es einen alten verfallenen Bauernhof, seid ihr da mal gewesen?»

«Ja, auch mal, aber der ist auch voll öde.»

«Kennt ihr jemanden von dort? Kinder? Andere Jugendliche?»

«Nee, na ja, aus der Schule ein paar, vom Sehen, aber wir haben mit denen nichts zu tun, die denken, sie sind was Besseres.»

Schauer betrachtete die Jungen. Die waren allesamt stumm, und es könnte zwar sein, sie täuschte sich, aber sie schienen auffällig oft zu blinzeln, kratzten sich an den Hälsen, rutschten auf den Sitzflächen herum. Vielleicht gab es ja etwas, das Maria nicht wusste.

«Der Name Celina Kühn, sagt der euch was?»

Alle fünf taten, als dachten sie nach, schüttelten dann die Köpfe oder zogen die Mundwinkel herunter.

«Maxim Kühn? Kennt den jemand?»

«Der ist hier an der Schule», erwiderte Oskar. «Eine Klasse unter uns.»

«Ah, den kennt ihr also. Celina ist seine jüngere Schwester, auch hier an der Schule, und vielleicht habt ihr ja mitbekommen, die ist verschwunden. Maxim sagte, ihr hängt gelegentlich zusammen ab?»

Maria zuckte mit den Achseln, juckte sich unter ihrem Busen. Das mochte zufällig sein, doch Schauer war sich sicher, sie war sich ihrer Reize bewusst und wusste gut damit umzugehen. Nur dass sie hier bei beiden an der falschen Stelle war, bei ihr und bei Bruch.

«Also?», hakte Schauer nach.

Oskar gab als Erster nach. «Manchmal. Im Sommer öfter. Da sind wir an so einem See. Und in dem kaputten Hof waren wir auch mal, wie gesagt.»

«Wann habt ihr Maxim das letzte Mal gesehen?»

«Vorgestern in der Schule.»

«Nein, ich meine getroffen, privat. Wann wart ihr das letzte Mal in Goppeln?»

«Das ist ewig her», sprang Maria schnell ein. Sie schien die Wahrheit zu sprechen, zumindest für sich. Was die Jungen betraf, war sich Schauer inzwischen sicher, wusste Maria nicht alles. «Ihr?», sprach sie deshalb die Jungs noch einmal direkt an.

Sie regten sich unmerklich, wechselten Blicke. Keiner sagte etwas.

«Hört mal, Leute, es geht nicht darum, euch irgendetwas zum Vorwurf zu machen. Wir wollen Celina finden und suchen nach jedem kleinen Hinweis. Wann also seid ihr das letzte Mal da oben gewesen, wann habt ihr Celina das letzte Mal gesehen?»

Nun war es Hermann, der zuerst sprach. Wenn es stimmte, was die Schulleiterin gesagt hatte, musste er daheim wohl jederzeit mit dem Schlimmsten rechnen. «Letzte Woche waren wir oben. Wir sind in der Gegend herumgefahren, und wir waren auch noch mal bei dem Bauernhof, aber wir haben uns nicht reingetraut. Maxim war auch mit dabei und noch zwei, deren Namen wissen wir aber nicht mehr. Maxim seine Schwester, die wollte mitkommen, die ist verknallt.» Hermann nickte in Maddox' Richtung.

«Halt's Maul!», knurrte Maddox. Schauer sah ihn an. Er wurde rot.

«Ist dir das peinlich?»

«Was kann ich denn dafür? Die ist zwölf oder so.»

«Du kannst auch nichts dafür. Aber sie wollte mitmachen bei euch?»

«Ja», fuhr Hermann fort. «Aber wir haben die weggeschickt.»

«Ihr habt Celina also das letzte Mal vor einer Woche gesehen?»

«Nee, in der Schule noch vor zwei Tagen oder so», meinte Oskar.

«Und du», wandte sich Schauer an André, «sagst du gar nichts?»

«Der kann nur Russisch», Maddox lachte rau.

«Fresse!», knurrte André mit deutlich russischem Akzent.

«Fresse, Russe!», erwiderte Maddox.

«Russe!», nahm Oskar die aggressiv-freundschaftliche Spöttelei auf.

André zeigte den Mittelfinger, hob ihn dann zur Nase, roch daran. «Deine Mutter», feixte er hämisch.

«André, wie lang kennst du die alle?»

Der Junge hob die Schultern. «Seit Kindergarten.»

«Seit dem Kindergarten?», fragte Schauer. Wieso sprach er dann so ausgeprägten Akzent? Man sah ihr die Frage wohl an.

«Der spinnt bloß. Der spricht ganz normal. Der äfft nur seine Alten nach.» Maria sah sich zu André um, der ganz rechts saß. «Scheißrusse.» Sie leckte sich provozierend die Lippen.

André schenkte auch ihr den Mittelfinger, zog ihn sich erneut unter der Nase durch, brachte Maria damit tatsächlich zum Erröten.

«Ihr wisst, dass wir euch zur Einzelvernehmung mitnehmen können!», sprengte Bruch die traute Runde. «Ihr seid in dem Bauernhof gewesen, nicht nur einmal. Was habt ihr da gemacht, und wer war noch dabei?»

«Sie haben doch gesagt, Sie werfen uns nichts vor», murmelte Maria trotzig.

«Ihr erkennt den Ernst der Lage nicht.»

Nun war es der Russlanddeutsche, der antwortete. «Wir waren da, vor drei Tagen, Maria nicht, aber wir und Maxim und die zwei Freunde von ihm da. Maxims Schwester war nicht dabei.»

«Am Wochenende. Was habt ihr gemacht?»

André sah sich zu den anderen um, die senkten die Köpfe. «Na ja, wir wollten eine Mutprobe machen.» Er verstummte.

«Eine Mutprobe?»

«André hatte Schiss», flüsterte Hermann.

«Alle hatten Schiss!», betonte André. «Wir wollten über Nacht bleiben. Aber in dem Haus spukt es!»

«Das sagst nur du!», widersprach Oskar.

«Da drinnen spukt es!», beteuerte der Russlanddeutsche. «Ihr alle seid weggerannt!»

«Weil du gerannt bist! André glaubt an Geister», kicherte Oskar, doch das war nur aufgesetzt. Er glaubte es selbst.

Schauer trat André entgegen. «Erzähl mal!»

«Nichts», er winkte ab, «ich sag's einfach nur, könnt ihr glauben oder nicht. Meine Mutter und meine Oma sagen auch, dass es Geister gibt. Ist ganz normal. In dem Haus soll eine alte Frau gelebt haben. Die war ganz lang da ganz allein. Zehn Jahre oder länger. Und dann ist sie gestorben, und keiner hat es gemerkt ein paar Wochen lang oder so, und nun ist ihr Geist in dem Haus gefangen. Und ich bin nicht weggelaufen aus Angst, sondern weil sie ihre Ruhe haben soll!»

«Jaja, genau, du hast gequiekt wie ein kleines Schweinchen! Uuuwwiiiiiik», Oskar konnte erstaunlich gut das schrille Quieken eines Ferkels nachahmen.

«Hör auf!», fuhr Schauer ihn an. «Was ist denn geschehen?»

«Ich hab sie gesehen!», sagte André finster.

«Die alte Frau?»

André nickte. «Aber als Devochka», raunte er. «Als Mädchen», korrigierte er sich ins Deutsche. «Trug ein weißes Kleid.»

«Der spinnt!», widersprach Oskar laut. «Wirklich, der verarscht Sie, es hat geknarrt, weil die Bude so alt ist und ganz kaputt, und wer weiß, wie viele Viecher da drinnen rumlaufen. Wir waren alle da, da war gar nichts. Der hatte nur Schiss, weil er an Geister glaubt! Wenn man an Geister glaubt, sieht man auch welche, sagt mein Alter.»

André verschränkte die Arme vor der Brust und drehte seinen Kopf weg.

«Aber gruslig ist es da schon», wagte Maria anzumerken.

Oskar schien am abgeklärtesten. «Na logisch, das ist ein krasser *lost place*, so ein altes verlassenes Haus, das Scheißgestrüpp dahinten, da wartest du doch nur drauf, dass Slenderman um die Ecke kommt.»

Maria zog einen Flunsch. «Und ihr wart ohne mich da? Ihr habt gesagt, ihr hättet keine Zeit.»

«Kann es denn sein, dass andere Kinder auch in der Ruine

waren? Habt ihr mal welche gesehen, oder sind euch welche gefolgt?», fragte Schauer, die bemerkt hatte, wie sie vom eigentlichen Thema abgewichen waren. Und am Wochenende konnte André kein Mädchen da gesehen haben, zumindest keine Celina, denn da war sie noch nicht verschwunden gewesen.

«Kann sein», meinte Oskar, «kann ja auch sein, dass Maxim mit seiner Schwester da rein ist! Aber wir haben mit der Celina nichts zu tun!»

«Was hältst du von denen?», fragte Schauer ihn, als sie wieder im Auto saßen.

Bruch hatte die ganze Zeit schon darüber nachgedacht. Die fünf bildeten ein seltsames Gespann. Maria mochte sich gern mit Jungen umgeben, vielleicht hatte sie ein Auge auf einen geworfen. Andrés Geste schien unmissverständlich, ihr Erröten ebenfalls. Die anderen Jungen mochten glauben, dass sie auch eine Chance bei ihr hätten. Oder sie waren einfach nur Freunde, die gern zusammen waren. Beides Dinge, die in seinem Denken derzeit keinen Platz fanden. Nichts von beidem reizte ihn auf irgendeine Art.

Dazu kam, dass die Jungen Maria letztes Wochenende ausgeschlossen hatten. Warum, war die Frage. Wäre es nicht reizvoll gewesen, sie dabeizuhaben, wenn man schon irgendwo übernachtete, und sei es in einem Geisterhaus. André glaubte an Geister. Ganz fest. Sie existierten für ihn wie Menschen und Tiere und Steine.

Und was war sein Gefühl gewesen, als er hinter dem Haus stand, dessen Dach nur noch nicht eingestürzt war, weil es von den anderen Hausteilen gestützt wurde? Da war ihm gewesen, als beobachtete ihn jemand. Er hatte gelegentlich solche Anwandlungen, jedoch nicht, wenn er die Tabletten nahm. Aber hatte er sie denn genommen? Er wusste es nicht. Nicht für gestern, nicht für heut. Dass jetzt die Neue da war, machte es nicht besser, es brachte Unruhe, brachte ihn um seine letzten klaren Gedanken, mit ihrer

Fragerei und ihren unausgegorenen Komplexen, die sie ständig beleidigt sein ließen. Er spürte, wie er aus dem Gleichgewicht geriet, wie der Tunnel, in dem er sich befand, Risse und Löcher bekam.

Doch so viel hatte er noch mitbekommen, etwas gab es, das André und Maddox von Oskar und Hermann unterschied. Die beiden wirkten genauso abwehrend wie Maxim.

Am Wochenende konnte nichts geschehen sein, denn Celina war am Montag noch daheim gewesen, am Dienstag erst verschwunden. Was, wenn an diesem Dienstag noch etwas vorgefallen war, von dem nur André, Maddox und Maxim etwas wussten? War es mehr als der Geschwisterhass, der Maxim so zornig erscheinen ließ? War etwas geschehen? Zu komplex, seine Gedankengänge jetzt zu erklären.

«Keine Ahnung», sagte er.

«Keine Ahnung?», fragte Schauer. «Du denkst über eine Antwort fünf Minuten nach und sagst dann, keine Ahnung.»

Sie äffte sogar seinen Tonfall nach und traf ihn ganz gut.

«Was war denn das?» Schauer riss Mund und Augen auf in theatralischem Staunen. «War das ein Lächeln? Wen muss ich anrufen? Den Notarzt? Das Katastrophenschutzamt?» Ihr Telefon begann zu klingeln.

«Schauer? Ja. Aha, wir kommen!» Sie legte auf.

«Das war Püschel von der Einsatzleitung. Sie sind noch beim Hof. Sie haben nicht Celina gefunden, aber sie haben etwas gefunden. Wir sollen es uns ansehen.»

Dieses Mal stand das Tor zum Hof ganz offen, sodass sie einfahren konnten. Der Regen hatte nachgelassen. Eine größere Gruppe Bereitschaftspolizisten hatte sich um einen Bus versammelt. Sie tranken Heißes aus Bechern, aßen oder rauchten. Ein Uniformierter kam Schauer und Bruch entgegen, wies ihnen den Weg zur linken Seite des Gehöftes, wo ein großes Scheunentor offen stand.

«Hauptkommissar Püschel wartet dort auf Sie!»

Wie der Hof stand auch die Scheune voll mit Geräten. Man hatte einige Scheinwerfer aufgebaut. Trotzdem war es nicht ganz ungefährlich, sich zwischen den abgestellten Maschinen und Feldgeräten hindurchzuschlängeln. Es roch nach uraltem Heu, nach Holz, nach altem Maschinenöl, nach Moder und Schimmel.

«Hier hinten!», rief Püschel, winkte mit einer Taschenlampe.

Bruch hatte Schauer den Vortritt gelassen, sah nach oben. Es ging weit hinauf. Bis zum Zwischenboden mussten es zehn Meter sein. Bestimmt hatte man hier früher Heuballen gestapelt.

«Passen Sie auf, da geht es abwärts!» Püschel fuchtelte mit dem Lichtstrahl, ließ ihn um eine Stelle kreisen. Es handelte sich um eine Art betonierten Schacht oder eine Grube, von der aus man die Unterseite von Fahrzeugen warten konnte.

Püschel erwartete sie an einer Tür, die aus der Scheune in den nächsten Gebäudeteil führte. «Hier geht es zu einem Treppenhaus», erklärte er, «aber sehen Sie hier!» Er leuchtete in das Treppenhaus hinein, nach oben. Der erste Teil der Treppe, die hinaufführte, war noch intakt, der zweite Teil nach dem Podest aber war abgebrochen und komplett hinuntergestürzt. Der Schutt häufte sich auf der Treppe, die in den Keller hinabführte.

«Wir gehen davon aus, dass das erst vor Kurzem passiert sein muss. Die Bruchstellen sehen ganz frisch aus, sehen Sie!»

Er leuchtete entsprechende Stellen an. Es war eindeutig, die Bruchstellen waren viel heller, ganz scharfkantig, frei von Spinnweben.

«Denken Sie?» Schauer sprach es nicht aus, zeigte auf den Schuttberg.

«Wir gehen nicht davon aus, dass sie dort liegt. Es ist schon jemand hinuntergeklettert und hat geleuchtet.»

«Sie gehen nicht davon aus?», fragte Schauer, die wohl nie nachgeben konnte.

«Wir sind sicher!», konkretisierte Püschel.

«Celina könnte tödlich verunglückt sein, bei dem Ausflug hier in den Hof, und die Jungen haben den Leichnam beiseitegeschafft», sagte Bruch.

«Ist das dein Ernst?», fragte Schauer und sah ihn abschätzend an. Sie musste aber zugeben, dass sie kurz auch den Gedanken hatte: Es würde einiges erklären, vor allem das Verhalten von Celinas Bruder. Aber würde ein Bruder den Leichnam seiner Schwester verschwinden lassen, musste ihn das Gewissen nicht erdrücken?

Es war sein Ernst, ahnte sie. Und so wie Bruch sich gab, traute sie ihm zu, dass er als Kind dasselbe erlebt hatte. Vielleicht hatte er deshalb so einen Schuss in der Waffel.

«Kann ich mal?», bat sie, streckte die Hand nach Püschels Taschenlampe aus.

«Wollen Sie da runter?»

Schauer behielt ihre Hand ausgestreckt. Püschel gab ihr die Lampe.

«Viele Teile sind lose, Sie müssen schauen, wo Sie sich festhalten!»

«Ich komm schon klar!» Schauer stieg die ersten zwei Stufen hinab, musste sich auf ein großes Trümmerteil setzen, das im Wege lag, schwang die Beine darüber. Als sie die Füße aufsetzte, kam ein wenig Schutt ins Rutschen. Sie suchte nach einem festen Tritt, balancierte auf der Innenseite der Treppe weiter hinunter. Ein kleines Stück weiter unten kam sie auf die Idee, über das Geländer zu steigen, um sich daran entlangzuhangeln. So kam sie ein gutes Stück hinab, bis zum Zwischenpodest. Dort gelang es ihr, auf die letzte Halbtreppe nach unten zu steigen. Sie hockte sich nieder, leuchtete mit der Lampe zuerst in den Spalt zwischen der herabgestürzten und der eigentlichen Treppe. Darin war tatsächlich nichts auszumachen, Püschel hatte recht. Dort lag Celina nicht, auch kein Blut, und eigentlich war das eine gute Nachricht, denn das hätte niemand überlebt. Aber ausgeschlossen war nichts. Man konnte auch blöd stürzen und sich das Genick brechen ganz ohne Blut. Schauer richtete sich auf, leuchtete den Boden ringsum ab, schob mit der Fußspitze Staub und Gestein beiseite, suchte nach anderen verdächtigen Spuren.

«Ich habe angeordnet, die Teiche in der näheren Umgebung abzusuchen. Es wird eine Weile brauchen, das zu organisieren, aber die Taucher sind schon bestellt», sprach Püschel oben mit Bruch. Der wird sich wundern, dachte Schauer, genauso gut könnte er mit einer Statue sprechen. Aber vermutlich kannte der den schon, hier kannte bestimmt jeder jeden. Sie stieg noch die letzten Stufen hinab, leuchtete in den Kellergang rechts und links, der ganz aus Feldsteinen gemauert war und den Eindruck machte, als ob er nicht erst fünfzig oder hundert, sondern dreihundert Jahre alt wäre.

«Gibt's das Haus schon lang hier?», rief sie nach oben.

«Also der Alte hier, dieser Jolisch, meinte, hier gäbe es schon sehr lange eine Siedlung, manche vermuten, schon seit tausend Jahren. Wurde zwölfhundertirgendwas das erste Mal erwähnt. Hier gab es ja auch ein Kloster, oder gibt es sogar noch. Und die Schweden waren hier im Dreißigjährigen Krieg, zweimal sogar. Hier soll auch Napoleon mal durchgereist sein. Können Sie alles den Jolisch fragen.»

Schauer duckte sich, trat tiefer in den Gang hinein. Ein wenig unwohl fühlte sie sich schon, doch sie wusste die beiden Männer über sich. Auf dem erdigen Boden erkannte sie Schuhabdrücke.

«Sie haben hier unten auch alles durchsuchen lassen?», rief sie.

Püschel antwortete, doch sie verstand ihn nicht. Als sie sich umdrehte, schlug sie sich die Stirn an einem Holzpfosten ein, der aus der Wand ragte. Sie hörte es leise knirschen, und schon fühlte sie, wie es warm über ihre Augenbraue lief. Sie presste sich die Hand auf die Stirn und fluchte leise in sich hinein. Nicht der Schmerz störte sie, da hatte sie Schlimmeres erlebt, dagegen war das hier ein Witz, aber dass sie jetzt wochenlang mit dieser

Blessur auf der Stirn herumlaufen musste, noch dazu mit kurzen Haaren. Keine Chance, etwas zu verdecken. Ohne etwas zu sagen, stieg sie die Treppe wieder hinauf, am Podest angelangt musste sie die Hand von der Stirn nehmen. Sogleich lief das Blut wieder, tropfte als schmales, aber stetiges Rinnsal von ihrer Braue.

«Was ist denn mit Ihnen?», rief Püschel besorgt. «Warten Sie!» Schon kletterte er über die abgestürzte Treppe zu ihr hinunter, half ihr übers Geländer und den Schutt hinauf.

«Danke schön!», sagte Schauer demonstrativ.

«Ich bring Sie mal raus, da ist ein Sani!»

«Das ist nicht so schlimm, kann ich klammern.» Der Sanitäter tupfte an ihrer Stirn herum, desinfizierte ohne Vorwarnung die Wunde, was ordentlich zwiebelte, danke schön!

«Blutet meist eine Weile vor sich hin.»

Schauer schwieg zu dem Gerede. Ihr war gerade bewusst geworden, dass sie nicht nur eine Blessur haben würde, sondern auch noch einen weißen Verband um den Kopf.

«Ist das der Bruch, Ihr Kollege da?»

«Hm!» Sie hatte die Augen geschlossen, ließ die Behandlung über sich ergehen.

«Sie sind neu, oder? Kennen Sie die Geschichte mit dem Unfall?», fragte der Sanitäter.

«Sein Kollege starb.»

«Na ja.»

Schauer öffnete die Augen. «Na ja? Was heißt, na ja? Ist er nicht gestorben?»

«Doch, schon, aber es heißt ...» Den Sani überkam anscheinend plötzlich ein schlechtes Gewissen, dass er so tratschte. Er winkte ab. «Na, ist egal!»

«Nee, nichts mit egal. Erst anfangen, dann Skrupel bekommen. Was war mit dem Unfall?», fragte Schauer und hielt den Mann am

Handgelenk fest, weil er so geschäftig vor ihrem Gesicht herumwurstelte.

«Na ja», versuchte der Typ sich aus der Zwangslage zu winden. Dann senkte er die Stimme. «Es heißt, er hätte helfen können und hat es nicht getan.»

Schauer ließ den Mann los. «Das sagt sich immer leicht, wenn man nicht dabei war.» Sie hasste dieses dumme Gequatsche. Klar, wenn Bruch so ein Außenseiter war, dass sich alle das Maul über ihn zerrissen. So wie es hieß, man hätte jemanden halb totgeschlagen, nur weil er mal eine gefangen hat und unglücklich stürzte. Dass der Typ sturzbesoffen gewesen war, sie angefallen hatte, davon war dann keine Rede mehr. Was konnte sie dafür, dass der gleich ausnullte.

Der Sanitäter wiegte den Kopf. «Ja, stimmt, es heißt aber ... Drücken Sie mal so», er nahm ihre beiden Zeigefinger und führte sie an die entsprechende Stelle, dann holte er die Klammerpflaster aus der Verpackung. Er beugte sich über sie. «Es heißt, er habe seinen Kollegen im Auto verbrennen lassen und seelenruhig zugesehen», flüsterte er, während er ihr die Wunde klammerte.

«Sein Kollege ist verbrannt?»

«Ja, ein Autounfall, der Bruch wurde rausgeschleudert, der andere, Bartko, blieb drinnen. Als die Feuerwehr kam, brannte die Karre. Alle sagten, Bruch hätte ihm helfen können.»

«Vielleicht stand er unter Schock», versuchte Schauer zu relativieren. Doch auch wenn sie dagegen anzukämpfen versuchte, weil sie nicht vorschnell urteilen wollte, so schien es doch gut auf Bruch zu passen, dazustehen und zuzusehen, wie man verkohlte.

«Ja, vielleicht», sagte der Sani und meinte, ganz bestimmt nicht.

«War er denn verletzt?»

Der Sani beugte sich wieder näher, während er nun begann, ihr eine Mullbinde um den Kopf zu wickeln. «Gar nicht, bis auf ein paar Schürfwunden. Ich weiß das nur, weil eine Freundin von mir beim Polizeiärztlichen Dienst arbeitet.»

«Und sonst, wurde er auch psychologisch betreut?» Nun waren sie schon einmal dabei, alles wie Klatschtanten zu bequatschen, da konnte sie auch das noch erfahren.

«Hat er alles abgelehnt», flüsterte der Sani. «So, fertig!», sagte er dann laut und errötete heftig.

«Dann können wir zu den Kühns fahren», bestimmte Bruch, der inzwischen fast lautlos herangekommen war.

Er wusste, was die Leute sprachen. Es gab keinen Grund, sich deshalb zu beschweren. Leute redeten immer, ob sie nun die Wahrheit wussten oder nicht. Und selbst wenn sie die Wahrheit wussten, bogen sie diese zurecht, und noch lieber war es ihnen, sie wüssten die Wahrheit nicht, denn dann konnten sie sich ihren Teil frei denken. Es war ihm auch bewusst, dass es nicht lang dauern würde, bis Schauer davon erfuhr. Auch das konnte ihm egal sein, denn sie hatte sicherlich vor, wieder von hier zu verschwinden. Vielleicht blieb das verschwundene Mädchen ihr einziger gemeinsamer Fall.

Er blieb stumm. Er wollte nicht wissen, was der Sanitäter ihr genau erzählt hatte. Es machte keinen Unterschied. Michael war tot. Das war das Einzige, was man wissen musste.

Als sie bei der Siedlung angelangt waren, erkannte eine Reporterin sie und steuerte direkt auf ihr Auto zu. Bruch stieg aus dem Wagen, sah der Frau direkt in die Augen, die Hände in den Jackentaschen. Kurz bevor sie den BMW erreichte, überkamen sie wohl Zweifel, ob er der Richtige für ein Interview wäre. Deshalb bog sie zu Schauer ab.

«Wondrak von RTL», stellte sie sich schnell vor. Schon wurden andere auf sie aufmerksam. «Kann ich Sie fragen, gibt es Fortschritte? Stimmt es, sie wollen die Teiche absuchen lassen? Denken Sie, dass Celina ertrunken ist?»

«Wir können nichts sagen», erwiderte Schauer. Sie wollte nach links ausweichen, doch die Reporterin stellte sich ihr in den Weg.

«Es muss doch aber Anhaltspunkte geben. Stimmt es, dass Sie einen Sexualstraftäter im Visier haben?»

«Es gehört zur üblichen Prozedur bei solchen Fällen, dass man alle Möglichkeiten in Betracht zieht», erwiderte Schauer. Bruch blieb stehen, nahm sich vor einzuschreiten, sollte die Frau zu aufdringlich werden. Inzwischen war der Kameramann herangetreten, filmte von der Seite, schnitt Schauer den Weg nach links ab, sodass sie nach rechts ausweichen musste.

Als die Reporterin ihr ein zweites Mal in den Weg trat, verhärteten sich Schauers Gesichtszüge. Bruch trat an sie heran. «Gehen Sie beiseite», sagte er leise. «Sie behindern die Polizeiarbeit.»

Die Frau besann sich, gab den Weg frei. «Ist es wahr, dass der Mann, der an Celinas Schule gesehen wurde, ein entlassener Sexualstraftäter ist?», hakte sie trotzdem nach.

Bruch ignorierte sie einfach, gab Schauer ein Zeichen, es ihm gleichzutun.

«Danke», sagte Schauer leise, als sie die Haustür der Kühns erreicht hatten.

Bruch klingelte. «Du hättest sie geschlagen.»

«Ach, spinn doch nicht», schnaubte Schauer.

Bruch diskutierte nicht. Er wusste es.

«Ist Maxim da?», fragte er, kaum dass Herr Kühn geöffnet hatte.

«Nein.»

«Dann müssen wir mit Ihnen sprechen!» Bruch trat vor, zwang Celinas Vater zurückzuweichen.

«Wissen Sie von dem alten Bauernhof am Ortseingang?»

Frau Kühn kam aus der Küche, hielt ein Wasserglas in der Hand. «Die letzte Bewohnerin starb vor knapp zwei Jahren. Er steht leer jetzt. Die Kinder finden das spannend, wollen immer dahin, aber wir verbieten es.»

«Maxim ist gelegentlich dort, mit Paul und einem anderen

Freund und mit einer Gruppe Jugendlicher, die er aus der Schule kennt.»

«Wir haben es aber verboten. Es ist zu gefährlich. Und außerdem ...»

Bruch sah sie an, wartete auf das Ende des Satzes.

«Was ist außerdem?», fragte Schauer.

«Ach, das ist Blödsinn. Die Leute sagen, es spukt. Wir glauben nicht, dass es spukt. Höchstens, dass sich dort Leute aufhalten.»

«Leute?»

«Manche sagen, Obdachlose. Wir denken, dass es dort vielleicht ein Hehlerlager gibt. Es wurden immer mal ein paar Männer gesehen, die sich verdächtig benommen haben.»

«Verdächtig», fragte Bruch. Dass man den Leuten immer alles aus der Nase ziehen musste. Es ermüdete ihn und ließ ihn jeglichen Antrieb verlieren.

Schauer verlor die Geduld zuerst. «Sie meinen Syrer? Nordafrikaner? Afghanen?»

Frau Kühn nickte und zog gleichzeitig die Schultern hoch.

«Da drin ist kein Hehlerlager, wir haben das Gelände und die Gebäude durchsucht. Aber die Kinder waren da, nicht nur einmal sicherlich. Es ist gefährlich da. Jederzeit kann etwas einbrechen. Es ist etwas eingebrochen! Ist es möglich, dass Maxim seine Schwester dorthin mitgenommen hat?»

«Auf keinen Fall!»

«Auf keinen Fall?», fragte Schauer. «Warum nicht?»

«Weil ...»

Es gab keinen Grund. «Wer sagt, dass es dort spukt?», fragte Bruch. Auf Schauers Stirn zeigte sich ein kleiner roter Fleck auf dem Verband. Das Glas in Frau Kühns Hand zitterte.

«Ach, die Leute. Der Alte. Manche behaupten, nachts Lichter gesehen zu haben.»

Schauer sah ihn an. Fragend. Er nickte. Sollte sie reden.

«Es besteht die Möglichkeit, dass Celina mit ihrem Bruder und den anderen in dem Haus war, dass sie möglicherweise bei einem Unfall ums Leben kam und Maxim geholfen hat, das Ganze zu vertuschen, aus Angst vor den Konsequenzen.»

Frau Kühns Mund klappte auf. Herr Kühn erstarrte, begann ein wenig zu schwanken, als kippte er gleich um. «Das ist ja völlig absurd!», stieß er hervor.

Warum die Leute das sagten. Es war nicht absurd. Es wäre nicht das erste Mal, dass ein Kind beim Spielen ums Leben kam. «Wo war Maxim vorgestern Abend?»

«Hier, hier daheim!» Kühn sah zu seiner Frau, die nickte bestätigend.

«Die ganze Zeit?», fragte Bruch.

«Die ganze Zeit. Er hat oben auf seinem Zimmer gezockt!»

Konnte man das nachprüfen? Konnte man sich aus dem Haus schleichen und unbemerkt zurückkehren, wenn die Eltern es gewohnt waren, dass man stundenlang in seiner Bude hockte?

Frau Kühn hatte die Fassung wiedergewonnen. «Dieser Mann, den Sie uns zeigten. Stimmt es, dass er ein Sexualstraftäter ist? Wird er beobachtet? Denken Sie, er hat Celina irgendwo eingesperrt?»

«Er wird beobachtet», bestätigte Bruch.

«Können Sie ihn nicht verhaften? Verhören?»

Was sie wirklich wollte, blieb unausgesprochen. Dieser Wunsch war verzeihlich. Sie hatte Angst um ihr Kind. Und wenn es der Falsche war, den sie folterten. Damit musste man rechnen. In den Augen dieser Leute und anderer hatte er sein Leben sowieso verwirkt. Hier gab es jetzt nichts mehr zu holen. Bruch wendete sich ab.

«Wenn Maxim zurückkommt, soll er sich melden», hörte er Schauer sagen. Im Flur angelangt, verdunkelte sich die Glaseinfassung der Haustür für einen Moment. Bruch trat ein Stück zurück, sah durch das kleine Seitenfenster. Maxim war gerade mit seinem Fahrrad angekommen, er stellte es so ab, als wollte er gleich wieder los. Jetzt stieg er die zwei Stufen hinauf, öffnete die

Tür mit seinem Schlüssel. Er schwitzte, schniefte, zog den Naseninhalt hoch. Als er Bruch im Flur stehen sah, hielt er inne.

Es entsponn sich ein Blickduell. Ein paar Sekunden standen sie ganz still. Bruch hörte etwas. Ein leises Knacken.

«Was machen Sie denn da?», fragte Frau Kühn.

Bruch wusste, was es war. Schauer hatte die Terrassentür geöffnet. Wollte sich außen heranpirschen, Maxim den Fluchtweg abschneiden.

Der Junge schaltete unerwartet schnell. Er fuhr herum, wollte aus der Haustür und prallte mit Schauer zusammen, stieß sie so hart von sich, dass sie auf ihren Hintern fiel. Maxim packte sein Rad, riss es am Lenker herum, rannte los und sprang auf.

«Maxim!», schrie ihm seine Mutter, die zur Tür gerannt war, hinterher. «Na toll!», fuhr sie dann Bruch an. «Jetzt ist auch noch er weg!»

«Warum läuft er denn davon!», schnauzte Schauer zurück, ließ sich von Bruch hoch helfen, der ihr die Hand gereicht hatte.

«Keine Zeit», mahnte Bruch, er hatte ihr nicht aus Menschenliebe aufgeholfen. Gemeinsam rannten sie zum Auto, vorbei an den Übertragungswagen, in denen gelangweilt die Kameracrews saßen. Schauer öffnete von Weitem schon den Wagen. Sie sprangen hinein und fuhren los, um gerade noch zu sehen, in welchen Weg Maxim einbog.

Schauer beschleunigte bis zur nächsten Kreuzung, bremste dann scharf und lenkte ein. Das Heck brach ein wenig aus, doch schon beschleunigte sie wieder, einen recht steilen Hang hinab.

«Dort», sagte Bruch. Maxim war gar nicht diese Straße hinuntergefahren. Er hatte in einer Einfahrt gewartet und fuhr nun in entgegengesetzter Richtung davon. Schauer bremste wieder hart.

«Rückwärts», befahl Bruch, doch Schauer hatte schon in eine weitere Einfahrt eingelenkt, wendete, verlor dadurch aber wertvolle Zeit. Auf der regennassen Straße drehten die Reifen zuerst durch. Als sie endlich wieder an der Kreuzung angelangt waren, war von dem Jungen nichts mehr zu sehen. Er konnte in Richtung Dresden, in Richtung Bannewitz oder zum Autobahnzubringer gefahren sein, und ebenso gut konnte er sich irgendwo verstecken.

«Den hätten wir auch so nicht bekommen», verteidigte sich Schauer, ohne dass Bruch etwas gesagt hatte. Der Blutfleck auf ihrem Verband war größer geworden. Unschlüssig was zu tun, blieb sie an der Kreuzung stehen. Von hinten näherte sich ein Auto, hupte kurz, sie winkte es mürrisch vorbei.

«Passt ja zu unserer Theorie, dass der jetzt abhaut.»

«Er hat Angst», sagte Bruch.

«Logisch, wenn der wirklich seine Schwester auf dem Gewissen hat.»

Bruch schwieg dazu, aber so meinte er das nicht. Es war kein pubertärer Trotz, kein Geschwisterhass, kein schlechtes Gewissen. Es war Angst. Was ihn flüchten ließ, war nicht die Angst, etwas gestehen zu müssen. Er fürchtete sich vor etwas anderem.

«Fahren wir noch mal zu Jolisch. Ich will etwas über den Bauernhof wissen», sagte er.

«Warum?» Sie sah ihn fragend an.

Er konnte nichts erwidern. Es war alles gesagt. Kopfschüttelnd gab sie auf und fuhr los.

Er machte ihr Vorwürfe. Auch wenn er nichts sagte, auch wenn er wie immer keine Miene verzog. Hätte sie den Rückwärtsgang reingeschoben und wäre einfach zurückgestoßen, hätten sie nicht die entscheidenden Sekunden verloren. Wäre zwar ein bisschen riskant gewesen, hätte ja ein Auto runterkommen können, oder eine Kindergartengruppe hätte die Straße überquert, aber hey, das juckt den doch nicht. Und jetzt wollte er wieder zu dem Alten. Reine Zeitverschwendung in ihren Augen. Keine Spur von dem Kind. Maxim müssten sie kriegen, Verstärkung bestellen. Wenn sie eines nicht hatten, dann Zeit. Und allein der Gedanke an die verkeimte Kaffeetasse und den Altemännergeruch ließ sie ausheben.

Dafür hatte sie augenblicklich eine bessere Idee. Sie beschleunigte, anstatt vor Jolischs Grundstück zu verzögern, fuhr vorbei, bemerkte nur im Augenwinkel, wie sich Bruchs Kopf mit Blick auf das Haus des alten Mannes drehte. Dann sah er wieder nach vorn, ohne etwas zu sagen.

Ich bin auch wer, dachte Schauer. Ich bin auch wer. Auch wenn bestimmte Menschen immer wieder versuchen, mir das Gegenteil weiszumachen. Sie durchquerte den alten Ortskern und hielt vorm Bäcker.

«Willst du auch was?», fragte sie. Der Regen nahm plötzlich zu, prasselte aufs Autodach, die Scheibenwischer verausgabten sich.

Bruch schüttelte knapp den Kopf. Konnte es sein, dass sich sein Gemüt aufhellte, wenn der Regen nachließ und der Himmel aufklarte, und sich wieder verfinsterte, sobald sich die Wolkendecke schloss? Oder ließen die Woführauchimmer-Tabletten schon nach?

Sie wartete kurz, bis der Regen wieder ein wenig nachließ, stieg aus, beugte sich noch mal hinab, um ins Auto zu sehen. «Es ist fast Mittag, wir Menschen essen meist etwas um diese Zeit.»

Bruch schüttelte den Kopf.

«Spät heute», begrüßte die Verkäuferin sie und lächelte.

«Heute durften wir ausschlafen», nahm Schauer den Scherz auf. Das unterschied sie von dem Automaten da draußen, dass sie kommunizierte, auch wenn sie eigentlich keinen Bock dazu hatte. «Ich hätt gern ein belegtes Brötchen, das da, mit Schinken.» Sie betrachtete die Auslage. «Und so ein Obsttörtchenteil!» Mit einem Mal hatte es sie überkommen. Das Ding sah aus, als wäre es künstlich, bunt und glänzend, als wäre es lackiert, gleich würde die Verkäuferin sagen, es ist nur zur Dekoration. Doch die Frau nahm es und packte es ein. Das würde sie sich schön genüsslich vor Bruch zwischen die Kauleisten schieben und die Karre mit Mürbeteig vollkrümeln.

«Der alte Bauernhof», begann sie, und noch ehe sie den Satz beendete, sah sie, wie sich der Gesichtsausdruck der Frau änderte, «wem gehört der denn?»

«Zurzeit wohl niemandem, da lebte eine alte Frau, die ist aber gestorben. Muss fast zwei Jahre her sein. Kaffee?»

«Heute nicht, nein. Das ist ja bestimmt diiie Attraktion für alle Kinder im Ort, oder?»

Die Verkäuferin wiegte den Kopf. «Ist ja eher gefährlich. Ein Teil ist schon vor ein paar Jahren eingestürzt. Macht sechs achtzig.»

Schauer nahm ihr Portemonnaie heraus, fischte einen Zehner heraus. «Sieben. Ein paar Leute haben uns gesagt, da drinnen spukt es. Vielleicht der Geist der Verstorbenen.»

Das Gesicht der Verkäuferin wurde ernst, sie ignorierte Schauers Geste, legte drei Euro und zwanzig auf die flache Geldschale. «Darüber sollte man keine Scherze machen! Danke schön, auf Wiedersehen.» Noch ehe Schauer Brötchen, Kuchen und Geld an sich genommen hatte, zog sie sich in den hinteren Raum zurück.

«Sie glaubt es selbst», sagte Bruch, als Schauer sich ins Auto setzte.

Das dachte sie sich auch, aber konnte er Lippen lesen, oder war er wirklich so ein Freak, der alle Menschen durchs Angucken durchschaute? Sie legte das eingepackte Brötchen ins Seitenfach, das eingepackte Törtchen stellte sie auf dem Armaturenbrett ab. Sie hatte die Lust verloren, es zu essen. Was ihr gerade noch lustig erschienen war, war einfach nur dumm.

Dafür klingelte ihr Telefon jetzt. Sie nahm es heraus. «Warum rufen die mich jetzt eigentlich immer an?», fragte sie sich nach einem ersten Blick. Aber die Antwort wusste sie bereits.

«Schauer.»

«Buchholz hier, Berger bewegt sich. Er hat seine Wohnung verlassen, ist in den Bus gestiegen. Er fuhr zuerst in die Stadt. Am Fritz-Förster-Platz ist er umgestiegen, bewegt sich offenbar in Richtung der Schule auf der Gamigstraße. Er müsste in zehn

Minuten etwa da sein. Falls Sie der Sache persönlich nachgehen wollen, die Kollegen hängen aber dran!»

«Ja, danke, ich denke, wir fahren auch mal hin!» Sie legte auf. «Wie kann der so dämlich sein? Der will doch jetzt nicht dahinfahren, um Gras zu verticken. Der muss sich doch denken können, dass wir ihn beobachten.»

«Wir müssen da nicht hinfahren.»

«Nee?» Natürlich nicht, der Herr hat eigene Pläne.

«Berger ist nicht relevant für uns.»

«Ach nee? Aber dieses Haus? Kommt dir nicht der Gedanke, die wollen uns mit dem Geschwätz über das Haus irgendwie ablenken?»

«Wovon sollte die Bäckerin dich ablenken wollen», fragte Bruch zurück.

«Wir können aber den Berger nicht ignorieren. Selbst wenn der wirklich nur», sie malte Anführungszeichen in die Luft, «so dumm ist, tatsächlich Dope zu verkaufen.»

«Dann fahren wir», sagte Bruch, und Schauer kam nicht dazu, darüber erstaunt zu sein, wie schnell er sich überreden ließ, denn er überraschte sie sogleich noch einmal. «Ich will heute in dem Haus übernachten.»

Schauer musste auflachen, ihr wurde jedoch gleich bewusst, Bruch war niemand, der scherzte. «Ist das dein Ernst?», fragte sie trotzdem.

«Ich will es selbst sehen.»

«Was? Dass es spukt? Du willst dir einen Schlafsack nehmen und dort auf der Couch schlafen?»

Bruch nickte.

«Na, dann viel Spaß», kommentierte sie und wusste doch schon in diesem Augenblick, dass sie, wenn er es wirklich durchziehen wollte, irgendwie mit drinhing. «Wollen wir mal die Rundumkennleuchte anmachen, damit ich ein bisschen Gas geben kann?» Auch jetzt musste sie keine Antwort abwarten. Bruch schien weder ihren ironischen Unterton zu registrieren, noch dass sie überhaupt gefragt hatte. Sie saß am Steuer, sie bestimmte. Sie schaltete das Blaulicht an, sah kurz in den Rückspiegel, lenkte stark ein und fuhr scharf an. Ihr Törtchen rutschte auf dem Armaturenbrett nach rechts und fiel vor Bruch runter. Anstatt zuzugreifen, ließ er es zu Boden fallen. Prima, das war jetzt zermatscht. Wenigstens aber bückte er sich und hob es auf.

Es war eigentlich nicht so weit, und da sie kaum Verkehrsaufkommen hatten, lohnte es sich nicht, das Blaulicht und die quäkige Sirene anzuschalten. Kurz nach dem Ortseingangsschild Dresden schaltete sie alles ab. Wie sie es heute schon einmal getan hatte, fuhr sie in das Plattenbaugebiet hinein, nahm im Kreisverkehr die zweite Ausfahrt und fuhr in gemäßigtem Tempo in Richtung der Schule. Dort angelangt, stellte sie den Wagen zwischen zwei quer zur Straße geparkten Autos ab, damit Berger sie nicht gleich erkannte. Eine Weile warteten sie.

Nach einiger Zeit öffneten sich die Türen der Schule, und Kinder kamen heraus, verteilten sich über den Hof.

«Normale Klingeln gibt's wohl auch nicht mehr», merkte Schauer an. «Wie lang sollen wir warten, er müsste doch längst da sein?»

«Ruf Buchholz an.»

Ruf du doch an, dachte Schauer, tat aber wie geheißen. «Wo bleiben die denn?», fragte sie, kaum dass Buchholz sich gemeldet hatte.

«Weiß nicht, versuchen Sie es über Funk! Kanal vier.»

Bruch bewegte sich tatsächlich, langte nach dem Funkgerät. «Bruch hier, wir warten in der Gamigstraße auf Berger! Kommen.»

«Negativ», antwortete sogleich jemand. «Er bewegt sich in eine Gartensparte. Links von der Dohnaer Straße, gegenüber der Star-Tankstelle. Sie könnten versuchen, ihm den Weg abzuschneiden, indem sie ans äußerste Ende vom Otto-Dix-Ring fahren. Kommen.»

Bruch hängte die Sprechmuschel ein. Schauer sah ihn eine Sekunde lang an, schüttelte den Kopf. Dann nahm sie das Gerät.

«In Ordnung. Ende!»

«Die Straße runter, immer geradeaus, ich sage, wo du abbiegen musst», erklärte Bruch.

Schauer ließ den Motor an und fuhr los. «Wenn das deine Regenlaune ist, wie bist du denn drauf, wenn es hagelt?»

«Mann, das ist ja noch so ein Plattenbaugebiet», staunte Schauer. Das hatte Sebastian ihr nicht gezeigt. Offenbar war er mit ihr nur durch die hübschen Stadtteile gefahren.

«Halte hier!», bestimmte Bruch. Bis zum Ende der Straße waren es noch gut fünfzig Meter. Dann nahm er das Funkgerät. «Haben Stellung bezogen. Kommen.»

«Wir folgen ihm zu Fuß, er müsste gleich auf der anderen Seite herauskommen! Kommen.»

«Noch kein Sichtkontakt», meldete Bruch.

«Dort!» Schauer hatte den Mann gesehen. Er trug viel zu dünne Kleidung für dieses ekelhafte Wetter, hatte sich die Kapuze seines Sweaters über den Kopf gezogen, schien völlig durchnässt. Doch er schien nicht zu frieren. Das erstaunte sie, dass diese Leute kein Temperaturgefühl hatten. Oder ihre Sucht war so groß, dass sie die Kälte einfach nicht wahrnahmen. Denn Berger war garantiert Junkie. Dann aber würde er kaum Interesse an Celina haben, es sei denn, er wollte die Familie um Geld erpressen. Ein Erpresserschreiben oder -anruf war bisher noch nicht eingegangen. Sofern es die Kühns nicht verschwiegen hatten.

«Wir verschwenden Zeit», sagte Bruch, als hätte er wieder einmal ihre Gedanken gelesen.

Die Kollegen meldeten sich über Funk. «Entweder hat er uns bemerkt, oder er geht nur jemand besuchen. Wir dachten, er hätte das Mädchen vielleicht irgendwo in der Gartensparte versteckt. Seht ihr ihn? Kommen.»

«Ja, wir sehen ihn, Ende.» Bruch hängte das Gerät wieder ein, lehnte sich zurück, sah wort- und regungslos nach draußen.

Schauer betrachtete Berger, wie er lief, mit großen Schritten, die Hände in den Taschen, die Schultern hochgezogen. Er kam aus der Gartensparte, kam direkt auf sie zu, ins Wohngebiet hinein. Berger hätte gar nicht die Möglichkeit, ein entführtes Kind hierher zu bringen und zu verstecken. Eigentlich auch bloß so ein armer Idiot. War garantiert in so einer Gegend aufgewachsen. Den Eltern vollkommen egal. Wer weiß, wie oft er seinen Alten hatte die Mutter verdreschen sehen. Er musste ja glauben, es wäre normal. Besser war, man dachte nicht immerzu über so etwas nach.

Ein Wagen fuhr an ihnen vorbei. Ein schwarzer Audi. Schauer sah zu, wie er das Ende der Straße erreichte, anhielt. Tja, ist halt eine Sackgasse, dachte sie. Doch anstatt den Wagen zu wenden, stellte der Fahrer das Auto ab, stieg aus, wie auch der Beifahrer. Beides Männer, recht jung, höchstens dreißig. Sie schienen recht sportlich, und anhand der Frisuren, der Schuhe und Klamotten konnte man sie leicht der Hooliganszene zuordnen. Oder zumindest würden sie es selbst tun. Ob die echten Hooligans damit einverstanden wären, war zu bezweifeln. Doch auch diese Szene hatte sich aufgelöst, war schwammig geworden, die Übergänge verwaschen. In Hamburg hatte sie früher des Öfteren Vergnügen mit dieser Gattung Mensch gehabt. Sogar mit Dresdnern, die ihrer heiß geliebten Dynamo zu jedem Spiel folgten. Diese hier aber hatten nicht vor, zu einem Spiel zu gehen. Sie sahen sich um, ob sie auch nicht beobachtet wurden, übersahen aber die Polizisten im Auto. Nun öffnete der eine den Kofferraum, der andere bückte sich hinein und nahm etwas heraus. Es waren zwei Baseballschläger.

«Die haben es auf den Berger abgesehen!», stellte Schauer fest und schnappte sich das Funkgerät. «Wo seid ihr? Der Berger bekommt Besuch von zwei Männern mit Baseballschlägern!» Schon waren die Typen auf zwanzig Meter an Berger heran.

«Wir sind auf dem Weg zurück zum Auto, wir dachten, ihr übernehmt ihn!»

Schauer fluchte, warf das Gerät aufs Armaturenbrett und wollte aussteigen.

Bruch hielt sie am Arm zurück.

«Wenn wir ihm helfen, weiß er, dass er von uns beobachtet wird!»

«Willst du, dass er totgeschlagen wird?»

«Willst du Celina finden?»

«Du hast doch selbst gesagt, er hat sie nicht, es ist Zeitverschwendung!»

«Ich habe gesagt, es ist Zeitverschwendung. Er geht jemanden besuchen, seine Mutter vielleicht, ich habe nicht gesagt, dass er Celina nicht entführt haben könnte.»

Schauer sah nach vorn. Die beiden Männer waren Berger ein Stück entgegengegangen, hatten sich nun rechts und links des Weges aufgestellt. Berger schien so sehr mit sich beschäftigt, dass er sie nicht als Gefahr registrierte. Erst als er schon zwischen ihnen stand, wurde ihm seine Lage bewusst. Schauer riss sich wütend los und stieg aus. «Hey!», schrie sie, ihr Ruf blieb ungehört.

Berger wich zurück, hob die Hände, als ergäbe er sich. Dann wirbelte er herum und wollte losrennen. Einer der Typen hatte damit gerechnet und schlug ihm den Baseballschläger gegen das Knie. Berger schrie und stürzte zu Boden, nun holten beide Männer aus und schlugen auf ihn ein.

«Hey!», schrie Schauer, rannte los und wusste, sie würde nicht rechtzeitig da sein, um ihm noch helfen zu können, wenn den einer am Schädel traf. Deshalb zog sie ihre Pistole und schoss zweimal steil in die Luft. «Sofort aufhören!», schrie sie. Toll dachte sie, toll. Mein zweiter Tag. Einem aufs Maul gehauen, Platzwunde am Kopf, auf den Arsch gefallen, zweimal geschossen.

Die beiden Schläger sahen sich erschrocken um. Der eine reagierte schnell, rannte augenblicklich davon, der andere folgte ihm ein paar Meter, doch dann wurde ihm bewusst, dass sein Audi noch dastand. Er bremste ab. «Eh, komm zurück!», rief er seinem flüchtenden Kameraden noch hinterher.

«Stehen bleiben!», schrie Schauer, sah sich kurz um. Endlich bequemte sich Bruch ebenfalls aus dem Auto.

Doch nun bekam sie Hilfe von der anderen Seite, die zwei Kollegen waren zu Fuß zurückgekehrt. «Stehen bleiben!», befahlen sie, hatten ihre Waffen gezogen. Es waren ein Mann und eine Frau. Den anderen Hooligan hatte sein Gewissen ereilt. In gewisser Weise imponierte Schauer diese Loyalität. Würde der Audi-Besitzer die Aussage verweigern, keine Namen nennen, wäre er aus der Sache so gut wie raus gewesen. Was dagegen hatte sie? Einen Typen zur Seite, der sich zu schade war, ihr auch nur die geringste Hilfe zu leisten, und der angeblich seinen Kollegen hatte im Auto verbrennen lassen.

Inzwischen hatte sie den Audi-Fahrer erreicht. Der hatte den Baseballschläger fallen lassen. Er gab sich jetzt lässig, feixte sogar. Schauer hielt die Waffe nicht mehr auf ihn, sondern zum Boden gerichtet. Der zweite Hooligan war zurückgekehrt. Sein Gesicht war ganz rot. Er war sich seiner Sache nicht ganz so sicher. «Bleiben Sie da!», mahnte Schauer, ging in die Knie, um sich Berger zu besehen, der regungslos am Boden lag. Er blutete aus einer großen Wunde am Kopf. Als sie seinen Leib abtastete, stöhnte er auf.

«Bruch, einen Rettungswagen!», rief Schauer. Nun waren die zwei anderen Polizisten herangekommen. Die Kollegin kniete sich neben Schauer. Sie war sehr jung, hatte ihr blondes Haar zu einem Zopf gebunden.

«Haben Sie geschossen?», fragte sie leise.

«Ja», Schauer suchte nach den richtigen Worten. Sie waren nicht in Amerika, hier in Deutschland brauchte es gute Gründe zu schießen. «Die hätten den sonst totgeschlagen.»

«Das war unser Fehler!», flüsterte die Kollegin. «Der Audi ist die ganze Zeit um uns herum gewesen. Die müssen dem Berger schon in Bannewitz aufgelauert haben. Hoffmann, Susi. Oberkommissarin.» Sie reichte Schauer die Hand. «Das ist Hauptkommissar Durig.» Schauer nickte dem Kollegen zu. Er war älter als sie, nicht unsportlich, doch mit einem ordentlichen Bauch und ergrauenden Haaren. Er nickte zurück.

Der Audi-Besitzer meldete sich jetzt zu Wort. «Wie soll es denn jetzt weitergehen? Ich bin schon klatschnass!» Bestimmt wollte er besonders lässig erscheinen und mochte schon einige Erfahrung im Umgang mit der Polizei gemacht haben. Seine Miene verriet jedenfalls, was er von dem Berufsstand im Allgemeinen hielt.

«Schön langsam, Herr Wiegand», mahnte Hauptkommissar Durig. Der Angesprochene war von der Nennung seines Namens so verblüfft, dass ihm die Sprache wegblieb. «Das gibt eine schöne Anzeige wegen schwerer Körperverletzung und versuchtem Totschlag, da ist nichts mehr von wegen Selbstverteidigung», fuhr Durig fort, der offenbar schon eine gemeinsame Vorgeschichte mit dem Mann teilte.

«Schön sachte, Meister», versuchte Wiegand seine Souveränität wiederherzustellen.

«Warum hältst du nicht einfach die Fresse», fuhr der zweite Hooligan ihn jedoch an und bereute nun bestimmt, zurückgekehrt zu sein.

Bruch kam dazu. «Der Rettungswagen kommt», meldete er. Hoffmann richtete sich auf, grüßte Bruch mit knappem Nicken. Durig tat es ihr gleich. Die kannten den und hatten sich ihre Meinungen gebildet, das war Fakt. Berger begann sich zu regen.

«Sie wissen schon, was das für einer ist!», stieß Wiegand nun hervor. «Das ist ein Kinderficker! Solche Leute gehören aufgehängt!»

Durig hob den Finger. «Das können Sie dem Richter erzählen, dann weiß er, dass Sie vorsätzlich gehandelt haben, mit Tötungsabsicht. Sie kommen jetzt mit, ans Auto stellen, abstützen, Beine breit. Sie wissen ja, wie das geht!»

10

Es war Nachmittag, ehe alle Formalitäten erledigt waren. Stumm hatten sie im Büro gesessen. Bruch war das nur recht gewesen. Das waren die besten Minuten eines Tages. Wenn er sitzen konnte, ohne zu reden, einfach machen. Eigentlich müsste er das auch können, wenn er daheim war. Da war auch niemand, der sprach. Nur die Katze, die ihn in Ruhe ließ, die ihn beobachtete, als wäre es ihre Aufgabe, über ihn zu wachen. Oder ihn zu bewachen. Doch daheim war es etwas anderes. Daheim war er allein. Zwar war er in einem Gebäude voller Menschen, die lärmten und stanken. Doch war er keiner von ihnen, schien fast unsichtbar mit seinem unausgesprochenen Nichtangriffspakt. Und noch viel mehr war er allein, als dass diesem Alleinsein ein Nichtalleinsein vorausgegangen war und das gerissene Loch mehr war als nur Einsamkeit.

Hier, im Präsidium, in seinem Büro, war er auch allein. Aber auf eine andere Art und Weise. Diese Zeit hier, in der nichts zu tun war, glich nicht der leeren Zeit daheim. Hier galt es den Dienst hinter sich zu bringen. Wenn er hier saß und Sachen erledigte, schematisch, oder nichts tat, dann war das legitim. Dann konnte er sich sagen, es war sein Job, hier zu sein. Anders, als wenn er daheim saß und mit seinem Leben nichts anzufangen wusste.

Wie hatte er nur je glauben können, ein normales Leben zu führen, wäre möglich. Es hatte nicht normal begonnen. Nichts war normal gewesen, weder die Kindheit noch die Jugend. Wie hatte er nur glauben können, dass er ein Erwachsenenleben führen konnte wie die meisten hier. Wie hatte es nur sein können, dass es überhaupt eine ganze Weile gut gegangen war.

Wozu ein solches Leben, konnte er sich fragen. Grau und fad, die Erinnerungen trübe, wie dicke weiße Soße. Die Träume nichts als ewig lange eichengetäfelte Flure, die man entlanglief, vorbei an geschlossenen Türen, kein Licht am Ende des Tunnels. Finster und dunkel.

Jetzt klingelte sein Telefon. Er sah die Nummer, nahm das Gespräch an.

«Es geht mit gut», sagte er. «Viel zu tun.»

«Hast du deine Tablette genommen?», fragte die Anruferin.

«Ich denke, ja.»

«Du denkst?» Sie klang besorgt. Warum? Warum half sie ihm? Half sie ihm eigentlich?

«Ich habe sie genommen. Ich habe jetzt keine Zeit.» Er beendete das Gespräch. Eine Weile sah er nur auf seinen Schreibtisch, dann sah er zu seiner Kollegin, die senkte hastig den Kopf.

«Hättest du zugesehen, wie sie ihn erschlagen?», fragte Schauer nach einer langen Weile, in der nur ihr Stift zu hören war, wie er über das Papier fuhr. Davor bereits hatte sie ihn angestarrt, seit einigen Minuten schon. Er hatte gar nicht hinsehen müssen, um das zu erkennen. Er hatte regelrecht spüren können, wie sich diese Frage in ihrem Geiste formte. Bruch wusste es nicht. Er konnte sich selbst nicht trauen. Manchmal verging Zeit, von der er nachher nicht wusste, wie er sie verbracht hatte. Er wäre eingeschritten. Vermutlich. Doch es hätte seine Zeit gebraucht. Die Zeit zu verstehen, dass es wirklich geschah, nicht nur in seinem Kopf.

«Und es hätte dir nichts ausgemacht?», fragte Schauer, die sein Schweigen als Antwort verstand.

Bruch erwiderte ihren Blick, bis sie blinzeln und wegsehen musste. Das war es gar nicht, was sie wissen wollte. Sie wollte etwas anderes wissen. Wollte wissen, ob es stimmte, was sie gehört hatte.

Endlich gab sie auf. «Was ist bloß passiert mit dir?», fragte sie leise.

Sein Schreibtischtelefon begann zu klingeln. Er reagierte nicht. Das tat er für sie. Zwar würde sie sich darüber beschweren, aber er wusste, sie wollte angerufen werden, wollte teilhaben, wollte führen. Wie Michael. Nach dem vierten Klingeln schaltete die Anlage auf ihr Telefon um.

«Schauer», ging sie ran. «... Aha, das ist ja interessant. Die müssen wir uns morgen noch mal vorknöpfen! Und Maxim Kühn, ist der wiederaufgetaucht? ... Okay, ich mach das selbst!» Sie legte auf. Nahm ihr Handy aus der Tasche, wählte eine Nummer, tat absichtlich geschäftig, ignorierte ihn, als könnte sie ihn bestrafen damit. Sie war verletzt. Von ihm. Dabei kannten sie sich noch keine zwei Tage. Es tat ihm leid, dass er so sein musste. Aber er konnte ihr auch nichts vormachen.

«Schauer hier, Kripo. Ihr Sohn Maxim, ist der wieder da? ... Geben Sie uns bitte Bescheid, wenn er wieder da ist. Wir wollen ihn nicht festnehmen. Wir müssen mit ihm reden. ... Kennen Sie die Jugendlichen mit denen er manchmal verkehrt? ... Das hat er Ihnen gesagt, wir wissen es aber besser. ... Frau Kühn, wir wollen nichts anderes. Wir wollen Ihre Tochter finden. Rufen Sie mich an, jederzeit!» Schauer legte ihr Handy weg, fuhr sich übers Gesicht.

«Die haben es endlich geschafft, mal die Personalien der Jugendlichen zu überprüfen. Dabei kam heraus, dass sie alle schon wegen Ladendiebstahl angezeigt wurden. Alle fünf. Des Weiteren wurden sie alle schon wegen Verstoß gegen das Betäubungsmittelgesetz angezeigt. Außerdem sind Hermann und André wegen versuchter schwerer Körperverletzung zu Bewährungsstrafen verurteilt worden, Maddox war angeklagt, wurde aber freigesprochen.»

«Wir müssen prüfen, wo sie sich in den letzten Tagen aufgehalten haben, vor allem am Dienstag, als Celina verschwand.»

«Hältst du es für möglich, dass sie mit Celina unterwegs waren und irgendwann übergriffig wurden? Vielleicht haben sie anfänglich nur gescherzt, gekitzelt, angegrabscht, und irgendwann ist die Situation eskaliert? André ist fünfzehn, Hermann vierzehn. Da schwappen die Hormone über. Maria machte mir auch den Eindruck, sehr freizügig zu sein. Das könnte befördert haben, dass die Jungen glaubten, mit Celina ebenso umgehen zu können. Vielleicht war es sogar geplant. Immerhin hatten sie Maria auch schon am Sonntag ausgeladen. Vielleicht war Celina damit in der Ruine gewesen. Oder hätte hinkommen sollen und durfte nicht, weil es ihre Eltern verboten?»

Bruch sah Schauer an. Sie hatte alles gesagt. Er nickte. Ihr zuliebe.

«Wenn man die Teiche abgesucht hat, werden die Suchmaßnahmen beendet», sagte er.

«Weißt du das sicher?»

«Es ist immer so. Auch die Medien werden das Interesse verlieren. Sie können nicht jeden Tag berichten, dass es nichts Neues gibt.»

«Diese Fernsehfrau, kanntest du die schon? Sie ist dir gleich ausgewichen.»

Bruch musste eine Sekunde die Augen schließen. Es war nicht relevant. Es war unnütz, sich darüber auszutauschen. Kraftverschwendung. «Ja», gab er zu, «nach dem Unfall. Sie war lästig.» Sehr sogar.

«Wurde über den Unfall berichtet?»

Bruch nickte, wollte es dabei belassen, doch er sah ihr an, so kam er nicht davon. «Man unterstellte der Abteilung gewisse Unregelmäßigkeiten. Die Presse glaubte, das mit dem Unfall in Verbindung bringen zu müssen.»

«Aha», sagte Schauer, obwohl sie nichts verstand. «Und?» Sie sah auf. «Steht dein Plan noch? Im Bauernhof zu übernachten?»

Bruch nickte. Es gab keinen Anlass, das Vorhaben aufzugeben.

Sie verzog den Mund. «Ich hatte gehofft, du vergisst das. Wann soll es losgehen?»

«Du willst dabei sein.»

«Ich lass mir doch morgen nicht sonst was erzählen! Ich hab einen Schlafsack daheim. Hab früher oft gezeltet. Ich hol dich ab! Wann?»

Bruch saß in der Dunkelheit seines Wohnzimmers. Er hatte den Fernseher nicht angeschaltet. Saß nur und wartete. Den Schlafsack hatte er aus dem Schrank geholt, einen warmen Pullover eingepackt, eine lange Unterhose unter seine Jeans gezogen. Ihm würde nicht kalt sein. Er konnte Kälte ignorieren, aber er wusste, man tat das, um nicht krank zu werden. Krank zu sein, war ihm das schlimmste Grauen. Die Katze hob den Kopf. Er hatte sie noch nicht gefüttert, wollte es erst tun, wenn er ging. Sie benahm sich wie sonst. Nahm den Platz auf der Couch ein. Am anderen Ende. Wartete auf ihr Futter.

Eine Idee hatte er noch gehabt, ehe er seine Wohnung aufschloss. Man sollte den Tod der alten Frau überprüfen. Mochte sein, dass die Jugendlichen sich nicht erst seit ein paar Wochen in dem Bauernhof aufhielten. Doch kaum hatte er seine Wohnung betreten, verlor dieser Gedanke seine Berechtigung.

Es klingelte. Die Katze hatte es gewusst, hatte denn Kopf schon vorher gehoben. Er stand auf, lief durch den Flur, nahm den Hörer der Türsprechanlage ab. Doch es klopfte.

«Ich bin's», sagte Schauer hinter der Tür.

Er öffnete erst nach ein, zwei Momenten. So war das nicht gedacht. Unten hätte sie warten sollen.

«Haustür war offen. Sag mal, was hast du dir denn für ein Viertel ausgesucht!», staunte Schauer, halb entsetzt, halb amüsiert. Sie lehnte sich vor, als wollte sie in seine Wohnung. Bruch hatte keine Kraft, ihr zu erklären, dass sie draußen warten sollte, deshalb gab er nach und ließ sie in den Flur.

«Sag mal, du magst es wohl ganz gerne im Dunklen, was?», fragte sie staunend. Bruch schaltete das Licht an. «Du bist ja ...» Schauer sah sich um. Sie vergaß, was immer sie Spöttisches hatte sagen wollen.

Wenn diese Wohnung ein Sinnbild seines Geisteszustandes war, sollte mal ganz dringend ein Psychiater hier reinschauen. Hier gab es nichts. Buchstäblich nichts. Die Wände waren weiß. Im Flur stand eine Kommode. Billigstes Möbel aus dem billigsten Möbelmarkt. Ansonsten nichts. Kein Bild. Keine Lampe außer der nackten Birne an der Decke. Die Badtür stand offen, und soweit Licht ins Bad fiel, sah sie nackte Fliesen, keinen Vorleger, kein Souvenir, keine Muschel von der Küste. Auch die Wohnzimmertür stand offen. Dort dasselbe Bild. Eine billige Couch, ein niedriger Tisch. Keine Pflanze, nichts. Nichts. Was ging nur in diesem Kerl vor. Nun erinnerte sie sich an ihn. Er sah sie an, hatte beobachtet, wie sie sich umgesehen hatte. Es war, als erforschte er sie. Suchte Reaktionen und Emotionen. Vermutlich um zu raten, was sie bedeuteten.

«Ich muss noch was erledigen», sagte er, ging ins Wohnzimmer.

Schauer zuckte zusammen, als eine grau getigerte Katze durch die Tür in den Flur schlüpfte. Damit hatte sie nicht gerechnet.

«Na du?», sagte sie und ging in die Hocke. «Na du?» Seltsam, wie man die Stimme verstellte. Sie hielt dem Tier die Hand hin. Die Katze schnupperte daran, drückte ihren Kopf gegen den Handrücken, dann schob sie sich in der ganzen Länge an ihrem Unterarm entlang, drückte ihre Flanke an ihren Oberschenkel, rieb ihren Kopf an ihrer Hüfte, kam wieder zurück und ließ sich kraulen. Bruch klapperte in der Küche.

Schauer erhob sich. Betrachtete die Tür links von sich. Ein Impuls ließ sie nach der Klinke greifen. Es war pure Neugier, gestand sie sich ein, man machte so was normalerweise nicht, aber was war schon normal hier. Sie sah noch mal zum Wohnzimmer, dann klinkte sie auf. Es war das Schlafzimmer, und es sah genau so aus, wie sie geahnt hatte. Ein billiger Schrank, ein Doppelbett mit Bettbezug nur auf der Seite zur Tür. Alles schlicht und karg, nichts, woran sich das Auge festmachen könnte. Sie schloss die Tür leise. Ihr Blick fiel auf die vierte Tür. Was war dahinter, fragte sie sich. Was auch immer Bruch tat, er würde jeden Moment wiederkommen. Es waren vier Schritte bis zur Tür. Sie könnte einen Blick hineinwerfen, die Tür wieder schließen, zurückgehen.

Das ging nicht, wusste sie, das durfte sie nicht machen. Sie beschwerte sich ständig über diesen Idioten und seine Macken, dabei hatte sie in den zwei Tagen schon mehr Mist gebaut als sonst in einem Jahr nicht. Sie durfte sich nicht hinreißen lassen. Sie sah nach unten, wo die Katze um ihre Beine strich. Das Tier sah hoch zu ihr, löste sich dann und lief zu der verschlossenen Tür hin, ließ sich nieder, sah zur Klinke hinauf. Schauer schloss die Augen und schüttelte den Kopf, weil ihr der Moment so surreal erschien.

«Ist das dein Zimmer?», fragte Schauer, und kaum war der Drang besiegt, kam er schon wieder auf. «Willst du da rein?» Das konnte als Ausrede dienen. Die Katze wollte da hinein. Noch einmal hörte sie es in der Küche klappern. Von dort in den Flur waren es genauso viele Schritte wie zur geschlossenen Tür und zurück. Was habe ich zu verlieren, fragte sich Schauer. Einen geschätzten Kollegen? Einen Freund? Meinen Stolz? Den hatte sie schon längst verloren. Und was war er schon wert, wenn sie sowieso bald von hier verschwand?

Kurz entschlossen ging sie los und legte ihre Hand auf die Klinke.

«Die Tür bleibt immer zu», sagte Bruch.

«Gottverflucht», fuhr Schauer herum. Wie hatte er so schnell und lautlos den Flur erreichen können. «Ich dachte, die Katze will hier rein.»

Bruch nickte. Dann griff er nach dem Rucksack, den er schon bereitgestellt hatte.

Was soll's, dachte sie sich. Was soll's, schlimmer kann's nicht werden. «Was ist denn da drin?», fragte sie. Bruch hielt inne, so wie er sich den Rucksack gerade hatte auf die Schulter schwingen wollen. War einfach in der Bewegung erstarrt.

«Ich meine», halt deinen Mund, dachte sie, «ist da irgendwie ein SM-Kabinett drin?» Sei doch einfach still. «Deine Barbiesammlung? 'ne Leiche? Oder sogar eine Modelleisenbahn?» Schluss, dachte Schauer verzweifelt, still, sei einfach still. «Ich meine, mir kannst du es sagen, ich verrate es keinem!»

Bruch hängte sich den Rucksackriemen über die Schulter. «Das geht dich nichts an. Gehen wir.»

Erstaunlich, wie es der Mensch schafft, schlechte Dinge zu verdrängen, bis es so weit war, sich ihnen zu stellen. Eine ganz gute Eigenschaft eigentlich, nur dass man dann von der Realität sehr brutal eingeholt wurde. Jetzt, angesichts der finster gegen den dunklen, bewölkten Himmel aufragenden Silhouette des Bauernhofes, rutschte Schauer das Herz in die Hose. Was den Tag über wie eine beknackte Idee geklungen hatte, ein kleiner Abenteuertrip, wurde nun zur Tatsache. Hier in diesem finsteren feuchten Loch die Nacht zu verbringen, war die dümmste Idee seit Langem, und lieber würde sie sich jetzt noch mal operieren lassen, als hier zu sein.

Schon der Gedanke daran, sich jetzt in das Haus zu schleichen, verursachte ihr Panik. Da konnte man noch so erwachsen und abgeklärt sein. Es konnte keinen Menschen geben, der völlig unberührt davon blieb. Dem es nichts ausmachte. Selbst Bruch nicht. Bestimmt verfluchte er schon seine Idee, und bestimmt war er nur hier, weil sie sich entschlossen hatte mitzukommen. Bestimmt taten sie beide nur etwas, weil sie glaubten, der andere wollte das so. So wie sie mit Sebastian bei diesem bescheuerten Saunawochenende gewesen war, um dann Monate später festzustellen, wie sehr sie beide Sauna hassten.

«Was für eine bescheuerte Idee», sagte sie leise und stellte ihren Volvo vor der Einfahrt ab.

«Fahr nach Hause», sagte Bruch.

«Hättest du wohl gern», spottete sie, obwohl sie nur sagen müsste, dass sie genau das wollte. Sie war eine Frau, sie konnte Kopfschmerzen vortäuschen oder Regelkrämpfe, und keiner würde das hinterfragen.

«Ich öffne das Tor. Stell das Auto rein, dann schließe ich wieder.»

Toll, damit wäre der Fluchtweg abgeschnitten, dachte sie. Doch vielleicht will er ja im Auto bleiben, keimte sogleich Hoffnung auf.

Diese wurde vernichtet, als sie das Auto im Hof abgestellt und Bruch das große Tor wieder verschlossen hatte. In der Zwischenzeit war kein einziges Fahrzeug an ihnen vorbeigefahren. Der Wind fauchte über das Feld, sprühte Feuchtigkeit, die kein richtiger Regen war, und als sich das Tor schloss und die Lichter der Stadt unter ihnen verschwanden, war ihr, als befänden sie sich im Nirgendwo, abgeschieden von jeder Zivilisation. Schon jetzt sah sie sich hektisch um, weil sie glaubte, etwas gehört zu haben.

«Dort drüben ist der Eingang», sagte Bruch, als er seinen Rucksack aus dem Auto nahm.

Schauer stieg aus und wurde ganz plötzlich von der Angst erfasst, er könnte vorgehen und sie hier ganz allein zurücklassen. Sie hatte noch so viel Beherrschung, dass sie nicht laut rief, er sollte auf sie warten, doch sie riss die Hintertür auf, zerrte ihren Rucksack heraus, warf die Tür zu und eilte ihm nach.

Schon der Weg zum Hauseingang war unheimlich. Die alten Geräte und Traktoren, am Tag nichts als Rosthaufen, wirkten bedrohlich, als lauerte etwas in ihnen, als bewegten sie sich selbst, veränderten ihre Positionen. Du spinnst, mahnte sie sich. Bleib mal locker. Bruch sah sich nicht um, er lief geradewegs zu einer Tür, an der rechten Seite. Diese stand halb offen, so als würden sie schon erwartet.

«Hast du eine Taschenlampe dabei?», fragte Schauer. Sie hatte eine dabei, die steckte in ihrem Rucksack.

Bruch antwortete nicht, betrat das Gebäude, orientierte sich sogleich nach links. Schauer wollte nicht stehen bleiben, nahm deshalb ihren Rucksack ab, öffnete ihn und wühlte mit der Hand im Inhalt, während sie ihm folgte und dabei versuchte, nicht zu stürzen. Endlich bekam sie die Lampe in die Finger, hängte sich den Rucksack über und schaltete das Licht an.

«Könntest du wenigstens mit mir reden, damit ich nicht das Gefühl habe, mit einem Psychopathen hier zu sein», bat sie. Das Licht hatte die Sache keineswegs besser gemacht. Zwar sah sie nun deutlich, was sie anleuchtete, alles andere aber verschwand in völliger Dunkelheit. Noch dazu spannte sich ihr Körper nun völlig an, in Erwartung vom Anblick einer grässlichen Fratze überrascht zu werden, jedes Mal, wenn sie in eine Türöffnung leuchtete.

«Felix, ich meine das ernst. Wo willst du hin?»

«In die Wohnung der verstorbenen Frau. Wir müssen morgen überprüfen, wie sie starb, wer sie fand, wer den Totenschein ausfüllte.»

Morgen, das klang so fern. Wie Ostern, wie Sommer. Eine halbe Ewigkeit weg.

«Was ist?», fragte Schauer, denn Bruch war unvermittelt stehen geblieben.

Er lauschte.

«Hörst du was?», flüsterte sie fast lautlos. «Du verarschst mich nicht, oder?»

Bruch hob die Hand an. «Ein Tier», sagte er dann und setzte sich wieder in Bewegung.

Sie erreichten einen Raum, der einst ein Versammlungszimmer gewesen war. Hier standen Stühle und Tische, dann kamen sie in ein Büro, von dort in den zerfallenen Bereich des Hauses. Es wurde wieder merklich kälter. Wind strich durch die Sträucher und Büsche draußen. Es tropfte, als würde es wieder regnen. Überall knisterte es. Knirschte. Putz rieselte. War ihr das am Tage alles nicht aufgefallen, oder hatte es erst jetzt begonnen. Es war ja fast, als regte sich das Haus, als fühlte es ihre Anwesenheit. Still, mahnte sie, still, du dummes Gehirn. Bruch ging zielstrebig, als kannte er sich aus.

«Dein Licht verrät uns», sagte er.

«Verraten, wem? Wen erwartest du denn?» Sie wollte das Licht nicht ausmachen. Wenn sie es ausmachte, würde sich sogleich eine Hand auf ihre Schulter legen.

«Niemanden, aber wenn es jemand sieht, ruft er vielleicht die Polizei», erklärte Bruch und stieg die Treppe hinauf, als wären sie in einem ganz normalen Haus, im Präsidium oder seinem Plattenbauviertel, in dem sie dreimal im Kreis gefahren war, ehe sie seine verdammte Adresse gefunden hatte. Aber hier konnte jederzeit etwas einbrechen, hier konnten sie wirklich überrascht werden, und sei es nur von einem flüchtenden Tier. Schauer fürchtete, ihr Herz würde stehen bleiben, sollte jetzt etwas davonhuschen. Es ist doch nur ein altes Haus. Es war dasselbe wie am Tage, nur das Licht fehlte. Aber dieses verdammte Haus war schon am Tage gruselig.

Sie folgte Bruch durch eine eingetretene Tür in ein Treppenhaus, dann die Treppe hinauf. Dort blieb er erneut unvermittelt stehen. Schauer lief fast auf, weil sie auf den Boden geleuchtet hatte, der vermodert und eingesunken war. «Was?», hauchte sie. Doch sie musste gar nicht fragen, sie brauchte nur hinzusehen. In der Türöffnung sah sie die Silhouette einer Person, die sich vor dem fast ganz finsteren Fenster schwach abzeichnete.

«Leuchte mal», sagte Bruch.

Sie wollte leuchten. Sie wollte ja, müsste nur ihr Handgelenk bewegen, den Strahl der Lampe auf diesen Schatten richten. Aber was, wenn dort etwas war, was sie nicht sehen wollte. Eine irre Alte, mit einem Schleier über dem Kopf, denn genau so schien es auszusehen. Mit aller Macht kämpfte sie gegen diese Starre an. Der Lichtkreis bewegte sich nach vorn und nach oben.

«Gottverflucht», presste Schauer hervor. Es war eine ausgehängte Tür, einst an die Wand gelehnt, beim Einsturz zur Seite gekippt. Eine Bahn herabgefallener Tapete hatte sich darübergelegt. Sie wusste das, hatte es selbst gesehen am Vormittag.

Bruch setzte sich in Bewegung. Bog links ab, dann gleich rechts, betrat den Raum, in dem ein Sofa stand, der Tisch und der Sessel. All das tat er, als wäre er schon Hunderte Male hier gewesen, als kannte er sich blind aus.

Schauer leuchtete den Raum aus, ging in die Küche, leuchtete auch in das schreckliche Schlafzimmer, wagte es sogar, in die Knie zu gehen, um unter das Bett zu sehen. Ein klein wenig fühlte sie sich besser, zu wissen, dass sie sich in einem Raum befanden, zu dem es nur einen Eingang gab. Die Tür ließ sich leicht im Blick behalten. Man könnte sie sogar verbarrikadieren, doch ihn darum zu bitten, wollte sie Bruch nicht zugestehen. Der musste sowieso schon denken, dass sie eine feige Lusche war.

«Und nun?», fragte sie. «Wollen wir zu Abend essen? Hast du etwas mit?»

Bruch legte seinen Rucksack ab. «Ich habe zu Hause gegessen.»

«Im Ernst, du hast nichts mit? Wird bestimmt eine lange Nacht. Hast du an eine Lampe gedacht?»

«Ich wollte kein Licht machen.»

«Nein», sie konnte nicht anders. Sie war enttäuscht. Hatte sie sich etwa vorgemacht, sie könnte auf diese Art und Weise irgendwie Zugang zu ihm finden? Genauso gut konnte man mit einem Insekt quatschen.

«Wir hauen uns hier also hin, warten, bis wir eingepennt sind, und morgen ist direkt Dienst?»

«Ich habe nicht vor zu schlafen.»

Schauer ballte die Fäuste. Konnte dieser Mann wirklich nicht anders? Das machte einen ja wahnsinnig. «Ich nehm die Couch, ja? Du den Sessel? Oder wolltest du die ganze Zeit stehen?»

«Nimm die Couch. Warten wir eine Weile ab.»

«Gut, alles klar», Schauer riss ihren Rucksack auf, zerrte den Schlafsack hervor. Dabei fielen die Kekse heraus, die eingeschweißte Wurst, die Brötchen, sie war extra noch beim Bäcker gewesen, hatte sogar für zwei eingekauft, weil sie schon ahnte, wenn man dem Typen nichts in die Kiemen schob, verhungerte er wahrscheinlich, weil er einfach zu blöd zum Essen war.

Sie breitete den Schlafsack aus, setzte sich auf die Couch, sammelte die Lebensmittel vom Boden. Dann schaltete sie die Lampe ab. Über ihrem Zorn hatte sie die Angst ganz vergessen. Bleib ruhig, mahnte sie sich und lehnte sich zurück, während Bruch sich im Sessel niederließ. Nun schwiegen sie, wie vorhin im Büro, doch so würde sie den Abend nicht verbringen, hatte sie sich geschworen. Es musste möglich sein, mit ihm zu sprechen. Etwas herauszubekommen, über ihn, den Unfall, diesen toten Kollegen Bartko.

«Wie war denn dein Kollege?», fragte sie in die Dunkelheit. Bruch saß ganz still, die Arme rechts und links auf den Lehnen, als säße er schon immer hier.

«Er war schnell. Sprach viel. Schwieg, wenn nötig.»

Ging das gegen sie? War das ein Vorwurf? Nein, vermutlich war das einfach die Antwort. Sie suchte nach einer Möglichkeit, da anzuknüpfen, aber seine Antwort war so kurz, wie sie glatt war, nichts zum Einhaken. Doch.

«Was meinst du mit schnell?»

«Mit seinen Entscheidungen und seinen Schlüssen. Und er war schnell mit dem Auto.»

«Willst du mir erzählen, was geschah?»

Bruch regte sich, drehte den Kopf. Sie konnte seine Augen erkennen, zwei kleine leuchtende Punkte, als glommen winzige Feuer in ihnen. «Er fuhr zu schnell, kam von der Straße ab. Das

Auto stürzte eine Böschung hinab. Raste durch ein Maisfeld. Überschlug sich. Lag auf dem Dach. Fing Feuer.»

Er erzählte es, als wäre er nicht dabei gewesen. Warum kam das Auto von der Straße ab? Wie kam er aus dem Wagen? Wieso half er nicht? Als hätte er nur einen Bericht darüber gelesen.

«Trauerst du um ihn?», fragte sie. Es war ihr Platz. Sie hatte Michaels Platz eingenommen. Sie musste wissen, was los war. Sie musste sich auf ihn verlassen können, und bisher hatte er sich diesbezüglich als extrem unzuverlässig erwiesen.

«Er war der Einzige, der es wusste. Von mir.»

Was wusste? Herrgott, was, musste sie wissen. «Das ist keine Antwort!», flüsterte sie, denn er hatte die Hand gehoben. Nun lauschten sie beide. Es knarrte leise. Irgendwo fauchte der Wind durch ein Loch. Ließ es geisterhaft tönen. Dann war der Spuk vorbei, und er konnte tun, als hätte sie ihm keine Frage gestellt.

«Wer ist diese Anruferin?», fragte sie deshalb.

Bruch schwieg. Schien wie erstarrt. Aber er konnte nicht tun, als wäre nichts. Wer auch immer hatte schon zweimal angerufen, dieselben Fragen gestellt. Nimmst du deine Tabletten. Das war es, was er meinte, Bartko hatte davon gewusst. Als Einziger. Und war im Auto verbrannt.

«Felix, wer ist der Anrufer?»

Er atmete, als hätte er Mühe, sich zu beherrschen. Er hatte Mühe zu antworten. Sie nötigte ihn zu sehr. Kannst du nichts richtig machen, schimpfte sie sich. Gar nichts. Kriegst nichts auf die Reihe.

Bruch starrte in der Finsternis. «Ich glaube, es ist eine Ärztin.»

«Du glaubst?» Nahm er sie auf den Arm?

«Ich glaube, sie will mir helfen.»

«Aber du weißt es nicht?»

Bruch schwieg, doch so, wie der tickte, musste er früher ausschließlich mit Psychiatern zu tun gehabt haben.

«Aber wieso ...» Schauer verstummte. «Bekommst du die Tabletten von ihr?»

Bruch nickte wieder. «Ich hatte früher mit ihr zu tun.»

«Wer ist sie?»

Bruch überlegte lang. «Sie scheint sich verantwortlich zu fühlen.»

«Wofür?», fragte sie. Doch auch die Frage hätte sie sich sparen können. Für seinen Zustand, war die Antwort.

«Bedeutet das, du beziehst die Tabletten nicht über Rezept?»

Bruch nickte.

Ratlos starrte sie ihn an. Lange. Inzwischen hatten sich ihre Augen gut an die Dunkelheit gewöhnt. Erstaunlich, was man doch sah. Erstaunlich auch, wie das Gehirn begann, aus den harmlosesten Dingen Gesichter zu konstruieren. Das wusste sie aus einem Lehrgang. Es gab etwas im Gehirn, wie ein Computerprogramm, das half, Mimik zu erkennen, das noch aus der leisesten Bewegung lesen konnte, wie es dem Gegenüber ging, ob er log, ob er sich quälte, ob er Freude hatte. Dieses Programm funktionierte jedoch so gut, dass es in Schatten, Unebenheiten, Wolken, Gebüschen ständig Gesichter zu erkennen vermochte. Vermutlich der Ursprung aller Geistersichtungen. So hatte sie schon in der Gardine ein Gesicht erkannt, aus den Dosen in der Küchenanrichte, die sie von hier aus sehen konnte, hatte sich ein Gesicht gebildet, und hinter Bruch war etwas, das sie nicht definieren konnte, das Muster der alten Tapete vielleicht, große Ornamente, das aussah wie das Gesicht einer alten toten Frau. War es das, weshalb Bruch keine Angst hatte. Er sah das alles nicht, weil seine Gesichtserkennung nicht funktionierte. Sah er nur, was real war? Sah er deshalb nicht, wie sich das Gesicht bewegte, an ihm vorbeischlich.

Schauer langte so langsam und unmerklich sie konnte nach der Taschenlampe, die sie neben sich auf die Couch gelegt hatte. Sie bekam sie zu fassen und legte ihren Daumen auf den Schalter. Aber was, fragte sie sich panisch, was, wenn es nicht die Tapete war, keine Spinnwebe, keine Einbildung, was, wenn die Alte wirklich da war, das Maul aufriss? Sie würde sich nicht bewegen können. In Panik erstarrt, würde sie geschehen lassen müssen, was auch immer geschah.

«Was machen die Tabletten mit dir?», fragte sie heiser, um zu hören, dass ihre Stimme noch da war und dass Bruch noch lebte. Denn was, wenn er schon tot war, wenn sie ihn erwischt hatte, ihm den Atem aus der Lunge gesaugt hatte? Dann war sie allein hier und würde keinen Ausweg finden, würde die ganze Nacht im Kreise rennen wie in ihren Albträumen.

«Sie machen, dass ich bin, wie ich bin», sagte Bruch leise. «Sie machen, dass ein Tag dem anderen gleicht.»

«Und das ist es, was du willst?», fragte Schauer. Ihr Herz schlug ihr bis zum Hals. Kannst du herkommen?, wollte sie ihn fragen. Kannst du dich neben mich setzen und mir versprechen, dass mir nichts geschehen wird?

«Das ist die einzige Möglichkeit», sagte Bruch. Dann stand er auf.

Er kann es, kann meine Gedanken lesen, staunte Schauer.

«Ich muss austreten.»

«Aber willst du ...»... mich allein lassen. Nein, so viel Blöße konnte sie sich nicht geben. «Lässt du mich nicht allzu lang allein!», bat sie.

Bruch war schon in der Tür. Er verharrte kurz, dachte wohl über eine Antwort nach. Dann ging er. Sie hörte ihn den Gang passieren, hörte, wie er die Treppe hinabstieg, dann über den Schutt kletterte, um nach draußen zu gelangen. Hätte er nicht in irgendeine Ecke pinkeln können, fragte sie sich. Sie zog die Beine hoch, wünschte, sie steckte im Schlafsack, anstatt auf ihm zu sitzen. So hätte sie sich drin vergraben können, ihn bis über den Kopf ziehen, so wie ein Kind sich unter der Decke versteckte. Jetzt könnte sie überprüfen, was sie die ganze Zeit gesehen hatte. Die Lampe anschalten. Sie könnte die Waffe nehmen, nur für das Gefühl. Bleib doch vernünftig, mahnte sie sich, bleib cool. Ein altes Haus, wenig Licht, ein paar Spinnen, schlimm genug. Sie schaltete das Licht ein, leuchtete durch den Raum. Nichts, natürlich, was auch. Doch dann knirschte es rechts in der Küche. Der Lichtkreis zuckte hinüber, dann knirschte es links im Flur. Sie richtete die Lampe auf die Tür, doch auch da war nichts. Sie ließ den Lampenknopf los, und das Licht ging aus. Gleich würde Bruch kommen und maulen, warum sie hatte leuchten müssen. Aber Bruch kam nicht, und sie war wieder blind, bis ihre Augen sich ans Dunkel gewöhnt hatten. Bruch kam immer noch nicht. Und in der Küche knisterte es, ganz leise, als versuchte jemand, ganz langsam eine Scheibe Toastbrot aus der Packung zu ziehen. Wo blieb der Kerl. Hatte er sich doch verdrückt? War das Ganze ein einziger großer fantastischer Witz. Hatte man sie zwei Tage lang verarscht, weil sie die Neue war? Diesen ganzen Mist erfunden, der tote Bartko, der bekloppte Bruch? Schlugen die sich gerade auf die Schenkel? Waren hier Nachtsichtkameras und Mikrofone angebracht? Ein guter Gedanke, sich so zu benehmen, als würde man beobachtet. Cool sein, cool bleiben. War es nicht viel schlimmer auf dem Kiez, wenn ein Penner den anderen erschlagen hatte und du dich mit all diesen gescheiterten Existenzen abgeben musstest, die scheinbar nur noch lebten, weil ihr Körper auf einem Level vollgepumpt war mit Alk, der jeden normalen Menschen auf einen Schlag umgebracht hätte? Wenn du all den aufgegeilten Typen begegnest, den Engländern, die in Gruppen kamen und glaubten, jede Frau anfassen zu können, den Luden, die glaubten, machen zu können, was sie wollten, und den Nutten, die auf dich herabsahen, weil du Bulle warst.

Schauer spürte, wie sie sich gegen die Lehne presste, wie sie kaum atmete. Der ganze Körper unter Spannung. Das konnte nicht gut sein, so kam der Scheiß bloß wieder zurück. Vielleicht hätte sie die ganzen Therapien nicht ablehnen sollen. Die Therapien für den Kopf und den Geist. Wie entspanne ich mich richtig, wie befreie ich mich von Stress, wie komme ich ins Gleichgewicht mit mir selbst, wie bewältige ich Aggressionen, all diesen Scheiß. Was denken Sie über Ihre Krankheit, betrachteten Sie sie als Feind oder als Teil von Ihnen? Als Feind natürlich, du Arschloch, der Dreck versucht mich schließlich umzubringen. Und dann liegst du in deinem Bett und flennst, und niemand ist da. Und selbst wenn jemand da wäre, bist du trotzdem allein damit. Wo bleibt nur dieser Idiot? Wenn der mich hier hat sitzen lassen, werde ich kein Wort mehr mit ihm sprechen, kein einziges verdammtes Wort. Nie wieder. Kann er sehen, wie weit er kommt.

Sie musste auch pinkeln, stellte sie jetzt fest.

Wenn sie nur wüsste, wie lang er jetzt schon weg war. Waren das erst ein paar Sekunden, Minuten? Sie kramte ihr Handy hervor, tippte auf das Display. Es war noch nicht mal zehn. Aber wie lang er weg war, wusste sie trotzdem nicht. Aber jetzt, da sie festgestellt hatte, dass sie mal musste, pressierte es plötzlich. Sehr. Und im Gegensatz zu ihm, der irgendwo einen Strahl in die Ecke stellen konnte, musste sie schön ihren nackten Hintern präsentieren. Danke, lieber Gott, starke Leistung.

Aber was nun, sie konnte nicht hier sitzen und warten. Und selbst wenn. Kam er zurück, musste sie trotzdem allein los. Und sie würde es nicht unter seinen Augen tun. Und wer wusste schon, ob der nicht doch plötzlich auf dumme Gedanken kam. Alles schon passiert. Alles.

Sie nahm die Lampe, stand auf. Er ist nach links gegangen, überlegte sie, dann gehe ich nach rechts. So fängt es in den Horrorfilmen immer an. Einer geht links rum, einer rechts. Teilen wir uns auf, sagt einer, und du sitzt im Kino und denkst, nein, du Idiot, dümmster Gedanke.

Kaum war sie aus der Tür getreten, wurde sie von hinten gepackt, eine Hand presste sich ihr aufs Gesicht. Der Schreck ließ sie fast ohnmächtig werden. Einen Moment wurde ihr schwarz vor Augen, die Knie knickten ein, und es hätte nicht viel gefehlt, und sie hätte sich eingemacht. Ganz schwach wurde sie, als wäre jede Kraft, jeder Funken Verstand aus ihrem Leib gewichen. Als wäre sie gar nicht mehr in sich. Als wäre ihr inneres Ich aus ihr herausgetreten. Traumatische Genese. Konnte eine dissoziative Identitätsstörung hervorrufen. Alles schon passiert. Alles.

«Leise», flüsterte Bruch in ihr Ohr. «Jemand ist da.» Er lockerte seinen Griff, und beinahe wäre sie in sich zusammengesackt. Sie musste sich an der Wand abstützen, hatte den Drang zu atmen, viel zu atmen, schwer zu atmen, doch sie verkniff es sich, versuchte kein Geräusch zu machen.

«Wer?», flüsterte sie, kaum dass sie zu Luft gekommen war.

Bruch hob die Hand, lauschte angestrengt. Sie versuchte es auch, doch Blut rauschte ihr in den Ohren, ihr Körper summte regelrecht von dem Schreck.

War er deshalb nicht zurückgekommen, hatte die ganze Zeit um die Ecke gestanden und gelauscht? Wie lang wollten sie so stehen? Sie hörte nichts. Auch nach einigen Minuten nicht, in denen sie sich ein wenig beruhigt hatte.

«Es ist ein Tier, ein Fuchs hat Beute gemacht, oder ein Marder», resümierte er.

«Felix, ich wäre fast gestorben. Vor Schreck, verstehst du? So was kannst du nicht machen!»

«Ich wollte nur, dass du leise bist»

«Aber hättest du nicht ...» Sie verstummte. Hätte er sie angesprochen oder auf die Schulter getippt, sie wäre genauso erschrocken. «Ich muss mal.»

«Geh.»

«Wartest du bitte.»

«Du hast Angst.»

Kleine rote Explosionen. Vor ihren Augen. In den Augen. Wenn der Zorn versuchte sie zu übermannen. «Ja», zischte sie, «ja, ich habe Angst. Ich mach mir fast ein vor Angst. Zufrieden?»

«Ich hab nur gefragt.»

«Ja, aber du ... ach», sie winkte wütend ab. Bestimmt hatte er wirklich nur gefragt. Ohne Hintergedanken.

«Bist du hier?», fragte sie, als sie zurück war. Sie war einfach nur den Gang ein Stück weitergelaufen. Bis sie durch ein trübes Fenster den Lichtschein der Stadt hatte erkennen können. Dort hatte sie sich hingehockt. Egal, ob er was hörte oder was man morgen sah. Egal. Es hatte geholfen, darüber nachzudenken, welche Hand er ihr eigentlich auf den Mund gepresst hatte. Danke, sehr appetitlich.

«Ja», erwiderte Bruch vom Sessel aus.

«Tut mir leid, es hat mir wirklich einen irren Schrecken eingejagt.»

«Du hättest nicht mit hierherkommen brauchen.»

«Ich weiß, du Blödmann, ich hab es trotzdem getan. Wir arbeiten jetzt zusammen.»

Er schwieg. Verstand er, was sie damit sagen wollte? Sie nahm ihren Schlafsack, schüttelte ihn auf, stieg hinein und setzte sich. So war es besser. Albern zwar, denn nun konnte sie ihre Beine kaum bewegen und erst recht nicht davonlaufen.

«Kannst du mir einen Gefallen tun?», fragte sie und wartete gar nicht erst auf eine Antwort. «Setzt du dich mit hier rüber!»

Bruch zögerte. Dann erhob er sich. Setzte sich auf die Couch, ans andere Ende. Eins fünfzig Platz zwischen ihnen. Trotzdem war es besser. So hatte sie die Wand im Rücken und musste nicht die ganze Zeit denken, dass etwas um ihn herumschlich. Außerdem würde sie spüren, wenn er sich bewegte, wenn er aufstand zum Beispiel.

«Möchtest du einen Keks?», fragte sie. Sie riss die Packung auf und legte sie genau in die Mitte zwischen ihnen. Bruch nahm sich einen, aß ihn. Dabei blieb es. Er hatte es aus Höflichkeit getan. Er hätte noch danke sagen können. Aber immerhin hatte er einen genommen, er hätte es auch lassen können. Ein winziger Rest Mensch steckte also noch in ihm.

«Ich hatte Krebs», sagte sie irgendwann in die Stille hinein. «Sebastian hat ihn entdeckt. Einen Knoten in der Brust. Er sagte, ich sollte zum Arzt gehen. Zuerst war ich nur genervt. Verstehst du? Ich dachte, geh mir nicht auf die Nerven.» Sie wagte einen Blick zu Bruch hinüber. Das interessierte ihn gar nicht. Aber gerade war ihr danach, es zu erzählen. Weil sie noch mit niemandem darüber gesprochen hatte. Weil es keinen was anging. Vielleicht erzählte sie es gerade deshalb ihm.

«Ich bin jedenfalls zur Untersuchung gegangen. Die Ärztin wurde gleich ganz ernst, sagte, gehen Sie mal dahin und dahin. Wupps, war ich drin in der Maschinerie. Sebastian kannte wen, und der kannte wen, deshalb bin ich hier in Dresden in die Klinik zum besten Arzt, den es hier gibt.» Sie musste einen kleinen Moment pausieren. «Nur das Beste für meine Kirsche», zitierte sie Sebastian. «Ihr sagt hier Kirsche, ich wusste erst gar nicht, was das sein soll. Eine Kirsche. Also ich weiß, was eine Kirsche ist …»

Bruch drehte ihr den Kopf zu.

Schauer atmete durch. «Ich wollte sowieso hierherziehen. Hab ja schon monatelang gependelt. Hatte um Versetzung hierher gebeten. Die haben mich alle angestarrt. Nach Dresden, haben die gefragt, als wäre es Homs oder so, oder Falludscha. Zwingt Ihr Mann Sie dazu, haben die mich gefragt. Die dachten tatsächlich, hier wär Dritte Welt, und es rennen nur Nazis rum. Kannste dich bei den Medien bedanken. Jedenfalls war geplant, nach Dresden zu ziehen. Deshalb hab ich mich hier auch behandeln lassen. Untersuchungen über mich ergehen lassen, Blut abnehmen, Darmspiegelung, dieser ganze Kram, alles schön erniedrigend. Ich meine, ich weiß, die müssen das tun, aber ich kam mir vor wie ein Stück …» Wieder hielt sie inne. Sie hatte es wirklich noch keinem erzählt. Nicht auf diese Weise.

«Dann hatte ich zwei Operationen. Es sähe ganz gut aus, sagten die Ärzte. Dann gab's Chemo. Das war das Schlimmste. Es ist, als ob du dich langsam umbringst, um nicht schnell sterben zu müssen. Schmerzen. Übelkeit. Übelste Sorte, da fragst du dich, wofür das Ganze. Das ging also 'ne ganze Weile. Ich konnte nicht arbeiten, monatelang. Und wenn ich mal konnte, musste ich ja nach Hamburg. Und da saß ich nur im Büro, und alle guckten mich so an. Ich hatte ja Glatze und war ganz aufgedunsen.» Sie ertappte sich dabei, wie sie sich durchs Haar strich.

«Irgendwann hieß es, ich wäre geheilt. Hatte nicht gestreut, die Blutwerte waren super. Es wäre besser, keine Kinder zu bekommen, hieß es noch, und ob ich ganz auf Nummer sicher gehen wollte, wenn du verstehst, was ich meine.» Sie strich sich über die Brust, um das Ekelgefühl zu vertreiben.

«Ich hab erst mal abgelehnt. Und jetzt kommt der Knüller. Ich komme also heim. Ich war schon ganz froh. Ich meine, wer stirbt schon gern. Ich komme also heim, ganz freudig, aufgelöst, falle Sebastian um den Hals. Ich meine, so eine krass neue Nachricht war das nicht, es hat ja schon die ganze Zeit ganz gut ausgesehen. Ich sag also zu ihm, alles super, alles geheilt, nicht gestreut. Jetzt können wir feiern.» Sie schloss den Mund. Sie hatte nicht feiern wollen. Etwas ganz anderes hatte sie gewollt. Sie hatte sich die Kleider vom Leib fetzen wollen und seine und es endlich mal wieder tun, wie richtige Menschen, richtig hart, auch wenn's mal wehtat, nicht dieses vorsichtige Geschiebe, wie er es seit ihrer Diagnose praktiziert hatte, so als ob sie gleich zerspringen würde. So als ekelte er sich und müsste sich überwinden. Sie schüttelte den Kopf beim Gedanken daran, was als Nächstes kam.

«Und was macht er? Er nimmt mich beiseite, setzt sich mit mir in die Küche. Wir müssen reden, sagt er. Er hätte so gelitten. Er hätte es sich kaum ansehen können. Noch mal würde er das nicht aushalten. Was?, frag ich ihn. Ich wusste schon, was er meinte, aber manchmal braucht es eben ein paar Minuten, bis was hier ankommt.» Sie tippte sich an den Kopf. «Das alles, die Operationen, die Therapie, die Angst um dich, sagte er. Alle fragen immer nur nach dir, wie es dir geht, ob es wieder wird. Und andere, sagte er, hätten gar nicht mehr mit ihm geredet. Das alles hielt er nicht noch mal aus. Er!, verstehst du, er musste das alles aushalten. Und dann gab er mir noch zu verstehen, dass ich ja dankbar sein sollte, dass er das alles mitgemacht hat. Ich sollte ihm dankbar sein!» Kleine rote Explosionen. Sie musste sich wieder einkriegen. «Und dann, der Gipfel.»

«Du wurdest versetzt.»

«Nach Dresden. Yeahhiii. Und es ging kein Weg zurück. War alles in die Wege geleitet.» Als ob die es nicht hatten erwarten können, dass sie weg war. «Jetzt hätte ich also zurück nach Hamburg ziehen können und nach Dresden pendeln müssen. Oder ich hätte kündigen können. Das wollte ich aber nicht. Gnädigerweise hatte Sebastian mir die Wohnung überlassen. Deshalb bin ich hier und überlege, dass es nicht so gekommen wäre, wenn dein Kollege nicht gestorben wäre.» Sie verstummte.

Bruch nahm es hin. Regungslos, wie immer.

«Ich habe wieder um Versetzung gebeten. Zurück nach Hamburg.»

«Wirst du es machen lassen?», fragte Bruch.

Sie drehte sich ihm zu. «Was machen lassen?»

«Eine Mastektomie.»

Das interessierte ihn? Ausgerechnet das? Kein normaler Mensch hätte das gefragt. Zumindest kein Mann. «Ich denke darüber nach. Es würde mich von dieser einen Sorge befreien. Es ist nur nicht sehr attraktiv für Männer. Regelrecht abschreckend, nicht wahr?»

Er reagierte nicht. Wahrscheinlich war ihm Sex generell egal.

Und dann überraschte er sie.

«Man müsste denken, es sollte egal sein, wenn ein Mensch den anderen liebt. Aber ich weiß, es ist nicht egal», sagte er.

Jetzt schwiegen sie. Einerseits hatte es ihr ganz gutgetan, das alles mal loszuwerden. Andererseits fühlte sie sich nun leer. So als hätte sie schon alles von sich preisgegeben. Dabei war es längst noch nicht alles. Das Haus knirschte leise. Etwas quietschte.

Schauer sah zu Bruch hin, der aber rührte sich nicht. Das war beruhigend. So hielt sie es mit den Flugbegleitern, wenn sie flog. Sie hasste Fliegen, nur kam man nirgendwohin, wenn man nicht flog. Also starrte sie beim Start und während des Fluges und bei der Landung erst recht die Flugbegleiter an und dachte sich, solange die nicht austicken und sich heulend in den Armen liegen, ist alles okay. Dabei waren die trainiert, cool zu bleiben, so wie Bruch wahrscheinlich nicht mal ein Stück beiseitetreten würde, raste ein Komet auf sie zu. Aber trotzdem war es gut zu sehen, wie er dasaß, ins Leere starrte und vielleicht an etwas dachte, das ihn zu diesem gefühllosen Klotz gemacht hatte.

Wieder quietschte es, und es hörte sich sehr nach einer schweren Tür im Keller an, die aufgedrückt wurde. Starrte er vielleicht nicht nur, sondern lauschte angespannt?

Jetzt klapperte etwas leise, und zwar über ihnen. Schauer sah hinauf, sah dann zu Bruch. Auch er hatte seinen Blick zur Decke gerichtet. Was, wenn sie jetzt ein leises Winseln hörten, ein Weinen wie von einem Mädchen? Was, wenn Bruch aufstand und der Meinung war, nachsehen zu müssen? Warum war sie hier und nicht in ihrem schönen Bettchen?

«Gibt es denn von dir nichts zu erzählen?», fragte sie leise. Es war gleichermaßen ein Test, ob er angespannt war, und der Versuch sich wieder abzulenken.

Bruch schüttelte den Kopf.

«Willst du mir nicht wenigstens sagen, warum du ausgerechnet in diesem Viertel wohnst?» Und was sich in dem Zimmer befindet? «Kannst dir doch bestimmt Besseres leisten, oder?»

«Es ist billig», sagte Bruch. «Man ist ganz für sich.»

«Das kannst du in meinem Viertel auch sein.» Zu ihrem Leidwesen. In ihrem wunderschönen Haus hatte sich noch nie einer nach ihrem Ergehen erkundigt, geschweige denn war überhaupt mal jemand auf der Treppe stehen geblieben.

«Dort interessiert es niemanden, was du tust und wer du bist.

Es wird nur verlangt, dass du dich in die Belange anderer nicht einmischst», antwortete Bruch.

Galt das jetzt auch wieder ihr, oder antwortete er nur wahrheitsgemäß?

«Wann warst du das letzte Mal essen? In einem Restaurant?», fragte Schauer und tat, als hörte sie die Schritte über ihnen nicht. Jemand war auf dem Dachboden, lief genau über ihnen entlang. Was sie sich jetzt wünschte, war Licht, ganz viel Licht und eine Hundertschaft Bereitschaftspolizisten. Aber Bruch reagierte nicht.

Er schien zu überlegen und kam zu keiner Antwort.

«Hast du denn Geschwister? Ich habe eine ältere Schwester, falls dich das interessiert. Ist verheiratet, hat drei Kinder, erwartet ihr viertes. Die kann nicht begreifen, dass ich zur Polizei gegangen bin.»

Es funktionierte nicht mehr. Ihr Gequatsche konnte sie von den Vorgängen um sie herum nicht mehr ablenken.

Bruch hob die Hand. Da war wirklich etwas, jetzt war er aufmerksam geworden.

«Ich versuche mir vorzustellen, ich wäre das Mädchen und irgendwo hier eingesperrt», sagte er dann. Das beantwortete ihre Frage nicht. Oder vielmehr tat es das, er musste versuchen, sich das vorzustellen, während sie versuchte, bei Sinnen zu bleiben und sich nicht in die Hose zu machen.

«Wie würdest du reagieren, wenn uns hier wirklich ein Geist erscheint? Oder etwas geschieht, was nicht geschehen kann?», fragte sie.

«Wenn es nicht geschehen kann, geschieht es nicht», war seine Antwort. «Ich nehme an, du willst nicht, dass ich nachsehen gehe, was oben vor sich geht.»

«Himmel, nein!», entfuhr es ihr heiser.

«Und du wirst nicht mitkommen.»

«Felix, bitte, können wir nicht einfach hierbleiben. Ich gebe auch zu, dass ich Angst habe. Ich weiß, es gibt keine Geister. Ich weiß das. Aber trotzdem halte ich es kaum aus hier.»

Bruch drehte seinen Kopf leicht zur Tür. Mach das nicht, dachte Schauer, bitte mach das nicht. Nun starrte sie selbst zur Tür. Im Gang knirschte es. Als liefe jemand auf Zehenspitzen. Das ist nur Einbildung, mehr nicht. Sie hatte einmal eine Dokumentation im Fernsehen gesehen. Es ging um Menschen, die freiwillig in einem Gruselschloss in Schottland übernachteten. Sie wurden überwacht von Nachtsichtkameras und Mikrofonen. Und obwohl buchstäblich nichts geschah, bildeten sie sich alle ein, etwas zu hören oder zu sehen, und keiner von denen überstand die Nacht, alle brachen sie ab. Aber das alles half ihr jetzt nicht, denn sie hörte es ja. Und wenn es nur Einbildung war – warum sah dann Bruch auch zur Tür?

Nun stand Bruch tatsächlich auf. «Was machst du?», fragte Schauer leise.

Er hob wieder nur die Hand, trat zur Tür, sah in den Gang. Lange blickte er nach links. Viel zu lange für ihren Geschmack, gab es da etwas zu sehen? Denn wenn es nichts zu sehen gab, warum starrte er da hin? Sie wollte ihn rufen, leise nur, wollte fragen, was da wäre. Aber gerade jetzt war sie nicht sicher, ob sie ihrer Stimme trauen konnte. Endlich regte er sich wieder, kam zurück. Setzte sich auf das Sofa.

«Es ist nichts», sagte er. Er hatte etwas vernommen. Etwas, das sich nicht nach einem Tier anhörte. Ein Mensch, der herumschlich. Doch nun war es still. Vielleicht würde er wiederkommen, vielleicht hatte er ihre Anwesenheit gespürt und war für diese Nacht verschwunden. Sie musste das nicht wissen, sie hatte genug Angst. Es half ihm nicht, wenn sie kollabierte.

Schauer atmete erleichtert durch. Er konnte förmlich sehen, wie Spannung aus ihrem Körper wich. «Denkst du denn, Celina ist hier irgendwo?», fragte sie.

Er hasste diese Art von Spekulation. Sie zwang ihn, unnötig lange Antworten zu geben. «Sie ist nicht weit weg. Sie befindet sich hier irgendwo. Nicht unbedingt hier in diesem Gebäude, aber im näheren Umkreis.»

«Was macht dich so sicher?»

Genau deshalb mochte er solche Fragen nicht. Nichts machte ihn sicher.

«Wenn du willst, schlaf. Ich werde wach bleiben.»

«Aber du rennst nicht weg! Und du weckst mich, sollte etwas sein!»

«Ich bleibe hier.» Ob er nun hier saß oder daheim vor seinem Fernseher. Sie schob sich in ihren Schlafsack hinein, rutschte ein wenig herunter, ihre Füße stemmten sich leicht gegen seinen rechten Oberschenkel, als wollte sie sich so vergewissern, dass er wirklich sitzen blieb.

«Wenn du Ablösung brauchst, weck mich.»

«In Ordnung.» Er würde keine Ablösung brauchen. Nur eines machte ihm Sorgen. Noch waren sie nicht groß, doch sie würden wachsen mit jeder Minute, die verging. Er hatte etwas vergessen. Weil sie ihn durcheinandergebracht hatte. Weil sie versucht hatte, in das Zimmer zu sehen. Jetzt war es noch nicht schlimm, aber es würde schlimm werden. Seine Tabletten hatte er vergessen.

Als sie erwachte, war er nicht da. Sie hatte ihre Augen noch geschlossen, da ahnte sie es bereits. Vorsichtig streckte sie ihre Beine aus, tastete mit den Füßen nach ihm. Doch sie lag allein auf dem Sofa. Dann öffnete sie die Augen. Es war noch immer stockfinster, doch das konnte alles bedeuten. Selbst um sieben Uhr morgens war es noch dunkel wie in der Nacht. Toll, dachte sie, wirklich toll. So viel zu seinen Versprechungen.

Sie nestelte ihr Handy aus ihrer Jackentasche hervor, hatte Mühe, ihren Arm aus dem Schlafsack zu bekommen, ohne zu viele Geräusche zu verursachen. Es war um drei. Die Geisterstunde war vorbei. Schauer bewegte den Kopf, sah sich um. Mochte ja sein, er stand hier irgendwo, hatte sich in den Sessel gesetzt. Doch sie war allein in dem Zimmer. Erstaunlich, wie gut sie sehen konnte, da sich ihre Augen richtig an die Dunkelheit gewöhnt hatten. Jetzt waren die alten Tapetenmuster nichts anderes als Ornamente, keine Gesichter. Jetzt konnte sie auch in der Küchenanrichte die einzelnen Dosen und Gläser unterscheiden.

Ob er wieder austreten war? Schauer hob den Kopf ein wenig an. Auch ihr Gehör hatte sich angepasst. Jetzt hörte sie Dinge, die sie am Abend noch nicht gehört hatte. Leises Quietschen, Rascheln, Knistern, Rieseln. All das mochte von dem baufälligen Gebäude verursacht sein, das sich mit Nässe vollsog, schwerer wurde, von den Herbstwinden gedrückt und gepresst. Das konnten kleine Tiere sein, die sich die Ruine zum Unterschlupf gemacht hatten und keine Gedanken an Geister verschwendeten. Nur Bruch hörte sie nicht. Denn so leise konnte der nicht sein, dass er jedes Geräusch vermied. Hatte er sie zurückgelassen? Folgte er einer Spur? Auf jeden Fall hatte er sein Versprechen nicht gehalten. So wusste sie wenigstens, was seine Versprechen wert waren. Aber sie wusste schon lang, dass kein Versprechen etwas wert war, selbst diejenigen, die man sich selbst gab.

«Felix?», fragte sie flüsternd. Nicht, dass er sich in die Küche gesetzt hatte, an den Tisch, den sie aus diesem Winkel nicht sehen konnte. Schauer richtete sich auf. Sein Zeug war noch da. Sie betastete die Stelle, auf der er gesessen hatte. Sie war ganz kalt, gerade eben erst konnte er nicht aufgestanden sein. Ihr schauderte beim Gedanken, dass sie hier schon allein lag, seit sie eingeschlafen war. Nun setzte sie sich richtig auf, streifte den Schlafsack von ihrem Oberkörper. Jetzt stutzte sie, betrachtete das winzige Häufchen kleiner Zweige auf dem verstaubten Tisch, gleich auf der Ecke, die ihr am nächsten war. Das war ihr gestern gar nicht aufgefallen. Sie beugte sich vor und langte danach. Es waren wirklich ganz winzig kleine Zweiglein, in kurze Stückchen zerbrochen, wie ein winziges Vogelnest aufgeschichtet. Sie beugte sich wieder vor, ließ die kleinen Zweige auf den Rest des Häufchens fallen.

Sie musste schon wieder. Das war klar. Auch ihr Körper war wie so ein falsches Versprechen. Bildete hässliche Geschwüre, wenn man sie am wenigsten brauchen konnte. Zerstörte das kleine bisschen Glück, das sich endlich eingestellt hatte. Ließ kleine rote Explosionen vor ihren Augen erscheinen, wenn es eigentlich an der Zeit wäre, klar zu denken. Ließ sie jetzt pinkeln müssen, obwohl sie sonst nie nachts erwachte, weil sie mal musste.

«Felix?», flüsterte sie noch einmal. Dann schob sie sich den Schlafsack herunter, indem sie kurz das Gesäß anhob, strampelte die Beine frei. Für die nächste Handlung ließ sie sich eine kurze Bedenkzeit, dann fasste sie einen Entschluss. Sie zog die Pistole aus dem Schulterholster, lud sie durch, ließ sie aber gesichert. Dann trat sie an die Küchentür. Die Küche war leer. Niemand saß am Tisch. Aber auf der Fensterbank lag ein ebenso kleines Häufchen Zweige, wie es auf dem Tisch gelegen hatte. Wieso war ihr das nicht schon am Tage aufgefallen? Nun hatte sie leisen Mut gefasst, wagte sich zum Schlafzimmer, wo auf dem alten Bett eine zerknüllte Decke lag. Fast sah es so aus, als läge da jemand drunter, der sich klein machte und versteckte. Doch das hatte heute schon so ausgesehen, als sie das erste Mal hier gewesen waren. Trotzdem kostete es sie allen Mut, die höchste Erhebung mit der Mündung der Waffe zu berühren, immer darauf gefasst, dass die Decke zurückgeschlagen wurde und etwas zum Vorschein kam. Es geschah nichts. Die Decke gab nach. Jetzt trat sie vom Bett zurück, bis sie fast an die Wand stieß, ging langsam in die Hocke, sah unter dem Bett nach. Dort war es zwar so finster, dass gar nichts zu erkennen war, aber darum ging es nicht. Es ging darum, dass sie es gewagt hatte.

Nun war sie zumindest so weit sicher, dass Bruch nicht hier war. Sie kehrte ins Wohnzimmer zurück, durchquerte es zum Gang, blieb in der Tür stehen, um zu lauschen, wie Bruch es getan hatte.

Es gab nichts zu hören. Ihre Blase machte sich wieder bemerkbar. Sie würde jetzt dorthin gehen, wo sie schon einmal gewesen war, auch auf das Risiko, Bruch könnte ihr begegnen, kehrte er von seiner Runde zurück. Sie hob die Schultern, den Anblick würde er ertragen müssen.

An der bestimmten Stelle angelangt, lauschte sie noch einmal, öffnete die Hose, hockte sich dann nieder. Los, mach, dachte sie dabei. Wo kommt das alles her? Es nahm kein Ende. Selbst mein Körper verhöhnt mich, dachte sie, lässt mich mit nacktem Arsch in einem Spukhaus hocken.

Endlich war sie so weit, erhob sich, zog sich an. Was nun, überlegte sie. Zurückgehen? Mut beweisen, nach Bruch suchen? Vielleicht bewies sie damit nur, wie dumm sie war. Aber sie konnte ihm nicht vorwerfen, nichts für sie zu tun, wenn sie nicht nachprüfte, was mit ihm war. Vielleicht war ihm etwas geschehen, während sie schlief.

Sie kehrte zurück zu ihrem Lagerplatz, ging dann weiter zum Treppenhaus, wo kalter Wind von unten durch die Einbruchstelle blies. «Felix», rief sie, um gleichsam die Tierwelt von ihrem Kommen zu unterrichten. Da sie keine Antwort bekam, ging sie die Treppe hinab, versuchte dann, den Schuttberg hinunterzuklettern, doch das war in dieser Dunkelheit nicht möglich, ohne zu riskieren, in einen riesigen Nagel zu treten, sich das Auge an einem zersplitterten Balken auszustechen oder einfach nur abzustürzen. Vermutlich würde gleich der Rest des Hauses abrutschen, und das war's dann mit dem Prototyp Nicole Schauer eins Punkt null. Stattdessen könnte sie in den anderen Gebäudeteil wechseln, vielleicht trieb sich der Herr dort herum.

Schauer balancierte an der Abbruchstelle vorbei, betrat den nächsten Raum, zwängte sich durch den Türspalt, ohne die Tür zu berühren. Hier war es noch dunkler wegen der zugenagelten Fenster, aber nicht halb so gruselig wie in den zuletzt von der alten Frau bewohnten Zimmern. Der Raum direkt neben dem Zugang war ebenso langweilig, und eigentlich hatte sie die Lust am Erforschen schon wieder verloren. Es war auch sinnlos. Die ganze Aktion war einfach sinnlos, als ob man das Kind finden würde, indem man eine Nacht hier verbrachte. Sie beschloss, wieder zurück in die obere Etage zu gehen. Zurück im Büro, konnte sie die Tür zu den anderen Räumen nicht gleich finden. Sie dachte sich nicht gleich etwas dabei, doch dann fiel ihr auf, dass der Schreibtisch und der Stuhl nicht so standen wie zuvor. Sie tastete sich an der Wand entlang zur nächsten Tür, fand dahinter ein Treppenhaus. Sie musste aus dem großen Besprechungsraum die falsche Tür zurück genommen haben. Aber wie hatte das passieren können, so viele Türen gab es nicht, und so weit hatte sie sich gar nicht bewegt? Sie drehte wieder um, lief quer durch den Raum, zur Tür zum Besprechungsraum, fand sie jedoch verschlossen. Langsam keimte die Panik wieder hoch. Das war doch irre, lief sie im Kreis? Spielte hier jemand mit ihr? Wieder tastete sie sich an der Wand entlang, diesmal nach rechts, fand eine Tür und fand sich in einem großen Raum wieder. Aber war das der Besprechungsraum, standen nicht die Tische und Stühle anders? Und plötzlich war ihr wieder, als bewegte sich etwas, und zwar genau da, wo sie eigentlich hinmüsste.

«Felix, bist du das?», fragte sie und hob die Pistole an. «Mach bloß keinen Quatsch mit mir, ich knall dich noch ab aus Versehen.» Sie tastete an ihre Hosentaschen, an die Jacke, doch sie hatte ihre Lampe nicht dabei. Blieb das Handy. Sie nahm es hervor, zog mit einer Daumenbewegung das Schnellmenü herab, dessen weißer Hintergrund sie schon so blendete, dass sie im Prinzip für alles ringsum blind war. Jetzt schaltete sie die Lampe ein. Das winzige, aber helle LED-Licht genügte gerade, um die andere Seite des Raumes schwach zu beleuchten. Da war nichts, zumindest jetzt nichts. Sie zuckte nach rechts und dann nach links, weil sie glaubte, etwas tippeln zu hören.

«Es ist echt genug für heute», flüsterte sie. «Wenn mich hier einer verarscht, den schieß ich ab!» Nun schob sie sich langsam vorwärts, vermied es herumzuwirbeln, um sich nicht noch mehr durcheinanderzubringen. Doch trotzdem war ihr, als folgte ihr nun jemand. Das war nur Einbildung, wusste sie, sie wusste es wirklich. Aber trotzdem beschleunigte sie, rannte die letzten Meter zur Tür, schlüpfte durch und warf sie hinter sich zu.

Schauer schrie vor Schreck, die Knie knickten ihr ein. Am Fenster stand jemand. Die Lampe fiel zu Boden, reflexartig drückte sie den Abzug. Nichts geschah, sie hatte die Waffe noch nicht entsichert.

«Mach das Licht aus», sagte Bruch.

«Bist du vollkommen behämmert», keuchte Schauer.

«Da draußen ist etwas», sagte Bruch leise. Anscheinend starrte er durch einen der ganz schmalen Schlitze zwischen den Brettern. Schauer ging hin, vor allem, um nicht mehr allein zu sein, jetzt wusste sie, was es bedeutete, weiche Knie zu haben. Es war, als könnte sie ihnen nicht mehr trauen.

«Wo?», fragte sie.

«Weiter rechts.»

Sie drehte den Kopf, ging leicht in die Knie, um durch einen größeren Spalt weiter unten zu sehen.

«Was ist das?», fragte sie leise. Ein kleines Licht schien sich zu bewegen. Ganz langsam nur, ganz winzig, keine Lampe, kein Scheinwerfer.

«Wäre dort ein Moor, würde ich sagen, ein Moorlicht.»

«Aber da ist kein Moor?», fragte Schauer schnell. «Könnte es ein Glühwürmchen sein?»

«Nicht um diese Jahreszeit.»

«Es bewegt sich, oder?»

«Ich bin mir nicht sicher», sagte Bruch, und in diesem Moment verschwand es.

«Wollen wir hin?» Der Gedanke, aus dem Haus zu kommen, aufs freie Feld, war verlockend.

«Es ist sehr weit entfernt. Und jetzt ist es weg. Wir würden es nicht wiederfinden.»

Das hieß also nein. «Wo warst du?», fragte sie ihn.

«Wo warst du, müsste ich fragen.»

«Nein, ich bin aufgewacht, da warst du weg», sagte Schauer leise, aber bestimmt.

«Als ich erwachte, warst du weg!», widersprach er mit einigem Nachdruck. Das war neu.

«Du kannst mich nicht verarschen. Ich bin aufgewacht, da war dein Platz frei. Ich bin aufgestanden, in die Küche gegangen und ins Schlafzimmer. Du warst nicht da!»

Anstatt zu antworten, streckte Bruch plötzlich seine Hand nach ihr aus. Sie wich zurück.

«Was wird das?»

«Was ist das?», fragte er und zeigte über ihre Augen.

Sie hob die Hand, tastete an ihren Verband. Blutete es wieder?

«Auf deinem Kopf», half Bruch.

«Was soll ...» Sie tastete sich auf den Kopf und verstummte. Ihre Haare waren voll Dreck. Kein Staub. Richtiger Dreck, Steinchen und kleine Zweige. Sie legte sie sich auf die offene Handfläche. Es waren solche Zweige, wie sie auf dem Tisch lagen. Hatte sie sich das beim Herumlaufen eingefangen? Doch sie war nirgendwo angestoßen. Und er? Hatte die Zweige in ihren Haaren gesehen, in der Dunkelheit? Oder davon gewusst? Hatte er es ihr auf den Kopf gestreut? Anders konnte es ja kaum gewesen sein. Aber wie irre war das? Der Gedanke daran, wie er aufgestanden war, den Tisch umrundet hatte, diese kleinen Zweignester aufgehäuft hatte, ihr die Zweige und den Dreck ins Haar gestreut, während sie schlief, verursachte ihr Übelkeit.

«Felix, im Ernst jetzt, warst du das?»

«Wozu?», fragte er.

«Antworte! Warst du das?»

«Nein!»

«Felix, ganz im Ernst, wo warst du?», fragte sie. Zwar war es ganz dunkel, und doch sah er in ihren Augen das Flackern, die Angst, den Zorn.

«Ich bin aufgewacht, und du warst nicht da.» Nur der leere Schlafsack hatte auf der Couch gelegen. «Ich stand auf, und dann war ich hier.»

«Wie, dann warst du hier?», fragte Schauer.

Bruch überlegte. Irgendwie müsste er den Weg zwischen dem alten Wohnzimmer und diesem Raum zurückgelegt haben. Er konnte sich nur nicht erinnern. Er war aufgestanden von dem Sofa, war zur Tür gegangen und hatte sich hier wiedergefunden. Vor dem Fenster.

Das war nicht gut. Konnte nicht gut sein. Wie erging es ihm sonst in der Nacht? Da schlief er. Wachte nie auf. Sechs Stunden. Mehr nicht. Und wenn er erwachte, führte ihn sein erster Gang ins Bad, wo er seine Tabletten nahm, die Welt aufhörte, in die Finsternis zu taumeln oder zu gleißen, dass es einem die Augen ausbrannte.

Hatte er sich nur eingebildet, sie wäre nicht da? War es ein Geräusch, das ihn ans Fenster gelockt hatte? Sie würde nicht lügen, wenn sie sagte, er wäre weg gewesen. Eher konnte er sich selbst nicht trauen. Doch wenn er aufgestanden war und weggegangen, und sie war erst erwacht, als er schon weg war, und dann war sie durch diese Tür gekommen, wo war er dann die ganze Zeit gewesen?

«Gehen wir zurück», sagte er.

«Wozu? Damit du mir weiter Angst machen kannst?»

«Die Nacht ist noch nicht vorbei.»

«Du lässt mich nicht noch einmal allein!»

Sie traute ihm nicht. Sie glaubte ihm nicht.

Bruch schüttelte den Kopf. «Ich werde mich in den Sessel setzen und mich nicht von der Stelle rühren.»

11

Er erwachte von ihren Bewegungen. Es schien heller. Ganz unmerklich, aber es wurde Tag. Sie stopfte ihre Sachen in den Rucksack. Wütend war sie, das sah man ihr an. Fühlte sich betrogen, hatte sich mehr erhofft. Zu wenig geschlafen hatte sie. Vermutlich war sie den Rest der Nacht wach geblieben.

«Es ist kurz vor sechs, wir können abhauen hier», meinte sie unwirsch.

Sah sie nicht, wie es dunkel aufzog um sie herum? Bruch bewegte sich. Hatte sitzend geschlafen im Sessel. Nichts hatte sich verändert. Auf dem Tisch sah er, an der äußersten Ecke, ein kleines Häufchen Zweige. Schwarzer Rauch stieg daraus auf. Nein, das war sein Kopf, wusste er. Der Rauch, die Schwärze, die wie Nebel langsam aufstieg, war nur in seinem Kopf. Deshalb bemerkte Schauer sie nicht, obwohl sie ihre Füße nicht mehr sehen konnte. Dies hier war ein dunkler Ort.

«Felix, hast du gehört? Keine Geister, kein vermisstes Kind. Wir können gehen!» Auffordernd hatte sie sich vor ihm aufgebaut, sah ihn missmutig und zugleich doch ein wenig ängstlich an, als fürchtete sie, ihren harschen Ton gleich bereuen zu müssen.

Als er sich erhob, wankte die Welt, kippte vor und zurück.

«Ich muss heim, schnell», sagte er. Mehr konnte er nicht hervorbringen.

«Natürlich.» Schauer verstand. Vieles lag bei ihr im Verborgenen. So wie bei ihm. Doch so wie sie versuchte, es zu verdrängen und zu vergessen, versuchte er herauszufinden, was es war. Er brauchte seine Tablette. So schnell wie möglich.

Sie wartete in der Tür, bis er seine Sachen aufgeklaubt hatte. «Weißt du noch, warum wir hier sind?», fragte sie.

Er nickte. Herausfinden, was dran war an den Spukgeschichten.

«Und? Zufrieden? Es ist ein altes Haus. Es ist dunkel, und sobald es dunkel ist, spielt einem das Gehirn Streiche. Andernfalls ist es vermutlich nur eine Gruselgeschichte, um die Kinder davon abzuhalten, hier herumzuklettern. Der Besitzer muss angezeigt werden. Das Gebäude muss gesichert werden. Ein Bauzaun drum rum. Es wird Erben geben, oder die Stadt muss ran.»

Bruch hatte zugehört. Sie sprach wie ein schlecht synchronisierter Film. Als ob sich die Lippen zu früh oder zu spät bewegten. Er lief los, um nicht stehen zu bleiben. Er befürchtete, er könnte buchstäblich Wurzeln schlagen, für immer festgewachsen hier.

«Das Licht heute Nacht, haben wir das gesehen?», fragte er, während sie die Abbruchstelle passierten, er vorweg, sie dicht hinter ihm.

«Ja», antwortete sie knapp.

«Es bewegte sich in Richtung des Grundstücks von dem Alten.»

«Jolisch? Es bewegte sich in Richtung der Ortschaft, wie kannst du daraus schließen, dass es sich ausgerechnet zu ihm bewegte?»

Konnte er nicht. Es war ein Gefühl, ein Gedanke, eine Ahnung.

Im großen Besprechungsraum stieß er sich an einem Tisch. Mit lautem Knarren rutschte der beiseite. Bruch fühlte den Schmerz, hieß ihn einerseits willkommen, doch eigentlich war es kein gutes Zeichen. Wie ein Erfrierender, der sich entkleidet, weil ihm sein Hirn vorgaukelt, dass ihm heiß wäre.

«Geht's?», fragte Schauer. Er konnte nicht antworten. Sie gingen die Treppen hinab, betraten den Hof. Die alten Maschinen und Geräte schienen Kälte auszustrahlen. Schauer öffnete den Wagen. Bruch setzte sich auf den Beifahrersitz.

Schauer, die ihren Rucksack auf den Rücksitz geworfen hatte, verharrte. «Soll ich das Tor jetzt aufmachen?», fragte sie.

«Bitte», sagte Bruch. Er war zu schwach. Nicht sein Körper. Sein Wille. Und wenn er nicht bald seine Tablette bekam, würde ihm noch der letzte Rest Willenskraft verloren gehen. Etwas kam heran, er fühlte es. Das war nicht seine Jahreszeit. Ganz und gar nicht.

Wütend knallte sie die Autotür zu, marschierte zum Tor, brauchte alle Kraft, es aufzuziehen.

Bruch wagte es endlich, sich auf das zu fokussieren, was ihm auf den ersten Blick ins Auge gefallen war. Auf den Scheibenwischern hatten sich Laub und kleine Zweige angesammelt, regelrechte kleine Häufchen gebildet, so wie er einen auf dem Tisch gesehen hatte, obwohl es hier im Hof keinen Baum gab und die hohen Mauern für Windstille sorgten. Bruch senkte den Blick und betrachtete seine Finger. Sie waren schmutzig.

«Kann ich mit hoch?», fragte Schauer. «Ich muss mal.»

Bruch nickte. Jetzt, da viele zur Arbeit fuhren, waren Parklücken frei geworden, sie parkten direkt vor seinem Haus. Er stieg aus, überquerte die Straße. Den Schlüssel hatte er im Auto schon herausgeholt. Als Erinnerung, was zu tun war, denn er spürte, wie etwas langsam Macht über ihn gewann. Möglich, dass er es sonst vergaß.

«Hast du Kaffee?», fragte Schauer hinter ihm. Bruch schüttelte den Kopf und schloss auf. Du musst die Tabletten nicht nehmen, sprach eine Stimme in seinem Kopf jetzt, da sie in Reichweite waren. Sie hinderten ihn nur, bremsten ihn. Bruch wusste, dass er diese Gedanken ignorieren sollte. Die Tabletten waren gut für ihn. Es sei denn, flüsterte dieser kürzlich erwachte Teil in ihm, sie will dir gar nicht helfen.

«Mannomann», stöhnte Schauer.

Bruch nahm die erste Treppe in Angriff, versuchte nicht daran zu denken, wie viele Stufen noch vor ihm lagen. Sonst brauchte er die Tabletten nicht so früh und so dringend. Es war nur, weil er so wenig geschlafen hatte, weil sein Gehirn sich nicht hatte erholen können. Es würde alles gut werden, wenn er eine nahm. Aber was hieß schon gut, fragte dieser andere Teil von ihm. Betäubt. Paralysiert.

«Na los!», mahnte Schauer. «Schlaf nicht ein, ich muss dringend!»

Bruch beschleunigte wieder. Die dumpfen Gerüche wurden schlimmer. Billiges Parfüm. Unrat. Müll. Tiefkühlpizzen. An der Wohnung des Alten roch es nach Kot und Urin. Dann war er an seiner Wohnungstür angekommen, hatte die letzten zwei Treppenabschnitte gar nicht wahrgenommen. Er schloss auf.

«Geh du zuerst», sagte er.

«Wo sind deine Tabletten?», fragte Schauer. «Im Bad?»

Das ging sie nichts an, gar nichts. «Ich brauche sie nicht», kam es aus seinem Mund.

«Oh doch!»

«Ich brauche sie nicht, wirklich. Geh ins Bad. Ich komme zurecht. Das ist meine Sache.» Es herrschte ein Kampf in ihm.

Schauer nahm ihr Telefon hervor. «Du nimmst sie!» Sie wählte eine Nummer.

«Was machst du?»

«Polizeiärztlicher Dienst!», gab sie zur Antwort.

«Warum?»

«Ich zeige dich dort an, wenn du die Tablette nicht nimmst.»

Er hörte, wie sich jemand meldete. Schauer hob die Augenbrauen, verdrehte die Augen zur Badtür.

«Ja, Hauptkommissar Schauer hier.»

Das durfte sie nicht. Das war gegen die Regel, gegen die Abmachung. Das war Verrat. Ein Hinterhalt. «Leg auf!», sagte er.

«Ja, sagen Sie ...»

«Bitte!», sagte Bruch. Dann ging er ins Bad.

Schauer sah ihm eine Sekunde in die Augen. «Polizeiärztlicher Dienst, sagten Sie? Verzeihung, dann hab ich mich verwählt!»

Bruch öffnete den Spiegelschrank, nahm die Dose, schüttelte eine Tablette heraus. Er tat sie in den Mund, öffnete dann den Wasserhahn, trank einen Schluck aus der hohlen Hand, um nachzuspülen.

Schauer beobachtete ihn. Nun fasste sie ihn an der Schulter, schob ihn zur Tür. «So, und jetzt raus hier!»

«Sag mal, kann ich duschen?», fragte Schauer durch die Badtür.

Bruch öffnete die Augen. Alles war unterbrochen. Sein Rhythmus, seine Gewohnheiten. Der Moment fehlte ihm, in dem er die Tablette nahm und sich im Spiegel betrachtete, wartete, bis alles wieder im Takt war. Nun hatte er im Flur gestanden und ausgeharrt, bis sich die fade Gleichsamkeit wie eine warme Decke über ihm ausbreitete. Es wurde besser, auch ohne Spiegel, aber es war anders.

«Ja», erwiderte er.

«Hast du vielleicht ein Handtuch?»

Bruch wandte sich nach links, ins Schlafzimmer, wo er im Schrank die Wäsche aufbewahrte. Er nahm eins vom Stapel. Ein weißes. Ganz grob. Hart fast. Auch das verursachte Unstimmigkeiten, aber die hielt er aus. Dafür hatte er Reserven. Er ging zur Badtür, klopfte, reichte es hin, dass das Türblatt zwischen ihnen blieb. Die Katze kam, wartete an der Wohnzimmertür. Sie musste gefüttert werden. Und bestimmt fragte sie sich, wo er die Nacht geblieben war. Nein, sie fragte sich nichts.

Er ging ins Wohnzimmer. In die Küche. Gab der Katze ihr Futter. Dann stand er da und wusste nicht, was zu tun. Im Bad rauschte Wasser. Sie stand da. In der Wanne. Duschte, nackt. Die Tür war nicht abschließbar, der Schlüssel lag in einer Schublade im Schlafzimmer. Er dachte darüber nach. Rief sich Bilder ins Gedächtnis. Handlungen, Gefühle, von denen er wusste, dass es sie geben musste. Nichts. Nichts, wo eigentlich etwas sein sollte, wenigstens eine Idee davon.

Er setzte sich, nahm die Fernbedienung, schaltete den Fernseher ein. Er begann zu zappen, wie er es gewohnt war. Inzwischen verstummte das Geräusch von fließendem Wasser. Das Geräusch nackter Füße auf den Fliesen. Der dunkle Nebel war zurückgewichen. Sein Daumen presste den Umschaltknopf, gab nach, presste, gab nach, presste im Halbsekundentakt. Die Badtür öffnete sich. Im Augenwinkel sah er, dass Schauer sich das Handtuch unter den Achseln um den Leib geschlungen hatte.

Sie betrat das Wohnzimmer. «Du hast ja wirklich gar nichts, oder?», fragte sie nach kurzem Rundumblick. «Hier hängt nicht mal ein Bild an der Wand. Nicht mal ein Radio gibt's hier. Trinkst du?»

Bruch schüttelte den Kopf. Zappte weiter.

«Ist das auch irgendwie eine Macke?», fragte sie ungerührt weiter. Ihm war, als versuchte sie sich zu rächen. Zu provozieren, mit ihrer Nacktheit unter dem Handtuch, mit den Fragen, als versuchte sie wieder Oberhand zu gewinnen. «Eh, warte mal! Mach mal zurück.»

Er hatte es auch gesehen, schaltete einen Sender zurück. Stumm sahen sie sich den Bericht im Frühstücksfernsehen an. Sie hörten die Stimme von Claudia Wondrak:

Im Fall der vermissten Celina Kühn aus Dresden hat es eine dramatische Entwicklung gegeben. Die Zwölfjährige wurde noch immer nicht gefunden, und inzwischen vermutet man in Kreisen der Polizei, dass man es mit einem internationalen Kinderhändlerring zu tun hat. So wurden auch die Ermittlungen im Falle der vor zwei Jahren vermisst gemeldeten und wiederaufgetauchten Linda H. erneut aufgenommen. Eine sichere Quelle spricht von mehreren Verdächtigen, die man ins

Visier genommen hätte, darunter einige Personen, die schon vor sieben Jahren bei den Ermittlungen gegen einen Kinderpornoring in Hannover aufgefallen waren. Über weitere Ergebnisse schweigt sich die Dresdner Polizei aus. Wir halten Sie weiter auf dem Laufenden.

«Haben wir etwas verpasst?», fragte Schauer.

«Das hat sie erfunden.»

«So was kann die doch nicht erfinden. Das ist ja ...» Schauer verstummte. Doch, so was erfand die Presse, wenn es den kleinsten Hinweis darauf und sonst nichts zu berichten gab. Man konnte aus nichts eine Story machen, konnte das Schweigen der Polizei als Beleg nehmen, dass etwas im Gange war. Man konnte jeden Tag darüber berichten und sagen, dass es noch keine neuen Erkenntnisse gäbe, und mithilfe der täglichen Wiederholung der Sache Substanz verleihen, bis aus dieser blanken Lüge eine echte Geschichte geworden war. Nun würden sie prüfen müssen, ob irgendwas an dieser Aussage dran ist, ein Sprecher würde dementieren müssen, dann ein zweiter, dann der Staatsanwalt. Dann würden die Eltern vor die Kamera treten und beklagen, dass man nichts täte, das Kind zu retten. Dann war aus nichts ein Etwas geworden. Ein Problem.

«Du kennst die. Hattet ihr mal was? Hat sie irgendwie einen Hass auf dich?»

«Nein.» Das war nicht ganz wahr. Er kannte sie. Und sie hatte wahrscheinlich einen Grund, ihn zu hassen. Das Problem war nur, er wusste nicht warum. Es wollte ihm einfach nicht einfallen. Er wusste, ließe er die Tabletten weg, er würde es vielleicht herausfinden. In diesem zähen Brei, in dem er sich derzeit befand, ging das nicht. Doch ließe er die Tabletten weg, würde alles nur wieder eskalieren. Es war noch nicht an der Zeit, noch würde er nicht ohne sie klarkommen.

Schauers Handy begann zu klingeln. «Prompt geht's los», kommentierte sie, eilte ins Bad, wo ihre Kleidung lag und das Telefon, nahm das Gespräch an. Mit dem Gerät am Ohr kam sie zurück.

«Schauer … nein … nein … kein einziges Wort. Keinerlei Anhaltspunkt … Nein, auch die haben nichts dergleichen geäußert … Es ist frei erfunden … wir werden jetzt die Jugendlichen noch einmal zur Rede stellen. In ihren Schulen. Jemand soll in Erfahrung bringen, ob Maxim Kühn wieder zu Hause ist!» Schauer nahm kurz das Telefon runter, sah Bruch an, hob die Augenbrauen, schüttelte den Kopf. «Wir wollten mit ihm sprechen. Er hat uns angesehen und ist mit seinem Rad davongefahren … Nein, Bruch hat damit gar nichts zu tun … und ich auch nicht!» Wütend legte sie auf. «Was sollte denn die Frage bedeuten, ob du den Jungen zu hart angefasst hast? Muss ich irgendwas wissen?»

Bruch schüttelte den Kopf. In diesem Fall gab es für sie nichts zu wissen. Michael war derjenige gewesen, der hart anfasste. Manchmal so hart, dass es gute Ausreden gebraucht hatte.

Es war kurz vor acht, der Schulhof war noch voller Kinder, die schrien, herumrannten oder in einem toten Winkel rauchten. Maddox, Oskar und André waren nicht zu sehen. Schauer und Bruch warteten im Auto. Schauer nippte an ihrem viel zu heißen und viel zu teuren Kaffee aus einer Bäckerei. Sie war so müde, dass es ihr die Augen zuzog. Zwar hatte sie geschlafen in dieser Nacht, zumindest zweimal für einige Stunden, doch nun, da die Anspannung von ihr abgefallen war, gab der ganze Körper nach und wollte einfach nur noch Schlaf. Bruch hatte von seinem Kaffee getrunken, wie so ein Dementer, der nicht mehr wusste, wie heiß solche Getränke waren, und keinen Schmerz mehr verspürte. Seit er die Tablette genommen hatte, war er wieder der alte. Sie mochte gar nicht wissen, was geschah, wenn der mal drei Tage seine Pille nicht nahm. Rein interessehalber hatte sie mal eine mitgenommen, ohne dass er es bemerkte. Sie kannte ja nun ein paar Leute, die sich mit solchem Zeug auskannten. In diesem Moment klingelte es aus der Schule. Die Masse der Schüler kam in Bewegung, strömte ins Haus.

Jetzt sah sie die drei Jungen. «Da drüben sind sie!» Sie deutete in Richtung der Turnhalle, doch Bruch hatte sie selbst schon entdeckt. Es schien den dreien ganz egal, ob sie zu spät kamen, ganz gemächlichen Schrittes überquerten sie den Hof. Die Rucksäcke über eine Schulter gehängt, unterhielten sich nicht, blickten ganz ernst drein. Maddox warf achtlos eine Zigarette weg.

«Wollen wir sie jetzt ansprechen, oder erst im Klassenzimmer?»

«Wir wissen jetzt, dass sie da sind. Fahren wir zu der anderen Schule und holen Hermann ab.»

Toll, dachte sie zynisch, gut, dass wir das vorher besprochen haben. Sie ließ den Motor an und parkte aus. «Denkst du, Maxim hat bei einem von denen übernachtet?», fragte sie.

Bruch antwortete nicht, warum auch. Sie musste sich abgewöhnen, solche Fragen zu stellen. Im Prinzip hatte er ja sogar recht, wenn er nicht antwortete. Das war alles reine Spekulation, unnützes Reden.

An der Albert-Schweitzer-Schule war Ruhe, der Unterricht hatte schon begonnen. Hermann war schnell geholt. Er griente, als wären sie gute alte Bekannte, als er sie vor dem Sekretariat stehen sah.

«Wir müssen dich mal mitnehmen», sagte Schauer zu ihm. «Nur eine Befragung, wollen mal hören, was du so über diesen Maxim weißt und diesen Paul.»

Hermann schien es ihr abzunehmen. Ihm schien alles recht, um nur nicht im Klassenzimmer sitzen zu müssen. Ohne zu murren, folgte er ihnen nach draußen, stieg hinten ins Auto.

«Bei dir war Maxim nicht die Nacht, oder?»

«Nee, so dicke sind wir nicht, außerdem lassen das meine Alten nicht zu. Und von dem Paul weiß ich gar nichts, ist bloß so ein Dorfkind.»

«Habt ihr mal übernachtet in dem alten Haus?», fragte Schauer, während sie vom Schulhof fuhr. «Echt übel da.»

«Ham Sie etwa übernachtet dort?»

Schauer nickte kurz, erntete durch den Spiegel einen anerkennenden Blick. «Die erzählen ja üble Geschichten im Dorf. Manche wollen schon gesehen haben, dass da ein Licht ist, und manche haben es kichern gehört oder ein Kind schreien», versuchte sie den Jungen aus der Reserve zu locken. Der aber senkte jetzt nur den Kopf.

Die Schule auf der Gamigstraße war schnell erreicht.

«Wartest du hier mit ihm?», fragte sie Bruch. Es war ihr lieber, sie lief herum, anstatt im Sitzen einzupennen.

Wie tags zuvor musste sie am Haupteingang klingeln, wurde auf das Wort *Polizei* sofort eingelassen. Oben wartete die Sekretärin schon in der Tür. «Wer ist es diesmal?»

«Ich muss noch einmal André Talwa sprechen.»

«Dachte ich mir schon. Ist es wegen gestern?»

Seltsame Frage, sie waren ja gestern schon einmal wegen ihm dagewesen, ihm und den anderen beiden. «Äh, ja?», antwortete sie nicht gerade eloquent.

«Ich dachte, es wollte niemand Anzeige erstellen.» Der Frau schien es egal.

«Moment mal, Anzeige weswegen?»

«Deshalb sind Sie also gar nicht hier? Es gab gestern eine heftige Auseinandersetzung. Mit Körperverletzung. Es waren einige Jugendliche beteiligt. Zwar hat es niemand gesagt, aber wir sind uns sicher, André war der Auslöser.»

«Liegt es daran, dass er der Russe ist?», fragte Schauer, und pampig sollte sich das gar nicht anhören.

Sogleich wirkte die Frau ein wenig reservierter. «Nein, es liegt daran, dass er an jeder Auseinandersetzung maßgeblich beteiligt ist. Er ist auf dieser Etage, da hinten, Zimmer 102. Klopfen Sie einfach.»

Schauer dankte mit einem Nicken und machte sich auf den Weg.

Sie klopfte an entsprechender Tür, die Lehrerin, die gerade gesprochen hatte, unterbrach sich mitten im Satz.

«Wurde ja Zeit», sagte sie, als sie die Tür öffnete. Dann stutzte sie.

«Schauer, Kripo», sie zeigte ihren Ausweis, «ich möchte André Talwa sprechen.»

«Da müssen Sie warten, der ist gerade auf Toilette.» Hinter der Lehrerin entstand sofort Unruhe in der Klasse. «Ruhe!», donnerte sie in den Klassenraum, erreichte aber gar nichts.

«Gerade eben?», fragte Schauer.

«Nein, schon länger, hatte ganz dringende Bauchschmerzen», sagte sie, und ihrer Betonung nach zitierte sie den Jungen nur. Hinter ihr kam Gelächter auf.

«Alles klar!» Schauer wendete sich ab, die Toiletten waren gleich hier am Ende dieses Ganges. Sie lief hin und betrat ohne Umschweife das Jungenklo. Der Waschraum war leer, ebenso das Abteil mit den Urinalen. Jetzt stieß sie jede einzelne Kabinentür auf. André war weg. Hastig eilte sie die Treppe hinunter, nahm dabei schon das Handy heraus, drang in die Toilette im Erdgeschoss ein. Auch hier war alles leer.

«Da dürfen nur Kinder rein», rief ihr jemand zu, als sie wieder herauskam.

Es war der Hausmeister. «Haben Sie einen Jungen gesehen?»

«Groß, aschblonde Haare? Der ist grad raus. Weiß nicht, wie der heißt.»

Wahrscheinlich, weil er nur *der Russe* war. Sie hatte Bruchs Nummer schon gewählt, doch ehe es klingelte, war sie schon an der Tür. Sie legte wieder auf und rannte zum Wagen.

«Zeig dein Handy!», fuhr sie Hermann an. Der Junge sah sie erschrocken an, zeigte sein Telefon vor. «Mach's an, hast du André geschrieben?»

«Nein, wirklich nicht!»

«Los, zeig, WhatsApp, was hast du noch?»

«Er hatte es nicht in der Hand», sagte Bruch.

Schauer warf die Tür wieder zu, setzte sich auf den Fahrersitz.

«Dann muss Maria ihm geschrieben haben, André ist abgehauen.» Sie drehte sich im Sitz um. «Warum ist der abgehauen?»

«Der will halt nichts mit Bullen zu tun haben», sagte Hermann grundehrlich.

«Gibt es einen bestimmten Anlass? Die Schlägerei gestern, weißt du davon was?»

«Ja, das war nach der Schule, weil sich jemand über ihn lustig gemacht hat. Da ist er noch mal hin und wollte sich mit ihm aussprechen.»

Aussprechen. «Mit Celina hat das nichts zu tun?»

«Celina?», fragte Hermann, als hörte er den Namen zum ersten Mal, und Schauer sah rote Blitze, als platzten Äderchen in ihren Augen.

«Stell dich nicht dumm. Celina Kühn. Hermann, du und André seid beide wegen Körperverletzung und sexueller Belästigung vorbestraft!»

«Ach, das war gar nichts. Das war nur aus Fun.»

«Soweit ich weiß, habt ihr beim Baden an der Kiesgrube ein Mädchen aus eurer Clique gehindert, aus dem Wasser zu kommen, habt ihr den Bikini abgerissen und ihr die Finger unten reingesteckt, das ist kein Unfug!» Cool, bleib cool, mahnte sie sich. Bruch hatte sich zur Seite gedreht, sah sie an.

«Die wollte das, ich schwör, das hab ich allen gesagt, und der Richter sagte, er will uns nur warnen. Das wir so was nicht mehr machen.»

«Hermann, wenn du etwas über Celinas Verbleib weißt, dann wäre das jetzt die Gelegenheit zu sprechen.»

«Ich weiß doch nichts, ich bin doch mit Ihnen mitgekommen, was kann ich dafür, wenn der Russe abhaut.»

«Wo warst du am Dienstagabend?»

«Daheim!»

«Wir müssen Beweise haben, deine Eltern, wissen die das?»

«Ja, fragen Sie die, aber wenn Sie die fragen, krieg ich gleich wieder aufs Maul!»

«Und André, weißt du, wo der am Dienstag war? Und die anderen aus deiner Gang?»

«Nein, keine Ahnung. Kann auch sein, meine Alten wissen gar nicht, ob ich daheim war. Die sind meistens besoffen. Oder der Alte, weil Mutter hat oft Spätschicht.»

«Weißt du, wo André wohnt? Zeig mir den Weg!»

«Da müssen Sie hier runter und dann rechts und die nächste gleich links. Bei Google stand, Celina ist von einem Kinderhändlerring entführt worden, oder von ihren Eltern verkauft. Damit haben wir nichts zu tun.»

Schauer fuhr wie angegeben. Bog rechts ab, dann links, fand sich in Plattenbauten eingekesselt wieder. Ein trostloser Anblick. «Wo?» Sie kannte die Adresse, erinnerte sich an die Hausnummer zwölf. Nur kannte sie sich hier nicht aus.

«Da drüben.» Hermann zeigte auf einen Hauseingang.

Schauer bremste und dachte kurz nach. Weder wollte sie Hermann allein im Auto lassen, noch allein den Eltern von André gegenübertreten, sofern die da waren. «Ich rufe eine Streife!», beschloss sie, und Bruchs Untätigkeit trieb sie zur Weißglut.

Die Streife war schnell vor Ort. Schauer stieg aus, ging den Uniformierten entgegen, einem Mann und einer Frau, beide sehr jung, die schon ausgestiegen waren. Sie zeigte erneut ihren Dienstausweis. «Wir müssen zu Familie Talwa, und der Junge hier im Auto muss festgehalten werden.»

«Dann ist es besser, wir gehen zu dritt hoch, einer bleibt bei dem Jungen», antwortete der junge Polizeimeister, der sich anscheinend hier auskannte. «Kommt Ihr Kollege mit hoch?»

«Ja, wir beide und Sie, ihre Kollegin bleibt hier.»

«Glauben Sie, er könnte Schwierigkeiten machen?», fragte der Polizist mit Blick auf den Rücksitz des BMW.

Schauer zögerte. Sie durfte sich von der scheinbaren Naivität

Hermanns nicht beeinflussen lassen. Er hatte schon ein paar Leuten schwere Verletzungen zugefügt, und diese sexuelle Belästigung vor einem Jahr war vermutlich nur die einzige, die angezeigt worden war. «Legen wir ihm Handschellen an.»

«Ja?», fragte zaghaft eine Frau durch die Sprechanlage, nachdem sie geklingelt hatten.

«Polizei, Frau Talwa, wir müssen mal mit Ihnen sprechen.»

«Ja», erwiderte die Frau, der Türöffner summte.

Der Uniformierte ging voran. Schauer folgte ihm, das Haus war genau baugleich zu Bruchs Wohnhaus. Sie sah sich auf der halben Treppe nach Bruch um, der ihr irgendwie noch verpeilter vorkam als sowieso schon. Wo war der nur gewesen in dem alten Haus? Wusste er es wirklich nicht, oder wollte er es ihr nur nicht sagen? Sie fragte sich noch immer, wie der Dreck in ihre Haare gekommen war. Ob sie hier falsch waren? André war vermutlich nur weggelaufen wegen der Schlägerei am Vortag.

«Lassen Sie sich nicht täuschen, die können alle Deutsch», sagte der Polizeimeister leise. Im zweiten Stock angelangt, klopfte er. «Frau Talwa, Polizei.»

Die Tür öffnete sich, eine Frau von etwa fünfzig Jahren öffnete. «Ja?»

Schauer zeigte ihren Ausweis. «Frau Talwa, Ihr Sohn André, ist der da?»

«André, ja, Sohn.»

«Ob er da ist?», wiederholte Schauer.

«Ja, nje panimaju.»

«Frau Talwa, Sie sprechen Deutsch!», mahnte der Polizist. «Ist André da?»

«Nein, Schule, ist Schule», radebrechte die Frau. Jemand rief aus der Wohnung etwas auf Russisch. Die Frau erwiderte.

«Er ist nicht mehr in der Schule, er ist ausgerissen. Frau Talwa, wo war André am Dienstag?»

«André immer Schule, immer.» Die Frau wich zurück, wollte die Tür schließen.

Der Polizist trat vor, stellte seinen Fuß in die Tür. «Frau Talwa. Ich weiß, dass Sie Deutsch sprechen. Und Ihr Mann auch, holen Sie ihn her!»

«Manfred, idi suda!»

Aus dem Wohnzimmer kam ein riesiger Mann geschlurft.

«Herr Talwa, die Kollegen von der Kriminalpolizei wollen wissen, wo André am Dienstagabend war.»

«André immer hier!», antwortete sein Vater. Er trug Jogginghose und Unterhemd. Seine Antwort war natürlich eine glatte Lüge, denn sein Sohn war genau das Gegenteil von immer hier.

«Dienstagabend!», sagte Schauer. «Geben Sie jetzt vernünftig Antwort, sonst müssen wir Sie beide zur Vernehmung ins Revier bringen!»

Herr Talwa trat vor. «André war am Dienstagabend zu Hause. Er ist ein guter Junge. Er macht nichts. Alle denken das nur, weil sie sagen, er ist ein Russe. Aber wir sind keine Russen.»

«Können Sie irgendwie belegen, dass André am Dienstag daheim war? Für eine Falschaussage können Sie belangt werden.»

«Belegen?»

«Können Sie es beweisen!», sprang der Polizist ein.

«Ich bin sein Vater, ich sage es!»

«Ist er jetzt da?»

«Er ist in Schule!»

Schauer hatte genug. Sie hielt ihm ihre Karte hin. «Herr Talwa, wenn er nach Hause kommt, melden Sie sich bitte. Es ist wirklich wichtig. Wir müssen mit ihm sprechen.»

«Wenn André kommt, wir melden uns!», sagte Talwa, dann drückte er die Tür zu.

Der Junge brachte sie an ihre Grenzen, spürte sie. Er war weder sehr aggressiv noch unverschämt, noch war er besonders willfährig. Er hatte etwas an sich, das man nicht greifen konnte. Man wusste nicht, war er besonders dumm, stellte er sich dumm, verstand er überhaupt, was ihm letztes Jahr vorgeworfen wurde, weshalb man ihn jetzt verdächtigte. Manchmal ließ er eine Art Intelligenz aufblitzen, wie jemand, der besonders schlau war und Vergnügen daran fand, sein Gegenüber geistig im Dreieck laufen zu lassen. Und Bruch, dieser Vollpfosten, saß auf seinem Stuhl, nicht mal am Tisch, sondern ganz hinten an der Wand, sagte keinen Ton, starrte nur den Jungen an, als läse er dessen Gedanken. Doch entweder haute das nicht hin, was nicht ganz unwahrscheinlich war, oder er sollte sie bald teilhaben lassen, ehe sie die Geduld ganz verlor.

Hermann hatte kein Schuldbewusstsein entwickelt, für nichts. Vermutlich hatte er von seinem Alten so oft grundlos aufs Maul bekommen, dass er sich für alles entschuldigt fühlte. Jemanden zu verprügeln, einen Jochbeinbruch zuzufügen oder einen Kreuzbandriss, hielt er für eine Auszeichnung, er konnte damit prahlen und wusste sich der Anerkennung anderer sicher. Sein Lohn: Man ging ihm ängstlich aus dem Weg, das, was er sonst zu Hause bei seinem Alten tat – zumindest noch. Seine Finger in die Vagina einer Dreizehnjährigen zu stecken, war für ihn kaum mehr als ein Witz, nichts anderes als Kitzeln oder an den Haaren ziehen.

Schauer tigerte durch den Vernehmungsraum, kehrte zum Tisch zurück. «Hermann», begann sie zum gefühlten zwanzigsten Mal. «Ich will nur noch Ja- und Nein-Antworten. Habt ihr schon mal im Bauernhof übernachtet?»

«Ja!» Vorhin hatte er nein gesagt, nur angedeutet, dass sie es vorgehabt hatten.

«Ist in dieser Nacht etwas Seltsames passiert?»

Hermann zögerte kurz, als müsste er nachdenken. Doch etwas musste passiert sein, denn ganz ohne Grund waren sie nicht vom Hof geflüchtet. «Ja. Wir haben eine Stimme gehört. Aber ich glaube, das war André. Der hat Geräusche gemacht, um uns Angst einzujagen.»

«Waren mehr dabei als du und André?»

«Ja!»

«Wer?»

«Soll ich jetzt Ja oder Nein sagen?» Da war es wieder, er guckte so harmlos dümmlich, man mochte meinen, er hätte zu wenig Sauerstoff bekommen bei seiner Geburt.

«Nenn die Namen.»

«Weiß nicht mehr, Oskar, Maddox und paar andere.»

«Wer waren die paar anderen? Maxim? Celina?»

«Weiß nicht.»

«Du weißt nicht, ob Celina dabei war?»

«Da waren ein paar Dorfkinder, die haben uns ja erst dahin geführt. Aber ich weiß es echt nicht mehr. Ich guck doch keine kleinen Mädchen an!»

Schauer beugte sich vor und klatschte die flache Hand auf den Tisch, dass es laut krachte und ihre Handfläche zu brennen begann. «Du hast eines missbraucht, das kaum älter war!»

«Ich hab die nicht missbraucht, die wollte es tun», sagte Hermann und meinte wahrscheinlich etwas ganz anderes, Maria vielleicht, nicht den Vorfall am See. «Ich weiß trotzdem nicht, wer dabei war, wir haben ja auch ...» Er deutete einen Rauchbewegung an und kicherte. So dämlich war er, dass er hier zugab, gekifft zu haben. Oder so schlau. «Da vergisst man manches», fügte er weise hinzu.

«Hermann, wo warst du letztes Wochenende? Warst du in dem Bauernhof? Du und die Jungs, ohne Maria?»

«Jaaaa», sagte er, als hätte er diese Frage schon dreimal beantwortet. Stimmte aber nicht, bis jetzt war er immer ausgewichen.

«War da Celina dabei?»

«Kann sein!»

Schauer fühlte, wie etwas durch ihren Körper schoss, dessen sie sich nur mit aller Willenskraft entgegenstellen konnte. Sie stützte sich auf den Tisch. «Hermann, du verstehst doch, dass wir Celina suchen. Sie ist weg, eine Zwölfjährige. Nicht so ein Ghettokind wie du. Die wuchs wohlbehütet auf, die überlebt nicht allein draußen. Wir versuchen herauszufinden, wo sie sein könnte, und brauchen deine Hilfe. Ob du versucht hast, sie zu befummeln oder sonst was, ist mir gerade egal, ich will wissen, wo sie sein könnte. Warum läuft André weg? Wegen Celina? Weil er etwas weiß?»

«Keine Ahnung.»

«Hermann, es wird gerade geprüft, ob du in Haft genommen werden kannst. Vermutlich ja, denn das Verdachtsmoment ist gegeben. Ihr habt gestern ausgesagt, Celina wäre am Wochenende mit in dem Bauernhof gewesen. Es liegt nahe, dass ihr, du und André, am Dienstabend noch einmal da wart. Habt ihr Celina eingeladen, habt ihr sie getroffen und mitgenommen?»

«Nein.» Hermann sah ihr fest in die Augen.

«Wo könnte ihr Bruder sein, Maxim? War er schon mal bei einem von euch daheim?» Bruch saß da, dachte sie, als ging es ihn nichts an. Dabei schien es jeden Tag schlimmer zu werden. Nicht nur, dass sie Celina suchten, nun waren auch noch Maxim und André verschwunden. Sie hatte alle Mühe, ihren Zorn zu beherrschen.

«Kann auch sein. Bei mir nicht, aber bei Oskar, glaub ich, oder Maddox. Aber ob der bei denen war die Nacht, weiß ich nicht.»

«Hermann, hast du das verstanden, du bleibst hier, du kommst ins Untersuchungsgefängnis!» Sie presste die Fingerknöchel auf den Tisch, bis es wehtat.

«Ist mir recht, da bin ich meine Alten los, und Schule fällt auch aus.»

«Wo könnte André sein?»

Hermann hob die Schultern, doch das erste Mal hatte sie das Gefühl, ihm war es doch nicht ganz egal, in den Knast zu kommen. «Vielleicht im Jugendklub. Da am Skaterpark.»

Schauer gab auf, in diesem Moment schien alles zu verpuffen. Sie setzte sich. «Hast du noch irgendeine Frage?», wandte sie sich an Bruch. Eigentlich sollte es ironisch klingen, doch es hörte sich einfach nur müde an.

«Hattet ihr Zweige in den Haaren?», fragte Bruch.

Hermann erstarrte. Sein Gesicht verzog sich zu einem Lächeln, doch vermutlich war das eine Reflexhandlung. «Was?», fragte er, was genauso nur Reflex war.

Schauer war mit einem Schlag wieder putzmunter. Bruch wiederholte seine Frage nicht, er sah den Jungen teilnahmslos an.

«Zweige, wasn für Zweige?», fragte Hermann jetzt.

Bruch erhob sich, und der Junge wich zurück, obwohl Bruch nicht mal ansatzweise in seine Richtung ging. Doch Bruch schob seine Hand in die Jackentasche, trat dann an den Tisch und warf eine halbe Handvoll Zweige und Dreck hin. Hermann wich zurück.

«Hast du auch gedacht, das wäre von André?»

Hermann schluckte. Sein rechter Mundwinkel zuckte. Dann hob er die Schultern. Es war eindeutig, dass ihm der ganze Spaß vergangen war.

Wenn aber Bruch ihr nicht die Zweige ins Haar gestreut und auf den Tisch gelegt hatte, wer dann, fragte sich Schauer und griff sich ins Haar, obwohl es gewaschen war. Konnte es nicht sein, Celina trieb sich dort herum? Aber ganz allein? Und warum? Das Telefon löste die Situation auf. Wieder ihres. Sie nahm das Gespräch an. Es war wieder Buchholz.

«Wollen Sie etwas Interessantes hören?»

«Jederzeit», dieses dumme Gefrage immer, bemerkte Schauer ungehalten. Meine Güte, dachte sie noch, drei Tage mit Bruch, und schon bin ich infiziert.

«Das Grundstück gehört gar nicht mehr der alten Frau, die da verstarb, es gehört einem Herrn Jolisch. Sie hat es ihm überschrieben, kurz vor ihrem Tod.»

«Das hat er uns nicht erzählt.»

«Dafür haben Sie ja mich.»

«Ja, danke!», Schauer verdrehte die Augen und legte auf.

12

«Ist das denn wichtig?», fragte Jolisch. Sie hatten ihn im Garten angetroffen, trotz des nasskalten Wetters hängte er Bettwäsche auf einer Leine auf. Er wirkte ungepflegt.

Bruch wusste, er war alt, und in seinem Haus hatte es nicht besonders gut ausgesehen. Das Geschirr schlecht abgewaschen, die Fensterscheiben fleckig, Staub auf den Schränken, Spinnweben in den Ecken. Doch er hatte sich bei ihrem ersten Besuch rasiert, sich halbwegs ordentliche Kleidung herausgesucht. Jetzt sah es aus, als wäre das nur Fassade gewesen. Ein künstlich hergestellter Zustand. Ob Schauer das auch bemerkte? Auch schien er nicht mehr ganz so engagiert, das vermisste Kind zu suchen, seine Antworten waren knapp, er redete kaum von sich aus.

«Eigentlich nicht, aber als wir fragten, wem der Hof gehörte, sagten Sie, der alten Frau Gessner», sagte Schauer, die das Gespräch führte.

«Das ist doch nur die Macht der Gewohnheit. Er gehörte ihr eben immer.»

Er lud sie auch nicht nach drinnen ein.

«Wie kam es denn zu der Schenkung?», fragte Schauer.

Jolisch nahm den Wäschekorb auf. «Das ist doch Privatsache, oder?»

Schauer wiegte den Kopf, lächelte freundlich. Das konnte sie gut, bemerkte Bruch. Sie hatte vor langer Zeit schon gelernt, das ganze Elend unter einem fast echten Lächeln zu verbergen, sodass es Leute nicht sahen, die nicht geübt darin waren. Nur hielt es nicht lang. «Wir könnten es zu unserer Sache machen.»

Hatte sie vielleicht doch etwas gewittert. Hatte sie die Flecken in der Bettwäsche gesehen. Kaum merklich, wie die Ränder eines Kaffeeflecks, aber doch sichtbar für jemanden, der noch gute Augen hatte. Blut gerann schnell, da bleiben solche Ränder, auch wenn man die Wäsche gleich wusch.

«Gehen wir ins Haus», sagte Jolisch nun doch, deutete mit dem Kinn in Richtung der Straße. Dort standen zwei Männer und ein Stück abseits, mit den Händen in den Manteltaschen, die Wondrak vom Fernsehen.

«Elisabeth kam zu mir, vor zwei Jahren», begann Jolisch, nachdem sie das Haus betreten hatten. Er stellte den Korb achtlos ab, schnaufte bei der Bewegung, begann ganz leicht zu humpeln, als er in die Küche ging. Das tat er sonst nicht. Unterbewusst wollte er deutlich machen, wie ihn das alles belastete, welchen Ärger sie ihm bereiteten.

«Sie sagte, es gäbe ein großes Problem für sie. Sie hatte Schulden, eine Menge sogar. Konnte nicht einmal mehr die Grundsteuer bezahlen. In den Jahren, in denen sie allein da wohnte, hatte sie keinerlei Einkommen.»

«Und darum schenkt sie Ihnen das Grundstück?», fragte Schauer. In der Küche war es wärmer. Auf dem Tisch stand ein Teller mit kleinen angerichteten Broten. Es mussten zwei Scheiben gewesen sein, jede geviertelt, drei dieser Viertelchen fehlten. Die Wurst auf den restlichen war schon verwelkt. Jolisch nahm den Teller beiläufig und schmiss die Brote in den Mülleimer, dann stellte er den Teller in die Spüle, wo schon viel Geschirr stand.

«Sie stand kurz vor einer Zwangsenteignung.»

«Sicher? Enteignung?»

«Dann eben Versteigerung.» Jolisch wurde richtig ungehalten. Aus dem netten Opa von nebenan konnte schnell ein garstiger Rentner werden.

«Aber wäre das nicht gut gewesen? Das muss doch eine Menge wert sein. Dann wäre sie die Schulden los, könnte sich für den Rest ihres Lebens einen Platz in einem hübschen Heim suchen.»

«Genau das wollte sie ja nicht», knurrte Jolisch, wobei sein Groll nun eher der Gesellschaft galt als ihnen persönlich. «Sie wollte nicht in einem Heim vegetieren. Sie wollte den Rest ihres Lebens auf sich gestellt sein, unabhängig. Sie hat ihr Leben lang nichts anderes getan, als sich selbst zu versorgen.»

«Na, das hat ja prima geklappt, oder? Wie lang nach der Schenkung? Ein halbes Jahr?»

«Was wollen Sie denn damit sagen?» Jolisch streckte sich zu voller Größe. Jetzt erst wurde deutlich, was er einst dargestellt haben musste. Ein großer kräftiger Mann, fast zwei Meter mit breiten Schultern.

Und Schauer, die anscheinend gar nichts damit hatte sagen wollen, außer dass die Alte sich offenbar nicht gut selbst versorgen konnte, wurde aufmerksam.

Bruch, der seit dem frühen Morgen in sich hineingelauscht hatte, spürte indessen, dass in der Nacht in dem Haus etwas mit ihm passiert sein musste. Nichts Offensichtliches. Etwas Subtiles. Etwas, das einen Teil der Wirkung der Tabletten absorbierte.

Schauer fragte unterdessen weiter. «Wenn sie kein Geld hatte, wie besorgte sie sich denn das Nötigste? Toilettenpapier? Brot? Das hat sie doch nicht selbst gebacken, oder?»

«Sie züchtete Enten und verkaufte sie hier im Dorf.»

«Und Sie? Hatten Sie das Geld, Grundsteuer zu bezahlen? Und die Schenkungssteuer? Das kann ja nicht ganz unerheblich sein, oder?»

Jolisch sah Schauer einen Moment lang an. «Also, ich weiß jetzt wirklich nicht, warum ich Ihnen das alles sagen muss. Sie suchen doch nach dem Mädchen, und soweit ich weiß, wurde sie noch nicht gefunden. Und im Radio sagten sie, es gäbe einen Kinderhändlerring.»

«Herr Jolisch, für wen waren die Schnittchen?»

«Für mich, mir war nicht wohl gestern Abend, deshalb hab ich nur drei gegessen.»

«Herr Jolisch, würden Sie mich und meinen Kollegen mal durch Ihr Haus führen?»

«Hören Sie, das muss ich nicht. Hab ich Ihnen nicht erzählt, was los war, als das andere Kind weg war? Die Leute, die hier einfach reingekommen sind?»

«Ja, das waren Leute, wir sind aber die Polizei.»

«Trotzdem, nein, das Kind ist nicht hier. Sie war nie hier. Genau wie das andere Mädchen. Sie haben keinen Grund. Warum gehen Sie nicht in all die anderen Häuser? Warum werden die nicht durchsucht?»

Schauer ging darauf nicht ein, sah Bruch an. Der nickte ihr unmerklich zu, woraufhin sie ihr Telefon herausholte.

«Was haben Sie letzte Nacht gemacht», wendete sich jetzt Bruch an den Alten.

«Wie meinen Sie das? Geschlafen habe ich. Hören Sie mal.» Jolisch trat nun ein wenig näher, so als müssten sie als Männer sich verbünden gegen die hysterische Frau. «Sie werden nichts finden, wenn Sie jetzt das Haus durchsuchen. Ich hab mit dem verschwundenen Mädchen nichts zu tun. Warum auch, ich bin ein alter Mann. Und das mit dem Grundstück, das hat damit nichts zu tun. Das soll hier auch gar nicht so breitgetreten werden. Es gibt hier Leute, die sind ganz wild auf das Grundstück. Die werden nicht lockerlassen, bis ich es ihnen verkaufe.»

«Dann verkaufen Sie es doch!», bemerkte Schauer, die noch darauf wartete, dass ihr Anruf angenommen wurde.

«Das ist aber ... das geht so nicht. Ich will es nicht verkaufen.»

«Aber warum?», fragte Schauer. «Es verursacht doch sonst nur Kosten, und zum Investieren haben Sie bestimmt nicht das Geld.»

«Das geht Sie alles nichts an!», fuhr Jolisch auf.

«Haben Sie das Geld?», fragte Bruch. «Konnten Sie die Steuern bezahlen.»

«Mein Sohn hat das geregelt.»

«Ihr Sohn?», fragte Schauer, dann endlich kam ihr Gespräch durch. «Ja, Schauer hier ...» Sie verließ die Küche.

«Mein Sohn hat das bezahlt», antwortete Jolisch nun Bruch, «Er hat gesagt, er übernimmt das und auch alle anderen Kosten.»

«Er wird es erben.»

Jolisch hob die Schultern, lächelte. «So ist es nun mal, ich mach mir da nichts vor.»

«Sie fanden Frau Gessner?», fragte Bruch.

«Ich besuchte sie einmal die Woche, ich wollte ihr etwas vorbeibringen. Ölsardinen. Butter. Ich machte Besorgungen für sie.»

«Und Sie fanden sie.»

«Ja, sie lag da, hatte sich Frühstück angerichtet und war einfach umgefallen.»

Schauer kam aus dem Flur zurück. «Wie gingen Sie vor? Haben Sie das der Polizei gemeldet?»

Jolisch gefiel es nicht, dass sie sich wieder einmischte. «Ich ging nach Hause und rief einen Arzt.»

«Welchen Arzt?»

«Frieling. Der Arzt hier im Ort. Er kam zum Hof, untersuchte sie, stellte den Totenschein aus.»

«Gehen Sie gelegentlich in den alten Hof, nach dem Rechten sehen?»

«Ab und an», gab Jolisch zu.

«Auch in der Nacht?»

Jolisch kniff die Lippen zusammen. Dann schüttelte er den Kopf.

«Weil es spukt?»

Jetzt winkte er ab. «Das erzählen die Leute, und mir ist das ganz recht, so bleiben sie wenigstens weg.»

Simon war gekommen. Als er aus dem Wagen stieg, fragte Schauer sich, ob das ein gutes oder ein schlechtes Zeichen war, oder ob er sich einfach nur blicken lassen wollte.

«Wie geht es voran?», fragte er, deutete auf Jolischs Haus.

«Bisher noch nichts», gab Schauer zu. Drei oder vier Stunden dauerte die Aktion jetzt schon. Sie suchten gar nicht mehr nach dem Kind, nur noch nach Anzeichen dafür, dass es sich hier aufgehalten haben könnte.

«Denken Sie, er hat etwas damit zu tun?»

«Ich denke, es ist vertretbar, dass wir nachsehen.»

Simon hob das Kinn, sah dann nach links, wo sich am Zaun zum Grundstück Leute versammelt hatten. Sie waren stumm, standen nur.

«Wenn wir mit dem Haus fertig sind, müssen wir den Bauernhof noch einmal gründlich durchsuchen.»

«Der wurde schon durchsucht. Zwanzig Mann waren da drin. Inzwischen wird tatsächlich in Erwägung gezogen, hinsichtlich Kinderpornografie zu ermitteln. Wir haben schon erste Kontakte zum BKA geknüpft, die haben dort ein paar Experten, der kürzlich einen Ring ausgehoben haben.»

«Im Ernst, weil die Frau im Fernsehen das gesagt hat? Das ist frei erfunden!» Schauer sah Simon verblüfft an. Das war wirklich Magie. Aus buchstäblich nichts wurde etwas gemacht. So lösten Fußballzeitschriften die Entlassung eines Trainers aus. Eine einzige Schlagzeile, und wupps war der Mann drei Wochen später seinen Job los. Aber das hier war kein Spiel.

«Das ist sinnlos!»

«Das ist nicht abwegig.» Simon sah sich um, ob jemand zuhörte. «Ob dem jetzt das Grundstück gehört, ist wirklich nicht relevant. Wir haben schon einen Schwerverletzten. Berger wurden Rippen gebrochen, er hat einen Milzriss und verklagt jetzt uns. Wenn wir hier abziehen, rücken die Leute hier dem Jolisch auf den Pelz. Man hätte es subtiler angehen müssen.»

Jetzt geht's los, dachte Schauer. Jetzt wird es wieder politisch. Überall dasselbe. «Subtiler? Das Kind ist den vierten Tag weg. Angenommen, sie befindet sich in seiner Gewalt? Sie müsste ja gefesselt sein oder irgendwo eingesperrt. Mal angenommen, der missbraucht sie jeden Abend, da kommt es dann wohl auf den einen oder anderen Tag nicht an?»

«Hören Sie, Schauer, Sie wissen, so denke ich nicht. Und ich weiß, Sie sind bei dem Thema ein bisschen empfindlich.»

«Ein bisschen empfindlich?», wiederholte Schauer.

«Na ja.» Simon verzog das Gesicht.

Was weiß er? Hat er mit ihrem ehemaligen Chef in Hamburg telefoniert, sich Informationen geholt. Ja, die Schauer, die ist ein bisschen empfindlich, unentspannt könnte man sagen, poliert auch mal einem die Fresse, wenn die ihre Tage hat, hahaha. Oder wusste er von Sebastian? Ihrem kleinen Disput, der leider ein wenig eskaliert war. Simon bereute bestimmt seinen Vorstoß, er wusste nicht so richtig, wo er hingucken sollte. Hinter ihnen entstand Bewegung. Ein paar Leute kamen vorbei.

«Was ist mit dem Russen?», nutzte Simon die Gelegenheit.

«André Talwa, Russlanddeutscher. Der ist halt abgehauen, es wird nach ihm gesucht. Sein Kumpel Hermann Wenke sitzt in U-Haft und stellt sich dumm, oder ist dumm.»

«Trauen Sie ihm zu, ihm und André, dass sie das Mädchen vergewaltigt und sogar umgebracht haben?»

«Das oder irgendein anderes Szenario, vielleicht hatten sie es vor, aber das Mädchen flüchtete und kam dabei ums Leben. Die sind zwar lustig, und scheinen sogar sympathisch, aber die haben ein vollkommen unnormales Verhältnis zu Sex und Gewalt. Denen wird zu Hause Gewalt vorgelebt, und ihre gemeinsame Freundin Maria vermittelt ihnen einen extrem lockeren Umgang mit dem weiblichen Geschlecht. Außerdem sind sie gewöhnt, sich das zu besorgen, was sie haben wollen. Ich kann mir gut ausmalen, wie eine solche Situation schnell eskaliert.»

Simon nickte, wusste erst mal nichts weiter zu fragen. «Und wie kommen Sie klar inzwischen?» Etwas Besseres war ihm wohl nicht eingefallen.

Schauer sah ihn an, sah dann hinüber zu Bruch, der die Außengrenzen des Grundstücks ablief, suchend zu Boden blickte. «Na ja. Mit ein bisschen schwierig haben Sie stark untertrieben, oder?»

«Ein bisschen schwierig habe ich nie gesagt. Eigen habe ich gesagt.» Simon lächelte schief. «Die großen Suchaktionen laufen bald aus. Wir haben im näheren und mittelbaren Umkreis jeden Stein umgedreht, so werden wir es auch mit der Presse kommunizieren. Wir werden ebenfalls sagen, dass wir natürlich auch dem Verdacht der Kinderpornografie nachgehen, damit alle zufrieden sind. Das Gerücht kursiert ja ohnehin schon. Den Bauernhof klappern wir noch einmal ab, dann ist Schluss. Wir müssen das nähere Umfeld Celinas im Detail untersuchen. So wie ich das verstanden habe, ist ihr großer Bruder auch ausgerissen? Vor Ihnen.»

«Maxim hängt gelegentlich mit André und den anderen ab. Entweder weiß er was, oder er fürchtet, unnötigen Ärger zu bekommen. Uns wäre viel lieber, wir könnten Linda Herzfeld ganz genau unter die Lupe nehmen. Sie könnte wissen, was los ist. Aber das wissen Sie ja schon.»

«Wie stellen Sie sich das denn vor?»

Er wollte nur Zeit schinden, um dann zu sagen, dass sie Linda nicht befragen dürfen. «Keine Ahnung, psychologische Betreuung? Vielleicht kann man unter Beobachtung gezielt ihre Traumata auslösen. Irgendwie die Mauer knacken.»

«Auslösen?»

«Was weiß ich, bin ja kein Facharzt. Aber ich sehe schon, es hat eh keinen Zweck!»

«Ohne Zustimmung ihrer Eltern können wir gar nichts.» Er schien es ernsthaft zu bedauern.

Schauer sah, wie Püschel aus dem Haus kam, Bruch rief. Die Männer trafen sich auf halbem Wege im Grundstück. Püschel redete, Bruch sah ihn unbewegt an. Dann konnte er sich zu einem knappen Nicken herablassen.

Simon sah es auch, seufzte gleich noch mal. «Man hat es wirklich nicht leicht mit dem.»

Wenn du wüsstest, dachte sich Schauer, dass der Tabletten frisst, jeden Tag. Bruch kam zu ihnen. Er bedachte Simon keines Blickes.

«Nichts», sagte er. Ohne auf irgendeine Reaktion zu warten, drehte er ab und lief zum BMW.

«Na ja, schönen Tag, erst mal», Simon hob noch einmal den Kopf zum Gruß, «bis später.»

«Könntest du dir das mal abgewöhnen, mich jedes Mal einfach so stehen zu lassen?», fragte Schauer, als sie beim Wagen angelangt war. Sie hatte ihn absichtlich nicht geöffnet, damit Bruch draußen stehen bleiben musste.

Bruch zog die Rechte aus der Jackentasche, hielt sie ihr ein Stück entgegen, verstohlen, wie ein Dealer, der seinen Stoff preisgab, und genauso öffnete er auch die Faust.

«Hast du das hier gefunden?», fragte Schauer.

Bruch nickte. «Hinter dem Zaun.»

«Dort, wo er zuletzt stand?» Jolisch hatte das Haus verlassen, als die Kollegen zur Hausdurchsuchung anrückten. In gelben Gummistiefeln, seiner blauen Arbeitshose und der uralten grauen Wattejacke hatte er sich auf seinem Grundstück zu schaffen gemacht, es überquert, sich dann am anderen Ende an den Zaun gelehnt, das Geschehen beobachtet, als wäre er ein Außenstehender. Bis vor wenigen Minuten hatte er dagestanden, war grußlos ins Haus zurückgekehrt, nachdem alle Polizisten es wieder verlassen hatten.

«Kann ich?», fragte Schauer. Bruch öffnete die Faust noch ein wenig mehr. Sie nahm den Haargummi an sich. Es war ein Gummi, von fliederfarbenem Stoff umhüllt, in welches feine golden glänzende Fäden eingewoben waren. Haargummis wie diese gab es in jeder Drogerie zu Hunderten.

«Es beweist noch gar nichts. Er könnte nur zufällig an der Stelle gestanden haben.»

Bruch nickte.

«Die Mädchen selbst könnten es dort verloren haben. Beim Spielen.»

Bruch nickte wieder.

«Es muss nicht von ihr sein. Selbst wenn ihre Eltern es vermeintlich wiedererkennen.»

«Wir müssen es ihnen zeigen», sagte Bruch.

«Aber Simon willst du davon nicht unterrichten?» Ach, was fragte sie. «Wollen wir die zweihundert Meter laufen?» Sie sah Bruch an, nach zwei Sekunden winkte sie ab und öffnete den Wagen per Fernbedienung.

Sie kamen nicht fort. Die Wondrak trat ans Auto, ihr Kameramann stellte sich davor. Allein das ließ Schauers Puls hochschnellen. Verblüfft sah sie nach unten, denn Bruchs Hand hatte ihren Unterarm berührt. Wie konnte man mit diesem Typen nur klarkommen. Sie ließ die Scheibe herunter.

«Was ist mit dem alten Mann?», fragte die Reporterin.

«Buchstäblich nichts, wir prüfen nur alle Möglichkeiten.»

«Ihm gehört der Bauernhof. Die alte Frau, die dort wohnte, schenkte ihm den Hof, samt Grundstück. Wird er deshalb noch einmal durchsucht?»

«Soll ich Ihnen die Wahrheit sagen, oder irgendetwas erfinden?», fragte Schauer.

Claudia Wondrak sah ihr fest in die Augen. Sie war eine schöne Frau, schmal geschnittenes Gesicht, lange dunkle Haare unter der Regenkapuze, dunkle Pupillen, wirkte aber gestresst. Beim Fernsehen zu arbeiten, war bestimmt auch kein Spaß. Die Konkurrenz war hart, die Termine straff, der Druck zu liefern vermutlich noch größer als bei der Polizei. Noch dazu musste sie sich den ganzen

Tag hier die Beine in den Bauch stehen und hoffen, dass irgendetwas passierte.

«Das Kind ist nicht da, das wurde überprüft. Es geschieht nur, um die Öffentlichkeit ruhigzustellen», log Schauer. Woher die Frau das alles schon wusste. Sie schien wirklich gut informiert. Schauer sah nach rechts, wo Bruch saß und einfach nach vorn starrte. «Das können Sie auch gern im Fernsehen so sagen, dass der alte Mann nicht verdächtig ist. Wenn Sie Ihren Kameramann jetzt bitten, beiseite zu gehen!», wandte sich Schauer wieder an die Frau.

Wondrak nickte, und der Mann trat beiseite. Schauer fuhr an.

«Wussten Sie, dass die Mädchen Frau Gessner vor ihrem Tod gelegentlich besuchten?», hörte sie die Wondrak noch sagen.

Schauer bremste ab, fuhr die drei Meter zurück. «Bitte?»

«Die Eltern haben davon erfahren», fuhr Wondrak fort, «und es verboten, weil das Haus einsturzgefährdet ist und sie fürchteten, die Kinder könnten in den Ententeich fallen. Früher war auch Herr Jolisch noch öfter bei der Gessner, und es heißt, sie hätten so etwas wie eine Besuchsehe geführt. Das muss allerdings nichts bedeuten.» Frau Wondrak trat zurück.

«Woher wissen Sie das alles?», fragte Schauer.

Die Fernsehfrau hob die Schultern und lächelte. Irgendwie sah es fast traurig aus. «Die Leute mögen der Presse vielleicht mehr erzählen als der Polizei. Oder es liegt daran, wie man sie fragt.»

«Danke!», sagte Schauer, trotzdem man den letzten Satz durchaus als kleinen Affront verstehen konnte.

Das Haus der Kühns lag still. Die Jalousien waren heruntergelassen. Schauer stellte den Wagen direkt davor ab, beide stiegen sie aus. Schauer klingelte. Bruch sah nach oben, doch die anfängliche Hoffnung, durch den starken nächtlichen Wind befeuert, entpuppte sich als falsch. Wie eine dicke graue Decke waren die

Wolken, ließen keine Sonnenstrahlen durch, nur diffuses weißes Licht, das überall und nirgends war.

Simon musste etwas zu Schauer gesagt haben, das eine wirkliche körperliche Reaktion an ihr ausgelöst hatte. Sie hatte sich als Kind nicht nur verlaufen mit ihrem Pferd. Etwas war geschehen damals. Das trug sie mit sich herum. Das beeinflusste ihr ganzes Leben, ohne dass sie es wirklich wusste.

Frau Kühn öffnete. Sie fragte nichts, grüßte nicht, wirkte nur vollkommen erschöpft.

«Ist Maxim zurück?», fragte Schauer zuerst.

Frau Kühn schüttelte nur den Kopf.

«Sie machen sich nicht wirklich Sorgen, oder?», fragte Schauer.

Frau Kühn sah auf, wirkte ein wenig, als erwachte sie. «Doch, natürlich», sagte sie. «Aber der ist ja wegen Ihnen weggelaufen. Der wird sich irgendwo aufhalten, vielleicht bei einem Freund.»

«Das haben Sie aber noch nicht überprüfen können?»

Frau Kühn sah Schauer schon wieder an, als müsste sie über eine Antwort nachdenken. «Nein, wir denken, er meldet sich bald, dann geben wir Ihnen Bescheid.» Nun wurde sie munterer. «Sagen Sie, das stimmt doch nicht, das mit dem Kinderpornoring, oder?»

«Nein, natürlich nicht, das hat die Frau im Fernsehen erfunden.»

Frau Kühn nickte. «Die war aber damals schon da, als Linda weg war, und hat dasselbe erzählt. Vielleicht ist ja was dran. Haben Sie nicht jemand, der das überprüft? Man kann doch Filme finden im Internet.»

Schauer sah Bruch an. Da war es. Da war aus einer Fiktion endgültig Realität geworden. Der Kreis hatte sich geschlossen. «Wir prüfen es.»

«Aber Sie sagten doch gerade, dass es frei erfunden ist.»

«Wir müssen es prüfen, weil die Frau im Fernsehen es gesagt hat. Und für die vom Fernsehen gibt es nichts Besseres, als an die alte Story anzuknüpfen. Das beweist ihnen ihre Lebensberechtigung. Die Herzfelds sagten doch, dass mit Linda nichts dergleichen passiert sei.» Schauer warf ihm noch einen Blick zu, diesmal vorwurfsvoll. Weil er nichts davon erzählt hatte, dass die Wondrak damals auch schon dabei gewesen war. Aber sie hatte ihn nicht gefragt.

Frau Kühn schüttelte den Kopf. «Nein, die sagten, dass es genug wäre, dass man Linda nicht noch mehr belasten sollte. Die halten eh nicht viel von der Schulmedizin. Gehen lieber zum Heilpraktiker. Ganz genauso sehen die das auch mit psychologischen Sachen. Weshalb sind Sie eigentlich da? Wegen Maxim?»

«Können wir kurz rein?»

Frau Kühn nickte und ließ sie eintreten.

«Gehört das Ihrer Tochter?», fragte Schauer, kaum dass sie im Flur standen, und zeigte den Haargummi.

Frau Kühn zögerte. «Wo ist der her?»

«Das ist erst mal egal.»

«Ist der aus dem Haus vom Jolisch? Da waren Sie doch die ganze Zeit.»

«Ist der von Ihrer Tochter? Oder hatte sie zumindest so einen?»

Frau Kühn nahm den Haargummi jetzt. «Ja, aber ich meine, der war schon länger weg.»

«Wissen Sie das so genau, die gibt's doch zu Tausenden. Werden meist im Set verkauft.»

Frau Kühn nickte. Hob die Schultern. Möglicherweise überlegte sie, welche Antwort besser wäre, einfach nur für sie, für ihre Psyche. Dass es das Haargummi ihrer Tochter war oder nicht. «Wir hatten mal so ein Set. Mit dem eingewebten Goldfaden. Celina bekam es vor längerer Zeit. Sie hat es Linda geschenkt, sagte sie einmal. Wir glauben, Linda hat es ihr einfach weggenommen.»

«Warum sollte Celina dann für Linda lügen, wenn es ihre waren?»

«Weil sie ...» Frau Kühn setzte den Satz in Gedanken fort. Ihr

Gesicht verzog sich, als hätte sie auf etwas Unangenehmes gebissen. «Sie fürchtete wahrscheinlich, wir könnten eine Szene machen und sie könnte Linda als Freundin verlieren.»

Das war nicht, was sie zuerst hatte sagen wollen. Es war gut, wenn Schauer das Fragen übernahm, dann konnte er die Leute genauer beobachten.

«Stimmt es, dass die Kinder bei Frau Gessner waren, als die noch lebte? Auf dem alten Bauernhof?»

«Dort ist Celina aber nicht, oder?»

«Frau Kühn, nein, wir haben alles durchsucht. Aber es wäre interessant zu wissen. Waren sie also da?»

«Ja, das ist aber schon lange her. Die sind ein bisschen durch die Gegend gezogen, noch mit anderen Kindern. Die Schüllers da drüben waren zum Beispiel dabei. Für die war das interessant, wegen der Enten und Kaninchen. Wir haben es aber verboten. Das war uns zu unsicher. Und die Alte war uns auch nicht geheuer. Ich meine, die lebte da ganz allein, fast wie im Mittelalter. Ohne Strom und Wasser, mit Kerzen. Der Jolisch brachte ihr wohl immer was vorbei. Man könnte meinen, die hätten mal was miteinander gehabt, vor vierzig Jahren oder so, da lebten ihr Mann und seine Frau aber noch. Ein paar Leute aus dem Dorf erzählten das. Aber geht uns ja nichts an, und wie gesagt, Celina durfte da schon lang nicht mehr hin.»

«Sie durfte nicht, aber tat sie es vielleicht doch?», fragte Schauer.

Frau Kühn wiegte den Kopf, wollte verneinen, doch sicher schien sie nicht.

«Es ist wichtig! Und deshalb wollen wir Maxim sprechen. Vielleicht weiß er das, vielleicht will er deshalb nichts sagen!»

Frau Kühn machte eine klägliche Miene. Sie könnte einem leidtun, wenn man jemand war, dem etwas leidtun konnte. Gedankenverloren sah sie zum Keller.

«Ich frag ihn, wenn er wiederauftaucht.»

«Wissen Sie, es geht nicht darum, ihn zu bestrafen, es geht darum, Ihre Tochter zu finden. Angenommen, die Kinder waren da, mit den Jugendlichen aus Prohlis, Maxim war dabei und Celina, die kannten sich alle, so viel wissen wir. Angenommen ...»

Bruch nahm sein Telefon heraus, schrieb eine Nachricht, versendete sie.

«... Ihre Tochter stürzt ab in dem Haus, verletzt sich schwer ...», sprach Schauer weiter.

«Hören Sie auf damit!», fuhr Frau Kühn sie an. Schauers Handy piepte. Sie holte es heraus.

«... die bekommen alle Panik, anstatt die Polizei zu rufen oder den Rettungsdienst, schaffen sie ihre Tochter weg. Die Jugendlichen ...» Schauer las die Nachricht, zögerte, ließ sich aber weiter nichts anmerken. «Die Jugendlichen setzen Maxim unter Druck, dass er ja nichts verraten soll. Deshalb rennt er weg.»

«Bitte hören Sie auf, ich glaub das nicht. Das würde Maxim nie tun. Der würde das sagen.»

«Na gut, also gut. Sagen Sie ... also ich weiß, wir waren da schon dreimal drin, aber können wir Celinas Zimmer noch mal sehen?»

Frau Kühn atmete tief durch, hob dann die Schultern und ließ sie schwer fallen. «Von mir aus.» Sie setzte sich in Bewegung, stieg die hölzernen Treppenstufen hinauf in die erste Etage. «Es ist noch so, wie es war», sagte sie über die Schulter. «Und wenn es nun Celinas Haargummi wäre, also in dem Falle von Linda verloren, wäre das wichtig?»

«Wissen wir auch nicht, Frau Kühn, aber uns ist jede kleine Spur wichtig. Könnte zwar sein, Ihre Tochter hat sich in den Zug gesetzt und wird irgendwo aufgegriffen, in Paris oder was weiß ich. Aber sonst dürfen wir nichts übersehen.»

«Sie meinen, weil sie diese eine Fernsehserie so gern sieht?»

«Ja, zum Beispiel.»

Jetzt waren sie oben angelangt, gingen an Maxims Zimmer vorbei, betraten Celinas Zimmer. Bruch hatte gesehen, wie Schauer an ihrem Handy etwas tat, während sie der Kühn gefolgt war. Jetzt endlich klingelte sein Telefon.

«Ich muss rangehen», entschuldigte Bruch sich, wich in den Flur zurück, während Schauer und Kühn das Zimmer des Mädchens betraten.

«Bruch», sagte er laut, schloss die Tür zu Celinas Zimmer. Leise ging er die zwei Meter zurück, öffnete die Tür zu Maxims Zimmer. Es war dunkel, weil die Jalousie fast ganz geschlossen war. Der PC war aus. Bruch trat ins Zimmer, fasste sich in die Jackentasche, nahm zwischen seine Finger, was sich an kleinen Zweigen noch in der Tasche befand, streute es als kleines Häufchen auf Maxims Schreibtischecke, sodass man es sah, wenn man das Zimmer betrat. Dann ging er schnell zurück in den Flur, schloss die Tür.

Als er in Celinas Zimmer trat, bemühte Schauer sich gerade, Frau Kühn zu trösten. Sie saß am Schreibtisch ihrer Tochter, vornübergebeugt, das Gesicht in die Hände gepresst, ihre Schultern zuckten. Schauer gab ihm ein Zeichen, er sollte draußen warten. Das war ihm nur recht. Er verließ das Zimmer, ging wieder hinunter und verließ das Haus.

Das Bild der Frau vor Augen, versuchte er sich auszumalen, wie man sich in einer solchen Situation fühlen müsste. Es wollte ihm nicht gelingen. Nichts gelang wie früher, trotzdem er die Tabletten nahm. Und wie so oft fragte er sich dann, ob es denn wirklich sinnvoll war, sie zu nehmen, sich in diesen Zustand zu versetzen. Ein Zustand, der ihn spüren ließ, wie das Leben verstrich, ohne jeden Widerhall, ohne Resonanz, ohne Erinnerungen, wie jeder Tag dem nächsten glich und dem davor. Was bedeutete dieses Leben, wenn es auf diese Art unterdrückt wurde, wenn man durch den Nebel stieg, geschmackloses Essen aß, einem eine fast nackte Frau vollkommen kalt ließ, auch ein verschwundenes Kind, wenn man sich nicht einmal fürchtete im Dunkeln.

Aber er wusste es besser. Er wusste, was geschah, wenn er die Tabletten nicht nehmen würde. Und er wusste nicht, was geschehen sollte, hätte er keine mehr. Die Frau, von der er sie bekam, war älter als er. Was, wenn sie das Interesse verlor, wenn sie ihm die Tabletten nicht mehr zukommen ließ, wenn sie gar starb?

Schauer kam raus. Er hatte übers Warten die Zeit vergessen. Nass war er, stellte er fest, fror aber nicht.

Schauer war wütend. «Was lässt du mich einfach allein? Ich hab nur andeuten wollen, dass du draußen warten sollst. Im Flur! Ich bin doch nicht die Tröstetante für die! Und was hast du eigentlich gemacht?» Sie wollte zum Auto, doch Bruch hielt sie am Jackenärmel.

«Warte.» Er zog sie hinter den Schuppen, wo man sie aus dem Haus heraus nicht sehen konnte.

«Was soll denn das? Was hast du gemacht? Und vor allem deine Nachrichten, könntest du weniger kryptisch sein?» Sie holte ihr Handy heraus. «*Muss in Ms Zimmer, ist im Haus*», las sie vor.

«Du hast es doch verstanden.»

«Aber dass sein Zimmer im Haus ist ...» Schauer verstummte. «Du meinst, Maxim ist im Haus? Glaubst du echt? Warum sollte sie uns darüber belügen? Und war er in seinem Zimmer?»

Bruch schüttelte den Kopf. Es strengte ihn dermaßen an, diese vielen Fragen. Diese unnötigen Worte und Handlungen, als bestiege er jede Stunde einen steilen Berg, der nichts bot außer Kälte und Nebel, keine Aussicht, keine Erholung. Dass die Menschen nicht selbst merkten, wie sie sich damit erschöpften und auslaugten, im Gegenteil glaubten sie sogar, das wäre das Leben.

«Und jetzt?», fragte Schauer. «Wollen wir hier warten, dass er rauskommt?»

«Irgendwas wird passieren.»

«Weißt du, ich hab hier das Gefühl, wir verplempern Zeit mit sinnlosem Krimskrams», sagte Schauer leise. Sie hatte gerade auf die Uhr gesehen. Eine Viertelstunde standen sie schon. Nichts war passiert. Was auch immer Bruch sich erhoffte. Der stand wie immer starr, es regnete wieder, Wasser lief ihm buchstäblich in den Kragen. Zwar konnte sie aus diesem Winkel niemand sehen, die Sicht zum Nachbarhaus war durch eine Hecke aus Zypressen versperrt, aber wenn sie hier einer sah, musste er doch denken, die rauchten hier heimlich, oder sonst was.

Auch ihr lief die Brühe in den Hals, sobald sie mal die Schultern lockerließ, und ihr machte es was aus. Sie fröstelte, und sie hatte regelrechte Sehnsucht nach ihrem Bett daheim.

Ein kehliger Schrei aus dem Haus der Kühns ließ sie aufschrecken. Es war nur ein kurzer Schrei gewesen, sofort unterdrückt, und es war keine Frau, die geschrien hatte.

«Jetzt war er in seinem Zimmer», sagte Bruch. «Gehen wir klingeln.»

«Was hast du gemacht?»

«Hab ihm Zeichen hinterlassen.»

«Du meinst von dem Zeug, das ich im Haar hatte?»

Er nickte knapp. An der Tür ließ er ihr wieder den Vortritt. Sie klingelte. Es dauerte einige Sekunden, dann öffnete Frau Kühn.

«Ist noch was?», fragte sie und versuchte zu tun, als wäre nichts.

«Warum lügen Sie uns an. Das ist strafbar, wissen Sie.»

Frau Kühn versuchte gar nicht mehr zu tun, als verstünde sie nicht, sie war zu erschöpft. Sie trat zurück, gab den Weg ins Haus frei. «Er kam gestern Abend wieder, und wir wollten nicht ... wir wollten einfach keinen weiteren Ärger. Er hat nichts mit Celinas Verschwinden zu tun, er schwört es.»

«Er hasst seine Schwester!», wagte Schauer zu behaupten und wusste, wovon sie sprach.

«Ach das ...», wollte Frau Kühn auffahren, doch verstummte sie wieder. «Es stimmt schon, sie mögen sich gerade nicht besonders, aber so weit geht das doch nicht, dass er sich wünscht ...» Sie verstummte wieder.

«Wo ist er jetzt?»

«Er hat geschrien und sich im Bad eingeschlossen. Vielleicht ist sein Computer kaputt. Da dreht er richtig durch, wenn mal was nicht funktioniert. Dieses Fortnite ist das Letzte, das macht die Kinder richtig irre, sag ich Ihnen. Das müsste verboten werden.»

«Wir gehen hoch und reden mit ihm. Wir nehmen ihn nicht mit, keine Sorge!»

«Maxim?» Schauer klopfte oben an die Badtür. «Was ist, warum hast du geschrien?»

«Gehen Sie weg!», krächzte der Junge. «Ich weiß nicht, wo sie ist, wirklich!»

Er hatte Angst, richtige Panik, aber wovor?

«Maxim, warum schließt du dich ein? Wegen der Zweige? Die haben wir auf deinen Tisch getan!»

Der Junge blieb stumm. Lange Zeit. «Wirklich?», fragte er dann leise.

«Mach mal auf! Wir haben in dem Bauernhof übernachtet. Da waren auch diese Zweige. Lagen plötzlich da. Mach doch mal auf, wir wollen nur wissen, was da los ist!»

«Meinen Sie den Dreck?», fragte seine Mutter, die auch hochgekommen war und einen Blick in sein Zimmer geworfen hatte. «Das hatten wir mal im Briefkasten, ach, und auf der Küchenanrichte lag das auch mal. Das weiß ich noch. Maxim war daraufhin ganz schlecht, der musste sogar brechen gehen.»

«Auf der Küchenanrichte lag es?»

«Ja, ist noch gar nicht lang her. Ich hab gefragt, wer das war, und keiner wollte es gewesen sein. Damals dachte ich, das wäre vielleicht von meinem Mann, der macht manchmal Sachen, von denen er glaubt, sie wären witzig.»

Schauer klopfte noch mal an die Tür. «Maxim, mach jetzt auf.»

Endlich gab der Junge nach und öffnete. Er war kreidebleich im Gesicht, nur seine Augen waren rot. Er hatte ganz offensichtlich geweint. Ungewöhnlich für einen so großen Jungen. Er ging zur Toilette, setzte sich auf den geschlossenen Deckel, lehnte sich zurück, schloss die Augen.

«Red mal jetzt Tacheles, was ist mit dem Zeug hier? Warum rastest du aus, deswegen?» Es war ihr schon unheimlich. Irgendwas musste ja hier vorgehen.

Maxim zögerte, öffnete die Augen. «Versprichst du, Vati nichts zu erzählen?», fragte er seine Mutter.

«Na ja, kommt drauf an», sagte sie.

«Das ist alles meine Schuld», sagte Maxim leise. Schauer spannte sich an, versuchte sich für das Schlimmste zu wappnen. «Wir waren in dem Bauernhof. Mit den Typen aus der Schule, auch dem Russen. Das hat sich irgendwie ergeben. Im Sommer schon. Das erste Mal in den Ferien. Ich kannte die aus der Schule, und wir trafen uns an einem See, wo wir heimlich badeten.»

«Hab ich es doch gewusst», murmelte Frau Kühn.

«Da waren die aus der Schule. Eine große Clique. Die machten sich immer lustig über uns. Weil wir angeblich Dorfkinder sind. Dabei sind die die Penner. Na ja, ich wollte ...» Er hob die Schultern.

«Du hast versucht, sie zu beeindrucken», half Schauer. Maria wahrscheinlich.

«Ich hab von dem Bauernhof erzählt, dass es da spukt. Weil da 'ne Hexe gewohnt hat.»

«Eine Hexe?», fragte Schauer und hoffte, ihr Tonfall wäre nicht allzu skeptisch. «Frau Gessner?»

«Weiß nicht, wie die hieß. Das haben die Leute aus dem Dorf erzählt. Das haben die schon gesagt, als die noch gelebt hat.»

«Was haben die denn erzählt?»

«Na das, dass die kleine Kinder frisst und so ein Zeug. Dass manchmal nachts ein kleines Licht übers Feld zieht und dass es manchmal heult in der Nacht. Der Jolisch hat gesagt, wir sollten lieber wegbleiben, wenn uns unser Seelenheil lieb wär. Ich hab das erzählt, weil ich cool sein wollte. Da kam einer auf die

Idee, mal dahin zu gehen. Irgendwann haben wir das gemacht. Und am Anfang war das auch ganz cool. Spannend. Da drinnen stehen ja Maschinen, und eine kleine Wohnung war da, wo die Alte gewohnt hat. Und hinten war ja alles eingebrochen. Das war schon so kaputt, wo die noch gelebt hat. Und da ging das schon los.»

«Was denn genau?»

«Komisches Zeug, was passiert ist.»

«Solche Zweige?»

«Tote Tiere auf der Terrasse!»

«Das stimmt!», merkte seine Mutter auf. «Als hätten wir eine Katze! Eine Maus einmal, sogar mal eine kleine Schlange.»

«'ne Blindschleiche!», verbesserte der Junge. «Und manchmal war in meinem Zimmer was.»

«In deinem Zimmer?», fragte Frau Kühn entsetzt.

Maxim nickte. «Da lag mal ein toter Vogel. Und Zweige. Größere. Lagen so übereinander gekreuzt auf dem Fußboden.»

«War da deine Schwester schon mit dabei, bei den ersten Streifzügen im Sommer?», fragte Schauer.

«Nee, das wollte ich ja auch gar nicht. Die kam später dazu, als die mich mal mit denen gesehen hat. Mit Oskar und so.»

«Und Maddox, hat sie sich in den verknallt?»

«Wie bitte!?» Das Entsetzen seiner Mutter nahm kein Ende.

Für Maxim war es nicht wichtig, er winkte ab. «Jedenfalls sagt irgendwann einer, vor paar Wochen oder so, er wettet, es traut sich niemand, in der Nacht dazubleiben. Da war es aber schon Herbst oder so, und nachts ist es da drinnen null lustig.»

Null. Da hatte er recht. «War da Celina mit dabei?»

«Nein, nur ich und die anderen Jungs. Oskar, Maddox, Hermann und der Russe.»

«Und Maria», schlussfolgerte Schauer, denn ohne sie hätte Maxim da nicht mitgemacht.

«War das, wo wir dachten du übernachtest bei Paul?», fragte

Frau Kühn. Ihr Beisein wirkte sich inzwischen als wirklich kontraproduktiv aus. Mit ihren Fragen lenkte sie immer wieder ab.

Maxim sparte sich die Mühe zu antworten. «Das war schlimm, sag ich Ihnen. Keiner wollte es zugeben, aber irgendwann hatten wir so Panik, dass wir rausgerannt sind. Der Russe hat uns verrückt gemacht. Der glaubt an den Scheiß, der sagt, man muss freundlich sein zu Geistern und sich nicht in ihr Revier einmischen, sonst hat man immerzu Ärger. Jedes Mal, wenn es geknackt hat oder gequietscht, hat er gesagt, seht ihr, wir sind nicht allein. Maria hat sich immerzu lustig gemacht über ihn, hat gelacht. Die hat sogar ins Haus gepisst. Da ist André extrem wütend geworden. Hat gesagt, 'ner Hexe kannste nicht ins Haus pissen, auch wennse tot ist. Und dann hat sie plötzlich ihren Scheiß bekommen, hat sie gesagt, obwohls gar nicht an der Zeit war.»

«Ihren Scheiß?», fragte Schauer. «Sie hat ihre Tage bekommen?»

Maxim hob die Schultern. Entweder war es ihm zu peinlich, oder er wusste gar nicht, wie dieser Scheiß wirklich hieß, weil er in Biologie nicht aufgepasst hatte.

«Na ja, sie war dann nicht mehr lustig. Und dann hat sie gesagt, sie hätte wen gesehen und André auch. Da sind wir alle rausgerannt. Am nächsten Tag haben alle getan, als wären sie cool. Und die haben gesagt, die machen das noch mal, dann aber mit Taschenlampen und so, und sie wollen filmen und so.»

«Du wolltest aber nicht noch mal?»

Maxim schüttelte den Kopf. Er war bedient, für immer vermutlich. Und Maria hatte sich wohl für ihn als Flop erwiesen. Zwar schien sie freizügig, aber nicht für jeden pickeligen Jüngling mit fettiger Stirn.

«Seitdem gab es noch Vorfälle?»

Maxim nickte. «In meinem Schulrucksack war Scheiße, von irgendeinem Tier. Marder, hat Paul gesagt. Weil Marder immer bei seinem Vater ins Auto steigen und auf den Gehweg scheißen.»

«Aber Paul hat das nicht in deinen Rucksack getan?»

«Nee», Maxim schien sich sicher.

«Also gut, wann kam Celina ins Spiel?»

«Das hab ich nicht mehr so mitbekommen. Ich wollte mit denen nix mehr zu tun haben. Aber in der Schule hat sich Celina immer so an die rangemacht. Dabei sind die drei Jahre älter als die, oder vier.»

Und nicht ungefährlich, fügte Schauer in Gedanken hinzu. Was auch immer in dem Bauernhof sein soll, diese Gruppe Jugendliche schien gefährlicher.

«Hältst du es für möglich, dass die Jungen sich mit Celina trafen? Dass sie sie irgendwie ausnutzten?»

Maxim sah auf, sah zu seiner Mutter hin. Ihm war unwohl mit der Antwort. Seine Schwester war erst zwölf. Er war der große Bruder. Und es war durchaus möglich, dass er seiner Funktion als Beschützer nicht nachgekommen war.

«Nun sag schon!», fuhr Frau Kühn ihn an.

«Ja, kann sein. Der Maddox tut zwar, als würde sie ihn übelst nerven. Aber einmal hab ich gesehen, hinten, wo alle rauchen auf dem Schulhof, da standen die, und da hat er sie gezwickt.»

«Wie denn gezwickt?», fragte seine Mutter ungehalten.

«Na, die Titte. Sie hat gekichert und geschrien, es tut weh, aber sie ist geblieben, und er hat es gleich noch mal gemacht, und die anderen haben sich drüber lustig gemacht.»

Schauer sah zu Bruch. Der gab sich wieder ungerührt. Sie nahm ihr Handy heraus. «Ich lass die alle hochnehmen. Maddox, Maria, Oskar», sagte sie, damit Bruch es wusste und damit Frau Kühn sah, dass gehandelt wurde.

Frau Kühn neben ihr schnaufte, während sie auf das Freizeichen wartete. Buchholz ging ans Telefon. «Schauer hier», sagte sie, während Frau Kühn zu Maxim ging.

«Es müssen sofort Leute zur Gamigstraße ...»

In dem Moment verpasste Frau Kühn ihrem Sohn eine so heftige Ohrfeige, dass er fast von der Toilette fiel. «Sie ist zwölf!», kreischte sie, dass ihr die Stimme überschlug. «Zwölf, verstehst du! Warum erzählst du uns das nicht!»

Ehe sie noch einmal zuschlagen konnte, hatte Bruch zugefasst. Wutentbrannt, fast von Sinnen starrte die Kühn ihn an, ein stummer Kampf entspann sich, nur ihre Rechte gegen seine. Er gewann, ohne sich mühen zu müssen.

«Frau Kühn, bitte!» Schauer hatte das Handy sinken lassen. Maxim hielt sich die Wange, die feuerrot wurde, doch er schien sich seiner Schuld und seiner Feigheit bewusst.

«Ich hatte Angst, echt», flüsterte er.

«Du hast Angst?», fuhr Frau Kühn herum, und diesmal musste Bruch richtig zufassen, damit sie nicht auf Maxim losging. Der wich ihr nur ein wenig aus, indem er seinen Oberkörper zur Seite beugte. Immer noch schien ihm seine Mutter weniger gefährlich als alles andere.

«Ich hab Angst, ich will mit dem Scheißding nichts mehr zu tun haben. Und alle haben Angst, alle hier, können Sie fragen.»

«Aber was hat das mit Celina und dem Jungen zu tun?», fragte Schauer, sie hob das Handy zum Ohr, weil sie Buchholz rufen hörte. «Geht gleich weiter!»

Maxim wusste es nicht so recht. «Ich glaube, das hat alles damit zu tun.»

«Verstehe ich nicht.»

«Alles hier. Kein Kind geht mehr raus. Zumindest nicht allein. Die Erwachsenen im Dorf streiten. Man soll sich nicht einmischen.»

«Wer sagt das?»

«Sie.»

«Sie?»

Maxim zögerte, senkte den Kopf. Es ging etwas in ihm vor.

«Hat das jemand zu dir gesagt? Wer? Maxim, wer?»

«Das darf ich nicht sagen.»

13

«Da macht doch jemand den Kindern Angst, oder?», fragte Schauer Bruch. Sie saßen im Auto, auf dem Weg zur Schießgasse, wo das Polizeipräsidium stand.

Maria, Maddox und Oskar waren von Streifenpolizisten aus der Schule geholt und ins Präsidium gebracht worden, mussten dort getrennt in Vernehmungsräumen warten.

«Ich will wissen, was dort los ist.»

Das war seine Antwort? «Das könnte Jolisch sein, oder? Sein Sohn vielleicht. Die wollen, dass dort niemand herumstreicht. Aber genauso gut könnten sie die Polizei rufen.»

Bruch holte Luft, als müsste er sich für eine besondere Anstrengung wappnen. «Sie sind für die Sicherung des Gebäudes verantwortlich. Wenn dort jemandem was passiert, bekommen sie den Ärger. Oder der Staat muss Ersatzvornahme leisten, dann wird es erst richtig teuer für die.»

Drei Sätze, dachte sie spöttisch. «Du meinst, denen fehlt das Geld? Warum verkaufen die das Ding aber nicht?»

«Vielleicht hätte der Tod der alten Frau genauer untersucht werden müssen», sagte Bruch. «Wir müssen den Arzt aufsuchen, der den Totenschein ausgefüllt hat.»

«Jetzt, oder wie meinst du? Du weißt schon noch, dass wir ein vermisstes Kind suchen!»

«Sie müssten auch beim Notar gewesen sein. Eine Schenkung muss notariell beglaubigt sein.»

«Ja, und? Hörst du mir zu?»

«Wir müssen wissen, in welchem Zustand die Frau sich befand.»

«Machen, wir. Später. Zuerst die Kinder.»

«Das ist Zeitverschwendung. Wir haben den Haargummi gefunden. Jolisch gehört der Hof. Die Lösung ist dort.»

Schauer war schon beeindruckt. Dass er nun sogar vier Sätze im Stück sprach, so viele Worte investierte, nur um seine Ansicht zum Ausdruck zu bringen.

«Wir haben Hof und Haus durchsucht, da war nichts. Wir haben Jugendliche, die wegen Körperverletzung und sexuellen Übergriffen verurteilt wurden und Kontakt zu Celina hatten, vermutlich sogar als Letzte. Sie waren dort, kann sein. Aber was hat die Sache jetzt mit dem Tod der Alten vor anderthalb Jahren zu tun?»

«Wer ist sie?», fragte Bruch, als hätte sie gar nicht gesprochen, und mit sie meinte er sicherlich diese *sie*, von der Maxim gerade gesprochen hatte und deren Namen er nicht nennen wollte. Es konnte ihr egal sein. Bruch konnte ja im Prinzip auch sagen, was er wollte. Sie fuhr den Wagen, und sie fuhr jetzt ins Präsidium. Sie würden heute noch erfahren, wo Celina war, auch wenn es ein trauriges Ende nahm.

«Felix, sie, wer auch immer. Der Junge versucht sich von seiner Schuld freizumachen. Er weiß genau, er hat es versaut. Hat seine Schwester diesen Typen ausgeliefert. Hat nicht mal Bescheid gesagt daheim.»

«Und die toten Tiere. Die Zweige. Der Junge hat Angst.»

«Ja, weil ...» Schauer bremste ab und sah ihn an. «Ach, denk doch, was du willst.» Hinter ihnen hupte es wild, dabei hatte sie noch nicht einmal richtig gebremst, war von siebzig auf sechzig gefallen, in der Stadt! Einen kurzen Moment sah sie rote Blitze. Einen Moment lang war ihr danach, voll in die Eisen zu treten, den Penner hinter ihnen aus der Karre zu zerren und ihm die Faust in die Visage zu rammen. Cool, Mensch, bleib cool, mahnte sie sich. Nur ein armes Schwein auf dem Weg zu seinem Bürojob oder seiner kranken Alten ins Krankenhaus.

Bei Oskar waren sie zuerst gewesen. Zufällig. Der hatte nur erzählt, dass Maddox Celina tatsächlich an die Tittchen gegriffen hatte. *Tittchen*. Schauer hätte ihm aufs Maul hauen können. Und Bruch, der sah sie an, als stünde ihr genau das in Leuchtschrift auf der Stirn geschrieben. Apropos, es juckte unter dem Verband. Celina hatte gekichert, fand es anscheinend gar nicht so schlecht, hatte Oskar erzählt. Zumindest, dass ein so großer Junge ihr seine Aufmerksamkeit widmete. Oskar wusste nichts davon, dass die anderen drei möglicherweise am Dienstag noch einmal in Goppeln waren. Sie hingen ja nicht jeden Tag zusammen ab. Aber dass André und Hermann mal einer den Finger reingesteckt haben, wusste er. Fand er auch blöd, aber die hatte es ja drauf angelegt. Eine vergewaltigen würden die aber nicht. Es sei denn, sie legte es drauf an, dachte sich Schauer dazu.

Nun saßen sie bei Maddox, der hatte keinen Spaß mehr. Nö, kein bisschen. Am liebsten würde er wohl heulen. Kam aus einem halbwegs normalen Haushalt, bekam nicht aufs Maul, war nicht arm. Wollte vermutlich auch nicht in den Knast.

«Oskar hat ausgesagt, du hast Celina angefasst, an die Brust. Du hast auch geredet mit ihr, Faxen gemacht. Gekitzelt und so.» War ihr egal, ob die Typen sich jetzt hassten. Hielt ja vermutlich sowieso bloß ein paar Tage an.

«Das Schwein», zischte Maddox.

«Stimmt es?», fragte Schauer. «Sag einfach Ja oder Nein!»

«Ja, das war aber bloß Spaß, und dass ich sie an die Titte gefasst hab, war Zufall, die sind ja eh kaum vorhanden.» Maddox bockte, hatte die Arme vor der Brust verschränkt, war so weit im Stuhl runtergerutscht, dass er fast schon lag. «Aber ich war am Dienstag daheim, meine Alten können das bezeugen und mein Bruder.»

«Das bedeutet nichts für uns. Sie könnten alle lügen. Wusstest du, ob André und Hermann noch mal in den alten Bauernhof wollten?»

«Nee, weiß ich nicht. Ernsthaft. Außerdem, am Dienstag? Wenn doch am nächsten Tag Schule ist. Und warum sollten sie von der Celina was wollen, und ich? Wenn wir vögeln wollen, können wir das mit Maria.»

Es ekelte sie so an. Dieses großkotzige Gehabe. Hatte sich gar nichts geändert in all den Jahrzehnten. Es herrschte noch immer der gleiche Ton. Weiber haben das Maul zu halten und die Beine breit zu machen. Eine Frau, die anleitet, war nur eine dumme Zicke. Eine Frau mit kurzen Haaren automatisch eine Lesbe. Und wenn eine begrabscht wurde, war sie selbst schuld. Könnte nicht mal Bruch auf den Tisch hauen? Dem Jungen Angst machen.

«Hast du eine Ahnung, wo André ist?»

«Null, mit den Russen willste dich auch nicht anlegen. Niemand.» Maddox kratzte sich im Schritt.

Schauer erhob sich. Sie hatte genug, musste raus hier. Selbst in seiner Angst versprühte der Junge mehr Testosteron als ein Stier. Und weiterhelfen konnte er ihnen wahrscheinlich wirklich nicht.

«Kann ich jetzt gehen?», fragte er sogar.

Da musste sie ihm leider den Tag ganz verderben. «Nee, Freundchen, du gehst erst, wenn Celina wieder da ist, und wenn's drei Jahre dauert!»

«Warum hast du das gemacht?», fragte sie das Mädchen.

Maria hatte sich gelangweilt. Sehr gelangweilt. Das Schlimmste war eingetreten, was ihr hatte passieren können. Worst-case scenario. Handy weg.

«Was denn?»

«Warum hast du André geschrieben, dass wir ihn abholen kommen?»

«Hä, hab ich gar nicht, hab nur geschrieben, dass Sie Hermann geholt haben.»

«Warum? Ihr dürft eure Handys im Unterricht gar nicht nutzen. Warum hast du das gemacht? Der ist sofort weggelaufen.»

«Ja, aber was isn da jetzt das Problem?»

«Maria, du bist nicht so dumm, wie du dich stellst. Celina ist verschwunden. Du kennst sie. Brauchst du gar nicht zu leugnen. Sie war in den letzten Tagen mit euch unterwegs. Vermutlich war sie in Maddox verliebt. Wir wollen André und Hermann befragen, weil beide schon vorbestraft sind, und André rennt sogleich weg. Warum?»

«Weiß ich doch nicht. Die Russen wollen eben nichts mit den Bullen zu tun haben.»

«Was, wenn André sich heimlich mit Celina getroffen hat, wenn sie ihn vielleicht geil gemacht hat. Was, wenn André es mit ihr getan hat, gegen ihren Willen. Wenn dabei etwas Schlimmes passiert ist?»

«Das ist Quatsch. Das würde der nicht tun.»

«Wirklich», sagte Bruch. Verblüfft sah Maria zu ihm hin, hatte wohl nicht damit gerechnet, dass er sprechen konnte.

«Wann hast du es das erste Mal getan.»

«Hä? Gefickt?» Maria verlor ein bisschen die Fassung. Doch schon setzte sie wieder ihre pampige Miene auf. «Keine Ahnung, vor drei Jahren vielleicht.»

«Mit zwölf?», fragte Schauer.

«Mit wem?», fragte Bruch.

«Isn das wichtig?»

«Mit wem!», wiederholte Bruch, ohne seine Stimme auch nur eine Nuance zu ändern.

«Mit André», gab Maria kleinlaut zu.

«Freiwillig?», fragte Schauer.

Maria lächelte, aber das war nur der Versuch, souverän zu bleiben.

Schauer stemmte sich hoch, stützte beide Arme auf dem Tisch ab. Diese Kinder trieben sie in den Wahnsinn. Wie konnte man mit vierzehn, fünfzehn schon so kaputt sein. Es war ja nicht so, als wüchsen sie im Slum auf. Sie trugen Markenklamotten, konnten sich Kippen leisten und Smartphones. «Mensch, Maria. Das ist hier kein Spaß. Es geht um Menschenleben.» Sie haute auf den Tisch. «Verstehst du das. Wo ist André?»

Maria war beeindruckt. Ein bisschen wenigstens. Für einen kurzen Moment. Doch sie war es gewohnt, die Dümmste zu sein, diejenige, die nicht kapierte. Die nichts wusste. Für sie gab es andere Mittel und Wege. Sie beugte sich vor. «Isch weiß das nisch!», sagte sie, tat es absichtlich im allgemein üblichen Slang, der an Türkendeutsch erinnerte. «Und ich sag Ihnen, der Alte da, dieser Riese, der ist ein Perverser. Der hat uns mal aus dem Hof verjagt. Und der hatte ein Mädchen dabei, sag ich Ihnen. Die wollte der bestimmt gerade missbrauchen.»

Schauer sah zu Bruch, der war ungerührt. Konnte wieder keiner ahnen, ob er Maria nicht glaubte oder ob er gar nicht anwesend war.

«Maria», sagte sie dann leise, «weißt du, was du da sagst?»

«Ja, nix anderes, als wie Sie vom André behaupten.»

«Maria, weißt du, wer der alte Mann war, kannst du ihn beschreiben?»

«So ein alter Mann eben, keine Ahnung. Ziemlich groß, hab ich doch gesagt.»

«Und das Mädchen? Kanntest du die, wie sah die aus? War das Celina?»

«Nee, dann hätt ich das ja jetzt gesagt!»

«Wie sah sie aus?»

«Wie so ein kleines Mädchen eben, keine Ahnung!»

Schauer gab auf. Sie war todmüde. Vollkommen ausgelaugt fühlte sie sich. Ihre Stimme hallte in ihrem Kopf, hysterisch hörte sie sich an, übersteuert.

«Ich weiß nicht weiter», gestand sie in Bruchs Richtung. «Wir müssen nach André fahnden lassen. Rufst du Simon an?»

Bruch nickte und erhob sich.

«Sie meint Jolisch, aber das hat sie sich doch ausgedacht, oder?», fragte Schauer, als sie draußen den Gang passierten.

«Selbst wenn, es hat mit Celina nichts zu tun», erwiderte Bruch.

Schauer blieb stehen. Bruch ging noch drei Schritte, dann blieb auch er stehen, drehte sich zu ihr um.

«Du machst es dir schön einfach», sagte sie. «Lässt mich reden, die ganze Zeit. Kein bisschen Unterstützung kommt von dir. Du kannst nachher immer nur sagen, nee, so ist es nicht und so. Und weißt du, erst dachte ich, cool, der lässt mich fahren, nicht so ein Chauvi, aber ich hab auch das kapiert. Du lässt mich das Auto fahren, weil du dann nicht entscheiden musst, was als Nächstes passiert, weil du dann sagen kannst, ich wollte ja, aber die Schauer ist woandershin gefahren.»

«Dann entscheide ich jetzt. Fahren wir zu dem Arzt, der den Tod der alten Frau festgestellt hat.» Er musste sich eingestehen, dass sie recht hatte. Mit Michael war es so gewesen. Michael hatte ihm diesen Teil gern abgenommen. Zumindest hatte er das geglaubt. Doch offenbar war Michael auch nicht der Mensch, für den er ihn gehalten hatte. Willst du aussteigen, hatte er gefragt. Schauer sprach, zwang ihn, seine Gedanken loszulassen.

«Das ist übrigens genauso sinnlos. Was soll denn das mit Celinas Verschwinden zu tun haben? Und sagst du dann Simon, dass das deine Idee war?» Schauer schloss den Mund, weil ihnen ein paar Leute entgegenkamen. Als diese vorbei waren, hatte sie offenbar all ihre Energie verloren.

«Ich bin so geschafft, Felix, ich müsste mal eine halbe Stunde pennen, damit ich einen klaren Kopf bekomme.»

«Dann machen wir das», sagte er.

Schauer sah ihn an und grinste traurig. «Weißte, das ist der erste wirklich vernünftige Satz, den ich überhaupt von dir höre.»

«Weißt du, wen wir noch gar nichts gefragt haben?», sagte sie in die Dunkelheit. Sie hatten sich ins Büro gesetzt. Die Jalousien waren noch vom Vortag zu. Licht hatten sie ausgelassen. Bruch hatte die Augen geschlossen, hatte sich ausgemalt, wie es wäre, sie zu öffnen, und die Sonne schien. Es wäre warm draußen. Licht überall statt dieser Tristesse. Licht und ein paar Erinnerungen, die ihm halfen zu verstehen, wie er zu diesem Menschen geworden war. Er ahnte, was sie sagen wollte. Es ging nicht. Nicht weil er es nicht wollte, sondern weil es rechtlich nicht möglich war.

Schauer gab sich selbst Antwort. «Celinas kleine Schwester müsste man befragen.»

Es war doch nicht ganz dasselbe. Er hatte an Lindas kleine Schwester gedacht. «Das wird uns keiner genehmigen.»

«Ich weiß. Aber so ein kleines Kind, das sieht doch manchmal Dinge und hört Sachen, die andere gar nicht mitbekommen, oder? Aber hat sie nicht gesagt, Celina ist böse.»

Bruch erinnerte sich: Luisa war das. Sie hat gefragt, ob Linda böse ist. Er hatte keine Kraft, Schauer darüber aufzuklären. «Man kann es trotzdem tun», sagte er.

Schauer sah auf. So wie sie saß, als Silhouette gegen das Fenster, könnte man denken, Michael säße da. «Wie meinst du das? Das Kind ohne Genehmigung zu vernehmen, wie soll denn das gehen? Am Zaun vom Kindergarten?»

Sie sagte es selbst, warum nur musste sie immer fragen, fragen, fragen.

«Habt ihr das so gehalten? Du und dein Kollege? Wärt ihr anders mit den Jugendlichen umgegangen?»

Wollte sie es nur wissen oder ihm einen Vorwurf daraus machen? Es strengtc ihn an, mit ihr zusammen zu sein. Vielleicht lag es daran, dass sich sein Kokon auflöste, in dem er sich wochen- und monatelang aufgehalten hatte.

«Ich meine ja nur, man hört Dinge über euch. Jeder macht Andeutungen, weißt du das?»

Er wusste es. Es war ihm vollkommen egal. Er stand auf. «Der Arzt.»

Doktor Lothar Frieling war ein dicklicher älterer Mann. Mit seinem gestutzten Oberlippenbart, seiner altmodischen Brille und dem weißen Haarkranz wirkte er wie aus einer anderen Zeit. Zwischen zwei Patiententerminen hatte er sie hereingelassen. Im Wartezimmer seiner Praxis im Dorf saßen ausschließlich ältere Frauen.

Die Praxis, im Erdgeschoss seines Wohnhauses, war seit zwanzig Jahren nicht renoviert worden. Alles war sehr sauber, aber veraltet. Den alten Damen fiel das vermutlich gar nicht auf. Dass er hier noch praktizierte, war ihr Glück, wenn er erst einmal in Rente ging, würden sie vermutlich mit dem Bus in die Poliklinik fahren müssen.

«Ich muss mal in meinen Unterlagen nachsehen. Es ist ja schon eine Weile her», murmelte Frieling auf Schauers Frage nach Frau Gessner.

«Sie werden doch aber sicher noch in Erinnerung haben, unter welchen Umständen Frau Gessner starb. Herr Jolisch rief Sie an?»

«Jaja, er war sie besuchen. Da lag sie in ihrer Küche. Er musste jedoch erst heimlaufen, um mich anzurufen. Das war am Nachmittag. Ich bin dann hingefahren, habe erst Herrn Jolisch abgeholt, dann sind wir zum Hof gefahren. Sie lag da, als wäre sie auf der Stelle umgefallen.»

«Sie haben Sie untersucht, den Totenschein ausgestellt?»

«Ja, natürlich. Sie war auch schon einige Zeit tot, man kann also Herrn Jolisch keinen Vorwurf machen wegen unterlassener Hilfeleistung. Die Totenstarre hatte längst eingesetzt. Es sah aus, als wäre sie vom Frühstückstisch aufgestanden, um etwas zu holen, und umgefallen.»

Schauer drehte ihm den Kopf zu, Bruch spürte ihren Blick. Sie wollte, dass er nun Initiative ergriff.

«Waren Vorerkrankungen bekannt», fragte er.

«Also, sie lebte da ja wie eine Einsiedlerin, war so gut wie nie im Dorf und erst recht nicht bei mir. Ich weiß also gar nichts. Aber sie war ja über achtzig, da kann das schon passieren, dass man ohne Vorerkrankung plötzlich umfällt.»

«Wie haben Sie die Frau untersucht?»

Der Arzt drehte seinen Kopf zur Seite, als wäre ihm der Kragen ein wenig zu eng. Es geschah nicht alle Tage, dass die Kriminalpolizei kam. «Ich habe sie äußerlich untersucht. Sie wies keine Spuren von Gewalt auf. Keine Hämatome, auch keine Würgemale und dergleichen. In ihrem Rachen ganz winzige Blutreste, aber das rührt daher, dass alte Leute oft zu wenig trinken, das trocknet die Schleimhäute aus. Einzig der Sturz hatte äußerliche Verletzung verursacht. An der Stirn, als sei sie auf die Tischkante geschlagen. Aber kaum Blutfluss. Es sah alles nach einem plötzlichen Herzstillstand aus. Auch ihr Gesicht, es sah ganz friedlich aus. Noch dazu gab es keine Spuren von einem Überfall oder einem Einbruch überhaupt.»

Warum sagte er das. Das Haus war offen, seitdem es teilweise eingestürzt war. Und wie wollte er erkennen, dass es keine Spuren eines Überfalls gab?

«Wies sie Anzeichen von Mangelernährung auf?»

«Was? Ja, natürlich, sie war sehr mager, leicht dehydriert. Manchmal vergessen sie einfach zu trinken. Wie gesagt, sie war schon recht betagt.»

«In letzter Zeit treiben sich Jugendliche auf dem Hof herum. War das damals auch schon so?»

«Nein, nein, ich denke nicht.» Der Arzt hatte zu schwitzen begonnen, auf seine Stirn waren kleine Schweißperlen getreten.

«Wie lange hat Ihre Untersuchung gedauert?»

«Was? Na ja, ein paar Minuten. Wissen Sie, man macht sich doch keine Gedanken, wenn ein so alter Mensch stirbt. Da vermutet man doch nicht immer gleich ein Verbrechen.»

«Was halten Sie davon, dass alle sagen, in dem Haus spukt es.»

Frieling versuchte zu lächeln. «Na ja, das ist ja nun Quatsch, nicht wahr. Aber das sagt man doch von allen alten Häusern.»

«Kennen Sie Herrn Jolisch gut?»

«Wir wohnen seit Jahrzehnten im selben Ort, also immer schon. Wir kennen uns natürlich.»

«Wissen Sie von der Schenkung?»

«Der was?»

Bruch wiederholte es nicht und hatte nicht vor, es dem Arzt zu erklären. Leider mischte Schauer sich ein. «Frau Gessner hat Jolisch das Grundstück geschenkt, kurz vor ihrem Tod.»

«Warum?»

«Wissen wir nicht», log Bruch. Er stand von seinem Stuhl auf. Schauer tat es ihm gleich. «Vielen Dank», sagte er.

«Na, zufrieden?», fragte Schauer leicht zynisch, nachdem sie das Wartezimmer durchquert und das Haus verlassen hatten. «Jetzt wissen wir mehr und gleichzeitig weniger. Fiel sie tot um, wurde sie erschlagen? Und selbst wenn, erklärt es, wo Celina ist?»

«Junger Mann!», rief jemand. Sie blieben stehen und sahen sich um. Eine der älteren Damen aus dem Wartezimmer kam heraus. Sie mochte um die siebzig sein, benutzte einen Gehstock.

Schauer ging ihr ein paar Schritte entgegen. «Ja, bitte?»

Die ältere Dame ließ sie unbeachtet stehen, sah ihn an. «Doktor Frieling weiß das nicht, aber ich weiß, nach der Wende gab es Streit um den Hof.»

So hellhörig waren die Zimmer der Praxis, vermutlich hatten alle gehört, was sie besprochen hatten.

«Wer stritt sich?», fragte Schauer und bekam nun doch Beachtung geschenkt.

«Das ist es ja. Frau Gessner und Herr Jolisch.»

«Sie stritten um das Grundstück?», fragte Schauer. «Um den Hof. Wir haben etwas anderes gehört. Etwas ganz Gegenteiliges.»

Die Frau schüttelte eifrig den Kopf. «Nein, nein, die stritten. Die sind ja über drei Ecken verwandt. Frau Gessner beantragte eine Rückübertragung des Grundstücks, weil es ihrer Familie gehört hatte, bevor sie enteignet wurden 47. Sie bekam es zugesprochen. Als Jolisch davon erfuhr, klagte auch er. Er verlor aber.»

«Verzeihen Sie, das wird sich jetzt frech anhören, aber wissen Sie das, oder haben Sie nur davon gehört?»

«Das war in aller Munde damals. Als ich Sie jetzt gehört hab, dass sie ihm das Grundstück geschenkt hat, da kam mir das seltsam vor.»

«Und der Sohn von Herrn Jolisch, wie stand der dazu?»

«Das kann ich Ihnen nicht sagen. Der ist ja schon vor der Wende ausgezogen.»

«Dann haben Sie vielen Dank. Ich würde nur noch gern Ihren Namen erfahren!»

«Die Leiche von Frau Gessner exhumieren?», fragte Simon eine halbe Stunde später in seinem Büro. «Hat das etwas mit dem Fall zu tun?»

«Ja», antwortete Bruch.

«Nein», widersprach Schauer. «Zumindest wird es nichts helfen, das Kind zu finden!»

Simon nickte, sah zu seinen Pflanzen, als könnten sie ihm Rat geben. Er begann den Kopf zu schütteln. «Eine Exhumierung, wie soll ich das dem Staatsanwalt erklären. Nein, Felix, das kann ich beim besten Willen nicht durchsetzen. Ihr könnt den Notar besuchen oder den Gerichtsvollzieher, der damals mit dem Fall Gessner beschäftigt war, aber mehr nicht.»

«Und den Fall Celina stellen wir hintenan?», fragte Schauer. Sollte sie um die Befragung des Kindes bitten, oder würde Bruch es tun, überlegte sie. Vermutlich sie.

Simon lehnte sich zurück, hob die Augenbrauen. «Was Celina Kühn betrifft, glaube ich an zwei Möglichkeiten. Ihr ist was zugestoßen, dann wird eines Tages ihre Leiche gefunden. Oder sie ist abgehauen und taucht irgendwann freiwillig wieder auf.»

«Also geben wir einfach auf?» Sie müsste nicht verwundert sein. Das war der übliche Weg. Man konnte suchen, mit allen Mitteln, ein paar Tage lang. Aber irgendwann war eben Schluss.

Simon sparte sich die Antwort, man sah es ihrem Gesicht wohl an.

«Wir fahnden nach André Talwa. Aber auch der wird irgendwann auftauchen. Es fällt ihm bestimmt für den Anfang leicht unterzutauchen. Die sind gut vernetzt. Er hat Cousins, die schon einschlägig bekannt sind, Familie, in ganz Deutschland verteilt. Trotz der allgemeinen Abneigung zur Polizei, die in seiner Familie vorherrscht, ist es doch verdächtig, dass er geflohen ist.»

Also gut, dachte Schauer. «Wir müssten Celinas kleine Schwester vernehmen.»

«Oh Gott», stöhnte Simon.

«Und Linda. Und ihre kleine Schwester», fügte Bruch hinzu.

«Ogottogott», Simon warf die Hände hoch. Das war nicht gespielt, sondern ehrliche Verzweiflung.

«Linda weiß was! Linda muss was wissen!», drängte Schauer.

«Ich weiß, ich weiß das», fuhr Simon auf und war recht wütend, «aber das ist ein Politikum. Ich kann die Kinder nicht gegen den Willen ihrer Eltern vernehmen lassen.»

«Aber es geht um das Leben eines Kindes!»

«Ich weiß, aber so einfach ist das nicht heutzutage. Da hast du einen Shitstorm am Hals und bist deinen Posten los, schneller, als du Muh sagen kannst. Da gibt es Menschenrechtler, Kinderrechtler, Frauenrechtler, Q-Anon-Anhänger, Vegetarier, Greta, was weiß ich, heutzutage will doch jeder was zu melden haben. Selbst dass wir gerade drei Jugendliche hierbehalten, nur auf Verdacht, das geht gar nicht. Das spricht sich herum, und prompt haben wir eine Menschenrechtsorganisation auf dem Hals. Versteht ihr das? Selbst wenn ich wollen würde, dass wir das Haus der Herzfelds abhören, dass Linda vielleicht mal ihrer Mutter was darüber verrät, selbst das ist ein Prozess, das kann ich euch gar nicht erklären. Da müssten wir schon behaupten, da wäre ein islamischer Gefährder versteckt.»

«Dann machen wir das», sagte Bruch.

Simon verstummte und brauchte genauso lang wie Schauer, um zu verstehen, dass er einen Witz gemacht hatte. Sie war zu verblüfft zum Lachen. Bruch stand auf. Seine Art zu zeigen, dass das Gespräch sich dem Ende zuneigte.

«Wo willst du hin?»

«Den Gerichtsvollzieher sprechen und den Notar.» Damit ging er aus dem Zimmer.

Schauer schüttelte den Kopf. «Ein wenig eigen, das war's, was Sie gesagt haben.»

Simon rieb sich über das Gesicht. «Ja, hab ich», meinte er trocken, nicht bereit, auf scherzhaftes Geplänkel einzugehen.

«Na dann.» Sie wollte sich hochstemmen.

«Warten Sie mal, weil Sie schon hier sind. Da gibt es was, das muss ich kurz mit Ihnen besprechen!»

Der Gerichtsvollzieher war gerade auf Tour. Bei ihrem ersten Versuch hatten sie ihn verfehlt. Im Notariat waren sie grandios gescheitert. Ohne irgendeinen richterlichen Bescheid sah sich der Notar zu überhaupt keiner Aussage bereit. Er war regelrecht wütend gewesen. Vertraulichkeit sei das A und O in seinem Beruf. Mein Gott, ja, bestimmt erzählst du deiner Alten nie irgendwas von deinem Job, wenn ihr abends im Bett liegt und euch in den Schlaf redet.

Was für ein Job, dachte sich Schauer, lenkte sich damit von dem Einzelgespräch mit Simon ab. Er hatte versucht, sich sachlich und neutral zu geben, doch hatte es ihm schon irgendwie Genuss bereitet, ihr all den Mist unter die Nase zu reiben. Jetzt gärte es in ihr. Wie dieser Moment, an dem man feststellt, dass man etwas Schlechtes gegessen hat, oder der Arzt einem sagt, dass dieser Knoten doch bedenklich ist. Und Scham. Scham, die sie mit Zorn zu verdecken suchte.

Soppok hieß der Mann, seltsamer Name, klang schon selbst wie eine Krankheit. Klingelte bei Leuten, versuchte Geld einzutreiben, wo eh keines war, musste sich herumstreiten, beleidigen lassen oder Leuten das letzte bisschen wegnehmen, was sie noch an Wertsachen hatten. Er erinnerte sie an einen Typen aus dem Fernsehen. Lang, hager, graues Gesicht, Falten, aber nicht vom Lachen. Gerade kam er aus einer Haustür. Sie hatten Glück, ihn bei der Adresse zu finden, die ihnen von seinem Büro genannt worden war, in der Neustadt, wie hier alle nur sagten, obwohl die Häuser genau das Gegenteil davon schienen. Hier war alles alt. Bis auf die grässlichen Betoninvestitionen, die man in die Baulücken gepfeffert hatte. Wenigstens das hatten sie vom Westen gelernt.

Sie stieg aus dem Wagen. «Entschuldigung, sind Sie Herr Soppok? Schauer, Kripo», sie zeigte ihren Ausweis.

«Hab doch gar keine Amtshilfe bestellt», wunderte sich der Mann.

«Wir sind wegen etwas anderem hier, wir brauchen nur eine Information.»

«Ist es wegen der Sache in Goppeln? Das vermisste Kind?»

Schauer stutzte und sah Bruch an, der gerade ausgestiegen war.

«Wollen Sie sich mal kurz reinsetzen?» Sie zeigte auf das Auto. Ihr war schlecht, stellte sie fest. Vor Hunger vermutlich. Es war weit nach Mittag, Nachmittag schon, und gegessen hatte sie noch nichts. Kalt war es. Unangenehmer Wind ging. Bewegte man sich nicht, begann man sofort zu frieren.

Soppok zögerte, sah die Straße hoch und runter.

«Sie waren damals bei Frau Gessner, in Goppeln, stimmt das?», fragte Schauer schließlich.

«Ja, das war mein Fall. Die hatte Schulden. Hohe Schulden, hat jahrelang keine Grundsteuer bezahlt, konnte der Instandsetzungspflicht nicht nachkommen. Da es nichts zu holen gab und sie sich jeder anderen Lösung verweigerte, wurde ihr eine Zwangsräumung mit anschließender Zwangsversteigerung angedroht.»

«Sonst irgendwas?», fragte Schauer, denn der Mann hielt was zurück.

Soppok drehte den Kopf zur Seite. «Ich traf sie mehrmals an, bei seltsamen ...» Er wedelte mit der Hand. «Handlungen», beendete er den Satz.

«Handlungen?»

«Ja, ich denke, die war nicht mehr ...» Er tippte sich an die Stirn.

«Was hat sie denn gemacht?»

«Ist das wirklich nötig? Die war einfach sehr seltsam. Die war ja auch einsam da. Nur der Alte war ab und zu mal da, ein Nachbar oder so. Der wollte sogar mal mit einer Harke auf mich los.»

«Ein Herr Jolisch?»

«Ja, genau. Der wollte nicht, dass ich herumschnüffle, wie er es nannte.»

«Frau Gessner hat ihm den Hof geschenkt? Ging das einfach so? Wenn eine Schuldlast auf dem Objekt liegt?»

«Es ging natürlich nicht einfach so. Normalerweise zieht das einen ewigen Rechtsstreit nach sich. Aber die Frau war nicht greifbar.» Soppok wand sich, er wollte nicht richtig raus mit der Sprache, als wär es ihm peinlich.

«Nicht greifbar?», fragte sie nach.

«Ja, die war ...» Er schloss den Mund. «Ich sag's Ihnen. Ich hab die Sache schleifen lassen, hab gehofft, mir nimmt jemand den Fall ab. Aber damit wollte keiner etwas zu tun haben.»

«Warum denn nicht?»

«Lachen Sie mich nicht aus! Die war wie eine Hexe.» Er schaute sie ernst an: «Sehen Sie, Sie lachen ja schon!»

Schauer war sich keiner Schuld bewusst. «Niemand lacht!»

«Die war unheimlich, sag ich Ihnen. Oder eben verrückt. Hat komisches Zeug geredet, wenn ich kam, wirres Gebrabbel, wie Babysprache. Totes Viehzeug lag herum. Ungeziefer. Ratten, Mäuse. Manchmal war sie ... untenrum nackt.»

«Wäre es in dem Falle nicht angebracht gewesen, einen Arzt einzuschalten, einen Notdienst?»

«Grundsätzlich schon, bei zu großer Verwahrlosung, wenn die Person nicht mehr handlungsfähig erscheint. Bei ihr aber ...» Er zuckte mit den Achseln. «Da war ja noch Herr Jolisch, der schien mir ein vernünftiger Typ zu sein.»

«Sie meinen, es könnte sein, dass sie das absichtlich gemacht hat, um Sie loszuwerden.»

«Ja, kann sein», sagte Soppok aggressiv, «aber nachdem ich ein paarmal bei der war, war ein paarmal mein Auto kaputt, sprang nicht mehr an, einfach so. Dann lag ein toter Vogel auf meiner Windschutzscheibe. Dann hatte ich seltsames Zeug im Briefkasten. Dann sagte meine Tochter, dass eine alte Frau bei meiner Enkelin am Kindergarten war, hat sie durch den Zaun angesprochen. Das war mir alles nicht geheuer. Und schließlich, nachdem ich ihr den Räumungsbescheid in den Briefkasten tun wollte, bin ich gestürzt und hab mir das Kreuzband gerissen. Einfach so. Da war nur Wiese.» Tatsächlich warf er nun einen kurzen Blick auf den Verband um ihren Kopf.

Das waren alles Dinge, die man sich einreden konnte, wusste Schauer, so wie man denkt, warum gerade ich, wenn beim Bäcker viele Leute anstanden oder einem der Bus wegfuhr, dabei starben irgendwo Leute, weil sie verhungerten oder erschossen wurden. Ein Kreuzband riss, Vögel flogen gegen Fenster, und einem Gerichtsvollzieher Dreck in den Briefkasten zu tun, war keine Kunst. Und den Kopf hatte sie sich an einem blöden Pfosten eingeschlagen. Trotzdem bekam sie Gänsehaut.

«Wir haben die letzte Nacht dort verbracht», sagte sie.

«Machen Sie das nicht», mahnte Soppok ganz ernst. «Ich glaub nicht an Gott oder so, ich dachte immer, ich bin abgebrüht, aber die Alte da ...»

«Warum dachten Sie gleich an das Kind aus Goppeln, als wir Sie ansprachen?»

«Ein Kind ist doch vermisst, oder?»

«Ja, eine Zwölfjährige. Wir ermitteln in diesem Fall. Uns sind gewisse Unregelmäßigkeiten bezüglich des alten Bauernhofes aufgefallen.»

Soppok rieb sich übers Gesicht. Er wollte das hier alles nicht. «Als ich einmal beim Hof war, da war dort auch ein Mädchen. Ich hörte, wie die alte Frau mit ihr sprach. Die hat ihr erklärt, wie man irgendwas kochte, einen Heiltrank oder so. Als sie mich sah, hat sie ihr gesagt, sie sollte verschwinden.»

«Sie denken also, Frau Gessner hätte damit was zu tun?»

«Na ja, was weiß ich.»

«Wieso kamen Sie nicht auf die Idee, der Polizei einen solchen Hinweis zu geben?»

«Keine Ahnung, ich wollte mich da nicht einmischen. War froh, dass ich irgendwann mit der Frau da nichts mehr zu tun hatte.»

«Die Frau ist tot, seit anderthalb Jahren», löste sie die Sache auf.

«Ach so?»

Er sah sie an, als ob er nicht wüsste, ob er froh darüber sein sollte. «Na ja, vielleicht sollte man doch trotzdem genauer hinsehen. Der Jolisch war mir ebenso nicht geheuer. Richtiger Hüne. Der tut, als ob er der liebe Onkel von nebenan wäre. Aber genau die Typen sind es, die sich an kleinen Mädchen vergreifen.»

«War er denn da, als Sie das Mädchen bei Frau Gessner sahen?»

«Ja, es war genau der Tag, an dem er mich mit der Harke vertreiben wollte.»

«Und das Mädchen, haben Sie es gesehen, wie sah es aus?»

Soppok dachte nach, dann hob er die Schultern und schüttelte lustlos den Kopf.

«Zehn Jahre etwa? Blond oder brünett, kurze Haare, lange?»

«Ja, zehn etwa, blond, mit Zopf.»

«Und können Sie ...» Ihr Handy begann zu klingeln. Wütend sah sie Bruch an, der nichts tat, wirklich gar nichts, fragte nichts, machte keine Anstalten zu übernehmen. Sie könnte genauso gut allein hier stehen. Und wer war die Frau, die da drüben stand, an der nächsten Kreuzung, und zu ihnen herübersah? Sie hielt ihm ihr Telefon hin, damit er den Anruf annahm, doch er starrte nur, als kapierte er nichts. Unter ihrem Verband juckte es. Den würde sie heut noch loswerden.

«Ja?», fragte sie, es war eine fremde Nummer.

«Schmidtke hier, erstens soll ich vom Chef ausrichten, Frau Gessner wurde eingeäschert, eine nachträgliche Obduktion ist also nicht möglich. Und zweitens, ihr solltet mal nach Goppeln fahren. Ein paar Kollegen sind schon auf dem Weg dahin, da haben sich wohl ein paar Leute beim Haus von einem Herrn Jolisch versammelt.»

Es machte ihm nichts aus, noch einmal dahin zu fahren, er hatte es sowieso vorgehabt. Schauer schwieg, sie war böse auf ihn. Und vermutlich hatte sie Hunger und war müde. Es ging ihm nicht besser. Zumindest war er müde. Sehr sogar. Aber nicht allein Schlaf fehlte ihm.

Schon auf der Zufahrtsstraße zur Siedlung standen unzählige Autos auf beiden Seiten am Straßenrand. «Menschenskinder», flüsterte Schauer, als Jolischs Grundstück in ihr Blickfeld rückte. Bestimmt zweihundert Leute standen da, oder mehr. Alles Erwachsene, hauptsächlich Männer. Bereitschaftspolizei war da und hatte das Geschehen unter Kontrolle. Die Leute schwiegen, aber was sie wollten, war eindeutig.

«Am helllichten Tag, als hätten sie nichts Besseres zu tun, haben die keine Jobs und keine Familien? Das ist dieses Drecksinternet, Facebook und Twitter, jemand setzt einen Post ab, und schon verbreitet sich das. Eine Pest ist das», fluchte Schauer.

«Stell das Auto hierhin», sagte Bruch, deutete auf eine Einfahrt. Schauer tat es, ohne zu murren. Sie stiegen aus und bahnten sich einen Weg durch die herumstehenden Leute. Sie wurden böse angestarrt, als ob sie die Verbrecher wären.

Ein Polizist in Kampfanzug, den Helm unter dem Arm, trat

ihnen entgegen. Damit es gar nicht erst zu Unruhe kam, zückte Schauer den Ausweis. «Was ist los?»

«Wir sichern das Grundstück. Der Mann ist aber nicht da, keiner weiß, wo er sich befindet.»

«Niemand hat ihn gesehen?»

«Zumindest nicht in den letzten zwei Stunden.»

«Vielleicht ist er im alten Bauernhof.»

Der Polizist: «Nee, da sind Leute von uns, da wollte die Meute auch rein. Die sind alle äußerst angespannt. Soll bald noch Verstärkung kommen.»

«Okay, danke.» Schauer sah ihn an. «Und jetzt?»

Bruch nickte in Richtung der Siedlungseinfahrt. Dort standen die Herzfelds. Beide, Mutter und Vater. Ohne Kinder.

«Das können wir nicht machen», raunte Schauer.

«Dann bleib du hier.» Bruch schob die Hände in die Jackentaschen, lief los, als wollte er spazieren. Er sah sich nicht nach Schauer um, wartete nicht auf sie. Er konnte verstehen, wenn sie nicht wagte, ihm zu folgen. Doch etwas musste hier geschehen.

Auch auf dem Fußweg, der in die Siedlung führte, standen einige Leute. Manche von ihnen sahen ihm nach, drehten sich zu ihm um, andere waren zu beschäftigt. Sie tuschelten, mutmaßten, spekulierten. Jolisch hat sich aufgehängt, hörte er. Jolisch war schon in der DDR mal im Knast gewesen. Ein Kinderschänder.

Das Haus der Herzfelds lag weiter hinten, hier war alles ruhig. Bruch stieg durch die lichte Hecke, lief über den Rasen um das Gebäude herum. Hier standen nur noch zwei weitere Einfamilienhäuser nebenan, doch es schien niemand zu Hause zu sein.

Die Terrasse hinter dem Haus machte fast ein Viertel der Fläche aus, so klein war das Grundstück. Trotzdem standen hier ein Trampolin, eine Art Klettergerüst mit Kinderrutsche und Schaukel und ein Sandkasten. Damit war so gut wie jeder Quadratmeter belegt. Durch die breite Fensterfront warf Bruch einen Blick ins Wohnzimmer. Der Fernseher an der Wand war eingeschaltet, ein hirnloser Kleinkindertrickfilm lief. Die Couch stand mit dem Rücken zu ihm, ob jemand dort saß, war nicht auszumachen.

Noch immer war es ganz still. Bruch trat näher, klopfte mit dem Fingerknöchel an die Scheibe. Nichts geschah, er klopfte stärker, und tatsächlich erschien ein kleines Kindergesicht über der Rückenlehne. Bruch winkte. Luisa, Lindas kleine Schwester, winkte zurück. Bruch zeigte auf den Griff, deutete an, sie sollte die Terrassentür öffnen. Luisa schüttelte den Kopf. Bruch ging in die Knie, machte mit den Händen Bittebitte. Luisa schüttelte wieder den Kopf.

Es war richtig, was sie tat. Doch es half ihm nicht. Er richtete sich auf, hob den Kopf. Jemand sprach. Doch die Stimmen kamen nicht vom Haus, keines der Fenster war offen, auch nicht angekippt. Bruch lief vor zur Straße, dort näherten sich zwei Mädchen, beide mit Schulranzen auf dem Rücken. Sie mochten ein wenig jünger sein als Celina und Linda, eine Klassenstufe niedriger, schienen zu den hinteren beiden Häusern zu gehören.

Bruch trat auf die Straße. Er griff sich in seine Jackeninnentasche und nahm seinen Dienstausweis heraus und stellte sich den Mädchen in den Weg.

«Guten Tag», sagte er, «mein Name ist Felix Bruch, ich bin von der Polizei.»

Die beiden Mädchen verstummten augenblicklich, traten ein wenig zurück.

«Ich möchte euch nur mal etwas fragen, wegen Celina. War sie eine Freundin von euch?»

«Nee, aber wir kennen die», antwortete die etwas Größere.

«Und Linda, kennt ihr die?»

«Die wohnt hier!» Die Mädchen sahen beide nicht zum Haus hin, zeigten auch nicht darauf.

«Redet ihr manchmal mit ihr?» Bruch sah Schauer die Straße hochkommen. Sie war ihm also doch gefolgt. Mit einigem Abstand.

«Keiner redet mit der», sagte die Kleinere leise. Sie drängte die Größere ein wenig, wollte weiterlaufen.

«Gehen wir ein Stück weiter», schlug Bruch vor und trat beiseite, sogleich setzten sich die Mädchen in Bewegung.

Sie liefen bis hinter das nächste Haus, von wo das Haus der Herzfelds nicht mehr zu sehen war. Inzwischen hatte Schauer sie eingeholt.

«Das ist meine Kollegin, Nicole Schauer», stellte Bruch sie vor. «Also, was ist mit Linda?»

Die Größere antwortete. «Die ist komisch. Die lacht nie und spielt mit niemandem. Meine Mutti sagt, der ist was Schlimmes passiert, als die noch kleiner war. Deshalb sollen wir auch immer nur zu zweit rumlaufen.»

«Spielt sie draußen mit ihrer Schwester?»

«Nein, auch fast nie. Wenn, dann steht sie nur draußen.»

«Ihr wisst nicht, was passiert ist damals?»

«Meine Mutti sagt, ein böser Mann hat sie mitgenommen und schlimme Sachen mit ihr angestellt.»

«Aber Celina ist ihre Freundin?»

Die Mädchen sahen sich an, zogen die Mundwinkel herunter. «Na ja, richtig Freundin kann man nicht sagen, die hat die immer bestimmt. Also die hat gemacht, was Linda sagt. Ich hab einmal gehört, wie Celina zu einer gesagt hat, die Linda nimmt ihr immer Sachen weg.»

«Nee, hast du nicht!», sagte die Kleinere dazwischen.

«Aber die Lyvi hat gesagt, dass Celina das gesagt hat.»

«Und Celina, habt ihr die gesehen in letzter Zeit, bevor sie verschwand?»

«Das haben uns schon andere Polizisten gefragt. Die war mit den Großen unterwegs. Mit solchen Jungs, und ein Mädchen war dabei. Die haben schon geraucht und so.»

Das war alles nichts. Keine Hilfe. Keine Information.

«Herrn Jolisch, kennt ihr den?»

Wieder sahen sich die Mädchen an, als müssten sie zuerst stumm kommunizieren, ehe sie antworteten.

«Der ist immer nett. Gibt im Sommer Obst ab. Stellt es an sein Gartentor. Aber das nimmt keiner. Nur Fremde, die durchfahren. Meine Mom sagt, wir sollen auf keinen Fall mit dem reden.»

«Der hat mal mit mir geredet», sagte die Kleinere.

«Du lügst!»

«Doch, ich hab es niemandem erzählt, meine Mutter wär ausgerastet.»

«Wann soll das denn gewesen sein?»

«Im Frühling, nach Ostern, wo du krank warst eine Woche, weißte?»

Die Größere nickte, musste ihrer Freundin den Erlebnisvorsprung widerwillig zugestehen.

«Ich bin da allein zur Schule und zurück. Der stand da, gleich bei der Haltestelle.»

«Hat er auf jemanden gewartet, oder war der zufällig da?», fragte Bruch.

«Ich weiß nicht, da war sonst niemand. Dienstag hab ich immer Schwimmen, da komm ich später heim. Also wir beide eigentlich.»

«Denkst du, er stand deinetwegen da?» Es mochte sein, dass er die Mädchen länger schon beobachtet hatte, am Montag sah, dass das zweite Mädchen fehlte, und die Gelegenheit nutzen wollte.

Das Mädchen hob die Schultern, wie sollte sie das auch wissen.

«Was hat er gesagt?»

«Na ja, er meinte, wenn ich Lust hätte, könnte er mir kleine Enten zeigen.»

Das war die üblichste Masche von Pädophilen. Bruch hörte, wie Schauer ein leises Stöhnen entfuhr.

«Wie hast du reagiert?»

«Ich bin weitergelaufen, hab getan, als wäre er nicht da.»

«Hat er sich so abweisen lassen?»

Das Mädchen nickte.

«Das hast du gut gemacht. Weißt du von anderen Mädchen, die er angesprochen hat?»

«Nee, aber ich weiß, dass Celina bei dem Ententeich war. Ein paarmal.»

«Wie du mit denen gesprochen hast», meinte Schauer.

Bruch nickte. Er wusste, wie er mit denen gesprochen hatte.

«Wie ein richtiger Mensch mit anderen richtigen Menschen. Richtig einfühlsam.»

Bruch nahm sein Telefon heraus.

«Bedeutet das, bestimmte Menschen sind dir wichtiger? Bei denen gibst du dir Mühe? Und jetzt rufst du sogar jemanden an? Willst du Simon Bescheid geben, oder dem Staatsanwalt? Ist ja wie Weihnachten!»

Er hatte nur auf die Uhrzeit gesehen. «Wir werden noch einmal in den Hof gehen. Heute Nacht.»

Schauer lachte spitz auf. «Ha, du, du vielleicht! Wir lassen den Jolisch jetzt zur Fahndung ausrufen, wenn der nicht daheim ist. Was du heut Nacht machst, ist mir völlig egal. Ich penne in meinem Bett. Ich lass mich nicht in irgendwelche heimlichen Machenschaften verstricken, wie du und dein toter Kollege. Wenn du nicht anrufst, mach ich das.» Jetzt holte sie ihr Telefon heraus.

Bruch streckte seine Hand nach ihr aus, legte sie auf ihr Handgelenk. «Die Lösung ist dort.»

«Dann lassen wir das Ding noch ein drittes Mal durchsuchen!»

Bruch sah sie nur an. So würde es nicht funktionieren. Nicht mit Gewalt. Nicht mit hundert Leuten, die den Hof durchkämmten und alle Geister verscheuchten. Sie musste das wissen. Jolisch zur Fahndung ausrufen hieße, ihn in die Enge zu treiben und zum Äußersten gehen zu lassen. Wenn Celina noch zu retten war, dann auf seine Art.

Schauer sah ihn wütend an, ihre Kaumuskeln spannten sich,

die Adern am Hals schwollen. Was immer sie mit sich herumtrug, war nicht weniger schlimm als das, was ihm auf dem Gewissen lag. Aber es arbeitete in ihr. Sie dachten gleich. Zumindest manchmal. Sie konnte Michael nicht ersetzen. Sie wusste nicht, was er gewusst hatte, und sie sollte es auch nicht erfahren. Aber sie kam zur Einsicht.

«Gottverflucht, Mensch, wenn du unbedingt willst», ergab sie sich. «Aber ich schwöre dir, wenn du mich dort mitten in der Nacht wieder allein sitzen lässt, dann war's das mit uns.»

«Wir müssen den Wagen woanders stehen lassen und uns im Dunkel einschleichen.»

«Versprich mir erst, dass du nicht wieder wegrennst?»

«Ich verspreche es», sagte er, denn Versprechen waren für ihn nichts als Worte.

«Gut, dann fahre ich noch mal heim. Ich muss ein bisschen pennen. Und neue Klamotten anziehen. Dann hole ich dich wieder ab, und wage es nicht, mich vor der Tür warten zu lassen.»

14

Wie kann man nur freiwillig hier wohnen, fragte sie sich aufs Neue, als sie in Bruchs Haus die Treppe hinaufstieg. Ein paar Leute waren ihr unten begegnet, die hatten sie von unten bis oben gemustert, als fragten sie sich, wem man diese Frau verkaufen konnte. Es stank hier, und hinter jeder Tür war anderer Lärm.

Sie fragte sich ebenso, wie man nur freiwillig ein zweites Mal in diesem grässlichen Haus übernachten wollen würde. Dieses Mal hatte sie versucht, alles besser zu machen. Hatte zwei Stunden geschlafen, sich eine große Kanne Kaffee in den Thermobehälter gegossen. Warme Socken hatte sie mit und lange Unterhosen an. Zu essen hatte sie genug dabei, denn essen hielt wach. Und, das Wichtigste, sie hatte beim freundlichen Waffenhändler nebenan ein erschwingliches Nachtsichtgerät bekommen. Eigentlich ja eine Kamera mit Nachtsichtfunktion. Ein einfacher Restlichtverstärker. So konnte sie ohne die grässlich helle Taschenlampe sehen, was vor sich ging. Diesen Typen zu überwachen, der den Laden betrieb, würde bestimmt einiges zutage bringen, denn unter der aufmerksamen freundlichen Fassade keimte eine vermutlich reichsbürgerliche oder anderswie rechtsbraunversiffte Pflanze, und irgendwo in einem Grundstück am Rande der Stadt würde bestimmt ein ganzes Lager voller Waffen seiner Bestimmung harren. Hätte sie sich als Polizistin zu erkennen gegeben, wer weiß, wie zuvorkommend er noch geworden wäre. Als sie aus dem Laden gekommen war, hatte eine Frau mit Kinderwagen sie mit einem so vorwurfsvoll verachtenden Blick angesehen, dass sie sich vorkam wie so ein Typ, der mit einer vollen Tüte den Sexshop verließ. Den Verband um ihren Kopf hatte sie zwar abgemacht, doch die Verletzung sah nicht aus, als vertrüge sie auch nur die kleinste Berührung, weshalb sie sich eine neue Mullbinde wieder um den Kopf gewickelt hatte.

Bruch wartete in der Tür, ging aber ins Wohnzimmer, als sie auf der halben Treppe erschien. Toller Empfang, ganz toll. Schauer betrat seine Wohnung, schloss die Tür, stellte ihren Rucksack ab. Sogleich kam die Katze, und Schauer hockte sich hin, um dem Tier ein paar Streicheleinheiten zu verpassen. Die Katze schnurrte, drückte sich an sie, ließ sich beide Daumen übers Gesicht und die Ohren fahren, verfiel fast in eine Starre, als sie ihr den Nacken kraulte. Bruch rumorte im Schlafzimmer. Sie war absichtlich zu früh gekommen. Wollte sehen, was er tat.

«Hast du ein böses Herrchen?», fragte Schauer, «Macht er das nie bei dir?» Was für eine Frage. Nach ein paar Minuten erhob sie sich. Im Wohnzimmer flimmerte der Fernseher.

«Was machst du denn eigentlich mit dem Ding? Du guckst ja gar nicht richtig!», rief sie.

Bruch kam, schaltete das Gerät aus.

«So war das nicht gemeint. Ich frage mich nur, was guckst du? Scheinst mir ja nicht der Typ für Promiklatsch oder Sitcoms.»

«Es geht nicht ums Schauen», antwortete Bruch.

Das machte ihm keinen Spaß, dass sie hier war und Fragen stellte. Tja, Pech gehabt, musst du jetzt durch. Er trug noch dieselben Klamotten. Er schien sowieso nur immer das eine anzuhaben. Wenigstens schien er sich zu waschen und gelegentlich die Haare zu schneiden. Zähne putzte er sich auch. Als hätte man ihn als Kind konditioniert, all diese Dinge zu tun.

«Hast du was zu essen?», rief sie, denn er war wieder ins Schlafzimmer gegangen.

«In der Küche», sagte er.

Schauer betrat die winzige Küche, öffnete zuerst den Kühlschrank. Der war fast leer. Katzenfutter war drin, kleine Tüten. Weiter hinten Joghurtbecher, deren Deckel aufgebläht waren. Schauer nahm einen, sah aufs Verbrauchsdatum. Er war fast drei Jahre drüber. Bananengeschmack mit Smarties zum Reinkippen. Hatte er das für sich gekauft? Selbst wenn, warum hatte er sie nicht gegessen? Sie stellte den Becher vorsichtig wieder zurück an seinen Platz. Nahm eine Wurstpackung, sie war noch verschweißt, doch was immer da drinnen war, es sollte nicht mehr verzehrt werden, denn es war grün und voller kleiner Bläschen. Sie schloss den Kühlschrank, öffnete den Hängeschrank über der Anrichte. «Alter Falter», stöhnte sie. Gut dreißig Packungen Mikrowellengerichte lagen da aufgestapelt. Sie nahm ein paar heraus, nur um zu sehen, dass Bruch stapelweise dieselben Gerichte kaufte. «Du bist ja so richtig kaputt», flüsterte sie. Was tat sie nur hier? Was tat sie mit diesem Menschen als ihrem Kollegen? Der war nicht ein bisschen eigen, der war völlig eigenartig, und Simon sollte das erfahren. Wer weiß, was Bruch und sein toter Kollegenfreund in all den Jahren alles verbockt hatten, wer weiß, was sich in dem verschlossenen Zimmer befand. Das war der einzige Grund, warum sie dieser zweiten Nachtaktion zugestimmt hatte. Sie wollte sehen, was sich in diesem Zimmer befand.

«Was machst du eigentlich so lang?», kündigte sie sich im Flur an, doch Bruch hatte die Schlafzimmertür so weit geschlossen, dass nur ein schmaler Spalt blieb, in den sie von ihrem Platz aus nicht sehen konnte. Die Katze, die ihr zuerst in die Küche und nun wieder in den Korridor gefolgt war, strich ihr um die Beine, rieb sich an der Kommode, um dann mit leichten Schritten zu der Tür zu laufen, die verschlossen bleiben sollte. Sie sah sich nach Schauer um und miaute leise.

Eine bessere Gelegenheit würde sich wohl kaum ergeben. Schauer folgte der Katze genauso leise. Fasste nach der Klinke und drückte sie hinunter. Logisch, dachte sie sogleich. Er hatte die Tür abgeschlossen. Gestern noch hatte der Schlüssel gesteckt, heut war er weg. Er misstraute ihr und tat es zu Recht. Doch was gab es schon zu verbergen, dachte sie wütend. Nach einem prüfenden Blick zur Schlafzimmertür ging sie in die Hocke, um durchs Schlüsselloch zu sehen. Doch dahinter war alles finster.

Sie richtete sich auf. Atmete durch. Es ging sie nichts an, wusste sie. Selbst wenn da drinnen ein SM-Kabinett wäre oder ein Dutzend verhungerter Katzen. Nee, doch, die würden sie schon etwas angehen.

Es klapperte im Schlafzimmer. Suchte der was? Schauers Blick fiel auf die Kommode. Drei Schubladen, zwei Türen. Die Türen waren schnell geöffnet. Ein Paar Schuhe stand darin. Aha, der Herr hat sogar ein zweites Paar. Leichte Stoffschuhe. Wahrscheinlich sein Sommeroutfit. Schauer zog die erste Schublade auf, fand Briefe darin, dutzendweise, ungeöffnet. Versicherungsschreiben anscheinend, und andere aus recyceltem Papier, wie die Stadt sie verwendete, Briefe, die man eigentlich öffnen sollte. Schauer sah noch mal zur Schlafzimmertür, griff hinein, hob den Briefstapel an, fand darunter einen Zimmerschlüssel. Einen Moment dachte sie darüber nach. Die Neugier nagte an ihr, wie die Sucht an einem Junkie. Nein, das konnte sie nicht bringen. Mal ins Zimmer sehen, durch einen Spalt, und schnell wieder schließen, das war nicht schlimm, aber öffnen, was abgeschlossen war, das war zu heikel. Sie legte die Briefe wieder ab, schob die Schublade ran, öffnete die zweite.

Jetzt stutzte sie, fasste sich an die Stirn, versuchte sich unter dem Verband zu kratzen. Das war seltsam, dachte sie. Haargummis lagen darin. Verschiedenster Größen und Farben. Sie griff in die Schublade, nahm heraus, was sie zu fassen bekam. Sortierte sie der Reihe nach wieder in die Schublade, bis sie nur noch einen in der Hand hielt. Fliederfarben, mit Goldfäden durchwoben. So einen, wie Bruch bei Jolisch gefunden hatte. Oder war es der? Nein, Schauer griff in ihre Jackentasche, sie hatte ihn an sich genommen, und er war noch da. Sie nahm ihn heraus, verglich die beiden. Es waren die gleichen. Sie schob die Schublade leise zu, steckte die Haargummis ein. Lautlos trat sie zwei, drei Schritte in Richtung der Schlafzimmertür. Sie musste an ihr vorbei, sich an die Wohnungstür stellen, wenn sie etwas sehen wollte. Die Katze verharrte vor der verschlossenen Tür, beobachtete, was sie tat. Schauer ging an der Tür vorbei, und nun gelang es ihr, ins Schlafzimmer zu sehen. Der Schlafzimmerschrank stand offen. Bruch hatte Pappkisten herausgeholt. Auf sein Bett gestellt. Er hantierte immer noch, als suche er etwas. Schauer stellte sich auf Zehenspitzen, stützte sich mit der linken Hand an der Wand ab, bemühte sich, die Tür nicht zu berühren. Sie konnte nichts erkennen, doch unerwartet kam Bruch ihr zu Hilfe. Er lief ums Bett, genau in ihr schmales Sichtfeld, nahm eine der Kisten und kippte sie aus. Ein ganzer Stapel Geld, ganze Bündel, rutschte heraus, dazu kleine Tüten mit weißem Pulver und zu guter Letzt eine Pistole, die eindeutig keine Dienstwaffe war, keine Heckler & Koch, weder eine alte noch eine neue, wie sie hier in Sachsen verwendet wurde, auch keine Walther wie in Hamburg. Das hier konnte eine Desert Eagle sein. Und die gab es seit Jahrzehnten nicht mehr für den zivilen Markt. Jetzt warf Bruch alles zurück in die Kiste, hatte anscheinend nicht gefunden, was er suchte. Geistesgegenwärtig zog sie sich zurück, schon knallten die Schranktüren.

Im nächsten Moment trat Bruch in den Flur. «Wir können.» Was er gesucht hatte, konnte sie nicht entdecken.

«Stell den Wagen dort ab.» Bruch deutete auf eine Landwirtschaftseinfahrt, direkt hinter der Autobahnunterführung.

Schauer bremste, bis sie zum Stillstand kamen. Das konnten sie sich leisten, auf dieser Straße zwischen Kauscha und Goppeln fuhr nur selten jemand, und gerade waren sie vollkommen allein hier.

«Wirklich?», fragte sie und ging sich mit ihrem Tonfall selbst auf die Nerven. Sie wollte weder ironisch noch zynisch wirken, nicht wie eine genervte Tussi, der man alles erklären musste. Man musste ihr gar nichts erklären, doch inzwischen waren zum Thema Bruch so viele Fragen offen, dass sie überlegte, vor wem sie sich in diesem alten unübersichtlichen Gebäude mehr fürchten musste. Vor Geistern oder vor Bruch.

«Da müssen wir einen Kilometer weit über den Acker laufen.» Und wieder zurück. Und man müsste sich fragen, ob es nicht doch Bruch gewesen war, der ihr den Dreck auf den Kopf gekrümelt hatte. Immerhin hatte er genug davon in seiner Jackentasche, um es Maxim auf den Tisch zu bröseln. Bruch reagierte nicht. Vielleicht hätte sie es als Frage formulieren sollen. Sie schlug das Lenkrad ein und fuhr so tief in die Einfahrt, dass man den Wagen im Dunkeln nicht sehen würde, sofern man nicht nach ihm suchte. Mit einer Mischung aus Zorn und Nervosität stieg sie aus. Keine Minute würde sie schlafen. Keine Sekunde. Und sie würde ihre Waffe durchladen.

Schweigend liefen sie übers Feld. Der Rucksack baumelte schwerer als vermutet. Sie hätte ihn richtig aufsetzen sollen, anstatt ihn sich nur über die Schulter zu werfen. Es war stockfinster. Jeder Schritt war ein kleines Wagnis. Wenn sie wenigstens in einer Ackerfurche laufen konnten, aber nein, sie mussten ja diagonal übers Feld trampeln, steuerten auf die eingestürzte Rückseite des Hofes zu, diesmal aus der anderen Richtung, von der sie noch nicht mal wussten, ob es einen Zugang durchs Gestrüpp gab.

Bruch ging stumm, logisch, sah sich nicht mal um. Unten im Kessel brannten die Lichter der Stadt. Wie sehr wünschte sie sich, jetzt daheim zu sein. Daheim in Hamburg, wo sie wenigstens ein paar Leute kannte. Wo sie ihre schöne Wohnung aufgegeben hatte. Wo sie wusste, wo sie war. Und wer.

Was ist in dem Zimmer, lag es ihr auf der Zunge zu fragen. Die ganze Zeit. Bei jedem Schritt. Was – versteckst – du. Aber er würde sagen, geht dich nichts an.

Wieso hast du eine Schublade voller Haargummis, könnte sie

fragen, und hast du den einen wirklich bei dem alten Mann gefunden? Und was hast du getan, als ich letzte Nacht erwachte, und du warst nicht da? Wieso konntest du mit den Mädchen so gut sprechen? Wie ein Mensch, nicht wie ein Roboter. Wieso erzählen die Leute, du hättest zugesehen, wie dein Kollege im Auto verbrennt?

Nein, sie wollte nicht in dieses Haus. Ganz und gar nicht. Nicht in der Nacht, nicht am Tag, nicht mit Bruch.

Aber! Aber vielleicht sah sie nur Gespenster. Vielleicht übertrieb sie es wieder einmal?

An der langen Außenwand des Gebäudes schlichen sie jetzt bis zur Rückseite. Doch schon bevor sie diese erreichten, begann das Gelände abschüssig zu werden, außerdem bildete die Brombeerhecke eine undurchdringliche Barriere. Bruch wich ihr aus, stolpernd und rutschend folgte Schauer ihm, doch so weit sie auch liefen, gab es keinen Zugang zum Grundstück. Erst als sie hundert Meter am Feldrand hinabgelaufen waren, wich die Hecke normalem Gestrüpp. Mit großen Schritten stieg Bruch hinein, bog sich Äste und Zweige beiseite, die Schauer ohne Warnung ins Gesicht flitschten. Mit jedem Schritt wurde sie wütender, musste sich beherrschen, nicht zu fluchen und zu schimpfen.

Als sie es endlich geschafft hatten, standen sie unten am verwilderten Ententeich, wo sie mit aggressivem Geschnatter empfangen wurden.

Ja, du dich auch, blödes Vieh, erwiderte Schauer in Gedanken. Wären wir andersherum gelaufen, hätten wir es uns längst schon gemütlich machen können. Nun mussten sie an dem Entenstall vorbei, einer uralten Bretterbude, halb verfallen, offen stehend, groß wie ein Geräteschuppen oder eine Garage.

Bruch zögerte nicht, blieb nicht eine Sekunde stehen, lief zielstrebig, es wirkte nicht, als suchte er nach dem richtigen Weg, kannte er sich aus? Inzwischen hatten sie die Richtung gewechselt, marschierten wieder auf das Gebäude zu, auf die riesige Lücke in der Fassade, die von hier aussah wie ein riesiger lachender

Mund. Toll, immer hinein ins Maul des Ungeheuers. Sie blieb im Gestrüpp hängen, spürte Dornen, die ihr durchs Hosenbein in die Haut drangen. Kann der Idiot nicht mal ein bisschen langsamer laufen, dachte sie, riss sich frei. Sie sah hoch, dort oben mussten sie hin, diese beiden Fenster auf der rechten Seite von ihnen aus gesehen. Schlafzimmer und Küche. Fehlte noch, dass ein Gesicht hinter der Scheibe erschien. Angst durchfuhr ihre Glieder wie ein heftiger Schlag. Überleg dir nicht so einen Mist, dachte sie panisch, sah nach unten, sah zu Bruch, der ihr Zögern nicht bemerkt hatte und schon fünf Meter weiter war.

«Warte doch mal», zischte sie ihm nach. Tatsächlich blieb er eine Sekunde lang stehen. Noch einmal wagte sie einen Blick hinauf. Da war niemand. Und trotzdem blieb das elende Gefühl, jemand beobachtete sie. Wie konnte sie nur so dämlich sein? Wie konnte sie glauben, das noch mal aushalten zu können? Wahrscheinlich war das wie mit den Frauen und dem Kinderkriegen. Vermutlich vergaß man nach der ersten Entbindung die ganzen Schmerzen und die Quälerei, um sich gleich ein nächstes einpflanzen zu lassen. Sie wagte ja nicht einmal, die Kamera mit der Nachtsichtfunktion herauszuholen. Sie wollte ja gar nicht sehen, was vor sich ging.

Bruch nahm den Anstieg die Trümmer hinauf ohne Zögern. Er stieg wie eine Bergziege, wusste anscheinend genau, wo er hintreten sollte, oder er sah besser im Dunkeln.

«Kannst du mal ein bisschen langsamer machen?», zischte sie ein zweites Mal. Bruch wartete, sah sich um. Als sie näher kam, bot er ihr die Hand an.

«Ach was», flüsterte sie und fuchtelte sie weg.

«Wir müssen still sein», mahnte er, drehte sich um und ging weiter, die Treppe hinauf.

Oben angekommen gingen sie gleich nach rechts, zur alten Wohnung von Frau Gessner. Dort hatte sich auf den ersten Blick nichts verändert. Schauer stellte den Rucksack auf dem Sofa ab, kramte die Kamera heraus. Sie setzte sich, schaltete sie an. Auf dem kleinen aufklappbaren Bildschirm erschien ein grünliches Bild. Sie richtete den Fokus auf Bruch, der als überhelle Figur auf dem Bildschirm erschien. «Da hätte ich ja beinahe eine Wette verloren, du bist ja doch aus Fleisch und Blut», versuchte sie witzig zu sein. «Dann wollen wir es uns mal ein wenig gemütlich machen, nicht wahr.» Sie redete nur, um ihre Angst nicht eingestehen zu müssen, um sich cool zu geben, doch vermutlich erreichte sie nur das Gegenteil.

Bruch hatte einen kleinen Rundgang durch die Räume gemacht, war in Küche und Schlafzimmer gewesen. Schauer sah auf ihr Handy, es war zwanzig Uhr dreißig. Der Abend hatte noch nicht einmal begonnen, und schlimmer noch, sie hatte vergessen, das Gerät aufzuladen, und ihre Powerbank, siebzig Euro wert und das erste Mal in ihrem Leben von Nutzen, lag daheim in irgendeiner Schublade. Schnell schaltete sie den Bildschirm ab, fluchte in sich hinein. Da hatte sie nun versucht, an alles Mögliche zu denken, nur daran nicht.

Jetzt setzte sich Bruch in den Sessel, mit dem Rücken zur Tür, was sie überhaupt nicht verstehen konnte. Eine feste Wand im Rücken, das war es, was sie brauchte, und einen verlässlichen Partner noch dazu, aber man konnte eben nicht alles haben im Leben.

«Was wollte Simon noch von dir?», fragte Bruch leise.

«Nur so», sagte sie, was natürlich Quatsch war, denn nur so hatte der Chef sie nicht zurückgehalten. Simon hatte etwas besprechen müssen mit ihr, was Wichtiges. War ja nur eine Frage der Zeit gewesen. Aber wenn Bruch nicht mit der Sprache rauskam, musste sie es schon gar nicht.

Bruch aber fragte nicht weiter, verstand wenigstens das.

«Und nun?», fragte Schauer ihn nach einigen Minuten. Könnten auch nur Sekunden gewesen sein. «Sitzen wir hier und warten?»

Bruch nötigte sich ein Nicken ab.

«Und du denkst ... wer auch immer versteckt das Kind hier irgendwo, obwohl wir alles schon dreimal abgesucht haben? Und er wird in dieser Nacht kommen, um, was weiß ich, Spuren zu beseitigen?»

«Oder uns», sagte Bruch.

War das ein Witz? Sie wollte nicht fragen. Früher, in Hamburg, da wäre sie sich sicher gewesen, dass man sie verarschte. Aber der Typ hier?

«Du weißt, dass ich Angst habe», flüsterte sie, «ich will erst gar nicht so tun, als hätte ich keine. Damit du weißt, dass du mit mir keinen Scheiß anstellen solltest. Keine blöden Witze. Keine Scherze. Verstanden?»

Bruch nickte wieder.

Reden tat gut, fühlte sie, da verging die Zeit wenigstens. Nicht zu schlafen, war auch so ein Vorhaben. Das konnte man sich vornehmen und ganz fest dran glauben, aber wenn es so weit war, kam man nicht dagegen an, keine Chance. «Stell dir vor, als wir reingeklettert sind, da hab ich hochgesehen und mir gleich eingebildet, dass da im Fenster ein Gesicht war.»

Du spinnst, hätte er jetzt sagen können. Das hast du dir eingebildet, wäre auch okay gewesen. Stattdessen drehte er ihr das Gesicht zu und sah sie nachdenklich an.

Sie hatte keine Ahnung, wann es passiert war, aber es war passiert. Sie war eingeschlafen. Nachdem sie etwas gegessen hatte, nachdem sie sich drei Tassen Kaffee reingekippt hatte, wenn nicht gar vier, war sie irgendwann weggeratzt. Es war stockfinster, dunkler als in der Nacht zuvor. Vielleicht war die Wolkendecke dichter als gestern, oder ihr Gehirn machte ihr das vor. Sie konnte jedoch kaum die Umrisse der Türen erkennen, geschweige denn irgendwelche Einzelheiten. Fraglich, wie dann ein Restlichtverstärker funktionieren sollte. Aber das würde sie gleich herausfinden. Zuerst aber nahm sie ihr Telefon, sie hielt es von sich weggedreht, bedeckte es mit einer Hand, dann erst schaltete sie das Display ein, null Uhr achtundfünfzig, zeigte es an. Zwei Stunden hatte sie wohl geschlafen, oder länger. Und Bruch, der war weg. Der Sessel war leer. Er hatte es versprochen. Versprochen! Und jetzt, was sollte sie jetzt tun? Hier warten, bis er sie zu Tode erschreckte? Losgehen, den Idioten wieder suchen?

Hektisch fasste sie sich ins Haar, aber heute war kein Dreck drin, und auch auf dem Tisch lag nichts. Wenigstens das. Schauer zog sich die Jacke straff, schloss den Reißverschluss bis ganz oben, so fühlte sie sich wohler. Dann nahm sie die grelle Taschenlampe, mit der festen Absicht, sie nur im letzten Moment zu nutzen, wenn es galt, jemanden zu blenden. Als Nächstes lud sie ihre Waffe durch. Jetzt konnte sie es aushalten hier. Einschlafen würde sie nicht wieder. Sie würde sich in die Sofaecke drücken, das Gesicht zur Tür. Wenn sie ein verdächtiges Geräusch hörte, würde sie die Kamera einschalten, die ebenso auf die Tür gerichtet war. Nie wieder würde sie sich auf so etwas einlassen. Nie wieder, das war ja eine regelrechte Rosskur, hier kamen ja all ihre Traumata zusammen. Hier würde sie warten, sich nicht von der Stelle rühren, kleine Salamis aus der Packung essen, auch wenn die zum Kotzen schmeckten, und warten, bis der Tag anbrach.

Kaum war der letzte Gedanke gedacht, fuhr ein gellender Schrei durch das Gebäude. Schauer schreckte so zusammen, dass ihr die Kamera aus den Händen fiel und zu Boden polterte. So geschockt war sie in dem Moment, sie konnte sich gar nicht rühren, dabei müsste sie nur nach unten greifen und das Gerät aufheben.

«Felix?», flüsterte sie. Vielleicht war er ja doch nebenan, oder schlief auf dem Fußboden. «Felix?»

Irgendwo im Stockwerk unter ihr polterte etwas. Ich rühr mich nicht von der Stelle, dachte Schauer, halb ohnmächtig vor Angst. Kein zehn Pferde kriegen mich hier weg. Wieder polterte es, wieder ertönte ein Schrei.

Das ist nur Theater, redete sie sich panisch ein, nur Theater. Bruch machte eine Show, er hat den ganzen Mist hier eingefädelt. Er selbst ist der Psychopath, will nur ablenken. Die Wondrak vom Fernsehen wusste das, deshalb war die so komisch zu dem. Schauer beugte sich zur Seite, griff nach der Kamera, wollte aufschreien, als etwas Kaltes ihre Hand berührte, aber es war nur das Gerät. Sie griff zu, hob es auf. Dann tastete sie hektisch nach ihrer Waffe, die war zwischen sie und das Sofapolster gerutscht. Blind, weil es zu dunkel war, prüfte sie deren Zustand, gesichert und durchgeladen, aber hatte sie durchgeladen? Es polterte wieder, und diesmal schien das Geräusch näher zu sein. Etwas quietschte, eine ungeölte Tür, eindeutig auf dieser Etage, irgendwo im Gebäudeteil, rechtsseitig des Eingangstors. Schauer schob sich weiter zurück, bis die Sofalehne ihr schmerzhaft in den Rücken drückte. Sie hob die Kamera, schaltete sie an, starrte den Bildschirm an, der die Konturen ein wenig deutlicher zeigte, als es in der Realität der Fall war, alles in dunklem Grün, aber besser als gar nichts. Mit der anderen Hand richtete sie die Waffe auf die Tür. Die Geräusche waren verstummt. Schauer lauschte, starrte den kleinen Bildschirm an, spürte, wie sie zitterte. Jemand atmete. Versuchte ein Keuchen zu unterdrücken. Nein, das bildete sie sich nur ein.

Dass nun nichts mehr geschah, zerrte nur noch mehr an ihren Nerven. Eindeutig hatte jemand ganz am Ende des Ganges eine Tür geöffnet. War er nun dort? War er weitergegangen, wieder zurück? Schlich er sich an? Sollte sie eine Warnung geben, dass sie eine Waffe hatte und bereit war, sie anzuwenden?

In diesem Moment ertönte der Schrei noch einmal, schrill und hoch, wie der eines kreischenden Kindes. Am Ende des Ganges erklang ein Stöhnen, schnelle Schritte näherten sich nun Schauers Unterschlupf, kamen genau auf sie zu, denn hier oben gab es keinen anderen Weg. Und so sicher, wie sie sich gerade gefühlt hatte, so sicher, wie es eben ging in dieser Situation, so gefangen kam sie sich nun vor, wie in der Falle. Wenn sie vorbeischoss oder sich gar kein Schuss löste, war es aus mit ihr. Sie müsste angreifen, müsste agieren statt reagieren. Sie sprang auf, die Kamera in der einen, die Waffe in der anderen Hand. In diesem Moment huschte eine Gestalt an der Tür vorbei, hin zum Bereich, wo alles eingestürzt war, ganz kurz nur hatte sie sie gesehen auf dem Bildschirm, ganz verschwommen unscharf auf dem billigen Gerät, aber eindeutig ein Mann.

«He!», rief sie und trat in den Gang. Der Person entfuhr ein entsetztes Stöhnen. Sie sah, wie sie sich umdrehte, ihr die Knie einknickten, sie zu Boden stürzte, ihr panisch abwehrend die Arme entgegenstreckte.

«Njet, njet, njet», keuchte es panisch und atemlos.

«André?», fragte Schauer verblüfft. «André, ich bin's, Nicole Schauer, die Polizistin! Was geht hier vor?» Der Junge keuchte voller Entsetzen, wusste vor Panik nicht ein und aus. Von unten ertönte wieder der Schrei, hallte durchs Treppenhaus, ließ nun ihr die Knie einknicken.

André schrie auf, versuchte auf allen vieren rücklings davonzukriechen.

Schauer schnellte vor, ließ die Kamera fallen, hielt den Jungen an seinem Hosenbein fest. Mit wilden Stößen versuchte er sie abzuschütteln. «Ich bin es, André, die Polizistin, Nicole Schauer, hörst du! Verstehst du?»

André hörte auf, sich zu wehren, zum ersten Mal hatte sie das Gefühl, er hörte zu.

«Was machst du hier?», fragte sie, tastete nach der Kamera, zu ihrer Überraschung funktionierte sie noch. «André, was geht hier vor?»

«Yest' devushka», stöhnte der Russlanddeutsche.

«Was? Was ist los?»

«Yest' devushka!», wimmerte der Junge.

«Mensch, red doch Deutsch!»

«Da ist das Mädchen!»

«Das Mädchen? Was? Wo?»

«Unten, ganz unten, pogreb!»

«Keine Ahnung, pogreb, Keller? Im Keller?»

André nickte heftig.

«Komm, steh auf!» Sie half ihm aufzustehen. «Komm mit!», sagte sie und wollte ihn zu dem Wohnzimmer ziehen, doch als der Junge das erkannte, stemmte er sich dagegen. «Njet, njet», keuchte er.

«Hier ist nichts, vertrau mir. Alles cool, ja! Verstehst du? Setz dich, da ist ein Schlafsack von mir. Willst du was essen?»

«Nein, nichts essen», widerwillig betrat er den Raum, zuckte zusammen, duckte sich, als erwartete er einen Geist, der auf ihn zuflog.

«Was machst du hier, André? Warum bist du weggerannt?»

«Wollte beweisen, dass ich nichts damit zu tun hab! Ich war nicht hier am Dienstag, und Hermann auch nicht.»

«Aber was machst du hier?», fragte sie erneut. Weniger verdächtig machte ihn das nicht, eher im Gegenteil.

«Niemand will glauben, aber hier ist was, hier sind Geister. Der Geist von die alte Frau!»

In seiner Aufregung verfiel er in den schweren russischen Akzent seiner Eltern.

«Du hast gesagt, das Mädchen ist hier!»

«Ja, im Keller, sie ist da. Ich hab es gewusst. Aber sie ist verrückt. Die ist verzaubert.»

«André, was redest du denn da! Wo ist das Mädchen? Wo genau? Und hast du meinen Kollegen gesehen? Ist er auch da?»

«Nein, niemand, ich war da unten. Ich wollte das Mädchen suchen. Die ist da, die hat geschrien.» André hob die Hand, lauschte. Aber da war nichts.

«Du hast geschrien, André, als ich dich ansprach, hast du geschrien wie ein Kind. Hast du sie gesehen?»

«Die ist da! Ich weiß es, ich weiß es», beteuerte er halb verrückt vor Angst.

«André, hast du sie gesehen? Hast du?»

«Es war ganz finster. Ich hab gedacht, ich bin verirrt. Sie hat mich berührt, ich weiß es, hat meinen Arm gefasst.»

«Also gut!» Schauer schob den Jungen die letzten zwei Schritte zum Sofa, drückte ihn sacht nieder, dann ließ sie von dem aufgeregten Jungen ab. Sofort schnellte der wieder hoch.

«Was machen Sie?»

«Na, ich muss nachsehen, wenn du sagst, das Mädchen ist da, dann muss ich es überprüfen.»

«Nein, machen Sie das nicht, bleiben Sie hier», keuchte er und versuchte sie festzuhalten. «Bitte, die alte Frau, ihr Geist ist hier! Ich schwör Ihnen, das gibt's, das gibt's echt.»

«Hör jetzt auf, Stuss zu quatschen. Ich geh da jetzt runter. Und wenn mein Kollege kommt, dann sag ihm einen schönen Gruß von mir, er kann mich mal A A L.»

Damit trat sie aus dem Zimmer in den Gang. Sie musste den Mut ausnutzen, den das Adrenalin mit sich brachte. André schien wirklich verängstigt, und es musste ihm einiges wert gewesen sein, sich seiner Angst zu stellen und sich hier hineinzuwagen. Vielleicht wollte er wirklich nur beweisen, dass er in dem Falle unschuldig war. Aber natürlich konnte es sein, es hatte andere Beweggründe, als dass er Celina hier hatte finden wollen. Er war ein verurteilter Straftäter, schwerwiegende Anklagen, sexueller Missbrauch, hielt er für Kavaliersdelikte, für Spaß. Jetzt ließ sie ihn allein zurück, damit er fliehen konnte, während sie sich ins Bockshorn jagen ließ und in den dunklen Keller stieg. Wäre der feine Herr Bruch hier, könnte man anders agieren. Aber wer wusste schon, welche Rolle er in diesem Stück spielte.

Als sie schon im Treppenhaus war, fiel ihr ein, dass sie genauso gut die Zentrale anrufen könnte. Sie könnte warten, bis zwei Dutzend Leute mit Scheinwerfern und Hunden kamen. Aber würde sie sich lächerlich machen? Würde sie sich nicht zum Gespött der Leute machen? Es könnte ihr egal sein, irgendwann würde sie wieder versetzt.

Doch es war nicht egal. Selbst wenn sie nach Amerika auswanderte. Sie wollte nicht die Spinnerin sein. Sie wollte nicht immerzu falschliegen. Sie musste darauf vertrauen, dass André blieb, wo er war, dass er nicht gelogen hatte.

Im Treppenhaus war es nicht ganz stockfinster, durch das große Fenster in östliche Richtung zur Stadt schimmerte ein wenig Licht. Sie konnte die Überreste der abgestürzten Treppe gut erkennen. Das Geländer, oben und unten an den Podesten verschweißt, hing noch, man konnte sich an ihm herunterhangeln, wenn man die Füße auf die Querstrebe stellte. Schauer öffnete die Jacke ein wenig, steckte die Kamera hinein, prüfte, ob sie durch den Bund rutschen konnte. Dann steckte sie die Pistole in den Hosenbund am Rücken und begann am Geländer hinabzuklettern. Es ging leichter als gedacht, die fünf Meter waren schnell überbrückt. Auf dem halben Absatz nahm sie Pistole und Kamera hervor, doch dann verharrte sie kurz. Sie musste die Pistole wegstecken. Es gab keine Geister, und wenn, dann konnte man sie nicht erschießen. Eher lief sie in Gefahr, jemanden abzuknallen. Besser war, sie hielt die Lampe, um einen Angreifer zu blenden.

Vielleicht stimmte, was André sagte, das Mädchen war irgendwo da unten, übersehen von den Kollegen, oder hatte sich selbst befreit aus irgendeinem Loch. Wie musste sie sich fühlen, welche Angst musste sie haben! Wie mochte André ihr erschienen sein? Vermutlich hatten sich beide gegenseitig erschreckt. Welche Angst musste man haben, dass man so schrie?

Schauer öffnete den Reißverschluss der Jacke, steckte die Waffe weg, nahm die Lampe aus der Tasche. Dann stieg sie die nächste halbe Treppe hinab.

Unten im Erdgeschoss war es wieder ganz finster. Ihr kleiner Bildschirm zeigte ihr nichts Lebendiges an, nichts bewegte sich. Sie erkannte die Konturen der Tür zur großen Scheune, welche direkt an den Gebäudeteil anschloss. Unten angelangt, drehte sie sich mit der Kamera einmal um die eigene Achse, richtete sie dann auf das abgestürzte Treppenteil und den komplett finsteren Bereich darunter.

Da musste sie hinunter, wie sie es schon einmal getan hatte, über die Trümmer klettern. Das ging bestimmt mit einer Hand. Sie steckte die Lampe wieder ein, tastete sich mit den Füßen voran und musste bald feststellen, die Kamera half ihr nur wenig. Sie konnte kein Licht verstärken, wenn keines mehr da war. Umständlich, weil sie unsicher stand, steckte sie die Kamera wieder in die Jacke. Dann zog sie die Lampe heraus. Unter ihrem rechten Fuß kippte der Stein, sie rutschte nach vorn und ließ die Lampe los. Die stürzte ab, während Schauer sich am Geländer fangen konnte und das Geräusch, das sie unten verursachte, verhieß nichts Gutes. «Gottverfluchtes ...», zischte Schauer durch die Zähne. Jetzt hing sie zwischen Gut und Böse, musste blind hinauf oder hinab, und Bruch saß wahrscheinlich daheim auf seiner Couch und lachte sich scheckig.

Den zeig ich an, so ein Idiot, fluchte sie stumm, während sie sich auf der Stelle umdrehte und versuchte, wieder nach oben zu gelangen. So kommt der nicht davon. Ich werde Simon schon erzählen, welche Tabletten er frisst und dass er nicht nur ein bisschen eigen ist, sondern ein Fall für die Irrenanstalt. Sie griff mit der rechten Hand ins Geländer, doch irgendwie wollten ihre Füße keinen richtigen Halt mehr finden. Egal wohin sie trat, sie rutschte ab. War es beim ersten Mal nicht viel einfacher gewesen? Hatte sich etwas verändert, war das nur die Finsternis? Schauer holte Schwung, wollte ins Geländer greifen, doch sie verfehlte, verbog sich sogar einen Finger, verlor den Halt, stürzte auf den Bauch und rutschte ganz ab. Auf dem Treppenabsatz verkantete ihr rechter Fuß, sie blieb hängen, kippte nach rechts, schlug sich den Ellbogen und die Stirn an fast genau derselben Stelle an, wo sich ihre Verletzung befand. Einen Moment blieb sie so liegen, musste sich besinnen. Musste erst mal abwarten, was an Schmerzen auf sie zukam. Das fehlte noch, dass sie hier verletzt liegen bleiben musste.

Die Schmerzen kamen bald, aber sie waren weniger schlimm als befürchtet. Ihr Ellbogen schien nur leicht geprellt, die Wunde am Kopf nicht wieder aufgeplatzt, zumindest fühlte es sich so an unter dem Verband. Sie schob sich hoch, setzte sich auf, nestelte die Kamera aus der Jacke. Erstaunlich dieses Teil, war jeden Euro wert, noch immer schien alles zu funktionieren. Schauer richtete die Linse auf die nächste halbe Treppe, in der Hoffnung, die Taschenlampe zu erkennen, doch hier lag sie nicht.

Schauer stand auf, stützte sich dabei an der Wand ab. Über den Schreck und die Schmerzen hatte sie für ein paar Sekunden ihre Angst vergessen. Nun aber, angesichts der Aussicht, in diesen stockfinsteren Kellergang eintauchen zu müssen, lähmte es ihr Glieder und Gedanken. Das war nicht nur ein Keller wie bei ihr daheim, die Wände gekalkt und der Fußboden gestrichen, das hier sah aus, als hätte man einen Stollen in den Berg getrieben, wusste sie aus der ersten Begehung. Das gesamte Gebäude war so alt, schien auf einem Fundament aus Feldsteinen zu stehen und allem, was man damals anschleppen konnte, wann immer damals war. Dieser Keller war niedrig, die Wände krumm, die Decken gewölbt. Man hatte Heizungsrohre eingefügt, irgendwann vor sechzig oder hundert Jahren, Träger eingebaut, Stützen gesetzt, alles Gefahrenquellen, an denen man sich den Schädel blutig schlagen konnte. Die Kellerabteile waren mit Stahltüren abgetrennt, Stufen gab es, Absätze. Manchmal war der Boden aus Stein, stellenweise lag Holz, alte Gleisschwellen, manche Flächen waren mit schweren Stahlplatten abgedeckt, als wäre darunter der Boden längst weggesackt. Noch dazu musste sie sich entscheiden, nach rechts oder nach links zu gehen. Allein schon, um wieder hinaufzukommen. Ehe sie loslief, suchte sie den Boden nach der Lampe ab. Sie lag unter der Treppe, war zersprungen, das Plastegehäuse gesplittert. Trotzdem drückte sie den Schalter noch einmal. Das Licht blieb aus.

Nun musste sie überlegen. Der Keller führte sicherlich unter allen drei Gebäudeteilen entlang. Wie ein großes U musste das aussehen, und sie befand sich im unteren Drittel des rechten Stranges, den Blick in Richtung des Innenhofs. Rechts ging es unter der Scheune hindurch, bis vor zum Tor und zur Straße. Links musste der Gang unter dem eingestürzten Teil des Hauses hindurch zum Gebäude auf der anderen Seite des Hofes führen. Rechts der Gang war offen, wirkte wie der Eingang zu einer dunklen Höhle. Sie hob die Kamera wie eine Waffe, konnte auf dem Bildschirm nichts Verdächtiges erkennen. Nun schob sie sich vorwärts, ohne die Füße vom Boden zu nehmen. So würde sie es machen, leise, langsam, vorsichtig, Stück für Stück, selbst wenn es Stunden dauerte.

Doch schon nach einigen Metern stieß sie auf eine Metalltür. Sie tastete nach der Klinke, drückte sie langsam nieder, fand diese Tür jedoch abgeschlossen. So kehrte sie wieder zurück ins Treppenhaus und wandte sich einer anderen Tür zu.

Diese Tür war nicht abgeschlossen, quietschte leise, als Schauer sie aufzog.

Sie trat in den Gang dahinter, ließ die Tür weit offen stehen. Es roch nach Keller, nach Moder, nach feuchtem Stein, nach Öl und alten Möbeln. In der rechten Hand die Kamera, die linke immer an der Wand, schlich sie vorwärts. Bemühte sich, kein Geräusch zu machen, damit sie keines überhörte. Zwei offene Türen hatte sie schon passiert, die Räume waren leer auf den ersten Blick. Regale standen an den Wänden, mit Kisten drin. Aber kein Mensch. Irgendwann war sie so tief im Gang, dass sie den Zugang zum Treppenhaus nicht mehr sehen konnte, wenn sie sich umdrehte. Zumindest aber auf dem Bildschirm erkannte sie die Konturen der offen stehenden Türen, der Kanister, die auf dem Boden standen.

Als es leise raschelte, fuhr sie wieder herum. Glaubte, eine winzige Bewegung erkannt zu haben, eine Maus vielleicht oder eine Ratte, und damit hätte sie im Moment überhaupt kein Problem. Ihr Herz jedoch schlug ihr bis in den Hals. Jetzt ertastete sie mit der Linken eine Tür, die verschlossen war. Wenn sie klinkte, würde sie sich verraten, überlegte sie. Aber eigentlich war sie nicht hier, um sich anzuschleichen, sondern um jemanden zu finden. Sie bemerkte, dass sie den Atem angehalten hatte. Nun versuchte sie leise auszugleichen, was sie an Sauerstoff benötigte, ohne zu keuchen.

«Hallo», sagte sie dann, und der Klang ihrer Stimme ließ ihr die Knie einknicken. «Hallo? Celina! Ich bin von der Polizei!»

Sie lauschte, wagte es nun, gegen die Stahltür zu klopfen, ganz leise nur. «Celina? Ich mach jetzt auf!»

Sie legte die Hand auf die Türklinke, drückte sie nieder. Die Tür ließ sich nicht öffnen, klemmte oder war verriegelt. Schauer wagte sich weiter vor. Sie wusste, auf der anderen Seite waren auch Türen, doch sie konnte nicht überall nachsehen, was sie hier tat, musste genügen, mehr konnte niemand verlangen.

Dann aber besann sie sich, denn es würde ihr gar nichts nützen, wenn sie nicht überall wenigstens kurz nachsah.

«Celina?», fragte sie lauter, ließ von der Wand ab, starrte den Bildschirm an, während sie mit ausgestrecktem Arm zur anderen Wand tastete. Dort traf sie direkt auf eine Tür, die ebenfalls geschlossen war. Warum standen sie nicht offen, die Kollegen sollten doch das ganze Haus abgesucht haben, und geschlossene Türen suggerierten, dass hier noch nachgesehen werden müsste. Oder war das Bruch gewesen? Und wo war er überhaupt?

«Felix?», rief sie lauter. Vielleicht war ihm ja etwas geschehen. «Felix?»

Von links ertönte ein Geräusch, ein Rascheln aus der Tiefe des finsteren Kellerflurs. Sie zuckte herum, hielt die Kamera in die Dunkelheit gerichtet, sah damit vielleicht drei Meter in den Raum oder vier, mehr nicht, und das auch nur ganz unscharf. Wieder gab es ein Geräusch, und sie müsste vollkommen irre sein, wenn es sich nicht anhörte wie nackte Füße auf steinernem Boden.

«Wer ist da?», rief sie, was dämlich war, denn wenn da jemand war und es ihr mitteilen wollte, hätte er es wohl getan. «Ohne Quatsch, ich hab hier eine Knarre, ich schieße. Celina? Celina Kühn? Deine Mutter ist ganz verzweifelt. Sogar dein Bruder heult!», log sie, starrte angestrengt auf den Bildschirm, wagte nicht mal zu blinzeln, weil sie fürchtete, genau in diesem Bruchteil einer Sekunde könnte etwas aus der Dunkelheit stoßen und sie angreifen. Es war wieder still.

«Felix?» Sie ließ die verschlossene Tür bleiben, ging weiter, wechselte die Kamera in die linke Hand, um sich jetzt mit der rechten vorwärtszutasten. Dabei wurde es sinnloser, je tiefer sie in den Gang vordrang. Es war so finster, dass die Nachtsichtfunktion völlig nutzlos wurde. Es hatte keinen Zweck mehr. Sie schaltete das Gerät ab, steckte es in die Jacke, nahm ihr Handy heraus. Sie sah vorsichtig auf das Display, um sich nicht zu blenden. Dreißig Minuten waren vergangen, und ihr Akku zeigte noch sechzehn Prozent an, dabei hatte sie nichts gemacht, seitdem sie das letzte Mal drauf gesehen hatte.

Hinter ihr quietschte es plötzlich laut, hörte sich an wie ein Schrei, und mit einem lauten Plauzen, wie sie es schon einmal gehört hatte, bevor sie auf André traf, knallte die Tür zum Treppenhaus zu, die sie hatte offen stehen lassen. Schauer warf sich an die Wand, presste sich mit dem Rücken dagegen. Sie musste warten, bis ihr Herzschlag sich wieder halbwegs normalisiert hatte und ihre Hände nicht mehr zitterten. Damit ist wenigstens das klar, dachte sie, jemand spielt hier mit mir. Sperrt mich hier ein. Die Frage ist nur, hat er die Tür von innen oder außen geschlossen? Sie griff in die Jacke, holte die Pistole heraus.

«Ich seh dich!», log sie. «Bleib, wo du bist. Rühr dich nicht von der Stelle.» Hektisch fummelte sie am Handy, zog das Schnellmenü auf, schaltete die Lampe ein. Unglaublich hell leuchtete das kleine LED-Licht den Flur aus, zeigte ihr, dass sie keine zehn Meter vorangekommen war, dass dort an der Tür zum Treppenhaus niemand war, es sei denn, er hätte sich in einen der Räume geflüchtet. Hektisch fuhr sie herum, leuchtete in die andere Richtung. Dort schien der Gang noch ewig lang, und schon war ein Prozent ihres Akkus verbraucht. Das war nicht einmal eine Minute gewesen, nicht mal eine halbe. Also Schluss hier. Sie rannte los, zum Treppenhaus hin, packte die Klinke, doch die Tür ließ sich nicht öffnen. Sie zog und stemmte wie wild, doch die Tür war entweder abgeschlossen oder von außen verkeilt, oder schlimmer noch, jemand hielt sie zu. Einen Moment war sie versucht, auf das Schloss zu schießen, doch das war eine Stahltür, es gab keine Garantie, dass die Kugeln nicht abprallten und ein Querschläger sie im Rückgrat traf. Ihr blieb nur, in der anderen Richtung nach einem Ausgang zu suchen.

Schauer zögerte keine Sekunde mehr, der Akku gab ihr vielleicht fünf Minuten Licht. Normalerweise genügte das, gemütlich durch den Gang zu spazieren, aber normal war hier gar nichts. Sie lief los, rannte nicht, aber ging schnell, den Gang direkt vor sich hell ausgeleuchtet, weiter hinten nur diffus, aber tausend Millionen Mal besser als nichts. Am Ende des Ganges ging es überhaupt nicht nach rechts, wie sie vermutet hatte, hier war ein totes Ende. Doch es musste eine Verbindung geben. Sie lief zurück bis zur letzten Tür auf der rechten Seite, die sich vorhin nicht hatte öffnen lassen. Doch vielleicht hatte sie auch nur gezogen, nicht gedrückt. Tatsächlich ließ die Tür sich in die andere Richtung öffnen. Dieser Gang führte unter dem eingestürzten Gebäudeteil entlang. Das nächste Treppenhaus lag dahinter.

Dies hier schien der älteste Teil des Hauses zu sein. Schauer trat ein, tastete nach der Wand. Die war nicht aus Ziegeln, sondern aus Feldsteinen gemauert. Plötzlich polterte es hinter ihr. Das Geräusch kam aus dem Gang, den sie gerade hinter sich gelassen hatte. Schauer wirbelte herum, tastete nach der Tür, durch die sie gerade getreten war, warf sie zu und stemmte sich mit aller Kraft dagegen.

Es ging um ihr Leben, stellte sie in diesem Moment fest. Das hier war weder Spaß noch Spiel. Es ging ums Überleben. Jemand wollte sie herunterlocken und beseitigen, und es hatte zur Hälfte schon funktioniert. Sie war so dämlich, die Verzweiflung trieb ihr Tränen in die Augen. Alle hatten recht, Mutter, Vater, Schwester, Kollegen. Was wollte sie bei der Polizei. Sie war einfach nur dämlich, zu blöd, was auf die Reihe zu kriegen, tat immer taff, und dann stellte sich heraus, alle hatten recht, sie war einfach zu blöd. Und jetzt hockte sie in einem Keller in irgendeiner fremden Stadt und wurde von einem Verrückten gejagt, der am Ende noch ihr irrer Kollege war.

Nach ein paar Augenblicken wagte sie es, sich von der Tür zu lösen, die Waffe auf diese gerichtet, lief sie ein paar Meter rückwärts. Dann fiel ihr Blick auf das Display ihres Smartphones, nur noch sechs Prozent, wie konnte das denn sein? Schon wurde sie wieder wütend, wegen dem Telefon, der Umstände und ihrer eigenen blöden Flennerei. Sie musste raus aus dem Gebäude, und zwar jetzt. Sie musste den niedrigen Gang durchqueren, hin zum nächsten Treppenhaus, hoch und raus, koste es, was es wolle. Sie drehte sich um, leuchtete und sah am anderen Ende, wie etwas sich bewegte, etwas Großes, ein Mann, mit etwas in den Händen, einer Schaufel vielleicht. Sie prallte zurück, fand keinen Halt, stürzte auf ihren Arsch. Ihr blieb gar keine Kraft zu schreien, der Schreck war wie eine Faust in ihrem Magen, trieb ihr die Luft aus der Lunge. Das Handy lag am Boden, mit der Lampe nach unten, ein winziger Lichtschein in absoluter Finsternis. Es klingelte in ihren Ohren, erst jetzt realisierte sie, dass sie geschossen haben musste. Sie warf sich nach vorn, langte nach dem Telefon. Drei Prozent nur noch. Hinterhältiges Dreckstück. Sie schaltete die Lampe ab. Nun verharrte sie, lauschte, hörte nichts, wusste aber nicht, ob es an dem Knall lag. Sie hob die linke Hand zum Ohr, rieb zwei Finger gegeneinander, nahm erleichtert das leicht schabende Geräusch wahr. Sie war nicht taub. Nun galt es Ruhe zu bewahren. Das hier musste taktisch ausgehen. Wenn sie beide nichts sahen, war sie im Vorteil, sie hatte eine Waffe, die auch auf kürzeste Distanz funktionierte. Sie musste hier warten, bis der andere sich regte, musste auf jedes Geräusch lauschen, musste bloß cool bleiben, schön cool.

Wenn sie nur wüsste, ob sie sich nicht getäuscht hatte. Aber da war jemand gewesen. Ein Mann. Bruch vielleicht? Oder Jolisch? Hatte der sich hier unten versteckt? Oder hatte André sie hinuntergelockt? Hatte erst Bruch in den Keller gelockt, ihn erschlagen und wollte nun auch sie beseitigen? War sie auf den Jungen hereingefallen? Wie lange würde es morgen dauern, ehe Simon kapierte, dass mit ihnen etwas geschehen war, ehe er die richtigen Schlüsse zog und Leute losschickte. Falls er überhaupt Lust dazu hatte. Mit einem Schlag den irren Bruch und die bekloppte Neue loszuwerden, mochte ein verlockender Gedanke sein.

Lange geschah nichts. Ewig musste sie schon hier hocken. Doch sie durfte nicht aufs Handy sehen, das kleinste bisschen Licht würde sie verraten. Die Lampe konnte sie nicht wieder anschalten, es würde für keine zehn Sekunden Licht mehr genügen. Und wenn sie nur das Display anschaltete? Müsste nicht das schwache Licht genügen hier in dieser Schwärze?

«Hab ich dich getroffen?», fragte sie leise. «Tut es weh?»

Sie bekam keine Antwort, hörte auch kein Geräusch, keine Schritte, kein sandiges Knirschen. Hätte sie jemanden getroffen, würde der vor Schmerz stöhnen. Oder er war tot. Oder sie hatte den Angreifer vertrieben. Er hatte nicht damit gerechnet, dass sie schießen würde. Sie stemmte sich hoch, tastete sich wieder zur anderen Seite des Ganges. Die Hand mit der Pistole hielt sie dicht vor dem Körper, nicht am ausgestreckten Arm. Stand er hier irgendwo, die Schaufel zum Schlag ausgeholt?

Ganz unvermittelt ertönte dieser widerliche kreischende Schrei, ließ all ihren Mut in einer kurzen Stichflamme verbrennen, schon drohte die Angst sie wieder zu übermannen. Aber dieser Schrei. Das war keiner. Das war die große Stahltür im eingestürzten Treppenhaus, die so quietschte.

Mit dem Rücken an der Wand schob sie sich weiter, machte kleine Schritte, zog das rechte Bein immer nur nach, wollte keine Fläche bieten. Wie lang würde es dauern bis man sie hier fand, der Gedanke ließ sie nicht los, als ob das wichtig wäre. Niemand würde sie vermissen. Ihre Eltern sprach sie einmal im Monat. Freunde in Dresden hatte sie nicht. Bruch war weg, und wahrscheinlich würde er keinen Gedanken an sie verschwenden. Schon wieder wollte Verzweiflung sie übermannen, da half es auch nichts, dass sie sich beschimpfte, sich einen Feigling nannte, eine Lusche, eine Null. Hinter ihr quietschte es, als versuchte jemand die Verbindungstür ganz leise zu öffnen.

Jetzt war alles egal, sie schaltete die Lampe vom Handy ein, leuchtete links, rechts, links, noch war sie allein, dahinüber musste sie, einfach vorwärts, da war das andere Treppenhaus, hinter dieser Tür. Ohne jede Warnung verlosch das Licht. Keine drei Sekunden hatte sie gehabt. Sie lief los, den linken Arm ausgestreckt, schob sie sich mit dem Unterarm an der Wand entlang, schlug ihn sich zweimal heftig an Vorsprüngen ein, stolperte über etwas, musste fast angelangt sein, da fasste sie jemand an den Hals.

Schauer schrie, ließ sich fallen, oder fiel, weil ihr die Knie wegsackten. Sie rollte sich zur Seite. Sie vernahm leise Schritte.

«Wer ist da?», hörte sie sich wimmern. «Wer ist da?» Sie könnte schießen. Aber wohin? Sie kroch rücklings weiter, wie André, bis sie mit dem Kopf an eine Wand stieß, schob sich hoch, in sitzende Position. Aber wo war sie? In welche Richtung musste sie gehen. War sie wirklich berührt worden?

«Ist da wer?», flüsterte sie ganz leise. Lass mich, wollte sie sagen, lass mich am Leben. Bitte tu mir nichts, bitte. Niemand antwortete, stattdessen prasselte etwas auf sie nieder, wie eine Handvoll Reis, sie bekam davon in den Mund, schmeckte Dreck, Erde und Sand.

«Was soll denn das?», fragte sie verzweifelt, spuckte aus, wischte sich mit dem Handrücken über den Mund. Etwas Schwereres landete auf ihrem Schoß, hektisch fasste sie danach, wollte es wegwischen, berührte etwas Totes, mit Fell und kleinen Füßen. Von Ekel gepackt sprang sie auf, taumelte, schlug um sich. «Schluss!», schrie sie und stieß mit der Waffe gegen etwas Metallenes. Es war eine Tür. Panisch suchte sie die Klinke, konnte sie ertasten und schrie vor Erleichterung, da sich diese Tür als Ausgang erwies. Ganz schwach erkannte sie die Konturen der Treppe, die nach oben führte. Sie fiel mehr hindurch, als dass sie lief, prallte gegen die nächste Wand. Kaum draußen, schlug die Tür hinter ihr mit solch unheimlicher Wucht zu, dass es schepperte und Putz von der Wand fiel. Schauer stürzte sich die Treppe zum Erdgeschoss hoch, rutschte den Schuttberg hinab ins Freie, blieb hängen, zerriss sich die Jacke. Unten angelangt lief sie los, den Trampelpfad entlang, rechts und links knackte es, jemand verfolgte sie, brach durch das Dickicht. Als sie auf das freie Feld gelangte, wo sie Regen empfing und eiskalter Wind, drehte sie sich um, die Pistole vorgestreckt, zielte sie auf das Gebüsch, lief rückwärts, stolperte, stürzte auf den Rücken, ließ das Dickicht nicht aus den Augen, doch da war niemand, niemand, der ihr nachlief. Sie stand auf, drehte sich um, rannte. Rannte, so schnell sie konnte. Bis vor zur Straße lief sie, stolperte übers Feld, dann an der Vorderseite des Hofes entlang, die ganze Straße hinab bis zu der Stelle, wo sie das Auto abgestellt hatten. Erleichtert schluchzte sie auf, als sie es stehen sah, öffnete es, warf sich auf den Fahrersitz und verriegelte den Wagen von innen.

Einen Moment saß sie so da, atmete, starrte durchs Lenkrad, dann warf sie die Hände vor das Gesicht und fing an, hysterisch zu heulen.

15

Er öffnete nicht gleich die Augen, als er erwachte. Zuerst lauschte er, versuchte zu ergründen, wo er war und ob es echt war, was er fühlte und dachte. Er saß, so wie er sich in der Nacht hingesetzt hatte, es roch, wie es gerochen hatte. Nur hörte er nichts. Jetzt hob er die Lider, es war noch dunkel, doch der neue Tag war angebrochen, ein grauer Schimmer lag über dem Land. Bruch fand sich im ehemaligen Wohnzimmer der Verstorbenen wieder, in dem Sessel, in den er sich gesetzt hatte. Er drehte den Kopf nach rechts, sah zum Sofa. Sie war nicht da. Ihr Rucksack lag da, der Schlafsack, aber Schauer war weg. Er bewegte sich, spürte Schmerzen. Keine speziellen, sondern allgemeine, wie nach einem anstrengenden Tag. Er nahm die Hände hoch, betrachtete sie, ballte sie zu Fäusten, öffnete sie wieder. Schmutzig waren sie.

Bruch stand auf, ging in die Küche, sah aus dem Fenster, nichts hatte sich verändert. Sein Nacken tat weh, sein Rücken ein wenig. Die Beine waren steif. Benommen kam er sich vor. Tastete in seinem Mund nach einem Geschmack. Schmeckte Erde. Hatte er geschlafen, fragte er sich. Die ganze Nacht geschlafen? Er hatte geträumt, wusste er, und nun kamen Traumfetzen als Erinnerungen zurück. Noch einmal hob er die Hände vor seine Augen. Selbst in dieser Düsternis, dem ersten schwachen Schimmer an Morgenlicht, sah er, wie dreckig sie waren, die Fingernägel schwarz, als hätte er in der Erde gegraben. Er konnte sich nicht erinnern, sie überhaupt gebraucht zu haben. Nachdenklich drehte er seinen Kopf, bis es knackte im Genick, sah noch einmal zum Sofa.

«Nicole», fragte er, sah, wie die Wände sich bewegten, wie Segel in einer ganz schwachen Brise. Zeit für seine Tablette. Aber zuerst musste er herausfinden, ob er geschlafen hatte, oder ob geschehen war, was so lang nicht mehr geschehen war. Sie hatte gestern schon behauptet, er wäre nicht da gewesen. Wäre verschwunden in der Nacht. Da hatte er ihr nicht geglaubt, wusste nicht genau zu unterscheiden zwischen dem, was real war und was nicht, hatte die Tablette nicht genommen. So wie jetzt. Er sah wieder nach unten, hatte die Tablettendose in der Hand und wusste nicht, wie sie dahin gekommen war. Hatte er nun schon eine genommen oder nicht? Er griff in seine Jackentasche, war froh zu finden, was er glaubte eingesteckt zu haben, inzwischen war gar nichts mehr sicher. Er nahm das kleine Diktiergerät heraus, das er am Vortag in seinem Schlafzimmer so lang hatte suchen müssen. Kaum größer als ein Feuerzeug. Ein digitales Gerät mit vielen Stunden Speicherzeit. Er beendete die Aufnahme, drückte auf Abspielen. Zuerst hörte er sie den Schuttberg erklimmen, hörte Schauer fluchen, er solle warten. Dann, wie sie die Stufen hinaufgestiegen waren, wie sie sich setzten, einrichteten. Schauer sprach. Irgendwann schlief sie ein. Dann geschah ewig nichts. Es blieb lange stumm, einzig sein Atmen konnte er vernehmen. Bruch drückte auf schnelleren Vorlauf, hielt sich das Gerät ans Ohr. Als er glaubte, etwas gehört zu haben, hörte er noch einmal in normaler Geschwindigkeit. Eine Tür quietschte. Leise Schritte. Ein Schrei. Er spulte zurück. Vielleicht auch das Quietschen einer alten Tür. Aber aus weiter Entfernung. Dann wieder nichts. Lange Zeit nichts. Nur sein Atem. Leise Schritte. Seltsame Geräusche. Undefinierbar. Was hatte er getan?

Jetzt hörte er es rascheln. Jemand näherte sich von draußen. Bruch steckte das Gerät weg. Es hatte ihm nicht geholfen. Nur bewiesen, dass ein Teil von ihm anscheinend erwachte, während ein anderer schlief. Noch einmal ging er in die Küche, sah nach unten. Doch es war zu spät, jemand war schon am Haus, kletterte den Schuttberg hinauf. Er drehte sich um, wartete. Schritte waren zu hören, wurden langsamer, zögerlicher. Bruch blieb still, regte sich nicht. Er konnte sich nicht trauen. Hätte er eine Tablette genommen, müsste sie langsam Wirkung zeigen, aber vielleicht wirkte sie schon. Was würde er sonst hören und sehen?

Es wurde ganz still. Nur die Mäuse nagten im Gebälk. Dann trat Schauer in die offene Tür, die Pistole auf ihn gerichtet. Völlig verdreckt war sie, die Hose voller brauner Flecken, wie Schlamm. Die Jacke zerrissen. Der Verband auf ihrer Stirn schwarzfleckig, ihre Augen geschwollen.

«Wo warst du?», fragte Bruch.

Schauer ließ die Waffe sinken, trat in den Raum. «Wo ich war?», fragte sie zurück. «Wo ich war, fragst du? Wo warst du!»

Sie war voller Zorn. Was immer ihr geschehen war, es hatte sie an den Rande des Wahnsinns getrieben. Bruch hob die Hand.

«Wag es nicht», unterbrach sie ihn, ehe er begonnen hatte, «wag es nicht, mir irgendeinen Scheiß zu erzählen. Du hast versprochen, da zu sein, und als ich aufgewacht bin, war ich wieder allein. Du warst weg, und offensichtlich bist du ja zurückgekommen, und es hat dich einen Scheiß interessiert, wo ich war.»

«Wo warst du?»

«Du sollst still sein, ich will kein Wort von dir hören. Ich weiß nicht, was hier vor sich geht, aber ich lass mich nicht verarschen. Wo ist André?»

«André?»

«Der Russe!», schrie Schauer, senkte dann die Stimme wieder. «Er war hier, vollkommen verängstigt. Er sagte mir, das Mädchen wäre hier. Deshalb bin ich in den Keller gegangen. Jemand hat mich angegriffen, jemand hat versucht, mich einzusperren, während du ...» Sie musste innehalten, um die Fassung wiederzugewinnen, «während du irgendwo warst und dich einen Scheiß für mich interessiert hast. Ich hab im Auto gepennt, und ich bin nur zurückgekommen, weil ich mein Handy im Keller verloren habe und es wieder holen will. Du kommst mit, und dann, sag ich dir, dann sind wir fertig. Und nicht nur wir miteinander. Du bist fertig, sag ich dir. Ich werde zu Simon gehen und ihn aufklären über dich. Dass du Tabletten bekommst, von irgendeiner Ärztin, die das Zeug unter der Hand vertickt. Ich hab die Tabletten untersuchen lassen, hab sie jemandem gezeigt, der sich damit auskennt. Ich weiß, was das für Dinger sind! Du bist richtig kaputt! Das sind Psychopharmaka! Das bekommt man gar nicht einfach so, die kannst du nicht kaufen! Das bekommen Leute in der Psychiatrie! Die schweren Fälle. Borderliner, Schizos, Psy-cho-pa-then, verstehst du? Kranke! Du bist nicht du! Ich weiß nicht, wie lang du die schon nimmst, aber du bekommst sie illegal! Du müsstest in Behandlung, ganz dringend! Dienst-un-fähig! Das bist du! Sieh dich doch an! Keine Ahnung, was dein Kumpel Michael darüber dachte, aber es hat ihn anscheinend das Leben gekostet. Aber mich nicht, verstehst du? Ich hab erst diese Scheißkrankheit überstanden, ich werde nicht in irgendeinem Scheißauto verbrennen oder hinterrücks erschossen, weil du nämlich in die Klapse gehst.»

Bruch spürte Leben in sich, das Herz begann zu schlagen. So durfte sie nicht reden. Sie wusste längst nicht alles, nicht über ihn und nicht über Michael, sie durfte nicht zu Simon gehen. Sie wusste nichts über die Frau mit den Tabletten. Sie wusste erst recht nichts von Simon. Er wollte es ihr erklären, doch dazu müsste er die Tablette nehmen, oder er hatte sie schon genommen, zwei zu nehmen, wäre ein ebenso großer Fehler. Einer, den er auch schon begangen hatte. «Du verstehst das nicht!», sagte er.

«Nein, du verstehst nicht!», fuhr Schauer ihn an. Jetzt nahm sie sich wieder zusammen. Atmete durch, richtete sich auf. Aber sie hatte die Pistole wieder angehoben. «Felix, du bist krank», sagte sie, überdeutlich, überlangsam. «Dir muss geholfen werden.»

«Nein», sagte er, «wir müssen ins Bestattungsinstitut fahren, wir müssen erfahren, wann Frau Gessner eingeäschert wurde.

Sie starb nicht ein halbes Jahr nachdem Linda verschwunden war, sondern ganz kurz darauf.» Das hatte er überprüft. Gestern, oder an irgendeinem anderen Tag. «Wenn etwas in dem Haus geschehen ist in der Nacht, wenn jemand hier war, dann muss es jemand gewesen sein, der die alte Frau kannte, der Linda hier versteckte und vermutlich auch Celina hier versteckt. Vielleicht hat die Frau es erfahren und musste deshalb sterben. Wir müssen Jolisch finden, und wir müssen ins Krematorium.» Er verstummte. Sein Körper vibrierte. Seine Fingerspitzen kribbelten. Es wurde deutlich: Er hatte sie noch nicht genommen. Die Tablette. Er musste, musste sie nehmen, schnell, jetzt, doch gerade jetzt, für diesen Moment, fühlte es sich gut an. Leben.

Schauer starrte ihn an. Lange Zeit. «Hast du irgendwas von dem verstanden, was ich gesagt habe?»

«Ich habe alles verstanden.» Um ihre Füße stieg schwarzer Nebel auf. Sie sah es nicht, müsste nach unten sehen. Er hob die Hand wieder. «Aber du weißt nicht, was mit Michael war. Niemand weiß das.»

Schauer winkte ab. «Es ist mir egal. Komm jetzt mit in den Keller, noch einmal will ich nicht allein da hinein. Dann melden wir, dass André hier war, sollen die sich kümmern, der kann nicht weit sein. Dann fahre ich uns nach Hause.»

Kein Wort sprachen sie. Nicht eine Silbe. Sie fanden das Telefon, es lag im Dreck, zwischen den Spuren ihrer Panik, die jetzt, im trüben Tageslicht und da sie nicht mehr allein war, völlig übertrieben hysterisch wirkten. Ihre Handabdrücke sah sie, panisch wischende Finger, Schuhspuren, Hunderte, Tausende, als sei sie auf der Stelle getippelt, Rutschspuren, hierhin, dahin. Kein totes Tier, von dem sie glaubte, jemand hätte es auf sie geworfen. Bruch sagte nichts dazu. Was er dachte, war sowieso ein Rätsel, ob er sie überhaupt verstanden hatte, noch dazu. Vermutlich verdrängte er es einfach. Schmutzige Hände hatte er, sie hatte ihn nicht darauf angesprochen, aber bitte, erklär das mal einer. Soll er es selbst erklären, wenn Simon Bescheid weiß. Mithilfe seiner Lampe waren sie durch den Keller gelaufen, den ganzen Weg zurück, der ihr in der Nacht endlos vorgekommen war. Jetzt waren das natürlich bloß ein paar Meterchen. Dort, wo sie an der Mauer runtergerutscht war, hatte er etwas gesehen, hatte sich gebückt und es aufgehoben, und im Keller hatte sie nicht kapiert, was das war, aber jetzt, hier im Auto, diesen Idioten an ihrer Seite, der vermutlich schuld an der ganzen Sache war, der sie in seiner Bekloppthelt fast in den Wahnsinn getrieben hatte, jetzt kapierte sie, dass er die zwei leeren Patronenhülsen gefunden hatte.

Verdammter Dreck, jetzt musste sie auch noch ein Protokoll schreiben. Wieder zwei Schuss verballert. Ins Dunkle. Ins Blaue. Stell dir vor, das Mädchen wäre da gewesen, und du hättest sie abgeknallt.

Bruch langte langsam rüber, griff in den Lenker. Schauer riss die Augen auf, sie war beim Denken nach rechts gedriftet, beinahe gegen ein parkendes Auto geschrammt.

Wo musste sie lang, überlegte sie, fragen wollte sie nicht. Sie war Polizistin, sie musste klarkommen, und immerhin wohnte sie schon fast zwei Jahre in dieser Stadt. An einer Kreuzung schaltete sich ihr inneres Navi zu, das war die Zufahrtsstraße zum Stadtzentrum, links also.

Am besten, sie würde gleich ins Präsidium fahren, egal wie alle glotzen würden. Dann war sie eben dreckig. Sie reckte den Kopf nach rechts, sah in den Spiegel. Die Verletzung war anscheinend doch geplatzt, der Verband war durchgeblutet, ein kreisrunder Fleck war zu sehen, wie die japanische Flagge. Die werden sich kaputtlachen. Kamikazekid werden die sie nennen. Harakiritante, irgend so was. Sie würde Simon alles erklären müssen, warum überhaupt die ungenehmigte Aktion. Im Prinzip Hausfriedensbruch. Warum sie sich getrennt hatten, warum sie André nicht festgesetzt hatte. Handschellen drum. Weil sie nicht zulassen konnte, dass er erstens, mit Händen auf dem Rücken versuchte, den Schuttberg herunterzuklettern, praktisch unmöglich, oder zweitens, sich jemandem ausgesetzt sah, der ihn am Ende noch mit einer Schaufel erschlug. Und wie sie rausfinden konnte, dass Bruch diese Tabletten nahm. Verletzung der Privatsphäre, Hausfriedensbruch Numero zwei, Datenschutz, Kameradenschwein, eingebildete Wessikuh, was weiß ich. Zieh es durch, mahnte sie sich, fahr heim, dusch dich, zieh saubere Klamotten an, mach einen seriösen Eindruck. Die denken sowieso schon, du spinnst.

Sie fand Bruchs Block, bog in seine Straße ein, hielt an, obwohl hinter ihr ein Kleintransporter fuhr, der nun warten musste. Sie starrte stur geradeaus, als Bruch ausstieg. Er sagte auch nichts. Prima, kannst mir gestohlen bleiben. Er warf die Tür zu, und sie fuhr los.

Sie fuhr den ganzen Ring ab, kam so wieder an eine Ampelkreuzung, wo sie zurück auf die breite Zufahrtsstraße kam. Coventrystraße. Zur Belohnung, dass Coventry als erstes Bombenopfer im Zweiten Weltkrieg herhalten musste, haben wir euch eine vierspurige Straße gewidmet, die durchs Ghetto unserer Stadt führt. Gratulation! Die hübschen Straßen im Zentrum waren leider aus. Die Ampel wurde grün, sie bog rechts ab. Genau wusste sie es auch nicht mehr, aber sie musste durch einen Tunnel, dann links, dann rechts mitten durchs Zentrum, Zwinger links, Altmarkt rechts, Frauenkirche links, dazwischen nagelneue, herrlich hässliche Investitionsgroßbauten, wunderbar ins Ensemble der DDR-Plattenbauten eingefügt, Gratulation, schönste Stadt der Welt, beklopptester Kollege ever. Sie sah in den Rückspiegel. Sie war über die letzte Kreuzung bei Gelb gefahren. Hinter ihr war der Transporter, doch danach war noch ein Auto abgebogen, folgte ihr. Dabei müsste es nach dem Transporter längst rot gewesen sein. Mercedes A-Klasse, silbern. Schauer sah noch einmal in den Spiegel, doch der Transporter verdeckte die Sicht.

Sie fuhr in den Tunnel ein, gewann ordentlich an Geschwindigkeit, wenn man hier nicht aufpasste, fuhr man leicht hundert mitten in der Stadt, da wollte man nicht geblitzt werden. Als sie aus dem Tunnel kam, wechselte der Transporter in die Rechtsabbiegerspur, gab den Blick nach hinten frei. Da hatte sich inzwischen ein weiteres Auto eingeordnet, doch dahinter fuhr der Mercedes. Musste nichts bedeuten. Doch etwas kam ihr an dem Auto merkwürdig vor, auf etwas war sie aufmerksam geworden.

Das Beste war wohl, sie fuhr einfach weiter, würde sich ja zeigen, ob das Auto ihr folgte.

Sie zwang sich, nicht in den Rückspiegel zu sehen, man musste ja wirklich drauf achten, dass man nicht genauso bekloppt wurde wie Bruch. Sie bog links ab, in Richtung Elbe, dann in Sichtweite dieser riesigen Moschee, die aber eine ehemalige Tabakfabrik war, ein Werbegag, den sich heutzutage garantiert keiner erlauben würde, wegen Political Correctness und Verletzung von Gefühlen. Jeder war heutzutage sofort verletzt, für ein Bild von einem Schnitzel bekommst du einen Hatekommentar von 'nem Veganer, bei Twitter wird es nicht angezeigt, von wegen sensibler Inhalte. Aber die, deren Gefühle wirklich verletzt sind, die sollen mal schön den Mund halten, interessiert eh keinen, sollen sich nicht so haben, strengt nur an. Sie bog rechts ab, ins Stadtzentrum hinein. Erst jetzt erlaubte sie sich wieder einen Blick in den Rückspiegel. Im ersten Moment schien der Mercedes verschwunden, hinter ihr waren drei andere Autos. Dann aber sah sie ihn doch, weiter dahinter.

Hatte auch noch nichts zu bedeuten. Eine Menge anderer Autos waren auch denselben Weg gefahren und sortierten sich auf der nächsten Rechtsabbiegerspur ein wie sie. So wie sie das bisher gesehen hatte, schafften es auch gerade mal vier Fahrzeuge bei Grün über die nächste Kreuzung, und vor ihr standen noch zwei.

Die Ampel schaltete um, und da Fußgänger über die Straße wollten, verzögerte sich alles noch mehr. Als sie abbog, wurde es schon wieder gelb, nach ihr rutschte nur noch einer durch.

Dann war Schluss. Ätsch, angeschmiert, dachte sich Schauer. Zur Sicherheit sah sie noch einmal nach, doch inzwischen war ein ganzer Schwung weiterer Fahrzeuge von der anderen Seite der Kreuzung herübergekommen, und endlich ging es auch an der nächsten Kreuzung voran. Im Spiegel sah sie, dass auch diese Ampel wieder umschaltete. Damit war sie sicher, ihren Verfolger abgeschüttelt zu haben. Oder eben irgendeinen silbernen Mercedes, der gar nichts mit ihr zu tun hatte.

Nun kam sie ins Zentrum, stand an vier, fünf, sechs anderen roten Ampeln an. Passierte das große Einkaufszentrum, den Platz, wo der Weihnachtsmarkt war, und schon war sie durch, überquerte den Pirnaischen Platz. Jetzt konnte man wieder Gas geben. Das tat sie und freute sich so sehr auf die Dusche, einen Kaffee und vielleicht eine Stunde Schlaf, die sie sich gönnen würde, dass sie Mühe hatte, ruhig zu bleiben und nicht entlang des Großen Gartens voll aufs Pedal zu treten.

Eher zufällig sah sie in den linken Außenspiegel, wie der silberne Mercedes mit extrem hoher Geschwindigkeit auf der linken Spur fuhr und drei Autos hinter ihr auf die rechte Spur einfädelten.

«Was geht denn hier ab?», flüsterte Schauer. Ihr Blick fiel aufs Funkgerät. Sie konnte Hilfe rufen, auch wenn ihr Handy aus war. Doch noch war sie nicht so weit, sich ganz zur Idiotin zu machen. Erst mal sehen. Was sollte passieren am helllichten Tag? Im Notfall hatte sie die Knarre.

Sie blieb auf der Spur, wechselte erst kurz vor der Kreuzung auf die linke, weil sie auf dem Comeniusplatz abbiegen musste. Zu kurz für den Mercedes, um unauffällig die Spur zu wechseln. Noch glaubte sich der Fahrer wohl unentdeckt. Schauer musste halten, weil für ihre Spur die Ampel Rot zeigte. Die Autos in der Spur neben ihr rollten jedoch geradeaus weiter. Schauer beugte sich ein wenig nach links, drehte den Kopf nach rechts, wartete, dass der Mercedes sie passierte.

Eine Frau saß am Steuer, ihr Alter, schulterlanges brünettes

Haar. Sie machte nicht den Fehler, zu ihr ins Auto zu schauen, blickte geradeaus. Das war die Frau, die sie gestern angestarrt hatte, als sie den Gerichtsvollzieher auf der Straße getroffen hatten. Drüben in der Neustadt.

Es hupte, denn sie hatten Grün. Schauer fuhr an. Was wollte diese Frau von ihr? Hatte sie etwas mit Celina zu tun? Gab es andere Gründe, ihr zu folgen? War es jemand von Sebastian? Wo war sie jetzt? Bestimmt ließ sie sich nicht so einfach abschütteln. Schauer sah in alle Rückspiegel, drehte sich um. Beim Passieren der nächsten Kreuzung sah sie den Mercedes sich von rechts nähern. Wie dringlich war es, dass die Frau eine solche Geschwindigkeit riskierte, denn sie musste gerast sein, um jetzt hier zu sein.

«Also gut», flüsterte Schauer. Eine Frau. Das musste zu schaffen sein. Und sie würde sie garantiert nicht bis zu ihrer Wohnung führen. An der nächsten Kreuzung bog sie rechts ab und gab Gas, weil sie sich noch einen kleinen Vorteil verschaffen wollte. Kam nach zwei weiteren Kreuzungen an einen Kreisverkehr, in dessen Mitte sich ein kleiner Park mit Spielplatz befand. Es war noch zu früh für spielende Kinder. Sie war ganz allein hier, das sollte genügen. Sie fuhr in die nächstbeste Parklücke, stieg aus und lief hinüber zu dem Spielplatz. Dort stellte sie sich so auf, dass der Mercedes direkt auf sie zufahren musste. Ein Wagen näherte sich, an den Lichtern glaubte sie den Mercedes zu erkennen. Er fuhr langsam, die Fahrerin suchte sie offenbar. Schauer trat einen Schritt nach vorn, wappnete sich darauf, dass der Wagen beschleunigte und auf sie zuschießen könnte. Hinter dem Rücken nahm sie nun die rechte Hand vor, in der sie Pistole hielt.

Die Fahrerin des Mercedes erkannte sie in diesem Moment, sie bremste kurz, fuhr dann vorsichtig wieder an. Während sie näher kam, wurde sie langsamer. Schauer bedeutete der Fahrerin, rechts ran zu fahren. Die Frau tat wie geheißen. Schauer wartete, sah zu, wie sie ausstieg. Eine ganz normale Frau, so alt wie sie, so groß wie sie. Sie trug Jeans, halbhohe Schuhe und eine Funktionsjacke.

«Können wir kurz sprechen?», rief sie halblaut über die Straße.

«Hier!», antwortete Schauer.

Die Frau nickte, warf die Tür zu und überquerte die Straße.

«Ich will Ihre Hände sehen!», rief Schauer.

Die Frau stutzte, dann verstand sie und zeigte ihre Hände vor. Nur um zu zeigen, dass mit ihr nicht zu spaßen war, zeigte Schauer kurz die Pistole.

«Das ist nicht nötig!», sagte die Fremde, kam nun über die Straße gelaufen. Schauer wich zurück, ließ sie nicht aus dem Blick.

«Also, was soll das?», fragte Schauer und hoffte, ihre Stimme hörte sich nicht zitterig an.

«Sind Sie Felix' neue Kollegin?», fragte die Frau.

«Wer will das wissen?»

«Ich bin Cornelia, ich bin seine Ex-Frau. Sind Sie nun die neue Kollegin?»

«Noch!»

«Genau darüber wollte ich mit Ihnen reden! Können wir nicht in ein Auto gehen? Es ist kalt, und bestimmt regnet es gleich wieder.»

Vergiss es, wollte Schauer sagen, ich lass mich nicht mehr an der Nase herumführen. «Also gut», sagte sie aber.

«Ich habe Sie gestern zufällig gesehen, drüben in der Neustadt. Ich war eine Bekannte besuchen, da erkannte ich Felix und sah Sie. Ich habe ... na ja, ich habe Ihrem Gesicht angesehen ...»

«Was denn?» Sie hatten sich in den Mercedes gesetzt. Schauer hatte sich im Beifahrersitz Bruchs Ex-Frau zugewandt.

«Felix eben. Jeder, der mit ihm zu tun bekommt, hat über kurz oder lang seine Probleme mit ihm.»

«Probleme kann man das nicht nennen! Was wollen Sie von mir?»

«Ich möchte Ihnen nur sagen, er ist kein schlechter Mensch, wirklich.»

Schauer hob den Zeigefinger. «Er hat ...» Es war gar nicht in Worte zu fassen.

«Ich weiß», Cornelia Bruch zog eine bedauernde Miene. «Ich weiß, was Sie meinen, ich war mit ihm verheiratet. Er war nicht immer so. Als ich ihn kennenlernte, war er anders. Ein bisschen seltsam schon manchmal, aber sonst freundlich, hilfsbereit, aufmerksam. Manchmal war er still, da ließ ich ihn in Ruhe, weil er mit seinen Gedanken woanders schien. Irgendwann ging das aber los, da wurde er immer seltsamer, fast unheimlich manchmal. Das ging so weit, dass ich es irgendwann nicht mehr aushielt.»

«Hat das was mit diesem Bartko zu tun?»

«Mit Michael? Nein, die kannten sich davor schon lang. Irgendwas war geschehen, dass Felix so wurde. Es passierte ja auch nicht von jetzt auf gleich. Es war ja schon immer so, dass er manchmal Dinge sah, die kein Mensch bemerkte. Aber das kehrte sich immer mehr um. Er wurde immer schräger, wissen Sie! Konnte stundenlang sitzen und starren. Bemerkte es nicht, wenn jemand etwas von ihm wollte. Manchmal, wenn ich ihn ansprach, sah er mich an, als müsste er erst überlegen, wer ich war. Aber er ist ein guter Mensch. Dass er so ist, dafür kann er nichts. Verstehen Sie, das wollte ich Ihnen sagen.»

Schauer ließ die Hand sinken. Sie dachte über das Gesagte nach. Cornelia sah sie an, wartete traurig lächelnd auf Reaktion.

«Und Sie denken jetzt, weil Sie mir das erzählen, mit Ihrem Hundeaugenblick, lasse ich mich beeindrucken?», sagte Schauer. «Kann ja sein, dass er ein guter Mann war! Jetzt aber ist er ein Irrer, einer, auf den man sich nicht verlassen kann, dem man nicht einen Meter weit trauen darf. Zweimal hat er mich schon sitzen lassen. Und es wird vermutet, dass er diesen Michael hat im Auto verbrennen lassen. Ich weiß, dass er Tabletten nimmt, richtige Granaten, vielleicht wissen Sie das nicht. Die knipsen ihm die Lichter aus im Kopf. So kann das nicht bleiben, ich werde ihn melden müssen. Er ist vollkommen unberechenbar.»

Mit jedem der letzten drei, vier Sätze war der Frau das Lächeln mehr und mehr vergangen. Auch ihre Haltung änderte sich, sie spannte sich an, streckte sich, wirkte größer. Jetzt klemmte sie sich mit einer flüssigen Bewegung der Rechten die Haare hinter die Ohren.

«Felix hatte kein leichtes Leben!»

«Das hatte ich auch nicht!», entfuhr es Schauer reflexartig, und schon wieder ärgerte sie sich über sich selbst. Warum konnte sie nie cool sein, immer nur ihren Impulsen folgen.

«Felix wuchs ohne Eltern auf. Sie sind wohl gestorben, als er sehr jung war. Es muss ein Unglück gewesen sein. Er kann sich nicht erinnern, es wurde nie drüber gesprochen. Geschwister hatte er keine. Zwar lebte er bei seinen Großeltern, aber sie waren sehr streng. Er redet so gut wie gar nicht über die Zeit. Vermutlich weiß er gar nichts davon, weil er alles verdrängt hat.»

«Kann ja sein», unterbrach Schauer, «kann ja alles sein, aber das ist keine Entschuldigung für sein Verhalten. Er bringt andere Menschen in Gefahr.»

«Ich weiß nicht, was geschehen ist, als Michael starb. Ich weiß nur eines, Felix hat ihn nicht einfach verbrennen lassen. Ganz sicher. Vermutlich hatte der Wagen sofort in Flammen gestanden, Felix hat gar nichts tun können. Polizisten sind wie Waschweiber, sag ich Ihnen, die tratschen und tuscheln, verbreiten Gerüchte und wissen nichts. Und wenn sie sich erst mal einen ausgepickt haben, dann lassen sie nicht sogleich von ihm ab. Felix und Michael waren erfolgreich, sie haben Ergebnisse geliefert, mehr als alle anderen zusammen. Michael war sein Freund, und er hatte sonst keine!»

«Wen wundert's!», lachte Schauer auf und hasste sich dafür, weil es dumm und albern und peinlich war.

«Der Polizeidienst ist alles, was Felix momentan hat. Wenn man ihm das nimmt, dann weiß ich nicht, was mit ihm geschieht. Und Sie kennen nicht den echten Felix. Was Sie sehen, ist ein Mensch, der einmal Felix war. Der etwas sucht und es nicht finden kann. Mischen Sie sich da nicht ein.»

Schauer hatte sich gezwungen, den Mund zu halten, abzuwarten, was noch kam. Das war's, fragte sie sich jetzt. Die Ex-Frau von Bruch bettelt mich an, nicht zum Chef zu gehen? Weil er keine Eltern hatte? Weil er sonst nichts hat? Mehr war da nicht?

«Sind Sie die Frau, die ihn ab und an anruft?», fragte Schauer leise.

Nein, war sie nicht, allein ihre Miene verriet deutlich, dass sie nichts davon wusste.

«Ich glaube, Sie wissen nicht alles über ihn», sagte Schauer und bemühte sich um eine leise Stimme. «Ich glaube auch, Sie haben ein falsches Bild von seiner Arbeit mit diesem Bartko.» So schnell ließ sie sich nicht unterkriegen. «Unter uns beiden, ich bin sicher, sie ließen sich bestechen. Ich habe in seinem Schlafzimmer Sachen gesehen, die eindeutig nicht in den Haushalt einer funktionierenden Person gehören.» Funktionierende Person, jetzt redete sie wie ihre Mutter. Und überhaupt, in seinem Schlafzimmer, was sollte die denken. «Da war Geld, viel Geld, nicht nur ein paar Euro. Und anderes Zeug. Koks, oder Heroin. Eine Waffe sogar. Ich will mich in nichts hineinziehen lassen. Nicht von einem solchen Psycho.»

Inzwischen hatte sich die Miene der Frau vollends verhärtet. Schauer schloss den Mund. Sie hatte ihr Pulver verschossen, nun sollte die andere sehen, wie sie damit umging.

Jetzt aber hob die Frau den Kopf. Ihr leises böses Lächeln kündigte einen Angriff an. «Mit dem Wort Psycho sollten Sie ja wohl vorsichtig umgehen.»

«Wie meinen Sie das?», fragte Schauer, wusste es selbst, wollte aber wissen, was genau die Frau wusste.

«Ich meine, dass Sie selbst vielleicht ein Psycho sind. Keine Ahnung, was in Ihrer Vergangenheit vorgefallen ist. Soweit ich aber weiß, neigen Sie zu Gewaltausbrüchen. Sie haben in Ihrer Zeit in Hamburg mehrmals bei Vernehmungen die Geduld verloren und einige Personen schwer verletzt.»

Widerliche Zuhälter, Vergewaltiger, Dealer, rotzfrech, hochnäsig. Aber woher wusste die das?

«Bei einer Hausdurchsuchung haben Sie einem Mann beide Arme gebrochen.»

Er hatte sie angegriffen.

«Sie haben einem Kollegen den Arm ausgekugelt.»

Weil er sie angefasst hatte.

«Und Sie haben hier, soweit ich weiß, einen unschuldigen Mann niedergeschlagen, vor drei Tagen erst.»

Einen Sexualstraftäter, einen Mann, der Frauen schlug und sich unterwürfig machte, sie vergewaltigte. Woher wusste sie das alles? Stand sie in Verbindung mit Bruch? Woher aber sollte er von Hamburg wissen? Simon konnte das wissen, indem er da angerufen hatte. Simon war es. Mit ihm sprach sie. Unterhielten sich vermutlich, wie eigen Felix sich in letzter Zeit benahm. Oder mehr noch. So genau, wie sie Bescheid wusste. Lief da was zwischen der Frau und Simon? Kleine rote Blitze zuckten vor ihren Augen.

«Und ich weiß, dass Sie Ihren letzten Freund krankenhausreif geschlagen haben. Sebastian Krummbach. Nasenbeinbruch, Jochbeinbruch, Schlüsselbeinbruch.»

Wie hatte er ihr das nur antun können, wie hatte er nur sagen können, dass er gelitten hätte und das nicht noch einmal aushielt, wie konnte er so etwas sagen, wo sie doch gerade gesund geworden war, wenn er sie doch angeblich liebte, denn wenn man sich liebte, dann hielt man das aus, gerade das, gerade das, wenn einer krank wurde, in guten wie in schlechten Zeiten, es sei denn, er hatte sie nicht geliebt. Das hieß aber dann, er hatte ihr etwas vorgemacht, die ganze Zeit, zwei Jahre lang, oder wenigstens einen großen Teil davon. Seinetwegen hatte sie alles aufgegeben in Hamburg. Alles. Auch wenn es nicht viel war. Vielmehr gar nichts. Denn was war da schon. Kollegen, die ihr aus dem Weg gingen. Eltern, die nichts von ihrem Beruf hielten. Eine Schwester, die anscheinend alles tat, was eine gute Tochter tat, im Büro arbeiten, heiraten, drei Kinder kriegen, oder vielleicht noch ein viertes, als ob es nicht schon genug beschissene Menschen in der Welt gab. Rote Blitze. Explosionen. Strom, der durch ihre Glieder zuckte. Sie musste sich beherrschen. Musste auf ihren Händen sitzen, um nicht der Frau ins Gesicht zu schlagen, in diese hübsche kleine Fresse, die glaubte, etwas Besonderes zu sein, weil sie mal mit diesem Psycho verheiratet war und mit seinem Chef was hatte. Wie konnte Simon davon wissen. Wie konnte diese Frau davon wissen. Sie musste mit Simon in Kontakt stehen. Sie hatten sich Informationen beschafft über sie, anders konnte es nicht sein. Sebastian hatte keine Anzeige erstattet. Hatte Simon ihr nachspionieren lassen? Aufgrund der Aussagen aus Hamburg? Und hatte Bruchs Ex-Frau darüber unterrichtet? Wo war sie hier gelandet?

«Es tut mir leid», sagte Cornelia leise. «Ich wollte Ihnen nicht wehtun.» Sie fasste Schauer an die Schulter.

Fass mich nicht an, wollte Schauer schreien, doch sie brauchte alle Kraft zur Selbstbeherrschung. Die Frau wusste nicht, wie sehr die Fackel in ihr loderte.

«Ich wollte nur sagen, jeder hat sein Päckchen zu tragen. Niemand sollte vorschnell urteilen.»

Sei still, dachte Schauer. Kann sein, dass sie auch nicht ganz on top war, aber Felix war hier der Psycho, und sie würde es der Hübschen hier schon noch zeigen.

«Alles klar», sagte sie, was auch dumm war, denn nichts war klar. Sie öffnete die Tür. «Schönen Tag noch!» Sie stieg aus.

«Wenn Sie vielleicht mal reden möchten ...»

Schauer warf die Tür zu.

Sie war allein, als sie ihr Büro im Präsidium betrat. Sie hatte sich Zeit gelassen. Es war inzwischen später Vormittag. Der wolkenverhangene Himmel vom Morgen war aufgerissen und zeigte nun ein Blau, als hätte es nie drei Wochen Regen gegeben.

Die Lamellen vorm Fenster waren geschlossen, ein Zustand, an den sie sich inzwischen gewöhnt hatte. Sie schaltete kein Licht an. Sie setzte sich auf ihren Stuhl, stieß sich mit den Füßen ab, rollte samt Stuhl in die Zimmerecke. Dort griff sie nach den Stricken, mit denen man die Lamellen bediente, drehte sie auf und zerrte sie mit einem großen Schwung auseinander. Dann schob sie sich an den Tisch zurück, sah jetzt erst, was neben ihrer Tastatur lag. In diesem Moment ging die Tür auf, und Bruch kam ins Zimmer. Er schien kein bisschen erstaunt, sie zu sehen.

«Hab mit deiner Ex gesprochen!», begann Schauer unvermittelt.

Bruch verharrte kurz. Er sah ihr in die Augen. Schauer erwiderte den Blick. Es gab keinen Sieger. Bruch setzte sich an seinen Platz, drehte sich ihr zu. Doch, sie hatte gewonnen.

«Simon ist nicht untätig geblieben», sagte Bruch.

«Sie hat mir alles über dich erzählt!», überhörte Schauer ihn, so wie er immer überhörte, was sie sagte.

Bruch hielt noch einmal inne. Dann lächelte er. Kurz nur, aber er lächelte. Das war ihr auch nicht geheuer.

«Der Staatsanwalt hat eine Aussagevollmacht für den Notar erteilt. Ich war dort. Der Notar hat ausgesagt. Jolisch war da gewesen, mit Frau Gessner. Einige Wochen vor ihrem Tod. Die Frau beschrieb der Notar als gefasst, sehr ernst, aber voll geschäftsfähig. Sie hat ohne Zögern die Schenkungsurkunden unterschrieben, ist gemeinsam mit Jolisch gegangen. Ich habe aber noch etwas erfahren. Dieser Arzt, Doktor Frieling, war ebenfalls mit dabei, er erwarb am Tag der offiziellen Grundstücksübertragung ein Vorkaufsrecht für den Hof, bei Jolisch. Jolisch und Frieling, der Mann, der die Tote fand, und der Mann, der ihren Tod feststellte.»

Sie glänzte. Um sie herum strahlte etwas wie eine Aura. Das war nicht echt, wusste er, aber was war schon echt? Das Leben mit den Tabletten, oder das ohne?

«Felix», sagte sie, «was ist das?» Sie zeigte auf die zwei Patronen, die er ihr auf den Tisch neben die Tastatur gelegt hatte. Sie funkelten, als spiegelte sich nicht nur das Licht in den glänzenden Metallhülsen, sondern ganze Sterne.

«Für dein Magazin. Ich wollte dir Ärger ersparen.» Sie würde sonst Protokolle schreiben müssen. Dazu müsste sie erklären, was sie getan hatten in der Nacht. Dann müsste er erklären, wo er gewesen war, und das konnte er nicht.

«Felix, ich will die nicht. Ich will nichts von deinem Zeug haben. Und ich frage mich, hast du mir zugehört? Verstehst du, was ich sage?»

«Nein, du musst verstehen. Wir müssen Jolisch finden. Und den Arzt befragen. Der weiß mehr, als er zugibt.»

«Felix, willst du damit behaupten, der Arzt hat mit Celinas Verschwinden etwas zu tun?»

«Es ist kein Zufall, dass alles so zusammentrifft. Linda verschwindet und taucht wieder auf. Wenige Wochen später schenkt Frau Gessner Jolisch das Grundstück, und der Arzt, der später ihren Tod feststellt, erwirbt das Vorkaufsrecht für das Haus und das Grundstück, dann stirbt sie.»

«Felix, was ist mit dir? Warum sprichst du so viel, warum lächelst du?»

Schade, ihre Aura begann sich einzutrüben, wurde dunkel.

«Felix, hast du heute deine Tablette nicht genommen?»

«Doch», log er. Es ging sie nichts an.

«Felix, wir müssen André finden. Er war da letzte Nacht, das habe ich mir nicht eingebildet.» Ihr Telefon begann zu klingeln. Die Töne schrillten in seinen Ohren, viel lauter als notwendig. Sie nahm das Gespräch an, seufzte schwer. «Das geht uns doch aber gar nichts an!» Sie wartete kurz. «Warum wir, da kann jeder andere hinfahren!» Sie lauschte noch einmal. Dann nahm sie das Handy vom Ohr und legte auf. «Wir sollen hinfahren. Irgendwas ist mit den Herzfelds.»

«Lindas Eltern?»

«Felix, was ist mit dir?»

«Nichts ist mit mir.»

«Warum schickt dir diese Frau die Tabletten, was verbindet dich mit ihr?»

«Ich weiß es nicht.»

«Wie, du weißt das nicht?! Hast du nie hinterfragt, wer diese Person ist?»

«Ich habe die Befürchtung, wenn ich es tue, wendet sie sich ab.» Es war nicht gut, wenn sie solche Dinge fragte. Nicht gut für sie. Etwas war ihr geschehen, lang schon her. Ihnen beiden war etwas geschehen. Doch im Gegensatz zu ihm, der nach den Ursachen für seinen Zustand suchte, wusste sie genau, was ihr geschehen war. Sie trug es mit sich herum, wie ein böser Geist hatte es sich auf ihre Schultern gesetzt und ließ sich von ihr durch die Jahre tragen, machte sie krumm, machte ihr das Leben zur Last. Voller Zorn war sie, weil sie nicht verstand, warum gerade ihr diese schlechten Dinge geschehen waren. Sie glaubte, das wäre nicht gerecht, doch sie müsste wissen, dass das Leben nicht gerecht war.

«Hast du deine Tablette heute genommen?», fragte sie noch einmal.

Er schwieg, denn er hatte schon geantwortet, die Geräusche draußen wurden lauter, das Licht greller, alles verlor seine scharfen Kanten, die Konturen begannen sich in leuchtenden Staub aufzulösen.

«Felix, nimm eine Tablette, bitte. Sonst gehe ich nirgendwo mehr hin mit dir.»

Bruch erstarrte, das Leuchten explodierte in einer weißen Supernova, erlosch im nächsten Augenblick. Hinterließ Bitternis, wie eisiger Wind nach einem letzten schönen Sommertag.

«Felix. Bitte!» Schauer war aufgestanden. «Nimm diese Tablette, sonst muss ich zu Simon gehen und ihm erklären, warum ich mit dir nichts mehr zu tun haben will. Ich habe gesehen, was du in deinem Schlafzimmer hast. Da war Geld, und eine Waffe, und weißes Pulver in Tüten, keine Ahnung, Puderzucker wird es nicht gewesen sein. Nimm jetzt diese verdammte Tablette, denn du machst mir Angst, du wirkst, als würdest du gleich explodieren. Bestimmt bist du schon drei Stunden überfällig, hab ich recht?»

«Nimm du die Patronen!», erwiderte er.

Schauer sah nach unten auf den Tisch. Dann nahm sie ihre Waffe, holte das Magazin heraus. Sie nahm erst eine Patrone, drückte sie ins Magazin, dann die zweite. Dann schob sie das Magazin ins Griffstück. Jetzt sah sie ihn auffordernd an.

Bruch nahm die Schachtel aus seiner Jackentasche. Er schüttete eine Tablette heraus. Widerstrebend hob er sie zum Mund. Es war gut, wusste er, er durfte nicht verlieren, was er hier hatte. Aber was hatte er denn? Er steckte die Tablette in den Mund. Sammelte Speichel. Schluckte sie.

Ein Teil der Bereitschaftspolizei war noch vor Ort, doch die Männer und Frauen langweilten sich, um Jolischs Grundstück hatte sich die Lage längst beruhigt. Die aufgebrachte Menge, die Jolisch hatte lynchen oder wenigstens halb totschlagen wollen, hatte sich schon am gestrigen Abend verzogen, nur ein paar waren geblieben oder wiedergekommen. Der alte Mann war noch immer nicht wiederaufgetaucht, sagte Püschel aus, der hier immer noch das Kommando führte. Es hatte weder gestern Abend noch in der Nacht irgendwelche Veränderungen gegeben. Vermutlich würde nichts mehr passieren, zum Wochenende hatten sie Besseres zu tun, als auf das Auftauchen des alten Mannes zu warten. Den eigentlichen Ärger hätte es bei Familie Herzfeld gegeben. Aber auch das war schon verraucht. Im Übrigen würde der Einsatz an diesem Tag noch beendet, hatten sie erfahren. Ab dann beschränkte sich die Suche auf die nationale Fahndung und das, was sie beide ablieferten, Schauer und er.

Bruch wandte sich schon ab, da hatte Püschel noch gar nicht zu

Ende gesprochen. Die Welt verlor ihren Glanz. Nichts schimmerte mehr, sondern war wieder in zähen Leim getaucht. Die Stimmen der Menschen verzerrten, wie in einem billigen Kassettenspieler. Von der Energie, die ihn vor wenigen Minuten noch erfüllt hatte, die versprach, nie wieder schlafen zu müssen, die versprach, unbesiegbar zu sein, war nichts mehr als eine trübe Erinnerung geblieben.

Schauer folgte ihm zum Haus der Herzfelds. Sie beschwerte sich nicht. Wie sollte sie auch, sie war es, die ihn gezwungen hatte, die Tablette zu nehmen.

Das Haus, sonst in einem mutlosen Beige, war voller Schlamm, zwei Fensterscheiben waren eingeworfen. Blumentöpfe vor der Eingangstür waren umgestoßen, zwei waren zerbrochen. Der Briefkasten war eingebeult. An der Eingangstür waren Fußabtritte zu erkennen, jemand hatte versucht, sie einzutreten.

Bruch trat an die Tür, klingelte. Es dauerte, doch endlich öffnete Frau Herzfeld.

«Wer war das?», fragte er.

«Das ist egal. Es ist nicht schlimm.» Sie wollte die Tür schließen.

Bruch schüttelte den Kopf. «Wer!»

«Es ist egal. Irgendwelche Randalierer. Es ist nicht schlimm. Der Schlamm trocknet irgendwann, der Briefkasten hat zwanzig Euro gekostet. Ich will keine Anzeige erstatten, nichts, lassen Sie uns nur in Ruhe!»

Bruch drehte sich um, ignorierte Schauers fragende Miene. Sinnlos, dass er überhaupt gefragt hatte. Er lief los, und Schauer folgte ihm, ohne jeden Kommentar.

Beim Haus der Familie Kühn angelangt, klingelte er und ließ die Klingel nicht los, bis jemand öffnete.

«Ja, ja doch», sagte Frau Kühn.

«Warum haben Sie das getan?», fragte er. Schauer staunte, wie er so sicher sein konnte.

«Es hat mich einfach überkommen.» Sie leugnete es nicht mal. Bruchs starre Augen ließen das nicht zu. Es fühlte sich an, als ob es ein Fehler gewesen wäre, ihm diese Tablette reinzuzwingen. Er nahm es ihr übel. Und nun bekam sie sogar noch ein schlechtes Gewissen deshalb. Aber war es ihr Fehler, dass er ein Scheißwaisenkind war? War es nicht, und trotzdem fühlte sie sich schlecht. Die Worte seiner Ex schienen erst jetzt richtig Wirkung zu entfalten. Danke, super, hatte sie gerade noch gebraucht.

«Die Verzweiflung, einfach so.» Frau Kühn zuckte mit den Achseln. «Ich werde den Schaden bezahlen. Mich entschuldigen.»

Hinter der Frau tauchte Sarah auf, Celinas kleine Schwester, sie griff nach der Hand ihrer Mutter, starrte Bruch an.

«Warum die Herzfelds?», fragte Bruch.

«Es hat mich halt überkommen. Weil sie Linda nicht untersuchen ließen, weil sie nicht zulassen, dass man sie verhört. Aber es war ein Fehler, es muss ja nichts miteinander zu tun haben. Und wer weiß, vielleicht würde ich genauso handeln wie die, wenn Celina wieder da wäre.»

«Warum heute Morgen?» Bruch kannte plötzlich keine Gnade, seine Augen waren wie Stahl.

«Einfach so, weil der alte Jolisch nicht daheim ist, weil alle sagen, er hätte sie entführt und versteckt. Weil die Kinder erzählen, dass Celina mit Linda mal da gewesen wäre», mit einer knappen Bewegung deutete sie in Richtung des Hofes. «Ich dachte nur, wenn es so wäre, dass Jolisch sie damals mitgenommen hatte, dann hätte sie das sagen müssen. Dann wäre Celina jetzt hier.»

«Sie sagen nicht die Wahrheit», sagte Bruch.

Was sollte daran nicht die Wahrheit sein, fragte sich Schauer. Das kleine Mädchen sah Bruch an, war wahrscheinlich fasziniert davon, dass er nicht blinzelte.

«Was weißt du?», wandte sich Bruch an das Kind.

Frau Kühn zog sie sofort hinter sich. «Sie weiß gar nichts, sie ist noch klein!»

«Sie ist schon ein Schulkind», sagte er. «Warum soll sie nichts wissen.»

«Ich weiß nicht, was Sie von uns wollen!», sagte Frau Kühn.

Bruch trat näher. «Da ist mehr.» Er hockte sich hin, winkte Sarah mit dem Finger zu sich.

Gegen den Willen ihrer Mutter kam sie aus deren Deckung, stellte sich in die Tür, Bruch gegenüber, die Hand ihrer Mutter noch in ihrer. «Was weißt du.»

«Felix», mahnte Schauer. Das war ihr nicht geheuer.

«Hören Sie, das ist doch verrückt», keuchte Frau Kühn. «Ich werde mich beschweren, über Sie beide. Sie haben nur Ärger gemacht. Und erreicht haben Sie gar nichts. Alle haben Angst hier vor Ihnen.»

Angst, vor ihm, fragte sich Schauer, oder uns beiden? Bruch, sein Gesicht genau auf der Höhe Sarahs, ging nicht darauf ein. Er starrte das Mädchen an, sah ihr direkt in die Augen.

«Warum ist deine Mama so wütend?», fragte er.

«Wegen Linda», flüsterte das Mädchen heiser.

«Es ist genug!» Frau Kühn zerrte das Mädchen heftig zurück. «Ich zeig Sie an, Sie sind ja verrückt!» Damit warf sie die Tür zu.

Bruch richtete sich auf. Für eine Zeitlang stand er da, bewegte sich nicht, blickte ins Leere. Schauer zwang sich, nichts zu sagen, nichts zu fragen. Es tat ganz gut, einfach in dieser Position der Beobachterin zu bleiben, stellte sie fest. Bruch tun zu lassen. Sich von der Pflicht zu entbinden. So konnte sie sich durch die Zeit retten, bis sie wieder versetzt wurde. Konnte ihr egal sein, was in seinem Schlafzimmer war, oder in dem anderen Zimmer. Egal, warum er war, wie er war.

«Gehen wir Jolisch suchen», sagte er.

Ein junger Polizist stellte sich ihnen in den Weg, als sie das Tor zum Grundstück des Alten erreichten.

«Sie können hier nicht durch.»

Auch das wollte Schauer abwarten, zwar hatte sie ihren Dienstausweis in der Hand, doch steckte diese noch in ihrer Jackentasche. Ehe es zu einer Auseinandersetzung mit Bruch kommen konnte, wurde der Uniformierte von einem Polizeibus aus weggepfiffen, der ein wenig abseits stand. Bruch schien auch in diesen Kreisen bekannt.

Der junge Uniformierte hob wissend das Kinn. Ach, das ist der Typ, brachte seine Miene zum Ausdruck. Mit einem fast hochnäsigen Lächeln ließ er sie durch. Kommst dir auch ganz prächtig vor, dachte Schauer grimmig, im Vorbeigehen versuchte sie ihn mit der linken Schulter zu rammen.

«Ganz ruhig», sagte er leise, doch sie hörte es, blieb stehen, drehte sich um.

«Was?»

Vom Bus ertönte noch einmal ein Pfiff, der ältere Wachtmeister sah den jungen drohend an, hob beide Hände ein wenig an, die Handflächen nach oben gedreht, ließ sie wieder fallen. Was soll das, hieß das wohl, was hab ich dir gesagt.

Schauer schenkte dem jungen Polizisten ein Lächeln, komm erst mal in mein Alter, dachte sie, als er betreten den Kopf senkte. Dann folgte sie Bruch, der schon zehn Meter weiter war.

Ist der Ruf erst ruiniert, lebt es sich ganz ungeniert, dachte sie weiter. Kein schlechter Ansatz. Wenn man schon so keinen Respekt bekam, als Neue, als Frau, als Wessi, dann eben auf diese Art und Weise. Als die Kollegin des Irren. Die andere Irre.

«Er war nicht hier in dieser Nacht», sagte Bruch, der in die Fenster gesehen hatte. «Es hat sich nichts verändert», fügte er hinzu.

Vielleicht tut es wirklich gut, wenn ich nichts sage, staunte Schauer, versteckte ihr Kinn im Jackenkragen. Es war kalt.

Bruch lief ums Haus, zum Anbau hin, versuchte dort ins Fenster zu sehen. Er ging zur Tür, klinkte. Sie war verschlossen. Er sah sie an, als überlegte er, sie einzutreten. Wenn ihr Chef Bruch all diese Eigenheiten zugestand, galt das am Ende auch für sie? Sie folgte Bruch ums Haus, wo es einen Hintereingang gab. Der war aber auch abgeschlossen. So wie auch die Garage verschlossen war. Blieben der Schuppen und die Scheune. Aber wenn man Jolisch gestern schon nicht angetroffen hatte, warum sollte er jetzt irgendwo sein. Sie brauchten einen Durchsuchungsbescheid.

Der Schuppen war nicht verschlossen, sein Inneres war eine chaotische Ansammlung von Werkzeugen, Geräten, alten Gartenmöbeln und Dingen, die einfach abgestellt wurden. Nur ein schmaler Pfad führte durch das messieartige Wirrwarr, bis hinten durch, wo durch ein winziges trübes Fenster ein wenig Licht in den Raum fiel. Spinnweben hingen von der Decke, es roch nach Teerpappe und Schimmel. Sie wartete in der Tür, während Bruch in dem wohnzimmergroßen Raum herumstöberte. Was er suchte, wusste sie nicht, Jolisch jedenfalls würde sich dort drinnen kaum versteckt halten. Nach einigen Augenblicken kam Bruch wieder heraus und lief wortlos an ihr vorbei zur Scheune. Die hölzernen Stirnseiten des Gebäudes waren schwarz von Alter und Nässe. Die Längswände aus Fachwerk waren verfallen, der Putz bröselte ab oder blühte aus. Das große Tor war nur angelehnt. Drinnen war es sehr finster, Licht fiel nur durch die wenigen Ritzen der Stirnwände. Bruch zog das Tor so weit auf, wie es möglich war, betrat das Innere, blieb nach wenigen Schritten in der Tenne stehen. Auch hier stand altes Gerät, das fast wie mittelalterlich wirkendes Kriegswerkzeug erschien, mit Spießen und Keulen. Der Boden war aus Ziegelstein, überall lagen Reste alten Heus, grau und spröde.

Schauer folgte ihm, blieb neben ihm stehen, wartete fast neugierig, was als Nächstes geschah. Würde er rufen? Auf der schmalen Holzleiter in den Dachboden klettern? Kalt war es hier, wie in einem Kühlschrank. Sie schüttelte sich. Erschöpfung und Müdigkeit forderten jetzt ihren Tribut.

Bruch setzte sich wieder in Bewegung, schob sich seitlich an einem Anhänger vorbei, blickte suchend in die einzelnen Abteile.

Schauer blieb, wo sie war, auch wenn sie inzwischen zitterte. Mit kleinen Bewegungen versuchte sie sich zu wärmen, drehte die Schultern, rieb die Schulterblätter an ihrer Kleidung, wackelte mit den Zehen.

«Hier», sagte Bruch. «Wir brauchen Licht.»

Schauer ging zu ihm hin, wich einem Gerät mit hoch aufragenden eisernen Zinken aus, nahm ihr aufgeladenes Handy heraus und schaltete die Lampe an. Bruch stand fast in der hintersten Ecke der Scheune. Dort lag Jolisch.

Er lag auf dem Rücken, seine Augen waren weit aufgerissen, aber so verdreht, dass die Pupillen fast komplett unter den oberen Lidern verschwunden waren. Sein Mund stand offen, anscheinend hatte er seine Zunge verschluckt. Seine Arme waren angewinkelt, beide Unterarme in der Luft, die Finger wie im Krampf verzerrt.

Schauer hockte sich hin, weil Bruch es nicht tat, tastete am Handgelenk nach einem Puls, dann am Hals. Der Mann war kalt und steif, lag seit einigen Stunden so. Vielleicht seit dem frühen Abend. Schauer sah zu Bruch hinauf, leuchtete ihn ein wenig an, worauf er unwillig seinen Kopf zur Seite drehte. Schauer sagte nichts, leuchtete den Toten wieder an, betrachtete ihn, ohne ihn zu berühren. Beugte sich über ihn, leuchtete ihm in den Mund. Verblüfft zuckte sie zurück, denn ein Metalldorn hatte sich ihm offenbar durch den Hinterkopf in den Rachen gebohrt. Sie leuchtete an dem Mann herab, erkannte jetzt einen Holzstiel, auf dem er lag und von dem nur die letzten zwanzig Zentimeter unter einem Bein hervorlugten.

«Ob wir ihn anheben können?», fragte sie.

Bruch antwortete nicht, er ging wie sie in die Hocke, fasste den Toten an der Schulter, hob sie ein wenig an. Schauer leuchtete und musste schlucken, ehe sie sprach.

«Das ist ein Grubber. Oder Egge oder wie man das nennt.» Die drei Zacken des Gartengerätes hatten sich bis zum Anschlag in den Hinterkopf des Mannes gebohrt. Dadurch, dass der Leichnam mit seinem Gewicht noch auf dem Stiel lag, während Bruch die Schulter hielt, rutschten die Zinken nun langsam heraus.

«Lass ihn wieder runter.» Sie durften nichts verändern.

Bruch legte den Leichnam wieder ab. Er sah nach oben. Schauer folgte seinem Blick. Auch hier gab es einen Zugang zum Dachboden. Und wie auch am Eingang führte eine steile Leiter hinauf.

«Ist er abgestürzt, auf dieses Ding gefallen?», spekulierte Schauer.

«Es müsste mit den Zacken aufwärts hier gelegen haben.»

«Aber warum nicht, wenn er rücklings von der Leiter fiel? Vielleicht war das Ding an die Leiter angelehnt.»

Bruch beugte sich über das Gesicht des Toten. «Ich brauche Licht.» Schauer nahm ihr Handy, leuchtete ihm. Bruch berührte die Nase des Toten, bewegte sie.

«Sie ist gebrochen. Er wurde von hinten erschlagen, stürzte auf das Gesicht. Der Täter drehte ihn auf den Rücken, wollte prüfen, ob er wirklich tot ist.»

«Mit drei Zinken im Gehirn?», fragte Schauer skeptisch. «Ich rufe an, soll der Gerichtsmediziner urteilen.»

Es war eine Gerichtsmedizinerin. Sah aus wie eine Bürokraft, überlegte Schauer bei ihrem Anblick. Wenn man sie sah, konnten einem alle möglichen Berufe einfallen. Schreibkraft, Speditionskauffrau, Buchhalterin, Sekretärin. Sie mochte an die fünfzig sein, trug einen weißen Kittel über ihrer zivilen Kleidung. Die Frisur war altmodisch – halblang, hochgeföhnt, mit Haarspray verfestigt. Sie grüßte Bruch kühl, doch genauso kühl grüßte sie auch Schauer. Sie betrat die inzwischen hell ausgeleuchtete Scheune, setzte ihre Brille auf, die an einer Kette vor ihrer Brust hing. Die Spurensicherung hatte schon ihre erste Runde durch.

«Darf er bewegt werden?», fragte sie. Rundweg war ihr Name, Frau Doktor. Sie zog Latexhandschuhe über ihre Hände.

«Ja!», rief Klemm, Chef der Spurensicherung aus einer anderen Ecke der Scheune. «Aber auf dem angezeigten Pfad bleiben.»

Doktor Rundweg hockte sich nieder, die Knie fest beisammen, seitlich gedreht, betrachtete den Leichnam, die Nase fiel ihr sofort ins Auge. Sie betrachtete die Finger des Toten, hielt eine Lupe an seine Fingernägel.

«Umdrehen, bitte.» Sie stand auf. Bruch machte sich sofort ans Werk. So ist das also, dachte Schauer. Man muss nur richtige Anweisungen geben. Sie bückte sich, um ihm zu helfen. Gemeinsam drehten sie den Toten auf die linke Seite.

«Ganz umdrehen», befahl Rundweg, so legten sie Jolisch auf den Bauch. Schauer hielt den Stiel des Grubbers fest, sodass er nun auf dem Rücken der Leiche lag.

Rundweg hockte sich wieder hin. Sie fasste nach dem Stiel, bewegte ihn ganz vorsichtig, betrachtete genau die Stellen, an denen die Zinken in den Schädel eingedrungen waren. Das Geräusch, das entstand, war leise, aber widerwärtig.

«Er wurde von hinten erschlagen. Die Zinken drangen durch die Schädeldecke ins Hirn. Der war tot, ehe er auf den Boden schlug. Ich vermute, er fiel aufs Gesicht, Frakturen am Nasen- und linken Jochbein. Der Täter drehte ihn um. Dadurch hebelte er den Stiel nach unten, die Zinken bewegten sich, vielleicht haben sie sich sogar ein Stück verbogen. Ich vermute, der eigentliche Eindringwinkel war etwa so.» Sie hob den Stiel an, bis er zum Gesäß des Toten etwa einen Meter Abstand hatte. «Ab hier lässt er sich nicht weiter nach oben bewegen. Muss ich genauer untersuchen.»

«Dann muss der Täter dicht hinter dem Opfer gestanden haben», merkte Bruch leise an.

«Oder von kleinerer Statur gewesen sein. Vermutlich.» Rundweg erhob sich, nahm die Brille ab. «Ich sag nur, was ich sehe. Sobald es möglich ist, muss er zu mir in den Sektionssaal.» Sie sah Bruch an. «Und sonst, wie geht es?», fragte sie streng.

«Muss», sagte Bruch.

Schauer betrachtete die beiden misstrauisch. Diese Kühle war so übertrieben, dass sie gespielt wirkte. Nun wandte sich Rundweg an sie.

«Sie sind die Neue? Nicole Schauer? Eingelebt?»

«Ich ...» Schauer hob die Hand, zeigte auf nichts und alles. «Geht so.»

«Sie sind nicht zimperlich, oder?», fragte Rundweg, deutete mit kurzem Nicken auf den Toten.

«Nee, nich. Hab schon ganz paar Kalte gehabt.»

Frau Rundweg schnaubte ein kurzes hartes Lachen. «Gut, gefällt mir. Bis demnächst!»

«Vorschläge?», meinte Simon. Zu dritt saßen sie in Püschels Einsatzwagen. Hauptkommissar Püschel selbst lehnte in der Tür. «Ihre Leute waren doch hier, die ganze Zeit.»

Püschel schüttelte den Kopf. «Vorn am Tor stand nur ein Streifenwagen. Im Schichtbetrieb. Die haben sich alle zwei Stunden abgelöst. Die sollten nur verhindern, dass sich in der Nacht eine Menschenansammlung bildet. Was rings ums Grundstück geschah, darüber hatten sie keine Kontrolle. War ja auch ganz ruhig.»

Simon hob einen Zettel an. «Jolisch muss nach erster Untersuchung schon am frühen Abend tot gewesen sein, gegen sieben, plus minus eine Stunde, sagt Rundweg.»

Das bewies, Jolisch konnte heute Nacht nicht die Person im Keller gewesen sein. Schauer sah zu Bruch. Er schien in Gedanken ganz woanders, starrte an Püschel vorbei aus der Tür.

«Zwei Vorschläge», bot Schauer an. «André Talwa, Doktor Frieling.»

«Yvonne und Udo Kühn», fügte Bruch hinzu, doch es hörte sich an, als glaubte er selbst nicht daran. Er starrte noch immer in die Ferne.

Er hatte nicht unrecht. «Sie könnten die Scheune nach Celina durchsucht haben, wurden von ihm überrascht. Eine Affekthandlung», überlegte Schauer laut.

«Warum Frieling?», fragte Simon.

Schauer antwortete. «Angenommen, Jolisch und er haben Frau Gessner beseitigt, um an das Grundstück zu kommen, dann musste Frieling inzwischen damit rechnen, dass Jolisch sich irgendwie verrät.»

«Aber er würde vermutlich sein Vorkaufsrecht verlieren», hielt Simon dagegen.

«Das mochte es ihm wert gewesen sein, nicht wegen Beihilfe zum Mord ins Gefängnis zu gehen.»

«Jolischs Sohn könnte es gewesen sein», mischte Bruch sich wieder ein, «aus demselben Grund. Er wusste, er würde das Grundstück erben. Käufer würden schnell gefunden sein. Vielleicht braucht er dringend Geld. Man müsste das untersuchen.»

«Also gut», Simon nickte. «Und Talwa? Warum der?»

«Keine Ahnung, kam mir so in den Sinn.» Schauer zuckte mit den Schultern, sah wieder Bruch an. Der reagierte darauf nicht. Er hatte André nicht gesehen. Sie aber schon. Was, wenn André eigenmächtig nach Celina suchte, um seine Unschuld zu beweisen, und dabei von Jolisch überrascht wurde?

Wer nun aber alle überraschte, war Bruch. «Es war Linda.»

Gleichsam drehten sich ihm drei Gesichter zu. Bruch registrierte das zwar, blieb eine Erklärung aber schuldig.

Da, bitte schön, dachte sich Schauer halb belustigt, halb triumphierend, da habt ihre euren Kollegen, der ein bisschen eigen ist.

«Können Sie Ihrer These irgendwelche Belege beisteuern, Herr Kollege?», war es schließlich Püschel, der zuerst die Geduld verlor.

Bruch schüttelte den Kopf.

Püschel sah zuerst zu Simon, dann zu Schauer. Er wusste von Bruchs Macken vermutlich nur vom Hörensagen, nun durfte er sie live erleben.

«Felix!», mahnte Simon, der nun inzwischen sich und die ganze Abteilung bloßgestellt sah, schließlich war Bruch einer seiner Männer, weiß Gott wie oft von ihm gedeckt bei irgendwelchen Machenschaften.

«Celinas Mutter sind heute Morgen die Sicherungen durchgebrannt, sie hat das Haus der Herzfelds mit Dreck und Steinen beworfen. Sie ist wegen Linda böse, sagt Sarah, die kleine Schwester von Celina.»

«Weil sie nicht sagen wollen, was damals geschah. Weil sie Linda nicht zum Psychologen ließen», sah Schauer sich gezwungen zu erklären. Wie es aussah, drohte Bruch in eine Täter-Opfer-Umkehr zu verfallen, dem musste sie gleich Einhalt gebieten. Dafür erntete sie jedoch von Simon eine Geste, die ihr sofort das Blut in den Kopf schießen ließ, er winkte sie mit einer läppischen Handbewegung weg, wie man ein lästiges Kind zum Schweigen bringt.

«Das ist es nicht», sagte Bruch. «Linda kann dazu gar nichts sagen, sie war damals gar nicht weg.»

«Nicht?», fragte Simon leise.

«Vielleicht war sie kurz weg, einen Tag, eine Nacht. Dann aber kehrte sie zurück, oder ihre Eltern fanden sie. So wie Maxim Kühn wieder daheim war, und seine Eltern haben es nicht zugeben wollen.»

«Und äh ... wie ... wieso?» Püschel wusste gar nicht so recht, was er fragen sollte.

Schauer hingegen musste sich eingestehen, der Gedanke war nicht schlecht. In ihren Schläfen und im Hals pulsierte noch der Zorn gegen Simon. Der sollte sich noch einmal erlauben, sie so wegzukuschen. Dann konnte er sich ein paar Wochen lang den Hintern mit der Linken abwischen.

«Familie Herzfeld setzte damals alle Hebel in Bewegung. Noch am selben Abend informierten sie die Presse, hetzten im Internet Leute auf, beschwerten sich über die Polizei.»

«Allerdings», pflichtete Püschel bei.

«Es kam zu Übergriffen, auch gegen Jolisch. Im Dorf brach innerhalb weniger Stunden Unfrieden aus, der bis heute anhält.»

«Sie meinen, die Herzfelds konnten nicht gestehen, dass all diese Panik und der verursachte Stress für die Katz waren, weil Linda längst wieder zu Hause war? Deshalb verbieten sie Linda, darüber zu sprechen. Deshalb können sie jetzt nichts dazu beitragen und schotten sich ab.»

Bruch sagte nichts, das hieß also ja. Und es war nicht einmal von der Hand zu weisen. Ganz schön peinlich, erst die Pferde scheu zu machen und dann zugeben zu müssen, dass die Göre einfach nur mal abgehauen war.

«Na ja, und weiter?», fragte Simon. «Das erklärt nicht, warum sie mit Celinas Verschwinden etwas zu tun hat.»

«Damit und mit Jolischs Tod», ergänzte Bruch. Dann übte er sich wieder in Schweigen.

«Herrgott, Felix, kannst du mal Klartext reden?», platzte Simon.

«Linda ist böse», sagte Bruch, und ein paar Augenblicke lang fürchtete Schauer, dabei bliebe es, doch offenbar sortierte er seine Gedanken. Sie fand es tröstlich, dass offenbar so viel Vernunft in ihm steckte, zu überlegen, auf welche Art und Weise er sich gleich zum Deppen machen wollte.

«Diese Legende, dass Frau Gessner eine Hexe war, dass es noch immer spukt in dem Haus, das kommt von Linda. Sie ist es, die spukt. Maxim, Celinas Bruder, ist hysterisch geworden, als ich ihm kleine Zweige und Laub ins Zimmer gelegt habe. Linda terrorisiert die Kinder in der Umgebung mit diesem Hexenzauber, deshalb lässt man sie in Ruhe. Sie war Frau Gessner oft besuchen, sie kennt sich in dem alten Hof aus. Ich traue dem Kind zu, sich nachts aus dem Haus zu schleichen, um als Geist Unheil zu stiften. Vielleicht hat sie ein Versteck dort. Vielleicht zwang sie Celina, ihr dorthin zu folgen. Und ich glaube, dass sie für den Tod der alten Frau verantwortlich ist.»

«Warum?», fragte Simon. «Ich meine, warum soll sie das getan haben?»

«Einfach, um es auszuprobieren.»

«Deiner Meinung nach soll sie Jolisch erschlagen haben? Ein Kind? Eine Zwölfjährige? Warum?»

«Vielleicht wusste Jolisch etwas davon. Vielleicht pflegten sie eine ganz andere Beziehung. Vielleicht war sie bei Jolisch, als sie damals verschwunden war. Und will sich rächen. Ich habe einen Haargummi gefunden, bei ihm am Grundstück. Er gehörte eigentlich Celina, doch ihre Mutter sagte aus, Linda hätte die Haargummis gestohlen. Linda musste fürchten, Jolisch bringt uns auf ihre Fährte.»

«Und du denkst, sie hat Celina zum Hof gelockt und was? Auch umgebracht?»

Bruch nickte knapp.

«Weil sie böse ist?», fragte Simon, um sich noch einmal zu vergewissern. Jetzt war nämlich er es, der sich zum Deppen machte, wenn sie diese These weiterverfolgten.

Doch Schauer musste sich eingestehen, so absurd alles klang, es deckte sich mit den Ereignissen. Auch dass André in der Nacht ein Mädchen gesehen hatte. Auch mit ihrem Erlebnis im Keller. Es deckte sich mit dem Verhalten der Leute ringsum. Maxims Panik, dem Gerede der Mädchen. Selbst der Einschlagswinkel des Grubbers deutete darauf hin, dass eine kleinere Person zugeschlagen haben musste, wenn Jolisch aufrecht gestanden hatte. Wer weiß, welche Erziehungsansätze die Herzfelds pflegten. Wer wusste schon, wie so ein Kindergehirn tickte. Einfach nur um zu sehen, wie das war, hatten Kinder schon andere Kinder umgebracht. Vielleicht wussten die Herzfelds all das auch und ließen deshalb niemanden an die Tochter heran.

«Leute, das können wir niemandem weismachen», sagte Simon, doch sein Tonfall verriet, dass er Bruchs These ebenfalls nicht abgeneigt war. «Der Staatsanwalt muss eine Vernehmung

Lindas erzwingen», überlegte er weiter. «Aber wie, wir haben keinerlei Indizien, oder? Nur Gerüchte. Keine Spuren. Auch nicht in der Scheune.»

Schauer wappnete sich mit einem Räuspern. «Noch keine, die Untersuchungen dauern noch an», sagte sie. Diesmal nahm Simon ihre Info an, nickte knapp. «Wir müssen ihr Umfeld beleuchten. Jeden befragen, der mit ihr zu tun hat, die Kinder vor allem», fuhr sie fort.

«Wir werden nur noch weitere Gerüchte hören», sagte Bruch.

«Und falls sie Celina nicht umgebracht, sondern nur eingesperrt hat irgendwo, kommt es inzwischen auf jede Minute an», murmelte Simon. «Wenigstens könnten wir in Hinsicht auf diese These die Akten von vor zwei Jahren aus anderem Blickwinkel betrachten.»

«Es hieß damals schon, sie sei seltsam», sagte Püschel von seinem Platz an der Tür aus. «Ich habe in den Akten gelesen. Die Nachbarskinder sagten aus, Linda starrte sie durchs Fenster oft an, vor ihrem Verschwinden wohlgemerkt, würde beim Spielen gelegentlich gewalttätig werden, ohne dass dies aber wirklich belegt wäre. Es hieß, in der Schule stiftete sie oft Streit, hetzte Mitschüler gegeneinander auf. Ein Kind aus dem direkten Nachbarhaus, das mit seiner Familie wieder verzogen ist, behauptete, Linda hätte erst ihr Meerschweinchen und später seines umgebracht. Tatsächlich waren beide Tiere tot. Ihres etwa eine Woche vorher. Als Linda damals verschwand, befragte man Frau Gessner, sie sagte, sie würde Linda kennen, halte sie aber für ein böses Kind, weil sie die Enten mit Steinen bewarf. Sie hatte ihr verboten, sie weiterhin zu besuchen.»

So genau hatten sie die Akten nicht studiert, weder sie selbst noch Bruch, musste Schauer insgeheim zugeben. Nur dass Linda komisch war, hatte sie den Akten entnommen, doch wer sollte nicht komisch sein, wenn man zwei Wochen verschwunden war. Dabei hatte sie aber den logischen Fehler begangen, zu glauben, dass damit nach ihrem Verschwinden vor zwei Jahren gemeint war, nicht ihr Verhalten davor.

«Warum sagen Sie das denn jetzt erst?», fragte Simon ein wenig pikiert.

Püschel kratzte sich am Hals. «Weil mich niemand danach gefragt hat. Auch ich habe zu Beginn der Suche nach Celina angefragt, ob Linda befragt werden darf, und habe mehrfach negativen Bescheid bekommen, unter anderem auch aus Ihrem Büro, Herr Hauptkommissar.»

Aus Ihrem Büro hieß von Simon selbst. Dem war das jetzt blöd, logisch, Schauer freute sich, mal nicht die Einzige zu sein, die sich blöd vorkam. Er rieb sich den Stiernacken.

Bruch sah auf sein Handy nach der Uhrzeit. «Es ist fast vier, sie ist daheim. Wir könnten jetzt hingehen und sie abholen.»

«Felix, das kann ich nicht machen. Das gibt Probleme.»

«Niemand muss es erfahren. Nehmen wir alle mit, die ganze Familie.»

«Hör auf, du weißt, das geht nicht!», fuhr Simon auf und ließ Bruch ganz unbeeindruckt.

«Es geht um Leben und Tod. Sie wollen sicherlich nicht Schuld an Celinas Tod haben, nur weil Sie Linda nicht vernehmen lassen wollen», insistierte er, doch im Tonfall eines Navigationsgerätes, das befahl zu wenden.

«Quatsch mich nicht voll, Felix. Das Fernsehen steht noch da, die warten doch nur, dass so was geschieht.»

Nun hatte sie genug. Schauer erhob sich. «Schluss mit dem Gerede. Wir gehen zu den Kühns und fragen die. Wenn Frau Kühn einen Verdacht gegen Linda hat, soll sie ihn äußern. Sollte es so sein, konfrontieren wir die Herzfelds damit. Sehen wir, was geschieht. Mehr als uns die Tür vor der Nase zuschlagen können sie nicht.»

«Sie hat recht», sagte Bruch und stand auf.

«Leute, das könnt ihr nicht machen», wehrte Simon sich ziemlich schwach, und Schauer fand plötzlich Gelegenheit, sich für seine überhebliche Geste zu revanchieren, indem sie ihn auf dieselbe Art zu Schweigen brachte.

Schauer schritt schnell voran. Bruch folgte ihr. Er bemerkte, wie sich hinter den Gardinen der Häuser Gestalten bewegten. Man beobachtete sie neugierig. Dass beim alten Jolisch etwas geschehen war, wussten vermutlich inzwischen alle. Dass ein Leichenwagen vorgefahren war, auch. Der letzte verbliebene Übertragungswagen stand unten vor der Siedlung, die Mannschaft saß drinnen, nachdem sie den Abtransport des Sargs aufgenommen hatten, langweilten sie sich inzwischen wieder zu Tode. Es war gespenstisch still. Keine Kinder spielten draußen. Die besorgten Bürger hatten noch anderswo Besorgungen zu machen.

Frau Kühn öffnete, zeigte keine Überraschung, hatte sie sicherlich schon kommen sehen. Grau war sie im Gesicht. Ihre Augen waren trüb.

Schauer machte es kurz. «Wir müssen Sie zu Linda Herzfeld befragen.»

Frau Kühn schlug die Augen nieder, atmete durch. «Gehen wir rein.»

Sie ging vor, blieb in der Mitte des Wohnzimmers stehen, den Kopf gesenkt, als erwartete sie eine Bestrafung.

«Was ist mit Linda?», fragte Schauer direkt.

Frau Kühn hob den Kopf. «Sie ist kein gutes Kind.»

«Können Sie das konkretisieren?»

«Sie schikaniert, nutzt andere aus, macht ihnen Angst. Selbst als Erwachsener fühlt man sich unwohl in ihrer Gegenwart. Die ist einfach …» Sie sprach es nicht aus. «Maxim!», rief sie jedoch unvermittelt. «Komm mal!»

Der Junge trampelte die Treppe hinab, blieb auf den letzten Stufen stehen, als er die Polizisten sah.

«Was hat Linda gemacht, sag's ihnen!»

Maxim wurde ganz weiß im Gesicht. «Aber Mom», stammelte er.

«Sie hat ihm einen Schlüpfer in den Ranzen getan, mit Blut drin, Sie wissen schon.»

«Warum?»

«Weiß ich doch nicht», schnappte Frau Kühn, «warum, Maxim?»

Der Junge hob die Schultern. «Ich hab sie geärgert in der Schule. Ein bisschen nur.»

«Du weißt sicher, dass sie das war?», fragte Schauer.

«Sie hat gedroht zu sagen, er hätte sie vergewaltigt!», platzte Frau Kühn heraus. «Woher hat die das? Da war sie noch elf. Eine Elfjährige. Wie kommt die auf so was? Wer weiß, was da vorgeht in dem Haus! Von den Nachbarn hatte sie das Meerschweinchen umgebracht. Und von Trobischs den Hasen. Und einmal fand man im Gebüsch ein Nest mit kleinen Küken, denen waren die Köpfe abgeschnitten.»

«Wissen Sie das genau? Dass sie es war?»

«Jeder hier weiß das. Ich sag Ihnen, die hat Celina behandelt wie eine Sklavin. Das haben wir nicht gleich bemerkt, aber so war es. Celina hat ihr alles Mögliche geschenkt oder von ihrem Taschengeld gekauft. Ist ihr nachgerannt wie ein Hund. Wir haben sogar schon überlegt, Celina auf eine andere Schule wechseln zu lassen, den Kontakt dann komplett zu verbieten. Aber das ist doch lächerlich, wegen einem Kind, dachten wir auch. Hätten wir es nur getan!»

«Sie glauben, Linda hat mit Celinas Verschwinden zu tun? Warum haben Sie diesen Verdacht nicht gleich geäußert?»

«Jetzt glauben wir das. Zuerst dachten wir, Celina wäre wirklich nur weggelaufen. Aber inzwischen sind wir sicher, das war Linda. Die war immer schon neidisch auf Celina.»

«Worauf?»

«Auf uns! Weil ihre Eltern völlig plemplem sind», ereiferte sich die Frau.

«Aber warum sagen Sie das jetzt erst? Hundertmal haben wir Sie nach Hinweisen gefragt.»

«Wer soll denn so was glauben? Hätten Sie uns das geglaubt?», schrie Frau Kühn. «Und die Linda, das sag ich Ihnen, die war damals nicht weg, die wurde vielleicht von ihrem Vater gefickt, aber weg war die nicht.»

«Mama!», rief Maxim entsetzt.

«Ist doch wahr!», verteidigte sich die Frau, dann schlug sie die Hände vors Gesicht. Plötzlich riss sie sie wieder runter. «Was ist beim Jolisch passiert?»

Schauer sah Bruch an. Das war der Kühn schon zu lang für eine Antwort.

«Der ist tot, oder, hab ich recht? Ist er tot? Das war die, sag ich Ihnen!»

Maxim kam die letzten Stufen herab. «Mama, das kannst du doch gar nicht beweisen!»

«Wer weiß, was du mir noch alles nicht erzählt hast!», fuhr sie ihn an. «Stimmt's, da ist noch mehr, oder? Hab ich recht?» Sie ging auf ihn los. «Hab ich recht? Sag's, was ist noch, was erzählt ihr denn immer? Sag's den Polizisten!»

Maxim hob die Schultern, noch mal und noch mal, es war ihm zu peinlich, es auszusprechen. «Die Kinder sagen es. Ich sag's nur weiter. Also die sagen, die wär 'ne Hexe. Die hat's von der Alten gelernt. Und manche sagen, der Geist von der Alten ist in sie übergegangen.»

«Komm», sagte Bruch. Ihm schien es wohl genug. Schauer folgte ihm.

Beim Haus der Herzfelds gab es Bewegung. Frau Herzfeld hatte das Auto aus der Garage gefahren, einen VW Transporter. Die Heckklappe stand offen. Luisa saß schon angeschnallt im Kindersitz.

Beim Anblick der beiden Polizisten blieb Frau Herzfeld stehen.

«Was wollen Sie denn schon wieder?» Sie gab sich nicht mal den Anschein, nett zu sein.

«Reden!», sagte Schauer.

«Keine Zeit jetzt, wir wollen Einkaufen fahren.»

Schauer trat ihr entgegen. «Das hat Zeit!»

Luisa klopfte an die Scheibe, winkte Bruch lustig mit einem Fingerchen zu.

«Sie haben hier gar nichts zu bestimmen!» Frau Herzfeld wandte sich ab. «Wenn Sie was wollen, kommen Sie in zwei Stunden wieder! Heiko! Kommst du», rief sie laut und wütend. Luisa klopfte wieder an die Scheibe. Ihre Augen glühten vor heimlichem Vergnügen, sie grinste breit, legte den Kopf in den Nacken. Bruch blinzelte ihr mit einem Auge zu. Sie lachte und versuchte es nachzuahmen, doch es wollte ihr nicht gelingen. Immer wieder kniff sie beide Augen zu.

Schauer gab sich nicht geschlagen. Sie lief der Frau nach. «Es ist noch genug Zeit zum Einkaufen, die Läden haben bis zweiundzwanzig Uhr offen, sogar am Samstag, andere Dinge sind wichtiger. Wo ist Linda gerade? Warum lassen Sie sie nicht mit uns sprechen?»

«Kollegin», sagte Bruch, Schauer drehte sich nach ihm um, «sollen sie doch einkaufen, kommen wir eben später wieder», sagte er.

«Hä, aber sag mal ...»

«Wir haben weder eine Vorladung noch sonst eine Berechtigung. Sollen sie den Einkauf hinter sich bringen. Wir kommen in zwei Stunden wieder.»

«Sie hören es doch!», tönte Katja Herzfeld. «Heiko, komm jetzt!», rief sie ins Haus, und Bruch zwinkerte Schauer zu, wie er Luisa zugezwinkert hatte. Ob Schauer nun verstand oder nicht, sie ließ von Frau Herzfeld ab, marschierte wortlos an ihm vorbei. Er folgte ihr zuerst langsam, dann beschleunigte er. Nach zwanzig Metern hatte er sie eingeholt, hinter ihnen klappten die Autotüren zu.

«Schnell zum Auto, aber unauffällig. Linda war im Auto, hat sich versteckt.»

«Hab's schon verstanden», sagte Schauer, «wusste gar nicht, dass du so verschwörerisch zwinkern kannst, hast wohl ein Upgrade bekommen?»

Der Bus der Herzfelds überholte sie, als sie die Ausfahrt der Siedlung gerade erreicht hatten. Er bog ab, in Richtung Stadtzentrum.

«Los!», rief Schauer und begann zu rennen, zu ihrem Auto waren es noch wenigstens hundert Meter.

«Was ist?», rief Simon ihnen zu, der noch immer unten bei Püschel stand.

«Herzfelds dampfen ab, mit Linda, wir folgen ihnen. Wollen wir mal sehen, wo sie hinfahren!», rief Schauer ihm im vollen Lauf zu. Sie riss die Fahrertür auf. Bruch war es recht. Er setzte sich auf den Beifahrersitz.

«Nicht zu nah», mahnte er.

«Ich weiß», zischte sie, «ich mach das nicht zum ersten Mal.»

Bruch lehnte sich zurück. Sie hatten den dunkelgrauen Bus bald wiedergefunden. Schauer folgte ihm mit einigem Abstand, vier Fahrzeuge befanden sich zwischen ihnen. Heiko Herzfeld fuhr, steuerte den Bus auf den Autobahnzubringer, bog rechts ab in Richtung Stadt. Aufgrund des Verkehrs gerieten noch einige Autos mehr zwischen sie und den Bus.

«Wo fahren sie hin?», fragte Schauer, gab unvermittelt Gas, als ihr eine Lücke groß genug erschien, ordnete sich in den Verkehr ein.

Bruch hatte es gesehen. «Auf die Autobahn, Richtung Prag.» Das war gut für den Moment, so ging ihnen der Bus nicht verloren. Sie waren schneller, der BMW war gut motorisiert.

Auf der Autobahn scherte Scheuer nach links aus. Es war ziemlich viel los, diejenigen, die in der Stadt nur einkauften oder arbeiteten, zog es wieder heim, nach Pirna oder ins Osterzgebirge. Trotzdem geriet ihr der Bus auf der rechten Spur bald wieder ins Bild, fuhr nicht zu schnell, hundertzwanzig etwa.

«Ob sie sich verstecken wollen?», spekulierte Schauer, ordnete sich wieder rechts ein, mit gut hundert Meter Abstand.

Für einen kurzen Moment schloss er die Augen, fand sich im Wagen mit Michael wieder. Willst du aussteigen. Er hatte aussteigen wollen. Doch nur Michael war es gelungen. Es gab keinen Grund, darüber nachzudenken. Lag es daran, dass an diesem Tag die Welt geglüht hatte wie nach einem Kometeneinschlag, dass ihm die Augen geblendet waren, die Ohren betäubt, der Geschmack von Goldstaub in seinem Mund, wie Kokain hoch zehn. Er hatte keine Erinnerung daran, wie er aus dem Wagen geschleudert worden war, nur dass er plötzlich inmitten des Maisfeldes gestanden hatte, vor ihm eine breite Schneise, die der Wagen hinterlassen hatte. An deren Ende eine schwarze Rauchwolke, die fett und träge in den Himmel aufstieg.

So lang hatte er nicht mehr daran gedacht. Im Prinzip, seitdem es passiert war, nicht. Die Monate dazwischen waren irgendwie vergangen. Verbraucht eher. Kein Tag, der sich irgendwie in seinem Gedächtnis markiert hätte. Selbst die Untersuchungen, die Vernehmungen, die immer gleichen Fragen, wie konnte das geschehen? Wie ist es passiert? Konntest du nichts tun? Warum hast du nicht? Er hätte unter Schock gestanden, sagten sie später. Er war erstarrt, wer weiß schon, wie man reagiert in diesem Moment. Leicht zu behaupten, man hätte anders gehandelt.

Was wirklich geschehen war, wusste er nicht. Er wusste nicht, wie er bis zu der Stelle gelangt war, an der er zu sich gekommen war. Minuten mussten vergangen sein. Der Wagen war inzwischen völlig ausgebrannt. Mittlerweile hatten andere Fahrzeuge angehalten. Augenzeugen, die aussagten, er hätte dagestanden und gestarrt.

«Träumst du?», fragte Schauer.

Nein, er träumte nicht, doch einiges löste sich in ihm. Diese Tabletten, die er bekam, damit er sich nicht erinnerte, damit er still blieb, damit er keine Gefühle hatte. Er nahm sie im Glauben, man würde ihm helfen. Doch wie halfen sie ihm? Indem sie ihm halfen, nicht aufzufallen? Zu welchem Zweck?

«Felix!», mahnte Schauer. «Was glaubst du, wo sie hinwollen? Wir haben Heidenau passiert, und soweit ich weiß, kommen nicht mehr viele Ausfahrten bis Tschechien.»

Was er glaubte, war egal. Sie würden es sehen. Was würde geschehen, wenn er einige Tage die Tabletten nicht nahm? Nur zum Test. Er würde in eine Welt zurückkehren, die ihm auch nicht gefallen hatte, die ihm in den letzten Jahren mehr und mehr zum Feind geworden war. Launisch würde er sein. Unberechenbar, wie manche sagten. Selbst nicht wissend, was er eigentlich wollte. Doch darüber hinaus: Würde er sich wieder erinnern? Aber wollte er das, war es nicht das, was ihn so verrückt gemacht hatte? Bruch hob den Kopf, richtete seine Augen auf die Fahrbahn. Dann sah er nach links, weil er eine Sekunde lang geglaubt hatte, Michael säße am Steuer und fragte ihn, ob er aussteigen wollte. Und nun fiel ihm ein, was er in der letzten Nacht getan hatte.

«Haben sie uns bemerkt?», fragte er.

«Glaub nicht.»

«Aber werden sie nicht schneller?»

Schauer schnaufte leicht beleidigt. «Kann sein.»

«Wir können das Bundespolizeirevier in Breitenau zur Verstärkung anrufen. Liegt auf der Strecke, direkt an die Autobahn angebunden. Danach kommt nur noch eine Ausfahrtschleife, danach die Grenze.»

«Sollen die die Autobahn sperren, oder was meinst du? Die wollen doch nicht nach Tschechien abhauen?»

«Dort wären sie zumindest erst mal sicher vor einem Zugriff. Ehe wir die tschechischen Behörden eingeschaltet haben, sind die in Österreich oder in der Slowakei.»

«Die würden doch aber ihrem Kind keinen Mord durchgehen lassen, oder?»

Was sie nur immer fragte und fragte. Warum nicht, warum sollten Eltern ihr Kind nicht vor dem Zugriff der Polizei schützen? «Ich rufe an.» Bruch nahm sein Handy heraus, wählte die Zentrale an.

Schauer fluchte plötzlich. «Die haben uns doch bemerkt.»

Der Bus beschleunigte plötzlich sehr, scherte auf die linke Spur aus. Schauer tat es ihm gleich, gab Gas, überholte einen Pkw und zwei Transporter. Der Bus weiter vorn setzte an, eine ganze Reihe hintereinanderfahrender Lkw zu überholen. Sie hatten den sechsten überholt, als Schauer den letzten erreichte.

Bruch erkannte den Trick. «Der will die nächste raus», warnte er Schauer, erhaschte einen Blick auf ein Schild. «Nur noch tausend Meter bis zur nächsten Ausfahrt.»

Schauer widersprach nicht, bremste ziemlich stark ab, zog hinter dem letzten Laster nach rechts, dann auf die Standspur. Tatsächlich sahen sie den Bus zwischen zwei Lastern durch die Lücke schießen und die Ausfahrt Bad Gottleuba nehmen. «Was denn nun?», fragte sie. «Wenn wir die wie irre verfolgen, bauen die noch einen Unfall, da sitzen zwei Kinder drin.»

Bruch antwortete nicht. Verlieren durften sie den Bus aber auch nicht. Herzfeld sollten seine Kinder wert sein, nicht bis zum Letzten zu gehen.

Schauer fragte nicht weiter, sie fuhr angespannt konzentriert. Noch immer waren zwei Autos zwischen ihnen und dem VW Bus der Herzfelds. Der Bus fuhr schnell, hier war Landstraße, kurvig jedoch, bergig. Nach einer ersten Kreuzung ging es steil bergab, der Bus beschleunigte, verschwand in der nächsten Kurve aus ihrem Blick. Sie mussten zurückbleiben, da der Fahrer vor ihnen zu vorsichtig fuhr. Als im Gegenverkehr eine größere Lücke entstand, überholte Schauer, beschleunigte immer weiter, bis zur nächsten Kurve, wurde dort vom Gefälle so überrascht, dass sie beinahe das Lenkrad verriss.

«Mensch, sag doch, dass es da so steil ist», schimpfte sie auf den Schreck, gab aber wieder Gas. «Wo wollen die denn hin?»

«Altenberg, da ist ein Grenzübergang, oder Richtung Moldau. Da ist der Tschechenmarkt.»

«Heißt der so, oder bist du Rassist?»

«Die nennen ihn selbst so.»

«Das war ein Witz. Hab übrigens nicht vergessen, dass du mich wieder hast sitzen lassen letzte Nacht! Herrgott!» Sie riss am Steuer, brachte das Auto auf quietschenden Reifen um die nächste Kurve. «Du sollst sagen, wenn eine Kurve kommt. Ist ja wie auf einer scheiß Achterbahn hier. Bei uns, weißte, da geht's meistens nur geradeaus, alles flach, da weißte beim Frühstück, wer zum Mittag kommt. Da vorn sind die, oder?»

Bruch sah sie auch, sie hatten großen Vorsprung, hier war man sehr im Vorteil, wenn man sich ein wenig auskannte. Er kannte sich hier nicht aus, konnte ihr nicht helfen.

«Funke jetzt die Zentrale an. Die sollen alle ausrücken lassen, die Straßen zumachen. Dass die uns abhängen wollen, ist doch Grund genug, sie erst mal hopszunehmen.»

Dank des Verkehrs hatte sie vom Vorsprung etwas abbauen können. Der Bus hing hinter einem Transporter fest. Trotzdem war der Abstand groß. Die Antwort aus der Zentrale ließ auf sich warten. Dass es hier in dieser Gegend viele Polizisten gab, wagte sie aber zu bezweifeln, es hing wohl eher an ihr, den Bus zu stoppen.

Ein wenig hatte sie sich inzwischen an die Gegend gewöhnt, hier konnte man nicht einfach durchbrettern. Man musste schon sehen, wohin man fuhr, sonst machte man hier ganz schnell den Michael. Dass der Bus von der Straße abkam und sich überschlug, wollte sie jedoch auch nicht riskieren.

«Guck, da vorn. Das ging ja doch fix.» In der Ferne auf einer Anhöhe vor einer Ortschaft sah sie Blaulicht blinken. Zwei Streifenwagen blockierten die Straße. Der Bus musste zwangsläufig dort durch, es sei denn, er wendete. Tatsächlich bremste er im nächsten Moment, hielt den Verkehr auf. Unvermittelt bog er rechts in den Wald ab, obwohl es dort keine Kreuzung zu geben schien. Sie benötigte vielleicht fünfzehn Sekunden, um die Stelle zu erreichen, hielt an. Ein unbefestigter Weg führte in den Wald, wie ein finsterer Tunnel wirkte er. Sie fragte gar nicht erst, bog selbst ein. Sie fuhr nicht sehr schnell, sah sich um, bremste vor jeder Hügelkuppe. Bruch war ihr keine Hilfe, er saß nur stumm da. Solange sie aber auf keine Abzweigung stießen, war auch der Bus auf diesen Weg angewiesen, und ob sich Herzfeld hier gut auskannte, war auch eher zu bezweifeln. Jetzt ging es scharf nach rechts und steil hinunter. Es rumpelte heftig, die Stoßdämpfer des BMW waren gefordert, als sie über steinigen Grund rollten.

«Wo ist der denn hin?», fragte Schauer eher sich selbst, es waren keine Lichter zu erkennen. Als Nächstes führte der Weg links um einen Fels herum, der Wald wurde dichter, und das Gefühl, sich hier verirrt zu haben, wuchs erstaunlich schnell zu etwas Handfestem heran. Wenn sie nur nicht in eine Schlucht fielen. Als sie den Felsen passiert hatte, wurde der Pfad so eng und abschüssig, dass er für ein Auto eigentlich unpassierbar war, wenn es kein Geländewagen war.

Schauer hielt an. «Die können doch nicht verschwunden sein», wunderte sie sich. «Nie im Leben ist der hier runter.»

Jetzt hörte sie ein grelles Quietschen, sah in den Rückspiegel, bemerkte eine Bewegung. Herzfeld hatte den Bus hinter dem Felsen rückwärts ins Dickicht gefahren, das laute Quietschen war wohl das Geräusch eines ordentlichen Lackschadens. Jetzt entfernte sich der Bus ohne Licht zurück in Richtung der Straße.

«Jetzt reicht's», knirschte Schauer, legte den Rückwärtsgang ein. Sie fuhr nicht in dieselbe Lücke im Gebüsch, wollte nicht auch noch ein Auto zerlegen in ihrer ersten Woche. Sie fuhr rückwärts, wieder an dem Felsen vorbei, sah über ihre Schulter durchs Rückfenster. Dann lenkte sie den Wagen in eine Lücke zwischen zwei Bäumen, rammte den Vorwärtsgang rein und preschte vor. «Schalt die Signalgeber an und mach die Lampe aufs Dach!»

Bruch beugte sich vor, drückte die Schalter, nahm dann das Blaulicht aus der Halterung, öffnete das Fenster und stellte es auf das Dach. Dann musste er sich am Türgriff festhalten, wie sie leicht belustigt feststellte, denn sie nahm die nächsten Kuppen und Kurven, ohne zu bremsen. Rallyefahrerin hätte sie werden sollen, überlegte sie, hörte, wie Steine gegen das Bodenblech prasselten und Zweige die Karosserie peitschten. Die Scheinwerfer aufgeblendet, hatte sie gute Sicht, den Bus aber sah sie noch nicht. Sie mussten nur darauf achten, in welche Richtung er fuhr, wenn er den Wald verließ. Vermutlich links, weg von der Straßensperre.

Jetzt erkannte sie die Straße an den Scheinwerfern der Fahrzeuge, in Richtung Altenberg bewegten sie sich langsam, von der Polizeikontrolle gebremst, in die andere Richtung rollte der Verkehr flüssiger. Schon wurde es wieder dunkel. Diese Jahreszeit war echt zum Kotzen.

«Da vorn links», sagte Bruch.

«Weiß ich», knurrte sie.

«Ich sollte Bescheid sagen.»

Vermutlich hatte er doch Angst. Sollte er ruhig haben.

Der Bus bog links ab, hatte gerade noch fünfzig Meter Vorsprung.

Sie schoss aus dem Wald und musste voll auf die Bremse treten, denn ausgerechnet in dem Moment schob sich ein Kleinwagen vor sie und versperrte den Weg. Der Fahrer, ein älterer Mann, kapierte gar nicht, was rechts von ihm auf dem Waldweg vor sich ging. Trotz der quäkenden Sirene und des Blaulichts in den Scheinwerfern und auf dem Dach starrte er weiter nach vorne. Schauer haute auf die Hupe. Das Auto hinter dem Alten versuchte zurückzustoßen, um Platz zu machen, doch es vergingen endlose Sekunden.

«Herrgott, seid ihr denn alle dämlich hier», hörte Schauer sich fluchen, lenkte durch die entstandene Lücke. Dann hatte sie freie Bahn.

Inzwischen war der Bus schon wieder so weit von ihnen entfernt, dass sie gerade noch die Lichter sehen konnten, die Herzfeld angeschaltet hatte. Jetzt war Schauers Ehrgeiz endgültig entfacht, von einer Familienkarre würde sie sich nicht abhängen lassen. Sie beschleunigte auf hundert, hundertzwanzig, hundertvierzig, holte auf, vor ihnen wichen die Fahrzeuge an den Straßenrand aus. Im Rückspiegel sah sie weiteres Blaulicht, das ihnen folgte.

«Was hast du vor?», fragte Bruch in seiner unnachahmlich teilnahmslosen Art.

Das wusste sie auch noch nicht, vielleicht dem Bus folgen, bis ihm der Sprit oder die Lust ausging, verhindern, dass er nach Tschechien abhaute. Rammen würde sie ihn jedenfalls nicht. Für die nächste lang gezogene Kurve ließ sie das Gaspedal nur kurz los, musste aber feststellen, dass die Kurve sich immer weiter schloss. Doch jetzt konnte sie nicht mehr bremsen, ohne dass das Heck ausbrechen würde. Verbissen hielt sie das Lenkrad fest, wurde von der Fliehkraft gegen die Fahrertür gepresst. Kaum öffnete sich die Kurve, gab sie wieder Gas. Nun war der Bus ganz nahe, so schnell in der Kurve zu fahren, war ihm unmöglich. Sie blendete die Scheinwerfer voll auf, sah, dass die Herzfelds vorn im Auto miteinander stritten. Die nächste Kurve ging linksherum, Schauer scherte aus, damit Herzfeld sah, dass es keinen Sinn mehr ergab zu flüchten. Der Streifenwagen hinter ihr kam heran, stieß in die dadurch geöffnete Lücke, hielt sich dicht hinter dem Bus. So hatte sie sich das nicht gedacht ... Der Bus aber bog plötzlich rechts ab, auf eine schmale Nebenstraße, die nur gepflastert war. Schauer riss den Lenker herum, zog die Handbremse. Auf der nassen Straße drehte sich der BMW, während der Streifenwagen mit stehenden Reifen ein Stück geradeaus über die Kreuzung schoss. Schauer fuhr wieder an, hatte den Bus schnell eingeholt, folgte ihm, bis auch der Streifenwagen wieder aufgeschlossen hatte. Dann gab sie Vollgas, verließ die Straße und überholte den Bus auf der Wiese links neben der Straße. Der BMW drohte auszubrechen, die Räder drehten durch, doch sie hatten so viel Geschwindigkeitsüberschuss, dass sie am Bus vorbeikamen. Schauer lenkte rechts, auf die Straße zurück. Nun brach das Heck aus. Sie musste bremsen, und der Wagen kam quer zur Straße zum Stehen. Der VW Bus kam auf sie zu, neigte sich nach vorn, als Herzfeld bremste, rutschte übers Pflaster direkt auf Bruch zu und kam keinen Meter neben der Beifahrertür zum Stehen. Bruch hatte nicht einmal gezuckt.

Der Streifenwagen fuhr so dicht auf den Bus auf, dass diesem nun kein Fluchtweg mehr blieb. Schauer und Bruch stiegen aus. Frau Herzfeld riss ihre Tür auf, stürmte auf Schauer los.

«Sie sind wohl von allen guten Geistern verlassen», kreischte sie, weinte vor Wut und Angst. Schauer stellte einen Fuß leicht nach hinten, wappnete sich gegen einen ersten Angriff. Tatsächlich ging die Frau auf sie los, schlug wild wie ein zänkisches Mädchen mit offenen Händen, versuchte ihr ins Haar zu greifen. Schauer hielt sie mit ausgestreckten Armen von sich.

«Felix?», fragte sie fordernd, in der Annahme, er stünde nur dumm da. Doch tatsächlich war Bruch schon da, um die Frau festzuhalten. Er griff ihre Oberarme, bog sie hinter den Rücken, sie kreischte übertrieben laut.

«Lassen Sie meine Frau los!», brüllte Herzfeld und sprang aus dem Wagen. Schauer lief auf der anderen Seite um den BMW, um nun ihrerseits Bruch zu schützen, schon kamen die beiden Polizisten aus dem Streifenwagen angerannt.

«Einer muss aufpassen, dass das große Mädchen nicht ausreißt!», rief Schauer und konnte gerade noch einem wilden Schwinger von Herzfeld ausweichen. Einer der Uniformierten griff nach seinem Arm, doch mit dem Mut der Verzweiflung riss Herzfeld sich los, um seine Frau zu verteidigen, die zwar strampelte und stampfte, sich aus Bruchs festem Griff aber nicht befreien konnte. Jetzt griffen Schauer und der Polizist nach je einem Arm, doch wieder riss Herzfeld sich los, verpasste Schauer mit dem Handrücken einen Schlag auf die Nase, der sie buchstäblich Sterne sehen sah. Der Schmerz blendete für einen Moment alle Gefühle aus. Nur einem gab er Platz.

Schauer trat Herzfeld ins linke Knie, dass er einknickte, und hieb ihm seinem Sturz entgegen, die rechte Faust ins Gesicht. Sofort war der Mann bewusstlos, fiel wie ein Sack zu Boden. Frau Herzfeld schrie hysterisch, brach dann ihrerseits zusammen, hing in Bruchs Griff, heulte hysterisch.

Der Uniformierte kniete sich neben den Bewusstlosen, tastete nach dem Puls, fühlte ihm das Kinn ab. Haltlos baumelte Herzfelds Kopf.

«Das war so nicht geplant!», sagte Schauer leise.

«Schon gut», sagte der Polizist.

«Wirklich, ich wollte ihn so hart nicht treffen.»

«Ist gut», sagte der Mann, doch nichts war gut, hörte sie seiner Stimme an. Nun erst realisierte sie, dass beide Mädchen ganz stumm im Auto gesessen hatten, während hier fünf Erwachsene miteinander kämpften.

16

Frau Herzfeld rieb sich das Gesicht. Sie saß im Vernehmungsraum, stützte die Ellbogen auf den Tisch. «Wir sind doch nur weitergefahren, weil Sie uns verfolgt haben!»

«Mit Gepäck? Das haben Sie immer im Auto?» Schauer fragte Bruch gar nicht erst, übernahm das Sprechen. Simon war dabei, saß stumm in der Ecke. Eine Kamera lief.

«Wir wollten halt in den Urlaub.»

«Während der Schulzeit? Frau Herzfeld, reden Sie doch einfach mal Klartext. Sie wollten abhauen. Warum?»

«Warum? Weil wir unsere Tochter schützen wollen.»

«Vor wem?»

Frau Herzfeld stöhnte genervt. «Vor allen, vor Leuten wie Ihnen, vor denen in der Siedlung, im Dorf. Wir wissen doch, was geredet wird. Dummes Zeug wird geredet. Und als Nächstes kommt der Mob noch zu uns.»

«Nur um das mal klarzustellen. Sie haben den Mob herbeigerufen!»

Die Frau sah auf, wollte widersprechen und winkte dann doch ab.

«Wissen Sie jederzeit, wo Ihre Tochter ist? Oder anders, kann es sein, dass Linda sich nachts aus dem Haus schleicht?»

«Warum sollte sie das tun?»

«Beantworten Sie die Frage!»

«Nein, kann sie nicht, wir schließen ab und würden hören, wenn sie nachts rausgehen würde. Und warum sollte sie?»

«Geht Linda manchmal zu dem alten Bauernhof?»

«Nein, das haben wir verboten. Unsere Gespräche drehen sich im Kreis. Wie geht es eigentlich meinem Mann? Ich will ihn sehen!»

«Der wird ärztlich versorgt, im Krankenhaus. Sie können zu ihm, wenn wir hier fertig sind.»

«Ha!», lachte die Frau, als glaubte sie alles, nur das nicht. «Ich geh hier nicht ohne meine Tochter weg. Und ich sag Ihnen, das hat ein Nachspiel. Das war Polizeigewalt, das war Körperverletzung. Ich zeig Sie an!» Frau Herzfeld zeigte mit dem Finger auf Schauer, um deutlich zum Ausdruck zu bringen, dass auch wirklich sie gemeint war. Schauer hätte am liebsten zugepackt und ihn umgeknickt.

«Ist es wahr, dass Linda Tiere getötet hat, Vögel, Meerschweinchen und ein Kaninchen?»

«Nein ... kann sein. Da war sie klein, wir mussten ihr beibringen, dass man das nicht tut. Ein Meerschweinchen, wahrscheinlich hat sie es zu doll gedrückt beim Hochnehmen. Unser Meerschweinchen. Was die andern erzählen, ist alles übertrieben.»

«War sie die alte Frau besuchen? Hatte Linda Kontakt zu ihr? War sie an dem Tag bei ihr, als Frau Gessner starb?»

Frau Herzfeld lachte laut und künstlich auf. «Sehen Sie, heißt das jetzt, Linda soll sie umgebracht haben?»

«Warum wollten Sie ausgerechnet heute abhauen?»

«Wie ausgerechnet heute?» Sie verzögerte nur, wusste genau, warum.

«Warum haben Sie heute beschlossen, Ihr Haus zu verlassen?»

«Einfach so», sie zuckte mit den Schultern, dann aber fiel ihr ein guter Grund ein. «Weil die Kühn durchgedreht ist. Wer weiß, was die uns noch antun.»

«Jolischs Tod, damit hatte es nichts zu tun?»

«Wer ist tot?», fragte Frau Herzfeld, doch auch das war geschauspielert. Was sie aber nicht wusste, die Spurensicherung hatte entscheidende Fortschritte gemacht, während sie sich die Verfolgungsjagd geliefert hatten.

«Jolisch, der alte Mann», erklärte Schauer deshalb, damit es keine Zweifel gab. «Aufgrund Ihres Verhaltens ist eine Durchsuchung Ihres Hauses und des Grundstücks veranlasst worden. Jolisch wurde mit einem Gartengerät umgebracht, einem Grubber, und dieser stammt nach aller Wahrscheinlichkeit aus Ihrem Schuppen. Unsere Techniker sind gerade dabei, Hautproben vom Stiel des Gerätes zu analysieren, doch den anderen Gerätschaften nach stammt dieses Gerät aus Ihrem Arsenal.»

«Den kann jeder geklaut haben, der Schuppen steht manchmal offen, weil jeder vergisst zuzuschließen.»

«Außerdem hat die Spurensicherung gleich neben der Leiche ein Haargummi gefunden, hellblau.»

«Die gibt's in Massen!»

«Es waren Haare drin. Das wird noch heute Nacht im Labor überprüft. Lange blonde lockige, wie Linda.»

Frau Herzfeld gab sich unbeeindruckt, sie winkte ab. «Sie finden doch sowieso, was Sie finden wollen!»

«Wo war Linda gestern Abend?»

«Was soll denn das heißen?», fragte Lindas Mutter, obwohl offensichtlich war, was es heißen sollte.

Schauer schnellte vor und knallte mit der flachen Hand auf den Tisch. «Wo war sie?»

«Hauptkommissarin!», mahnte Simon aus der Ecke.

Das gefiel Frau Herzfeld gut, sie griente hämisch. «Linda war daheim, wo denn sonst. In dieser Gegend sind Kinder nicht sicher, wenn es dunkel wird.»

«Haben Sie Linda je gefragt, wo sie damals zwei Wochen lang war», fragte Bruch.

Herzfeld, vermutlich verblüfft, dass Bruch auch sprechen konnte, sah ihn an, als verstünde sie nicht. Dann zuckte sie mit den Achseln. «Klar.»

«Und sie sagte nichts. Nie.»

«Nein, das hätten wir der Polizei doch gesagt.»

«Sie schwieg einfach?»

«Ja, sie schwieg!»

«Warum ließen Sie nie zu, dass Linda von Experten befragt wurde.»

«Na ja, wir ...» Die Frau verzog nachdenklich ihr Gesicht. Bruchs tonlose Fragerei hatte sie sämtlicher Aggression beraubt.

Jetzt spielen wir guter Bulle, böser Bulle, und Letzterer bin ich, stellte Schauer verblüfft fest. Und es verblüffte sie noch mehr, dass ihr die Rolle ganz gut gefiel.

«Wir wollten sie einfach schützen. Dass sie nicht monatelang beackert und erst recht verrückt gemacht wird. Ich hab sie mir angesehen, auch untenrum. Da war nichts Auffälliges, weder an der Vagina noch am Po. Da dachte ich, wer weiß.»

Das konnte sie gar nicht entscheiden, sie war keine Ärztin. Schauer zwang sich zu schweigen, vor allem weil sie davon ausgehen mussten, dass die ganze Geschichte gar nicht stimmte.

«Herr Jolisch wurde umgebracht. Hinterrücks mit einem Gartengerät aus Ihrem Schuppen erschlagen. Vor ziemlich genau vierundzwanzig Stunden. Kann es sein, dass sich Linda damals in seiner Gewalt befand und sich auf diese Art und Weise dafür rächen wollte?», meldete sich Bruch zu Wort.

Lindas Mutter klappte der Mund auf. Sie glotzte Bruch an, doch etwas hatte der an sich, oder besser gesagt fehlte es ihm, man zog gar nicht erst in Betracht, dass dies ein dümmlicher Scherz sein könnte.

«Mit zwölf ist sie noch nicht einmal strafmündig. Eine solche Tat, auch die Entführung und Freiheitsberaubung eines anderen Kindes, zöge bestenfalls eine intensive psychologische Behandlung nach sich. Immerhin muss eine schwere Traumatisierung in Betracht gezogen werden.»

Was bot Bruch da an, so etwas wie eine Kronzeugenregelung?

Wollte er die Frau aus der Reserve locken, sie sich in ihre Lügen verstricken lassen?

«Können Sie mit Sicherheit sagen, dass Ihre Tochter gestern ununterbrochen daheim war? Besteht keine Möglichkeit, dass sie für zwanzig Minuten aus dem Haus gegangen sein könnte?»

Frau Herzfeld schüttelte den Kopf. «Sie sind ja vollkommen bekloppt», flüsterte sie, und Schauer war beinahe erleichtert, nein, eigentlich war sie heilfroh, dass Bruch mit dieser Masche nicht durchkam. Die Herzfelds waren seit Jahren geübt, sich selbst und allen anderen etwas vorzumachen. Warum sollte sie wegen einem einknicken, der selber irre war.

«Linda», begann die Frau aufs Neue. Es war spät. Fast Nacht. Man hatte die Psychologin in aller Eile hinzugezogen. Doktor Weigelt. Sie war aus der Uniklinik geholt worden, aus ihrer Nachtschicht. Die wirklichen Experten für solche Fälle sollten morgen aus Berlin eintreffen. Aber jetzt schien Eile geboten, auch wenn Simon anscheinend alle Mühe gehabt hatte, den Staatsanwalt und den Haftrichter davon zu überzeugen, dass Jolischs Tod in direkter Verbindung mit Celinas Verschwinden zu tun hatte.

Und obwohl es das weder belegte oder sonst ein Zusammenhang zum Verschwinden des Mädchens herzustellen war, hatte wohl eine weitere Information, die ihnen vor etwa drei Stunden zugetragen wurde, dazu beigetragen, dass sie Linda jetzt noch vernehmen durften. Die Information, dass jemand auf dem Friedhof in Goppeln, keine zweihundert Meter vom Bauernhof und der Wohnsiedlung entfernt, das Urnengrab von Elisabeth Gessner ausgehoben und die Urne gestohlen hatte. Gerade war man dabei, das Haus der Herzfelds nach ihr zu durchsuchen.

Linda saß stumm auf ihrem Platz, hatte ihre Hände auf dem Tisch übereinandergelegt. Seltsam erschien Schauer diese Haltung, gar nicht die eines Kindes, eher die einer alten Frau. Ihre Oma hatte so gesessen, für Stunden, als wären es Minuten, hatte mit halb geschlossenen Augen Radio gehört. Lindas Fingernägel waren dreckig. Dunkle Ränder unter jedem Nagel.

Sie schien weder ängstlich noch entsetzt, noch machte sie irgendeine Miene. Ausdruckslos, höchstens ein wenig herablassend, sah sie die Psychologin an, die gar nicht so recht wusste, wie ihr geschah. Man hatte ihr provisorisch einen Fragenkatalog zusammengestellt. Beide, Schauer und Bruch, hatten Simon versprechen müssen, nichts zu sagen, bis die Frau einen Zugang zu dem Mädchen gefunden hatte.

Was nun aber seit fast zwei Stunden nicht gelungen war. Auf keine der Fragen war das Mädchen eingegangen. Gelegentlich schüttelte sie ganz sachte den Kopf, doch nicht zur Beantwortung einer Frage, sondern um entweder zu verdeutlichen, für wie absurd sie das Ganze hielt, oder um zu bekräftigen, dass sie nichts sagen würde. Zunehmend verzweifelt und gleichsam kraftlos sah Doktor Weigelt sich um. Simon atmete tief durch.

«Bliebe Luisa», sagte Bruch in die aufgekommene Stille und die stumme Hilflosigkeit der Psychologin hinein. Es waren seine ersten Worte seit Beginn der Vernehmung.

«Die ist fünf!», sagte Simon.

«Gerade deshalb.» Bruch blinzelte, und Schauer, die inzwischen ihre Erfahrung mit einem Felix Bruch gemacht hatte, der seinen üblichen Gewohnheiten nicht folgen konnte, seinen normalen Schlaf nicht bekam oder keine Tablette genommen hatte, betrachtete ihn interessiert. Hier war sie wenigstens nicht allein mit dem Irren.

Nun aber zog Linda die Aufmerksamkeit auf sich. Sie bewegte sich in der Hüfte, rutschte auf der Sitzfläche hin und her. Keine großen Bewegungen, doch es schien sie zu treffen, wenn es um ihre Schwester ging. Man hatte die Kleine zu den Großeltern gebracht.

«Wir könnten sie jetzt holen», bot Schauer an.

«Tickt ihr nicht mehr richtig?», fragte Simon leise, und Frau

Weigelt, die sich mit den Gepflogenheiten hier gar nicht auskannte, sah sich nervös um.

«Soll ich ein Kleinkind vernehmen?», fragte sie mit einem leisen Anflug von Panik. «Ich weiß nicht, ob ich das machen will, das ist heikel.»

«Es geht um Leben und Tod!», erhöhte Schauer den Druck. Sie sah zu Linda, deren Finger begonnen hatten, sich zu bewegen. Dann sah sie zu Bruch, der schlug die Lider nieder.

«Aber eine Fünfjährige.» Frau Weigelt sah Simon mit leiser Verzweiflung an.

«Darauf kann im Moment keine Rücksicht genommen werden», sagte Bruch.

«Vielleicht kann sie Auskunft geben, ob Linda zu bestimmten Zeiten das Haus verlassen hat, vielleicht wurde sie sogar zu einigen Handlungen von ihr überredet oder genötigt.»

«Lassen Sie meine Schwester in Ruhe», sagte Linda ganz leise, und doch hörte es jeder im Raum.

«Hören Sie mal», begann Frau Weigelt, «das dürfen Sie nicht, das ist Nötigung.»

Das wollte Schauer nicht gelten lassen, außerdem hatte Linda sich gerade das erste Mal überhaupt geäußert, die Frau unterbrach bloß die Dynamik mit ihren Bedenken. «Wir sind es doch, die genötigt werden. Sie sehen doch, was los ist. Die Leute verlangen von uns, dass wir das vermisste Mädchen finden. Und wir sind die einzigen Dummen, die nicht handeln können.» Sie stand auf. «Los, Felix, fahren wir!»

Bruch spielte mit und stand auf.

«Lassen Sie meine Schwester in Ruhe, sie kann gar nichts dafür!», sagte Linda. Tränen sammelten sich in ihren Augen, liefen über, rollten über ihre Wangen und tropften auf den Tisch.

Schauer setzte sich wieder. «Wofür kann sie nichts?»

«Für alles kann sie nichts. Sie ist noch klein, ich muss sie beschützen. Sie dürfen sich nicht einmischen!»

«Ich muss mich aber einmischen, wir müssen Celina finden, verstehst du das?»

Jetzt tat Linda etwas Seltsames, sie wischte mit den Fingerspitzen durch die Tränenflecken auf dem Tisch und fuhr sich dann damit über die Zähne. «Sie werden die nicht finden», sagte sie dann. «Die ist weg.»

«Aber warum, wo ist sie, was weißt du?»

«Alles weiß ich, alles!» Linda begann zu kichern, blinzelte, und weitere Tränen tropften auf die Tischplatte. Das Mädchen wischte wieder hindurch, rieb sich die Flüssigkeit an die Schläfen.

«Was weißt du? Weißt du, was mit Herrn Jolisch geschehen ist?», fragte Schauer.

«Linda!», mischte die Psychologin sich ein. «Willst du uns erzählen, was mit dir geschehen ist?»

«Sie!», schrie Linda plötzlich auf, duckte sich wie eine Katze, die ein Jagdobjekt entdeckt hatte, krallte sich an der Tischkante fest, «Sie haben keine Ahnung von nichts», zischte Linda.

Die Psychologin blieb betont ruhig, war es sicher gewohnt, mit solcherart Situationen umzugehen. «Vielleicht hilfst du mir, es zu verstehen? Ist dir vielleicht etwas geschehen, damals, als du weg warst, und du willst es uns doch erzählen? Es gibt nichts, wofür du dich schämen müsstest.»

«Es ist was passiert. Ich kann es Ihnen aber nicht erzählen, niemandem hier.»

Schauer sah sich gezwungen, das Gespräch wieder an sich zu reißen. «Auch wenn du es nicht erzählst, finden wir raus, was mit Herrn Jolisch passiert ist. Vielleicht hast du den umgebracht. Wir haben Spuren gefunden, die darauf hinweisen. Wenn das stimmt, dann würdest du in eine Klinik kommen, wo du darüber sprechen kannst und wo sich jemand um dich kümmert, damit es dir schnell besser geht.»

«Was reden Sie denn da für ein Zeug?», intervenierte Frau Weigelt. «So funktioniert das nicht.»

«Können Sie nicht einfach den Mund halten», blaffte Schauer sie zornig an.

Linda sprang auf. «Still, alle beide!», brüllte sie, und ihr Kopf färbte sich beängstigend rot. «Sie haben gar keine Ahnung, gar kein bisschen. Sie wissen gar nicht, was los ist. Sie wissen gar nicht, was geschieht.» Sie griff sich ins Haar und riss daran. «Das fängt man an, dann packt es einen, und dann lässt es nicht mehr los. Dann kommt es nach Hause und überallhin. Das beobachtet dich im Schlaf und zieht dir an den Füßchen. Das kommt ganz nah an dich ran», sie pikte sich mit beiden Zeigefingern an die Schläfen, «das atmet dir ins Ohr, und du wagst nicht, die Äuglein zu öffnen, weil du Angst hast, was zu sehen, was du nimmer vergessen wirst!» Spucke flog ihr aus dem Mund. «Das ist, als bist du verrückt, aber du bist gar nicht verrückt! Und alle fragen, fragen, fragen, aber ich kann die Fragen nicht beantworten, verstehen Sie das?» Sie schlug sich mit der flachen Hand an die Stirn, ins Gesicht, gegen den Kopf. «Verstehen Sie das, ich kann nichts erzählen.»

Die Psychologin war aufgesprungen, schwankte zwischen Mitleid und Entsetzen, wollte helfen und weglaufen zugleich. Simon saß längst nicht mehr entspannt, war auf die Vorderkante seines Stuhls gerutscht und wusste doch nichts zu tun. Schauer stand auf. Linda wich sogleich zurück, vermutete wohl einen Angriff, ihr Gesicht war verzerrt, ihre Augen aufgerissen, suchend blickte sie sich um, sah in alle Ecken, nach oben, als könnte sich etwas von der Decke auf sie stürzen.

«Du warst bei Elisabeth Gessner», sagte Bruch. «Was hat sie getan?»

«Sagen Sie nicht ihren Namen!», keuchte Linda entsetzt. «Das dürfen Sie nicht machen!»

«Linda, was hat sie getan?», fragte Schauer. «Warst du bei ihr?»

«Gehn Sie nicht da in das Haus, das ist nicht gut, da darf man nicht reingehn. Das hab ich den anderen gesagt, aber die wollten nicht hören!»

«Linda, was war mit Frau Gessner? Warst du bei ihr, hat sie dir etwas angetan? Hast du ihr etwas angetan?»

«Sie solln den Namen nicht sagen!», kreischte Linda.

«Linda, wir müssen Celina helfen. Du musst uns sagen, wo sie ist! Ist sie in dem alten Bauernhof?»

«Sie können der nicht helfen!», schrie Linda und riss sich an den Haaren. «Kapieren Sie das nicht! Sie können nicht helfen! Ich musste es tun, verstehen Sie, ich musste!» Linda begann wieder sich die Hände gegen den Kopf zu schlagen.

«Was musstest du?»

«Ich kann es nicht sagen!», schrie Linda so laut, dass ihr die Stimme brach. Ohne jede Vorwarnung rannte sie los, wollte zur Tür, doch Schauer hatte damit gerechnet, fing sie im vollen Lauf ab, dass es ihr die Beine in die Luft riss. Linda schlug wild um sich, drehte und wand sich. Sie entglitt Schauer, stürzte zu Boden, wälzte sich auf den Bauch, begann mit der Stirn auf das Linoleum zu schlagen.

«Tun Sie doch was!», rief die Psychologin. Doch kaum hatte Schauer sich hingekniet, um Linda aufzuhalten, warf die sich auf den Rücken, stampfte mit den Füßen, begann dann zu zucken.

«Das ist ein Krampf», erkannte die Frau, «ein epileptischer Anfall. Lassen Sie sie los. Den Stuhl weg! Rufen Sie einen Arzt!» Sie kam heran, drängte Schauer beiseite. «Das hört gleich auf. Herr Simon, einen Arzt, schnell!»

«Ist gut!», flüsterte sie dem Mädchen zu. «Es ist gut!»

Linda schnellte vor, packte die Frau an der Bluse und zerrte sich zu ihr heran. «Nichts ist gut, überhaupt gar nichts!», zischte sie, und Blut lief ihr aus dem Mund.

«Also, so was hab ich noch nie erlebt», sagte Schauer leise. Es war das Erste, das gesprochen wurde, zehn Minuten nachdem Linda von einem Polizeiarzt versorgt und ins Krankenhaus gebracht worden war. Sie war schockiert, sah Bruch, an ihr nagte schlechtes Gewissen.

«Aber was war das?», fragte Simon. Die Frage ging direkt an die Psychologin.

«Sie haben das ausgelöst», beschwerte diese sich, anstatt zu antworten. «Sie scheint so tief traumatisiert zu sein, das braucht Monate, um sich da heranzutasten.»

«Wir haben aber keine Monate», verteidigte sich Simon. «Ganz im Gegenteil. Außerdem war das die erste Gelegenheit, seitdem sie damals verschwunden war, überhaupt mit ihr zu sprechen. Frau Doktor, wir müssen das andere Mädchen finden. Und Sie sehen doch, Linda weiß etwas, und sie muss es uns sagen!»

«Ja, ich versteh schon.» Die Frau rieb sich das Gesicht.

«Hat sie die Gessner umgebracht, und Jolisch?» Schauer war müde, sie hatte keine Geduld mehr. Sie kratzte sich immer wieder am Hals, bemerkte das vermutlich gar nicht. Bruch betrachtete sie. Sie war ehrlich, stellte er fest, ganz und gar. Ob das der Krebs gemacht hatte, oder ob sie immer schon so gewesen war? Wenn sie versuchte, ein Gefühl zu verbergen, hielt das nur wenige Sekunden an. Ihre Miene verriet sie in jeder Situation.

«Da kann ich keine Vermutungen anstellen», sagte Frau Weigelt. «Was ich weiß: Sie ist traumatisiert, und sie hat Angst.»

«Könnte es sein, dass die ganze Nummer hier geschauspielert war?», fragte Simon. «Ich meine, sie hat geblutet aus dem Mund, die hat sich wirklich heftig geschlagen. Aber trotzdem ist es doch möglich, oder?» Vielleicht wünschte er sich das.

«Wenn sie einen Anfall hatte, hat sie sich womöglich auf die Zunge gebissen. Das kommt vor. Vielleicht hat sie sich beim Sturz verletzt. Mir schien die Angst echt. Ob sie aber wirklich als Täterin infrage kommt, erklärt das nicht. Wieso sollte sie zugeben, dass sie von Celina weiß, uns dann aber kein Geständnis machen? Logischer wäre, sie hätte weiter vorgegeben, nichts zu wissen. Es kommt ja vor, dass Menschen bestimmte Dinge komplett verleugnen, auch vor sich selbst. Dann hätte sie aber auch nichts davon sagen dürfen. Ich werde wirklich nicht schlau. Ich bin auch ganz geschockt. Mir fehlen da die Erfahrung und die Ausbildung, und Sie ziehen mich hier einfach so hinein. Wie soll ich da helfen können?»

Schauer hatte genug, sah Bruch. Er könnte sie heimbringen, allein damit sie nicht am Steuer einschlief. Aber etwas blockierte ihn, hinderte ihn daran, es anzubieten.

«Ich muss heim», sagte Schauer, «Celina hin oder her, ich muss schlafen. Hier dreht sich alles nur noch im Kreis. Aus Linda bekommen wir auch nichts mehr heraus. Morgen kann ich wieder denken. Heut nicht mehr.»

Sie war noch nicht fertig, wusste Bruch, auch wenn sie es glaubte. Er stand auf.

«Ich gehe auch.»

Frostluft empfing sie, als sie aus dem Gebäude trat. Ohne ein letztes Wort war Bruch, noch im Haus, abgebogen, ging den Dienstwagen holen, den er immer nutzte, um heimzufahren. Schauer hatte sich nichts erhofft, war zu müde, um enttäuscht zu sein. Sie zog die Schultern hoch, schob die Hände in die Jackentaschen, lief zum Parkplatz. Grandios übrigens, dass sie hier beim Präsidium einen Parkplatz suchen und auch noch bezahlen musste, es sei denn, sie mietete sich einen. Man hatte ihr einen angeboten, für lockere hundertdreißig Euro im Monat.

Hell war es hier, das Polizeigebäude ringsum gut ausgeleuchtet. Sie musste aber ein ganzes Stück gehen, und dort, wo ihr Volvo stand auf einem Parkplatz unter der Carolabrücke, war es nicht ganz so hell.

Sie registrierte die gefrorene Windschutzscheibe als kleineres

Übel. Inzwischen war es ein Uhr nachts. Nachdem sie den Motor gestartet und die Lüftung auf die Scheibe gestellt hatte, stieg sie aus, begann zu kratzen. Das Eis war dünn, aber hartnäckig, am Nachmittag noch war feiner Nebel auf dem Glas kondensiert. Als sie glaubte, Schritte zu hören, sah sie sich um, fand sich aber ganz allein. Sie ging ums Auto, versuchte es von der anderen Seite, kratzte ein recht großes Loch ins Eis, doch das nützte wenig, es war die falsche Seite.

Wieder sah sie sich um, wurde das Gefühl nicht los, dass jemand in der Nähe war. Sie sah niemanden, doch sich hier gegen eine dunkle Wand zu drücken oder hinter einem anderen Auto zu verstecken, war nicht schwer. Ein winziger Kiesel bewegte sich, rollte ein Stück, blieb dann liegen. Sie sah nach unten. Hatte sie ihn mit dem Fuß geschnippt? Der leise blubbernde Motor störte sie beim Lauschen.

Sie ging zur Fahrerseite, bemühte sich, nicht zu hasten, gab vor, keine Angst zu haben. Doch sie riss hektisch an der Autotür, setzte sich hinein, knallte die Tür zu und verriegelte sie. Sie war überspannt. Das Kind vor Augen, wie es brüllte und sich an den Haaren riss, da musste man ja selber verrückt werden.

Sie wartete eine Weile, schaltete dann den Scheibenwischer an. Der rieb ihr ein kleines Sichtfenster. Groß genug, um fahren zu können.

Auf dem Weg nach Hause, gleich unten an der Elbe entlang, bog sie vor der Waldschlösschenbrücke ab, und beim Anblick der Uniklinik kam ihr ein neuer Gedanke.

«Das geht gar nicht!», sagte die Schwester vom Nachtdienst leise, aber bestimmt. «Hier ist Nachtruhe. Außerdem hat er eine Gehirnerschütterung.»

«Ich wäre nicht hier, wenn es nicht dringend wäre!»

«Herr Herzfeld liegt in einem Dreibettzimmer, Sie würden alle Patienten wecken!»

Schauer bemühte sich um Ruhe. Dieses ewige Diskutieren trieb sie in den Wahnsinn. Es kostete nur Kraft. Wozu nützte ihr Dienstausweis, wenn er keinen Eindruck schinden konnte? «Hören Sie, ich war lang genug selbst Patientin, da nahm auch keine Schwester Rücksicht, ob jemand der Blutdruck gemessen werden musste oder Medikamente bekommt, da wird das Licht angeknallt und laut geredet. Wecken Sie ihn und holen Sie ihn raus. Ich bitte Sie nicht noch einmal.»

Die Schwester kniff die Lippen zusammen, sah über die Schulter, wo eine andere Schwester nur mit den Achseln zuckte.

Herzfeld kam einige Minuten später selbst in den Aufenthaltsraum gelaufen. Er trug einen weißen Bademantel und eine Nackenwirbelstütze, wirkte sehr eingezwängt in dem Ding, seine rechte Gesichtshälfte war geschwollen. Er setzte sich auf den am weitesten entfernten Stuhl an der Rückwand, lehnte sich an, hatte Mühe, seine Augen offen zu halten.

«Ich will mich entschuldigen», sagte Schauer. «Es war keine Absicht gewesen, Sie so hart zu treffen.»

Herzfeld nickte, soweit es die Halskrause zuließ. Er war so hinüber, offenbar war ihm das gerade völlig egal.

«Wir haben Ihre Tochter Linda vernommen. Das Gespräch eskalierte leider, sie begann zu schreien und sich selbst zu verletzen. Sie musste eine Beruhigungsspritze bekommen.»

«Genau deshalb, genau deswegen haben wir immer ...» Er winkte ab, ohne seine Hand aus dem Schoß zu nehmen.

«Herr Herzfeld, was Sie getan haben, Ihre Tochter zu beschützen, ist richtig, aber es war der falsche Weg. Es hat nur alles schlimmer gemacht. Ihre Tochter weiß irgendwas über Celina, das hat sie selbst zugegeben, vermutlich weiß sie sogar, wo Celina ist. Aber sie sagt es nicht. Was ist damals geschehen? Wissen Sie das?»

Herzfeld schüttelte den Kopf.

«Herr Herzfeld, wir müssen inzwischen von dem Schlimmsten

ausgehen. Verstehen Sie? Wir müssen annehmen, dass Linda der alten Frau etwas angetan hat, sogar dass sie Jolisch erschlagen hat! Und dass sie es war, die Celina entführt hat.»

Herzfeld schloss die Augen. Diese Vorwürfe erschreckten ihn keineswegs. Entweder war er so unter Medikamenteneinfluss, dass er es nicht peilte, oder er hatte sich längst mit diesen Gedanken angefreundet.

«Sie war schon immer ungewöhnlich», sagte er leise, was Schauer dazu zwang, aufzustehen und sich näher heranzusetzen. «Manche sagten, die guckt so starr, da war sie noch ein Baby. Im Kindergarten war Linda manchmal sehr gemein. Offenbar hatte sie damals schon Spaß daran, Käfer und Regenwürmer zu zerquetschen. Wir waren auch beim Arzt, beim Kinderpsychologen. Der sagte aber, das wäre nicht unnormal, Kinder testen eben ihre Grenzen aus, jedes auf seine Art. Wir haben ihr immer gesagt, dass man das nicht darf, dass man freundlich sein muss und ehrlich. Sie war auch dann nicht weiter auffällig. Oder wir bemerkten es eben nicht.» Er schob sich hoch, beugte sich vor, stützte die Ellbogen auf die Knie. «Dass wir nach Goppeln gezogen sind, das gefiel ihr nicht. Sie verlor ihre Freunde aus der Grundschule. Wir kommen ja vom anderen Ende der Stadt, da wäre es zu weit gewesen, die immer zu besuchen. Sie begann die Gegend zu durchstreifen, und irgendwann traf sie auf die alte Frau, da war sie vielleicht neun. Wir wussten ja auch gar nicht, dass sie so weit weg unterwegs war. Jedenfalls wurde sie ab da seltsamer. Als ich mir diesen Hof mal angesehen hab, da war ich vielleicht erschrocken. Das war ja alles so baufällig, die Alte wohnte in absoluter Lebensgefahr. Die lebte echt ganz abgeschieden. Ganz für sich, hatte einen Kräutergarten und ein altes Gewächshaus, einen Ententeich. War aber alles schon verwildert. Die war echt wie so eine Hexe. Tagsüber lacht man ja darüber, aber in der Nacht, wenn die ihre Kerzen angezündet hat und damit durch den Garten lief.» Er wollte den Kopf schütteln, verzog das Gesicht vor

Schmerzen. «Wir haben Linda verboten, dorthin zu gehen. Und wir haben auch beobachtet, dass die anderen Kinder sie nicht mehr ärgerten. Das war vorher ziemlich schlimm. Aber auf einmal gingen sie ihr aus dem Weg, und diese Celina, die wollte zuerst mit Linda nichts zu tun haben, dann war sie plötzlich ihre Freundin. Zumindest so was in der Art. Wir haben schon gesehen, dass sie irgendwie, na ja, kriecherisch war. Die schenkte Linda immerzu etwas, gab ihr Geld oder die Süßigkeiten aus der Brotbüchse.» Er zuckte mit den Schultern. «Wir dachten halt, solange es so herum ist, kann es uns ja egal sein. Und dann war da die Geschichte mit dem Meerschweinchen. Mann, das war ein Aufstand. Ich dachte nur, jetzt geht die Scheiße wieder los. Hab mir schon gedacht, dass die Alte vielleicht schlechten Einfluss auf Linda hat. Aber dann starb sie, und ich dachte noch, kann mir bloß recht sein.»

«Sie haben ausgelassen, dass Linda vorher verschwunden war! Stimmt das überhaupt?»

«Ja, ja, natürlich stimmt das.»

«Sie war also verschwunden?»

«Ja, natürlich, was denken Sie denn? Katja hat Himmel und Hölle in Bewegung gesetzt. Das bekam eine Dynamik, damit hatten wir gar nicht gerechnet. Unser Post auf Facebook wurde achttausendmal geteilt und wer weiß wie oft noch auf anderen Seiten, auch auf Twitter und was weiß ich. Da meldeten sich Leute bei uns, die boten an, den Entführer zu töten, andere wollten, dass wir auf Demonstrationen auftraten. Die Presse war da, das Fernsehen. Dann noch die Leute vor der Tür. Wir hatten keine Ruhe mehr. Aber Linda war weg. Und dann, nach zwei Wochen, war sie einfach wieder da.»

«Und sie hat Ihnen nichts erzählt?»

Herzfeld schüttelte den Kopf. «Nichts, können Sie sich das vorstellen? Wir haben sie bekniet. Gebettelt, angeschrien, sie hat einfach nur starr geguckt und nichts gesagt.»

«Stand sie unter Drogen?» Es war gut, mit Herzfeld so reden zu können. Ein willkommenes Stück Normalität.

Herzfeld zuckte mit den Achseln, wieder verzog er den Mund vor Schmerz. «Kann schon sein, als sie vor der Tür stand, hatte sie solche Pupillen.» Er zeigte mit Daumen und Zeigefinger einen Kreis wie ein Zweieurostück. «Es war ja mitten in der Nacht. Sie hat auch gar nicht geklingelt. Stand einfach da, und wir entdeckten sie nur, weil Luisa Fieber hatte, weinte und wir aufstehen mussten. Meine Frau ging zur Tür, weil sie durchs Glas einen Schatten sah, und da stand Linda. Aber wissen Sie, irgendwann sollte doch die Wirkung einer Droge vergangen sein. Aber die sagte nichts. Und alle kamen und bedrängten uns, aber wir dachten, wenn sie nicht mal mit uns spricht, warum sollen die anderen sie haben?»

«Wurde sie geschlagen? Daheim?»

«Von uns?», fragte Herzfeld entsetzt. «Nein, niemals, das müssen Sie mir glauben, niemals!», beteuerte er. Wie besonnen er antwortete. Vielleicht hatte sich alles einfach nur zugespitzt, vor allem emotional, und die Eltern versuchten lediglich, ihr Kind zu schützen.

«Und Sie lebten weiter, fragten Sie gelegentlich, oder beließen Sie es dabei?»

«Ach, jedes Mal, wenn wir glaubten, sie wäre aufgetaut, versuchten wir es, aber Linda machte immer wieder zu. Irgendwann gaben wir auf und dachten, es wäre besser, wir lassen es.» Herzfeld atmete durch, rieb sich gedankenverloren die geschwollene Wange. «Was war denn mit ihr, wie geht es ihr jetzt?»

«Ich denke, sie schläft, ist unter ärztlicher Beobachtung. Aber es war sehr erschreckend, sage ich Ihnen, sie scheint innerlich sehr ...» Schauer suchte ein Wort, fand aber keines, das ihrem Empfinden entsprach. «Hatte sie vorher nie einen solchen Ausbruch?»

«Nee, nie. Sie war sehr besorgt um ihre kleine Schwester. Sie sah sich immer um. Bei plötzlichen Geräuschen zuckte sie. Sie schlief nur noch mit Licht.»

«Sie hatte also große Angst?» Diesen Eindruck hatte sie auch gehabt, aber das war es nicht allein.

«Weiß nicht so recht. Hat es ja nie gesagt. Wir boten ihr einmal an umzuziehen. Da sagte sie nur, das würde nichts nützen. Zwischendurch war es ja auch einmal besser. Als dann die Alte starb. Da ging es ihr eine Weile besser.»

«Haben Sie sich gefragt, was mit Frau Gessner geschehen ist?»

«Na ja, die war ja alt.»

«Haben Sie je in Erwägung gezogen, dass Linda ...» Sie sprach es nicht aus.

Zu ihrem Erstaunen nickte Herzfeld ernst. «Haben wir.»

«Und?»

Herzfeld wiegte den Kopf, bereute diese Bewegung sogleich wieder, er hatte wohl vergessen, dass er eine Halskrause trug. «Wir dachten uns ... also wir dachten Folgendes ... wenn die Alte was damit zu tun hatte, also wenn sie Linda festgehalten haben sollte oder irgendwie», er fuchtelte mit der Hand. «Also wenn es ihr half ... das zu überwinden, verstehen Sie?» Er zuckte mit den Achseln. «Warum nicht ...»

Schauer ließ das kurz auf sich wirken. Sie hatte kein Kind. Sie wusste nicht, wie es war, wie sie in einer solchen Situation handeln würde. Aber dass der Mann es anscheinend akzeptieren konnte, dass seine Tochter jemanden umgebracht haben könnte, war harter Stoff. Auf so was hatte auch sie niemand vorbereitet.

«Danach wurde es wieder schlimmer?», nahm sie das Gespräch wieder auf.

«Im Prinzip kehrte Linda bald zu den alten Verhaltensweisen zurück, manchmal stand sie einfach nur am Fenster und starrte auf das Feld. Manchmal fanden wir Laub und Äste in der Wohnung. Warum sie das machte, wissen wir nicht. Manchmal hörten wir nachts Geräusche.» Herzfeld verstummte, als hätte er zu viel gesagt.

«Was denn für Geräusche?»

Er hob langsam die Schultern, grinste, als genierte er sich. «Es war unheimlich, ein Grunzen, Flüstern. Einmal etwas wie ein schriller Schrei. Da hat Katja mich rausgeschickt, ich sollte nachsehen. Linda saß in ihrem Bett. Mit dem Rücken zur Tür. Ich habe sie gefragt, ob alles in Ordnung wäre, und dass ich jetzt nachschauen gehen würde, draußen, was das für ein Geräusch war. Geh ins Bett, sagte sie zu mir. Geh ins Bett, das geht dich nichts an.»

Die Fahrt nach Hause dauerte nur wenige Minuten, das Auto wurde gar nicht warm. Still war es in ihrer Straße. Die Laternen hier waren zwar wunderbar alt und tagsüber ganz herrlich anzusehen, doch viel Licht spendeten sie nicht. Einen Parkplatz fand sie auch nicht gleich, sondern musste gut hundert Meter weit weg parken. Sie stieg aus, warf die Tür zu und lief los. Sie hatte nie Angst im Dunkeln gehabt.

Doch seit diesen zwei Nächten in dem alten Hof und vor allem nach Lindas Anfall war alles ein bisschen anders. Es war so still, nichts regte sich. Der Wind pfiff, und der Weg schien ewig lang. Sie würde nicht rennen, schwor sie sich, doch eilen konnte sie. Die Arme vor der Brust verschränkt. Als es hinter ihr knisterte, wirbelte sie in vollem Lauf herum. Laub flog auf, eine Hecke rieb sich an einem Zaun. Schon weit vor der Haustür nahm sie den Schlüsselbund heraus, suchte den richtigen Schlüssel. Als sie in die Einfahrt zu ihrem Haus trat, sprang das Licht nicht an. Dass der Bewegungsmelder versagte, war noch nie passiert. Im Dunkeln versuchte sie das Schlüsselloch zu finden, der Schlüssel wollte nicht richtig reinrutschen. Doch als sie sich leicht gegen die Haustür lehnte, sprang sie auf. Jemand hatte die Verriegelung gelöst und den kleinen Hebel nicht wieder zurückgestellt. Schauer hieb auf den Lichtschalter, stellte dann den Hebel so, dass die Tür richtig schloss. Dann eilte sie die Treppe hoch. Vor der Wohnungstür fiel ihr der Schlüsselbund zu Boden, als es ganz oben im Haus klapperte. Die Haustür war offen gewesen, jemand konnte sich eingeschlichen haben. Sie hob den Bund auf, wurde leicht panisch, weil ihr immer der falsche Schlüssel in die Finger geriet. Immer wieder sah sie zur Treppe hoch. Dann hatte sie den Schlüssel, schloss auf, schlüpfte in die Wohnung, warf die Tür zu und lehnte sich dagegen.

«Verflucht noch mal», flüsterte sie erleichtert und wütend. Sie drehte sich um, sah durch den Spion. Keine zwei Sekunden später ging das Treppenhauslicht aus. Sie blieb am Spion, wartete. Ihre Augen gewöhnten sich an die Dunkelheit, sie konnte die Treppe erkennen, die Konturen des Geländers. Da war nichts. Langsam und ganz leise schob sie den Schlüssel von innen ins Schloss, hörte die winzig kleinen Federn schnappen, drehte den Schlüssel, bis es ganz leise klickte. Dann erst wagte sie auszuatmen, schaltete das Licht in der Wohnung an. Ein leiser Bums erschütterte die Wohnungstür. Schauer erstarrte auf der Stelle, sah die Tür an. Sie müsste nur nähertreten, müsste das Auge noch einmal an den Spion halten, hindurchsehen. Aber das würde sie nicht tun, weil da nichts war, weil es bestimmt nur gezogen hatte im Haus und irgendwo eine Tür zugefallen war.

«Mensch, komm runter», mahnte sie sich. Sie war einfach nur überreizt, ganz logisch, nach all den Aktionen. Eine Woche im neuen Job, und sie hatte schon alles durch. Inklusive aller möglichen Fehltritte. Wenn dieser Fall erst mal durch war, würden die Sesselfurzer in der Leitung schon genügend Zeit haben, das alles zu bearbeiten. Da kam sicher noch was auf sie zu. Beschwerden, Abmahnung, interne Untersuchung. Am Ende aber, dachte sie, während sie sich auszog, um noch einmal zu duschen, sind sie froh, wenn sie mich gleich wieder zurückschicken können. Grund der Rücksendung: Dieses Gerät ist defekt.

Vor dem Badspiegel blieb sie kurz stehen, betrachtete sich, ihr Haar, das schon fast struppig war. Sie müsste mal wieder zum

Friseur. Dabei hätte sie gern wieder längere Haare, wenn sie nur nicht in der Zeit zwischen kurz und lang so bescheuert aussehen würden. Langsam hob sie die Hände, zögerte noch einen Moment, ehe sie ihre Brüste berührte. Es gab Dinge, die wollte man eigentlich gar nicht wissen, vor allem nicht, wenn man diesen ganzen Mist schon einmal durchhatte. Du hast da was, hatte Sebastian gesagt, da hatte sie es schon längst gefühlt. Musst du untersuchen lassen. Unbedingt. Ja, klar, Arschloch, lass ich das untersuchen, dann zapfen sie dein Blut, entnehmen Gewebe. Lassen dich zappeln, tagelang, kannst du dir schön den Kopf zerbrechen, kriegst Panik, machst dir Hoffnungen, und es nützt gar nichts, wenn da einer labert, ich bin immer für dich da, weil diesen Scheiß musst du schön alleine ausbaden. Das kann dir keiner abnehmen. Dieses Gefühl, wenn du vom Diagnosegespräch kommst, wenn du weißt, dass dieses Geschwür in dir wächst und dich killen kann, wenn du dich an die Worte der Ärztin klammerst, wir haben noch gute Chancen, nur ein bisschen OP hier und da und dieses Chemodreckszeug, bei dem du denkst, he, geil, warum schlagt ihr mich nicht gleich tot, denn das scheint mir die bessere Lösung zu sein.

Endlich überwand sie sich, tastete ihre Brüste ab, erfühlte die Narben darunter, gar nicht so groß, gar nicht schlimm eigentlich. Aber da waren sie. Darunter nichts. Keine Verdickungen, keine Knoten, und trotzdem wurden ihr die Knie jedes Mal weich. Und warum? Weil sie Angst hatte, logisch, sie wollte nicht abnippeln, nicht eingehen wie so eine Primel. Und alle bedauern dich und denken sich dabei klammheimlich: besser die als ich. Sie könnten sich natürlich für eine Mastektomie entscheiden, da wären Sie ganz auf der sicheren Seite. Ja, danke, fantastisch, da wär ich ganz auf der sicheren Seite, nie irgendeinen Typen abzukriegen, denn wer kriegt schon einen Ständer, wenn du dich das erste Mal nackig machst und der sieht, dass du keine Titten hast. Höchstens so einen woken Ökoweltversteher, der für jeden Verständnis hat und sich schon lange fragt, warum es in den Schulen keine genderneutralen Toiletten gibt und sich der Umwelt zuliebe die Zähne mit Sägemehl putzt, wegen dem Mikroplastik in der Zahnpasta. Nein, Schluss mit den Gedanken. Schauer trat vom Spiegel weg. Da war nichts. Wenn nichts ist, brauchst du keine Panik zu schieben, mahnte sie sich und stieg in die Dusche.

Im Bett konnte sie nicht einschlafen. Es ging einfach nicht. Sie lauschte ins Dunkel, malte sich aus, wie es war, ein Kind zu vermissen, das dann plötzlich wieder vor der Tür steht, keinen Ton sagt, nicht erklärt, einfach nur wieder da ist.

Der Baum vor dem Fenster, eine Buche oder so, bewegte sich im Wind, hatte das meiste Laub verloren. Dieser eine Ast, der immer an der Hauswand schabte. Dieses rhythmische Rascheln, als kratzte jemand an der Wand, das man nur in der Nacht hörte, wenn alles still war. *Das sieht dich an im Schlaf und zieht an deinen Füßen, das atmet dir ins Ohr*, hatte Linda gesagt, wie sollte man da schlafen. Schauer fasste sich ans linke Ohr, es war ihr sogleich, als hätte sich dort die Temperatur um ein, zwei Grad abgekühlt.

Es war zwecklos, sie schaltete das Licht auf dem Nachttisch an und setzte sich auf. Suchend sah sie sich um, doch hier gab es nichts, womit man sich Zeit vertreiben konnte. Sie stand auf, schlich durch den Flur ins Wohnzimmer, wo der Rucksack stand, so wie sie ihn abgestellt hatte. Sie nahm ihn, öffnete die Klappe, zog die Schlaufe auf. Die Kamera war da drinnen, die Thermoskanne, in der noch Kaffee schwappte, das restliche Essen. Sie ging in die Küche, stellte die Kanne raus, öffnete dann den Mülleimer, schüttete den restlichen Inhalt einfach weg, selbst die noch eingeschweißten Salami. Dann hob sie den Rucksack an, roch daran, verzog den Mund. Sogar der stank nach dem alten Haus. Musste man waschen oder glatt wegschmeißen. Leicht angeekelt betrachtete sie ihn. *Das fängt man an, und dann lässt es nicht mehr los, das kommt mit nach Hause und bleibt da*. Am besten, sie würde das ganze Zeug einfach aus dem Fenster schmeißen. Nur so, nur aus Prinzip, nicht weil sie an Hexenzauber glaubte. Aber auch Soppok, der Gerichtsvollzieher, war ganz nervös gewesen, dabei war der ein harter Typ, der schon alles gesehen hatte. Nicht dass der Krebs wiederkommt, überlegte sie, und ich mir dann einrede, es hätte an dem alten Bauernhof gelegen.

Schluss damit, dachte sich Schauer, stellte den Rucksack ab, Schluss mit dem Quatsch. Sie trat auf den Fußhebel des Mülleimers, fischte die Kamera heraus, deren Gehäuse gesprungen und der kleine Bildschirm abgebrochen war. Sie betrachtete das Gerät von allen Seiten, schob ihre Hand in den Griff, tastete mit dem Daumen nach dem Bedienfeld. Es genügte ein Druck auf die große Taste, um aufzunehmen und die Aufnahme wieder zu stoppen. Es war ihr gar nicht in den Sinn gekommen zu filmen, aber hatte sie es vielleicht aus Versehen getan in ihrer Panik? Sie sah sich nach der Verpackung um, die noch auf dem Tisch lag, in einer Plastiktüte lag ein USB-Kabel. Bestimmt konnte man das Ding an den Laptop anschließen. Vielleicht war ja was drauf.

Sie benötigte ein paar Minuten, doch tatsächlich konnte der Computer die Daten auf der Kamera lesen, zeigte drei Filme an, jedoch nur schwarze Vorschaubilder. Der erste Clip war nur sieben Sekunden lang. Der zweite achtzehn, der dritte und letzte war der längste.

Sie klickte den ersten an, erkannte Schemen, die dunklen aufrechten Rechtecke der Türen, Rohre, sich selbst hörte sie so panisch keuchen, dass es ihr peinlich war. Zu sehen war nichts Besonderes. Der zweite Film war nicht besser, verwackelte Umrisse, kaum etwas zu erkennen, eine panische Frau, die keuchte und hörbar mit den Zähnen klapperte. Der dritte Clip war fast komplett schwarz, nichts zu sehen. Ihre Stimme nur. *Celina, Celina Kühn*, welche Celina sonst, *Ich bin von der Polizei*, kann ja jeder sagen. Diese Stimme, so voller blanker Angst. Dabei hatte sie sich immer für knallhart gehalten. Nicht mal vor dem Scheißkrebs hatte sie eine solche Angst gehabt. Niemals eigentlich. Sinnlos, diese Filmaktion. Aber war es ihr nicht so gewesen, als hätte sie nackte Füße gehört? Vielleicht sollte sie den Ton lauter stellen, auch wenn es noch peinlicher wurde. Schauer klickte den letzten Film noch einmal an, hörte es rauschen, hörte sich atmen, hörte es knistern. Sonst nichts, alles Einbildung. Wahrscheinlich hatte sie sich alles eingebildet. Sie klickte den zweiten Film an, lauschte, lauschte noch einmal von vorne, über den Laptop gebeugt, das Ohr ganz dicht am Lautsprecher. Dann zuckte sie zurück. Sie stoppte den Film, startete ihn ein paar Sekunden weiter vorn, wiederholte es noch einmal, verpasste den Moment wieder, in dem sie sich mit der Kamera in der Hand einmal um sich selbst gedreht hatte. Sie pausierte den Film, klickte sich Zentimeter für Zentimeter durch die Standbilder, bis sie gefunden hatte, was sie suchte. Ein Mann stand da, hatte in dem Gang gestanden, durch den sie sich vorher fast blind getastet hatte. In einem der offenen Kellerräume stand er, einen langen Stab in den Händen, den Stiel eine Schaufel womöglich, das Gesicht leicht abgewandt, als blendete ihn ein Licht, oder als lauschte er. Keine zwei Meter war sie ihm nahe gewesen. So dunkel, Gesicht und Hände nur drei hellere Flecken, der Schaufelstiel gerade so auszumachen. Sie war nur wenige Zentimeter an ihm vorbeigelaufen. Hätte sie den Arm ausgestreckt, sie hätte ihn wohl berühren können in diesem Moment. Schauer hob die Hände, betrachtete ihre Finger, sah, wie sie zitterten. Sie war an ihm vorbeigelaufen. Wie lang hatte er dagestanden? Was tat er da? Sie versuchte sich zu konzentrieren, tastete sich nun millimeterweise an diese Stelle des Videoclips heran, in der Hoffnung, ein noch besseres Bild zu finden. Keine halbe Sekunde war er im Bild. Ganz leicht zu übersehen, sah man den Film in normaler Geschwindigkeit. Jedes der gestoppten Bilder wurde unscharf. Aber je öfter sie diese ultrakurze Sequenz wiederholte, desto sicherer war sie.

«Du bekloppter Irrer», flüsterte sie. Es war Bruch, der da gestanden hatte. Und einen Moment später wusste sie auch, was er getan hatte.

«Du kommst mir nicht davon», flüsterte sie. Sie klappte den Laptop zu und stand auf, um sich anzuziehen. Das hier hatte keine Zeit mehr bis morgen.

17

In Bruchs Plattenbauviertel war nichts mehr los. Es war lange nach Mitternacht, bitterkalt außerdem. Jeder normale Mensch hielt sich jetzt daheim auf.

Schauer stellte ihr Auto direkt vor Bruchs Hauseingang ab, sprang aus dem Wagen, lief zur Tür und klingelte. Bruch reagierte nicht. Sie klingelte noch einmal und noch ein drittes Mal, dabei ließ sie den Daumen auf dem Knopf.

Das Sprechgerät knackte. «Verschwinde, sonst ich rufe die Bullen!», herrschte eine Männerstimme, konnte Bruchs Nachbar sein, dem ihr Geklingel nicht gefiel.

«Ich bin die Bullen!», erwiderte Schauer. «Geh wieder ins Bett!» Sie ging ein Stück weg vom Haus, sah nach oben, doch alles war finster. Sie nahm das Handy heraus, wählte seine Nummer. Es klingelte zwar, doch Bruch ging nicht ans Telefon. Nun war sie hier und wusste nicht weiter. Dabei hatte sie sich auf der Herfahrt schon alles zurechtgelegt. In ihrem Geiste hatte sie alle möglichen Szenen durchgespielt. Jetzt drohte ihr Elan zu verpuffen.

Sie könnte ins Haus einbrechen und in seine Wohnung. Sie konnte nachsehen, ob er da war, was sich in diesem Zimmer befand. Doch das war nur Zeitschinderei. Eigentlich wusste sie, wo er war. «Gottverdammte … verfluchte … kack …», schrie sie in den Himmel.

«Ruhe da unten!», brüllte jemand vom Balkon.

«Geh rein und mach die verdammte Tür zu!», erwiderte sie, zog die Pistole und richtete sie auf die Gestalt auf dem Balkon, die sofort nach unten abtauchte. Dann sprang sie in den Wagen und startete den Motor.

Schon der Anblick der düsteren Gebäude, wie sie über dem Hügel erschienen, löste Übelkeit in ihr aus. Aber nun war sie fest entschlossen, sich nicht noch einmal ins Bockshorn jagen zu lassen. Heute nicht. Sie stellte den Wagen direkt vor dem großen Tor ab, und ehe sie es sich anders überlegte, ging sie zu der Eingangstür, die einen Spaltweit offen stand, betrat den Hof, in dem die verrosteten Überreste der Maschinen wie urzeitliche Pflanzenfresser in den Brennnesseln weideten. Mit der Pistole in Vorhalte schob sie sich an ihnen vorbei, betrat das Haus über den rechten Eingang, dort, wo sich der Versammlungsraum befand. Sie tastete sich zur Treppe, stieg sie hoch in die erste Etage, wollte zur Wohnung der Alten. Noch war genügend Adrenalin in ihrem Körper, allen Gefahren zu trotzen. Doch etwas hielt sie auf, ein Gefühl wohl, oder ein Geräusch, eher von ihrem Unterbewusstsein registriert, als dass sie es gehört hätte. Sie blieb stehen, warf einen Blick in das Eckbüro. Da stand jemand am Fenster.

«Felix?», fragte sie, hob die Pistole, richtete sie auf die Gestalt.

«Früher geschah es oft, dass ich in der Nacht aufgestanden bin.»

«Du meinst, du schlafwandelst?»

Bruch ließ sich Zeit mit der Antwort. Er schien durch den Spalt zwischen zwei Brettern aus dem Fenster zu sehen. «So in der Art.»

«Toll», rettete Schauer sich wiederholt in den Sarkasmus, wie sie es oft tat, wenn es ihr zu viel wurde. «Nicht nur, dass du Psychopath bist und ein Schizo, eine Persönlichkeitsstörung hast du auch noch. Mit welchem Felix rede ich denn grad, dem völlig irren oder dem total bekloppten?»

Bruch antwortete nicht, bewegte sich auch nicht.

Schauer trat an ihn heran. «Ich muss dich mal was fragen.

Gerade klang es mir noch logisch, jetzt scheint es mir zu dumm. Aber kann es sein, dass du letzte Nacht auf dem Friedhof da hinten warst und die Urne der Alten ausgegraben hast?» Es mochten zweihundert Meter sein, übers Feld, in Richtung der Kirche. So lang, wie er verschwunden war, sollte es kein Problem gewesen sein, auch noch nach dem Grab zu suchen und das Loch auszuheben.

Bruch zögerte, aber er atmete tief ein, dann nickte er. «Offenbar habe ich das.»

Schauer trat noch näher, wagte es noch immer nicht, die Waffe runterzunehmen. «Was guckst du denn da eigentlich?», fragte sie.

Bruch nickte in Richtung des Fensters. Schauer trat nun neben ihn, warf selber einen Blick durch den Spalt. Ein Licht flimmerte am anderen Ende des Dorfes. Langsam schien es größer zu werden.

«Sag mal, kann es sein, dass es da brennt?»

Bruch nickte.

«Der Doktor?», fragte Schauer.

«Ich denke, ja!»

Schauer sah Bruch an, wartete auf weitere Reaktion. Schließlich hielt sie es nicht mehr aus. «Na los, was stehst du noch!», fuhr sie ihn an und rannte los.

Doktor Frielings Haus brannte noch nicht völlig, als sie es wenige Minuten später mit dem Auto erreichten, von einem Anbau, einer ehemaligen Scheune, hatten die Flammen aber längst aufs Wohnhaus übergegriffen, und bisher schien noch niemand davon etwas mitbekommen zu haben. In den Nachbarhäusern waren alle Fenster dunkel.

Schauer hatte die Feuerwehr schon gerufen. Gerade ging die Sirene an, welche die freiwilligen Feuerwehrleute zusammenrief. Ehe die alle da waren, konnte noch einige Zeit vergehen.

Bruch war aus dem Wagen gestiegen, zur Haustür gelaufen, klingelte, während Schauer an die Tür klopfte. Die Hitze war kaum noch auszuhalten. Die Scheune nebenan brach unvermittelt in sich zusammen. Eine Funkengarbe sprühte auf, wurde vom Wind weit getrieben. Inzwischen gingen ringsum im alten Dorfteil die Lichter an.

«Wir müssen rein», schrie Schauer gegen das Feuerbrausen an. Bruch trat zurück, holte aus und drosch mit dem Fuß gegen das Schloss, nach dem zweiten Tritt brach es, die Tür schwang auf. Es entstand ein Fauchen, vom einströmenden Sauerstoff genährt schlugen Flammen hoch.

«Herr Frieling!», brüllte Schauer ins Haus, musste das Gesicht mit den Armen vor dem Hitzeschwall schützen, wich dann zurück, weil es kaum auszuhalten war. Sie konnte eine Treppe erkennen, die hinaufführte, oben loderte es rot, schwarzer Rauch wölbte sich unter der Decke.

«Ist da jemand drin?», fragte sie einen Nachbarn, der im Schlafanzug angerannt kam.

«Ja, der Doktor und seine Frau!», rief der. «Kommen Sie mit, hier links ist ein Schlauch!»

«Felix!», rief Schauer. «Die sind noch drin!»

Bruch nickte und verschwand im nächsten Moment im Haus. Wie vom Donner gerührt blieb Schauer stehen. War der gerade ins Feuer gerannt?, fragte sie sich fassungslos.

«Kommen Sie. Helfen Sie mit dem Schlauch!», rief der Nachbar. Inzwischen waren noch weitere Anwohner hinzugekommen, aus weiter Ferne näherte sich eine Sirene. Schauer half, den Schlauch abzuwickeln, zerrte ihn zum Haus, aber es kam kein Wasser.

«Der hat schon abgedreht, wegen Frost!», rief jemand, und Schauer ließ den Schlauch fallen. Vollkommen nicht in der Lage, irgendetwas zu tun oder klar zu denken, starrte sie auf den Eingang des brennenden Hauses. Von links näherte sich blinkendes Blaulicht, wie in Zeitlupe erschien es ihr, dass der Wagen bremste, die Feuerwehrleute absprangen, die Schläuche ausrollten. Dann erschien hustend und würgend Doktor Frieling im Schlafanzug, der buchstäblich qualmte, er hielt sich nur zwei, drei Schritte noch auf den Beinen, stürzte dann. Endlose Sekunden später erschien Bruch, der die bewusstlose Frau des Doktors an den Händen aus dem Haus zerrte. Sofort sprangen Leute hinzu, halfen ihm mit der Frau. Bruch hustete und machte dabei den Eindruck, als wäre es ihm eine vollkommen lästige und unnötige Anstrengung. Taumelnd wich er zur Seite aus, winkte unwirsch eine Frau weg, die ihm zu Hilfe geeilt war, schüttelte den Kopf. Schauer lief ihm nach, hinein in eine dunklere Ecke, während das Haus inzwischen hell in Flammen stand, vom Dachstuhl schon bedenkliches Knacken und Bersten erklang.

Er hatte sich hingehockt, lehnte an einer Wand, hustete, versuchte es zu unterdrücken.

«Du musst dich untersuchen lassen, deine Lunge ist bestimmt voll Rauch», sagte sie, weil ihr nichts Besseres einfiel. Bruch nickte, hustete, winkte ab.

«Wolltest du mir irgendwas beweisen?», fragte sie.

Bruch streckte den Arm aus, und sie kapierte nicht gleich, dass sie ihm hochhelfen sollte. Dann reichte sie ihm die Hand und zerrte ihn auf die Füße.

«Was jetzt? Soll ich mal 'nen Sani holen?»

Bruch schüttelte den Kopf, zeigte hinters Haus. «Da, sieh», brachte er hervor, bevor ihn ein weiterer Hustenanfall übermannte. Schauer schaute, doch der helle Lichtschein des brennenden Hauses machte es kaum möglich, irgendetwas anderes zu sehen.

«Auf dem Feld», keuchte Bruch. Er nahm sie beim Arm, zerrte sie weiter weg, ins Dunkle hinein, zeigte über den Garten der Frielings auf den großen Acker, der sich dahinter erstreckte. Dort, schon recht weit entfernt, bewegte sich ein ganz winziges Licht.

Schauer keuchte und war vollkommen außer Atem. Sie hatte den Weg absolut unterschätzt. Allein überhaupt zum Feldrand zu gelangen, hatte sie einen Sprint von zweihundert Metern und eine ganze Menge Puste gekostet. Auf dem Feld kam sie nur schlecht voran. Zwar hatte der Frost die Erde gefrieren lassen, doch stolperte sie beim Rennen über lose Brocken, konnte keinen vernünftigen Schritt tun auf diesem unebenen Grund. Zweimal schon war sie gestürzt, hatte sich die Unterarme geprellt und die Schienbeine eingeschlagen. Und dreckig war sie bestimmt schon wieder. Die würden schön zu lachen haben, dachte sie. Am besten wäre, sie könnte in einer Furche laufen, doch das Feld war genau quer zur Laufrichtung gepflügt, also musste sie ihren Hindernislauf fortsetzen, wenn sie den kürzesten Weg zu dem sich langsam bewegenden Licht nehmen wollte. Nun war sie so weit, sie musste kurz innehalten, stützte sich auf die Knie, pumpte, schluckte, richtete sich auf, keuchte mit gebleckten Zähnen. Sie drehte sich zu Bruch um, den sie husten hörte und nur erkannte, weil er mit dem Feuerschein im Rücken lief, ansonsten war es auf diesem Acker stockfinster.

«Na los!», spornte Schauer sich an. Sie musste dieses kleine Licht erreichen, ehe es hinter dem Feldrain verschwand, oder vielleicht war es auch ein Wäldchen oder eine alte Mauer, in dieser Scheißdunkelheit konnte das kein Aas erkennen.

Endlich hatte sie das Gefühl, näher zu kommen. Sie war völlig durchgeschwitzt, der Schweiß lief ihr unter der Kleidung den Rücken hinab, wurde kalt, ekelte sie an. Noch einmal drehte sie sich nach Bruch um. Er war zu weit entfernt, konnte kaum folgen. Sie musste also erst mal selber klarkommen.

Nun war sie so nahe, dass sie aufhören konnte zu rennen. Im Schritttempo folgte sie dem kleinen flackernden Licht, das nun gelegentlich verschwand und wieder auftauchte. Eine kleine Gestalt war zu erkennen.

«Es hat keinen Zweck mehr», schniefte Schauer, hatte dazu erst mal ein wenig Luft holen müssen.

«Stehen bleiben! Polizei!», befahl sie lauter.

Die Gestalt blieb tatsächlich stehen, drehte sich zu ihr um. Eine alte Frau. «Kommen Sie nicht näher», krächzte sie, und auch wenn Schauer es sich nicht eingestehen wollte, es wäre schon geiler, wenn Bruch endlich herankäme.

Schauer hob die Hand. «Schluss jetzt, Frau Gessner, keinen Blödsinn mehr.»

«Ich wollte nur meine Ruhe, verstehen Sie, einfach nur meine Ruhe. Kann ein Mensch nicht seine Ruhe haben auf seine alten Tage», fauchte die Frau. Sie trug eine Petroleumlampe. «Und Sie verschwinden jetzt, sonst werd ich Ihnen zeigen, was es heißt, sich mit mir anzulegen.»

«Frau Gessner, es reicht jetzt mit dem Bullshit, wo ist Celina?»

«Ich weiß gar nicht, von wem Sie sprechen! Gehen Sie jetzt! Fort, ab!»

Schauer trat näher, sie musste handeln, zum Quatschen hatten sie später noch Zeit. Die alte Frau wich zurück, warf die Lampe in Schauers Richtung. Schauer konnte leicht ausweichen, das Glas zersplitterte, das Licht ging aus.

«Pass auf!», keuchte Bruch einige Meter hinter ihr.

Bissl spät, die Warnung, wollte Schauer sagen, da bewegte sich die Alte, und etwas zischte durch die Luft. Schauer konnte gerade noch zurückspringen und den Bauch einziehen.

«Jetzt reicht's mir aber, Mensch!», fluchte sie, als sie die Sichel in der Hand der Alten erkannte. Ehe die Frau sich neu sortieren konnte, sprang Schauer vor und hieb der Alten die Faust ins Gesicht.

«Was war in der Urne?», fragte Schauer.

«Dreck.»

Bruch war nach einigen Minuten aus dem Rettungswagen gekommen, in den sie ihn genötigt hatte. Man hatte sich darauf geeinigt, dass er morgen seine Lunge untersuchen lassen sollte.

Schauer war sich ziemlich sicher, dass Bruch es nicht tun würde. Nun standen sie in der Nähe des noch glühenden Hauses, da war es schön warm.

Frau Gessner wurde in einem anderen Wagen behandelt. Ihr Gesicht war ziemlich ramponiert. Das war aber nicht das Schlimmste. Sie schwieg, sprach kein Wort mehr, starrte nur böse. Sie sollte ihnen jedoch sagen, wo sie Celina versteckt hielt. Um nicht untätig zu sein, hatten sie erneut Leute bestellt, die den Bauernhof ein viertes Mal auf den Kopf stellen sollten.

Frieling, der in eine Silberfoliendecke gehüllt auf einem Stein vor seinem abgebrannten Haus saß, hatte ihnen inzwischen gestanden, den Totenschein der Alten vorsätzlich gefälscht zu haben. Frau Gessner, vom Gerichtsvollzieher unter Druck gesetzt, die Zwangsräumung vor Augen, hatte gehofft, so die letzten Jahre ihres Lebens ihre Ruhe zu haben. Sie lebte weiterhin auf dem Hof, oder irgendwo in der Nähe. Wo genau, wussten Frieling und auch Jolisch jedoch nicht. Der Lohn ihrer Dienste war, dass Jolisch das Grundstück erhielt und es dann, nach einer gewissen Karenzzeit, günstig an Frieling verkaufte, damit es nicht allzu verdächtig erschien. Indessen versorgten die beiden Männer die alte Frau mit dem Nötigsten. Frieling durch Geldspenden, Jolisch, indem er alle Besorgungen erledigte. Ein Bekannter von Frieling, der in einem Krematorium arbeitete, fingierte die Einäscherung, füllte die Urne mit Kehrresten, hatte dafür fünftausend Euro bekommen.

Dass die Alte noch so lang leben würde, hätten sie gar nicht gedacht, Frau Gessner selbst hatte nicht daran geglaubt, sagte Frieling aus. Ein paar Monate hatte sie sich noch gegeben, krank war sie gewesen, abgemagert. Dass sie einen Hang zur Spinnerei hatte, wusste Frieling zu bestätigen. So kochte sie Kräuter zusammen, murmelte gern alberne Verse vor sich her und hatte es so über die Jahre vom Ruf einer putzigen Alten zu dem einer eigenartigen Hexe gebracht. Sie unterstrich das durch gelegentliche

Streiche, die sie spielte: Schmierereien am Fenster, Dreck in den Briefkästen und Hexengekicher. Wenn Leute in der Nacht ein kleines Lichtlein übers Feld schweben sahen, dann war es die Gessner, die Jolisch besuchte.

«Ab wann hast du es geahnt?», fragte Schauer.

Bruch überlegte lang. «Als Linda diese altmodischen Worte verwendet hat. Nimmer und Äuglein. Aber vielleicht ahnte ich es schon eher.»

«Musst du ja, sonst hättest du die Urne nicht ausgegraben.» Schauer schüttelte den Kopf, Bruch war ihr wirklich nicht geheuer. «Ich habe es wirklich erst vorhin kapiert. Als du mir das Licht auf dem Feld gezeigt hast.» Beinahe hätte die Alte sie mit der Sichel aufgeschlitzt. Das Ding war scharf wie eine Rasierklinge, hatten sie festgestellt. Das wäre eine ordentliche Sauerei auf dem Feld geworden und schade um die ganze Krebsbehandlung. «Wie willst du das mit der Urne eigentlich erklären? Das gibt eine Anzeige wegen Störung der Totenruhe.»

«Keiner weiß, dass ich sie habe», sagte Bruch.

Sie wusste davon. Aber es gab keinen Grund, ihn jetzt darauf hinzuweisen. Er schien gesprächig, auch wenn er sie dabei nicht ansah. Die Nacht war nicht seine Zeit. Da tickte sein Hirn anders, oder die Tabletten zeigten keine Wirkung mehr. Sie wollte sich die Gelegenheit nicht nehmen lassen.

«Was ist in dem verschlossenen Zimmer bei dir daheim?»

«Es ist das Zimmer meiner Tochter. Ich darf sie nicht mehr sehen. Im Moment.»

Schauer schloss die Augen und fluchte stumm in sich hinein. Was musste sie ihre Nase auch immer in anderer Angelegenheiten stecken. «Hat deine Ex das bestimmt?»

Bruch schüttelte knapp den Kopf. «Ich selbst habe das bestimmt.»

«Aber ...» Schauer verstummte. Jetzt holte sie noch einmal Schwung. «Aber vermisst sie dich nicht? Ihren Vater?»

«Es ist besser so. Besser, sie vermisst mich, so wie sich mich kannte, als dass ich eines Tages etwas tue, das sie nicht versteht.»

«Geht das schon lang so?»

«Drei Jahre. Vorher hat sie mich besucht, jedes zweite Wochenende. Fünf Jahre lang.»

«Drei, fünf, das sind acht Jahre, wie alt ist sie?»

«Zwölf. Sie war vier, als Cornelia sich von mir trennte.»

«Für eine so lange Zeit scheint sie aber noch sehr besorgt um dich. Immerhin hat sie mich verfolgt und bat mich, Rücksicht zu nehmen.»

Bruch nickte knapp.

«Und sag mal.» Schauer sah sich vorsichtshalber noch einmal um. «Diese andere Knarre, das Geld und das ganze andere Zeug. Woher ist das?»

«Ich habe es aus Michaels Wohnung geholt, nachdem er starb. Er hatte da ein Versteck. Seine Frau sollte es nicht finden.»

«Hast du das gemacht, um seinen Ruf zu schützen, oder dich?» Eine ganz andere Ahnung beschlich sie. Eine Idee, die etwas mit Simon zu tun hatte, mit Bruchs Ex-Frau und der näheren Vergangenheit dieser ganzen Abteilung. Besser war, sie behielt dies erst mal für sich.

«Ich muss mich nicht schützen.»

«Weil es jemand anderes tut? Dieser jemand, der dir die Tabletten schickt?»

Bruch nickte wieder. Hob dann aber die Schultern. Ganz sicher schien er nicht.

«Du weißt nicht, ob es dieselbe Person ist?»

«Nein, warum sie es tut.»

Schauer schürzte die Lippen. Das war ziemlich durchgeknallt alles. Fast war sie geneigt, ihm auf die Schulter zu hauen und zu sagen, willkommen im Klub. Doch so was machte man bei Bruch nur, um sich eine Abfuhr zu holen. Keine falschen Hoffnungen. Inzwischen war ihr seine Gesprächigkeit auch nicht geheuer. Es hatte ihm nicht gutgetan, zwei, inzwischen sogar drei Nächte kaum, vielleicht auch überhaupt nicht zu schlafen.

«Felix, wenn ich die Nummer zurückriefe, die dich anruft, wo käme ich da raus?»

Bruch antwortete nicht gleich, und es schien, als fochten in ihm zwei Dämonen einen Kampf aus. Vielleicht war es wirklich keine gute Idee, sich da einzumischen.

«Beim Polizeiärztlichen Dienst», sagte er nun. «Mehr brauchst du nicht zu wissen!»

Schauer schloss die Augen einen Moment. Da hatte sie angerufen, seinetwegen, hatte gedroht, ihn zu melden, sich über seinen bedenklichen Geisteszustand zu äußern, um ihn zu zwingen, die Tablette zu nehmen. Himmel, in welchen Sumpf war sie da geraten, was ging da vor sich? Und musste es nicht sogar bedeuten, er hatte die Tablette letztendlich nicht genommen, um sich zu schützen, sondern sie. Es war besser, sie schwieg ab jetzt, hielt sich raus, ehe erst jemand auf sie aufmerksam wurde, mit dem sie sich besser nicht anlegen sollte. Und doch musste sie nachhaken.

«Deine Ex meinte, du wärst lange Zeit ganz normal gewesen. Zumindest so, was man landläufig für normal hält.» Von Korruption und anderen Dienstvergehen mal abgesehen, die es vermutlich zur Genüge gegeben hat, anders konnte sie sich das alles nicht erklären. «Und dann wärst du ihr langsam entglitten. Wärst komisch geworden.»

«Ich glaube, ich bin nicht komisch geworden. Sondern aus dem Zustand eines Scheindaseins in mein eigentliches Dasein zurückgekehrt.»

Zustand, Scheindasein, eigentliches Dasein, wiederholte Schauer in Gedanken. «Warum?»

«Ich habe ein Paket bekommen.»

«Ein Paket? War da was drin? Was Besonderes?»

«Etwas war drin, das ...» Bruch verstummte, versank in sekundenlanges Schweigen, raffte sich dann plötzlich auf. «Fahren wir zum Bauernhof.»

Man hatte großes Gerät aufgefahren. Scheinwerfer wurden ins Haus geschleppt, ein Generator tuckerte auf einem Laster. Mehr als zwanzig Polizisten durchkämmten das Gebäude mit Hunden und starken Lampen, hatten die Maßgabe, keinen Winkel auszulassen, nach Hohlräumen zu suchen, nach losen Brettern, doppelten Böden, versteckten Türen.

Bruch betrachtete den ganzen Aufwand, sah die Gesichter der Leute, in denen sich widerspiegelte, was er dachte. Das Gebäude war dreimal schon durchsucht worden.

Es war ein Fehler gewesen, die alte Frau aufzuhalten. Sie hätten ihr folgen sollen. Doch Schauer wollte er keinen Vorwurf machen, denn dumm war Frau Gessner nicht. Ganz im Gegenteil. Sie hatte ganz deutlich gemacht, dass sie nichts sagen würde, ehe man ihr die Freiheit ließ. Das Leben eines Kindes gegen ihres, das schon weit über achtzig Jahre währte. Rüstig war sie, in der Lage, sich um sich selbst zu kümmern. Sie hätte es gesehen, wären sie ihr nur gefolgt. Sie hätte sie auf die falsche Fährte gelockt, ihr Versteck hätte sie nicht verraten. Schauer hatte nichts falsch gemacht. Simon hatte das THW um ein Georadar gebeten, mit dem man nach Hohlräumen suchen wollte. In einigen Stunden sollte es eintreffen.

«Wo gehst du hin?», fragte Schauer ihn.

Er hatte ihr zu viel erzählt. Ganz gegen seinen Willen. Es war, als versuchte jemand Fremdes die Macht über ihn zu erlangen. Das war er selbst, wusste er auch, doch das machte es nicht weniger real. Er sah die Dunkelheit aufsteigen, und diese wollte sich nicht mehr unterdrücken lassen. Ein solch kurzes Gespräch hatte mehr hervorgeholt, als er es für möglich geglaubt hatte. Das Paket war ihm in den Sinn gekommen, seit Langem wieder. Einfach so erschienen. Vom Postmann gebracht, ohne Absender. Groß wie ein Schuhkarton. Hab gar nichts bestellt, hatte er zu Conny gesagt, es war an ihn adressiert. Er hatte es geöffnet, hatte hineingesehen. Und obwohl er nicht einmal verstanden hatte, was er da sah, waren in dieser Sekunde die vermeintlich festen Wände seines bisherigen Lebens wie billige Kulissen umgefallen, hatte eine Pflanze zu keimen begonnen, eine schwarze Pflanze in ihm, ein Parasit, ein Zerfresser. Wie ein Geschwür war es herangewachsen, hatte Verheerungen in ihm angerichtet, hatte zerstört, was in den Jahren zuvor Realität gewesen zu sein schien, hatte ihm mit einem Mal klargemacht, dass es nicht sein Leben war, das er da führte. Seit diesem Tag war es abwärtsgegangen mit ihm, so weit, bis er nicht mehr wusste, wer er eigentlich war und die Leute um ihn herum. Und vermutlich wäre er ins Bodenlose gestürzt, hätte ihn diese Frau, Psychologin in Diensten der Polizei, nicht besucht und ihm die Tabletten gegeben. Nimm die, hatte sie gesagt, jeden Tag eine, am Morgen. Was ist das, hatte er gefragt. Nimm sie einfach und vertrau mir. Er hatte ihr vertraut. Doch das konnte vielleicht ein Fehler gewesen sein.

Nun sah er Schauer an. Mochte sie demnächst wieder verschwunden sein, zurück nach Hamburg, und seine Geschichte mit sich nehmen, dachte er sich, es konnte ihm egal sein. Dass sie den schwarzen Nebel nicht sah, der an ihr hochkroch, aus dem sich Finger formten, die nach ihr greifen wollten, sie fassen und herunterziehen. Es wollte ihnen nicht gelingen. Sie fanden keinen Halt an ihr. Noch nicht.

An ihm jedoch hingen sie, hatten sich festgekrallt, bohrten sich in alle Körperöffnungen. Nicht mehr lang, und sie würden ihn zu Boden zerren. «Gehen wir hinter das Haus», sagte er.

«Da ist nichts», erwiderte sie.

Man hatte Linda geweckt und ihr gesagt, dass die Alte eingesperrt sei, dass sie ihr nichts anhaben konnte, doch Linda wollte sich davon nicht beruhigen lassen. Es ändert nichts, sagte sie. Was hatte die Alte ihr nur eingeredet, wie war es ihr gelungen, dem Kind eine solche Angst zu machen? Hatte sie damals gehofft, eine Gefährtin in ihr zu finden, hatte sie versucht, sie bei sich zu behalten? Warum aber hatte sie sie gehen lassen? Mochte sein, dass Linda zwei Wochen lang nicht gegessen hatte und auch das Trinken verweigerte. Sie hatte sie gehen lassen müssen, weil sie sonst vielleicht verdurstet oder verhungert wäre. Es war ihr jedenfalls gelungen, dem Kind weiszumachen, dass sie kein Wort darüber verlieren durfte, was geschehen war, sicher hatte sie ihr gedroht, sich an ihrer kleinen Schwester zu vergreifen. Sicher hatte sie gedroht, sich in der Nacht ins Haus zu schleichen, sich neben ihr ans Bett zu hocken. Irgendwie hatte sie sich das Kind gefügig gemacht.

«Etwas muss da sein», antwortete er, bahnte sich weiter seinen Weg durch das Dickicht.

Schauer folgte ihm, leise vor sich hin fluchend, es knackte und knirschte unter ihren Füßen. Ob sie wusste, dass sie immerzu fluchte und schimpfte? Ob ihr bewusst war, dass sie zu glühen begann, wenn sie gelegentlich ihre Zweifel vergaß und sie ganz rein war in ihren Gedanken? Nein, verbesserte Bruch seine Gedanken, weder das sah sie noch den dunklen Nebel, das gehörte nicht zur Realität, zumindest nicht zu ihrer. So wie sie nicht sah, dass die Wassertropfen an den Blättern zu kleinen Prismen wurden, die jeder für sich das Licht in allen Farben brachen, dass die Welt zu schimmern begann, bis es ihm in den Augen schmerzte, sogar im Dunkeln. Oder gerade deshalb.

«Celina!», rief Schauer plötzlich laut, und ihre Stimme, so unerwartet und nah, ließ ihn einen Moment erstarren, dass er fürchtete, die nächste Bewegung ließe ihn zerspringen.

«Hier ist die Polizei, Frau Gessner ist verhaftet. Celina, schrei, wenn du uns hörst, oder klopfe!»

Bruch blieb stehen, wartete, betrachtete Schauer, wie sie lauschte, den Kopf leicht geneigt, den Kopf in verschiedene

Richtungen drehend. Dann erwiderte sie seinen Blick, zuckte mit den Achseln. «War einen Versuch wert. Aber wo soll die denn hier sein?»

«Jolisch sagte, die Siedlung gab es schon im Mittelalter. Im Dreißigjährigen Krieg waren die Schweden zweimal hier. Ich bin sicher, es gibt Tunnel, in denen sich die Leute damals versteckten. Suchen wir einen Zugang.»

«Und die sollen jetzt noch existieren?», fragte Schauer. «Hier wurde doch alles schon abgesucht.»

Bruch wusste dazu nichts zu sagen. Es war alles abgesucht. Er selbst hatte alles abgesucht.

«Soll ich dir was sagen?», begann Schauer.

Er sah sie an. Nein zu sagen, würde keinen Sinn haben, sie sagte es ja trotzdem.

«Das war so eine üble erste Woche hier. Es lief wirklich alles schief, was nur schieflaufen konnte. Ich brauch jetzt nicht noch ein totes Kind.»

Jemand kam mit einem kleinen LED-Scheinwerfer um die Ecke, und in dem hellen Schein sah Bruch das kleine Mädchen, das Nicole einst gewesen war, das sich verlaufen hatte in der Nacht und dem in dieser Nacht etwas geschehen war, das ihr ganzes Leben veränderte. Sie waren sich so gleich und doch so weit entfernt.

«Warte mal!», sagte sie plötzlich. «Komm mal mit. Komm, schnell!» Sie pfiff schrill auf zwei Fingern. «Sie da! Ich brauch die Lampe, schnell!»

«Hier!», sagte sie und leuchtete in den Kellergang. «Hier muss ich gestanden haben.» Sie sah sich um, beleuchtete den Boden, die Wände. «Mir war wirklich, als hätte mich jemand angefasst.»

Im hellen LED-Licht wirkte alles so banal wie jeder andere Keller. Wände aus grob gehauenem Stein, auf dem Boden Dreck von Jahrzehnten.

Sechs Kellertüren befanden sich in unmittelbarer Nähe, drei

links, Richtung Hof, drei rechts unter dem eingestürzten Teil des Gebäudes. Die Türen standen alle offen. Einen nach dem anderen leuchtete Schauer die Räume ab. In den ersten zweien befanden sich alte Möbel, ihrem Aussehen und Zustand nach aus der DDR. Leere Stiegen und Kisten stapelten sich. Die anderen vier Räume waren leer. Nur einige Bretter lehnten an den Wänden oder waren umgefallen. Die Wände schwarz vom Dreck mehrerer Hundert Jahre, die Decken gewölbt, die Lampen, vor sechzig Jahren vielleicht erst installiert, funktionierten allesamt nicht.

Schauer reichte ihm den Scheinwerfer. «Leuchte mal!»

Bruch nahm ihn, folgte ihr in einen der Räume. Schauer begann die Bretter von den Wänden zu nehmen, schmiss sie einfach um. Dann lief sie an ihm vorbei zum nächsten Raum. Inzwischen hatten sich im Keller ein paar Leute angesammelt, Uniformierte beobachteten stumm durch die offene Tür, wie Schauer auch hier alle Bretter umschmiss. Im dritten Raum, wo Möbel standen, begann sie die Schränke umzuwerfen. Es krachte übermäßig laut, und die meisten Möbel, allesamt aus Pressspan, fielen einfach auseinander.

Danach trat sie in den Flur, sah wütend die Polizisten an, die im Halbkreis standen. Unmerklich wichen sie alle ein wenig zurück.

«Und hier?», fragte einer und deutete auf die hofseitigen Räume.

Schauer schüttelte den Kopf. «Mensch!» Sie sah auf, schlug Bruch mit dem Handrücken an den Oberarm und kehrte in den ersten Raum zurück, wo sie nun begann, die umgeworfenen Bretter alle wieder aufzuheben. Nachdem sie an der hinteren Wand eines aufgehoben hatte, trat sie zurück, zerrte das Brett ganz beiseite und ließ es achtlos fallen.

«Da geh ich nicht rein, dass das mal Fakt ist!»

Bruch trat vor und leuchtete in das Loch am Boden, aus groben Feldsteinen gemauert, kaum größer als einen halben Meter im Quadrat.

«Ich mach es.» Er schob Schauer beiseite.

«Ich hab Platzangst», sagte sie, als müsste sie sich entschuldigen. «Ich verreck da drinnen!»

Bruch gab ihr den Scheinwerfer zurück, stützte sich über dem Loch ab, ließ sich mit den Füßen voran hinab. Bald schon ertastete er etwas wie eine Stufe, dann eine zweite, als er sicher stand, ließ er sich von Schauer die Lampe reichen. Das Loch war nicht sehr tief, mündete in einen horizontal verlaufenden niedrigen Gang, er musste sich ganz klein zusammenkauern, um mit Entenschritten hineinzugelangen. Auf diese Art und Weise schob er sich voran, auf allen vieren zu kriechen, wäre besser gewesen, doch war ihm diese Art der Fortbewegung zuwider.

«Felix?», rief Schauer.

«Ich komme voran», rief er zurück. Die Wände bewegten sich, wölbten sich nach innen. Er versuchte es zu ignorieren. Wenn er sie berührte, waren sie ganz fest.

«Warte!», rief Schauer, dann verriet ihm ein flackernder Schein, dass sie ihm mit einer zweiten Lampe folgte.

«Du musst das nicht tun», sagte er.

«Doch, ich muss», sagte sie.

Bruch schob sich weiter vor und kam so etwa zehn, fünfzehn Meter voran, ehe der stollenartige Gang nach rechts abbog, kurz darauf wieder nach links. Unmerklich, aber stetig schien es bergab zu gehen. Durch die gemauerten Wände sickerte Wasser, bildete Rinnsale, machte den Weg glitschig.

«Oh Gott», stöhnte Schauer, «mach hinne! Hoffentlich ist das keine Sackgasse.»

Diese Gänge schien es seit Ewigkeiten zu geben, garantiert führten sie irgendwohin, und vermutlich würde es nicht nur noch einen weiteren Ausgang geben, sondern mehrere. Es konnte aber niemand garantieren, dass der Gang noch eine weitere Ewigkeit halten würde. Gestein war schon herausgebröselt, lag in Brocken oder zu Sand zerfallen auf dem Boden. Stützen wie in einem Stollen gab es nicht.

Kurz darauf erreichte Bruch eine erste Gabelung. Beide Gänge schienen gleich, keiner wirkte verlockender als der andere.

«Vergiss es!», antwortete Schauer, ehe er seinen Gedanken aussprach. «Wir teilen uns nicht auf!» Sie kroch an ihm vorbei, schob sich in den linken Gang. «Celina!», rief sie, «Polizei hier!» Sie hob den Finger, weil ein Geräusch zu vernehmen war. «Kam das jetzt von hier oder dort?»

Bruch deutete auf den Gang, in dem sie sich schon befand. Schauer nahm das als Aufforderung voranzugehen.

Nach wenigen Metern weitete sich der Gang ein wenig, wurde breiter und höher, noch immer ging es leicht bergab, und schließlich öffnete er sich zu einem größeren Raum, in dem man sogar stehen konnte, wenn auch mit eingezogenem Kopf. Balken stützten die Decke, die Wände waren gemauert. Ein Tisch stand hier, einen Stuhl gab es, sogar ein Feldbett.

«Celina?», fragte Schauer, suchte mit dem Lichtstrahl alle Ecken ab, fand den Zugang zu einem weiteren Raum. Dort saß auf einem Bett in völliger Finsternis ein Mädchen. Sie trug Jeans und Jacke, hatte die Knie angezogen, die Arme um sie geschlungen, verbarg ihr Gesicht dahinter.

«Celina», sagte Schauer leise. «Wir sind von der Polizei, wir suchen dich seit Tagen, deine Eltern suchen dich!»

Sie war nicht gefesselt, sah Bruch, war nicht eingesperrt. Sie hätte hinausgehen können. Etwas hielt sie zurück. Sie sah nicht einmal auf. Doch sie schien etwas zu sagen. Schauer richtete das Licht nicht direkt auf sie, näherte sich vorsichtig, setzte sich auf die niedrige Bettkante. Bruch blieb ein wenig abseits, doch er verstand, was Celina sagte.

«Ich kann hier nicht weg», flüsterte sie und wiederholte es immerzu. «Ich kann hier nicht weg. Ich darf nicht. Ich kann nicht.»

Sie sah nicht verhungert aus, auch nicht dehydriert, es standen Wasserflaschen neben ihrem Bett. Ihr Haar war sauber zu einem sehr altmodischen Zopf geflochten, auf dem Bett lagen seltsam anmutende Puppen, aus Stoff und Zweigen, mit aufgemalten Gesichtern. Sie schienen weniger Spielzeug zu sein, vielmehr Bewacher. Die Wände, sah Bruch jetzt, waren mit Zeichen bemalt, die vor seinen Augen zu tanzen begannen, wenn er sie zu lang betrachtete.

Er lief ein Stück weiter, während Schauer sich weiter mit dem Kind beschäftigte, ihr gut zusprach.

Der nächste Raum, den er durch einen weiteren, etwa fünf Meter langen Verbindungsgang erreichte, war eine Art Vorratsraum, hier stapelten sich Konserven, Zwiebackpackungen, Äpfel und Kartoffeln in Stiegen, eine Kochstelle gab es, ein Abzug war installiert, ein Rohr führte hinauf, verschwand im Gestein durch einen alten Luftschacht. Irgendwo musste es im Freien enden, versteckt vermutlich im Gestrüpp oder im windschiefen Entenverschlag, irgendwo, wo man den Dampf nicht sah, wenn er aufstieg. Kühl war es hier drin, aber nicht kalt. Die Alte hatte sich hier eingerichtet, darauf vorbereitet, den Rest ihres Lebens lieber auf diese Weise zu verbringen, als in einem Heim bevormundet zu werden. Vielleicht war ihr einsam geworden, sie hatte sich ein Kind gewünscht, da sie nie eigene hatte. Dasselbe hatte sie mit Linda versucht, hatte sie freigeben müssen, als ihr klar wurde, dass sie das Kind nicht halten konnte. Sie hatte ihr eingeredet, sie verflucht zu haben, und hatte sie damit tatsächlich verflucht. Vielleicht benutzte die Frau den Hexenzauber nur zu diesem Zweck, vielleicht aber glaubte sie selbst daran. Bruch konnte es ihr nicht übel nehmen. Es war schwer, nicht an Dinge zu glauben, die man tagtäglich sah.

Zwei weitere Öffnungen gab es. Sie mussten sich längst auf der anderen Seite des Ententeiches befinden, wer weiß, wohin die Gänge noch führten, wie oft sie sich noch verzweigten. Wer wusste schon, wie viele Menschen hier Schutz gesucht hatten. Vor mittelalterlichen Raubzügen, den schwedischen Truppen, den Sowjets. Vermutlich waren Jolisch und Frau Gessner die Letzten, die noch davon wussten.

«Felix?», fragte Schauer ein wenig ängstlich. Er kehrte zurück, leuchtete die Wände an, blinzelte und war sich sicher, die Zeichen und Runen hatten ihre Plätze gewechselt, und unter Celinas grauem, apathischem Gesicht, das sie nun zeigte, versteckte sich ein teuflisches Grinsen.

«Hat Linda dich hierhergebracht?», fragte er, starrte ihr auf die Stirn.

«Sie hat gesagt, sie will mir was zeigen», flüsterte Celina. «Dann war sie plötzlich weg, und die alte Frau war da.» Celina senkte den Kopf.

«Willst du gar nicht heim?», fragte Schauer.

«Doch, ich möchte sehr gern, aber ich darf nicht, es passieren dann schlimme Sachen.»

«Das ist nicht wahr, Celina, das ist eine Lüge. Frau Gessner, die ist gar nicht gestorben, die ist keine Hexe und auch kein Geist, sie ist ein Mensch, der noch lebt, sie hat nur so getan, als wäre sie gestorben, sie hat gelogen, und wir haben sie gefangen genommen. Sie ist im Gefängnis!»

Celina schüttelte den Kopf. «Sie verstehen das nicht. Sie ist eine Hexe, sie lebt ewig.»

«Das hat sie dir nur eingeredet. Damit wollte sie dir Angst machen, damit du hierbleibst und nicht wegläufst. Sie kann nicht zaubern oder hexen, sie ist einfach nur böse und gemein. Du kommst jetzt mit, deine Mutter möchte dich sehen. Du wirst sehen, die hat dir nur Angst gemacht, damit du dableibst und sie nicht verrätst. Dasselbe hat sie mit Linda gemacht, sie hat Linda befohlen, dich zu ihr zu bringen!»

Bruch war sich da nicht mehr so sicher. Im Durchgang zum Küchenraum lauerte eine dunkle Gestalt, ganz aus Schwarz. Aber er ahnte noch, dass nur er sie sah, nicht Schauer.

«Gehen wir», sagte er, denn weitere Gestalten drängten sich in den Raum. Sie wagten sich noch nicht heran, doch sie würden bald mutiger, drängender, bald würden sie nach ihm greifen.

Noch immer sah Schauer sie nicht. Und vielleicht waren sie gar nicht existent. Nicht für sie. Für ihn schon.

«Los, gehen wir», sagte Schauer und hielt Celina die Hand entgegen. «Ich verspreche dir, es wird nichts Schlimmes geschehen.

Celina sah die Hand an, zögerte, doch endlich griff sie zu, ließ sich vom Bett helfen.

Es war eine große Last, die ihr von den Schultern fiel. Sie spürte förmlich, wie sich ihr Brustkorb weitete, wie sie atmen konnte. Wie sie am Gebäude vorbeimarschierten, übers Feld, wie die Kollegen stehen blieben, ihnen nachblickten, dieselben, die vorhin noch hämisch gefeixt hatten. Celinas Hand in ihrer, das war ein gutes Gefühl, ein Gefühl mit so vielen Facetten. Sie gefunden zu haben, war fantastisch, aus dem Loch raus zu sein genauso, dieses Gebäude hinter ihnen, das nun nichts mehr war als ein Haufen alter Steine, mit einer armen Irren als Bewohnerin. Aber diese Hand in ihrer, dass Celina ihr folgte, dass sie ihr vertraute, das war wohl das Beste von allem. Sie war also jemand, der man vertrauen konnte, sie war jemand, die sich etwas traute. Das müsstet ihr sehen können, dachte sie, an ihre Eltern gerichtet und an ihre Schwester. Das ist es, was es ausmacht, Bulle zu sein. Du kannst nicht allen helfen, und oft bleibt es bei ungeklärten Fällen, aber manchmal, da machst du genau das Richtige.

Vorne am Tor hatten sich Menschen versammelt. Polizisten, aber auch Bewohner aus dem Dorf und der Siedlung. Neugierig und stumm sahen sie zu, was auf dem Hof vor sich ging, warum schon wieder alles voller Polizisten war, voller Fahrzeuge und Scheinwerfer. Zuerst bemerkte sie niemand, als sie mit dem vermissten Mädchen an der Hand um die Ecke kamen.

«Celina!», schrie plötzlich jemand, und aus dem Pulk löste sich Yvonne Kühn. Sie kam auf sie zugerannt, umarmte ihre Tochter, die nun endlich zu weinen begann.

«Celina, oh Gott», stöhnte ihre Mutter, kniff die Augen zu und verzerrte ihr Gesicht vor Schmerz, als ihr alle angestaute Angst hochkam.

Das Mädchen weinte stumm, ließ mit hängenden Armen den Gefühlsausbruch ihrer Mutter über sich ergehen. Doch ganz schien sie dem Frieden nicht zu trauen.

Schauer suchte nach den richtigen Worten, aber sie fand nichts, was sich professionell anhören würde. Sie selbst musste schlucken und ihre Gefühle unterdrücken, die der Anblick dieser beiden Menschen in ihr auslöste. Wenn nur ihre Mutter damals so auf sie zugestürmt gekommen wäre, sie umarmt und geküsst hätte, wer weiß, was alles anders gelaufen wäre in ihrem Leben.

Nun besann sich Frau Kühn, ließ ihre Tochter los, doch nur, um sich Schauer an den Hals zu werfen. Sie umarmte sie so fest und ungestüm, dass es wehtat.

«Danke!», flüsterte sie heiser. «Danke! Es tut mir leid, wenn ich blöd zu Ihnen war! Richten Sie das auch Ihrem Kollegen aus.»

Schauer machte sich sachte los. «Werd ich tun», sagte sie und sah sich um. Wenn sie ihn nur sehen würde, aber er war weg.

18

Am nächsten Tag hatte sie sich sortiert, hatte geschlafen, geduscht, gegessen. Jetzt saßen sie in Simons Büro. Sie und Simon. Bruch war nicht da, ging nicht ans Telefon.

«Da kommt eine Menge Arbeit auf die Psychologen zu», schloss sie ihren ersten mündlichen Bericht.

«Also, Kurzfassung», resümierte ihr Chef. «Frau Gessner lebt schon fast zwanzig Jahre allein auf dem Hof, das Gebäude verfällt unterdessen, sie kann sich weder eine Sanierung noch eine Instandhaltung, geschweige denn die Grundsteuer leisten, auch die von der Stadt verordneten Schutzmaßnahmen zur Sicherung des Gebäudes kann sie nicht finanzieren. Sie bekommt gelegentlich Besuch von Jolisch und ab und an von den Kindern aus dem Dorf, wobei die meistens nur neugierig sind und immer gleich wegrennen. Nur Linda bleibt immer mal eine Weile bei ihr. Eines Tages beschließt die Alte, Linda bei sich zu behalten, als Gefährtin für ihre alten Tage. Weil Linda vor Kummer jedoch nichts isst und trinkt, schickt sie sie heim, unterzieht sie aber einer gründlichen Hexengehirnwäsche, damit sie nichts verrät. Sie sucht immer noch den Kontakt zu dem Kind, übt ihre Kontrolle aus. Weil sie aber nicht sicher sein kann, dass Linda nicht doch irgendwann etwas erzählt und ihr dazu noch eine Zwangsräumung ins Haus steht, beschließt sie, mithilfe von Herrn Jolisch und Doktor Frieling ihren Tod zu fingieren, damit sie für die letzten Tage ihre Ruhe hat. Sie schenkt Jolisch das Grundstück, sorgt damit auf jeden Fall für eine Verzögerung in dieser ganzen Grundstückspfändungsgeschichte. Ein paar Gerüchte wurden auch gestreut, und zwar so gut, dass sogar der Gerichtsvollzieher beginnt, an Hexerei zu glauben. Unterdessen stirbt Frau Gessner nicht, ihre letzten Tage ziehen sich in die Länge, sie fühlt sich immer noch einsamer, deshalb bringt sie Linda dazu, Celina zu ihr zu locken, damit sie die behalten kann?»

Schauer nickte. «Dass Frau Gessner als tot galt und trotzdem ihr Unwesen trieb, muss für Linda der Beweis gewesen sein, dass die Frau wirklich eine Hexe war. Vielleicht hat ihr Frau Gessner auch eine gewisse Macht verliehen.»

«Macht? Zauberkraft?», fragte Simon skeptisch.

«Natürlich keine echte, aber es genügt doch schon, wenn alle glaubten, Linda wäre auch so was wie eine Hexe. Das erklärt, warum ihr Celina so unterwürfig war.»

Simon schien das zu akzeptieren und führte den Gedanken fort. «Und Celina glaubt offenbar so feste an Hexenzauber, dass sie der Alten nicht einmal wegläuft, obwohl sie könnte.»

«Ja, sie dachte ja auch, die Frau wäre tot, und nun steht sie leibhaftig vor ihr!»

«Und jetzt gerät Frau Gessner unter Druck, weil Sie und Bruch zwei Nächte in dem Haus verbringen, wovon ich übrigens nicht unterrichtet war, versucht Ihnen Angst zu machen, Sie zu vertreiben? Und weil sie damit rechnen muss, dass Jolisch sie irgendwann verrät, bringt sie den um. Und versucht dasselbe in der nächsten Nacht mit Frieling? Und Sie entdeckten das Feuer nur rechtzeitig, weil Sie sich zum dritten Mal nachts in dem Hof aufhielten, ohne mich zu unterrichten. Und nachdem Sie das Feuer entdeckten, Frieling und seine Frau in Sicherheit brachten, sahen Sie Frau Gessner übers Feld flüchten, stellten sie und boxten ihr ins Gesicht? Sie erlitt einen Nasenbeinbruch.»

«Sie griff mich mit einer Sichel an.» Hatte er etwa Mitleid mit der Alten? «Das hätte durchaus tödlich ausgehen können!»

«Und Sie und Bruch, Sie beide waren nicht beeindruckt von all den Hexereigeschichten? Felix brauch ich gar nicht zu fragen, der würde ja nicht mal zucken, wenn neben ihm Aliens landen würden. Sie aber glauben nicht an Hexerei?»

«Nein», log sie, «mir ist im Leben so einiges Schlechtes passiert, als dass ich mich von Schauermärchen beeindrucken lasse.»

Simon hob das Kinn, zog die Mundwinkel runter. «Hm, darauf komme ich noch zurück.»

Was soll denn das wieder heißen, fragte sie sich.

«Wo die ausgegrabene Urne verblieben ist, davon haben Sie keine Ahnung?»

Schauer schüttelte den Kopf.

Simon hatte wohl mit dieser Antwort schon gerechnet, schnaufte resigniert. Er insistierte jedoch nicht weiter, sondern schien eher zu überlegen, wie er das seinen Vorgesetzten beibringen sollte.

«Dieser Berger, der entlassene Sexualstraftäter, der hatte nach der ersten Vernehmung durch Sie beide eine ziemliche Blessur im Gesicht. Er behauptet, Sie hätten ihn niedergeschlagen? Grundlos?»

Schauer sah ihn an. «Nee, stimmt nicht», sagte sie. Das war nicht gelogen. Sie hatte nämlich einen Grund gehabt. Hatte Simon ihr mit dieser seltsamen Fragestellung diese kleine Tür absichtlich offen gelassen?

Simon hob wieder das Kinn. «Felix gab an, dass Berger alkoholisiert war und unglücklich stürzte.»

Schauer schürzte die Lippen, nickte knapp, wich Simons Blick nicht aus.

«Berger beharrt natürlich auf seiner Aussage.»

«Logisch», erwiderte Schauer, ihre vage Hoffnung, eine Sonderbehandlung wie Bruch zu bekommen, verflüchtigte sich.

«Herr Herzfeld dagegen sagt zwar nicht aus, doch Obermeister Liege aus Altenberg hat ausgesagt, Sie hätten mit übermäßiger Härte auf seinen eher passiven Widerstand reagiert.»

«Passiver Widerstand? Der hat mich angegriffen!» Wo war nur ihre Souveränität geblieben? Das Gefühl vom frühen Morgen, als sie sich mit Celina an der Hand als Heldin des Tages gefühlt hatte? Es war verpufft.

«Zusammen mit dem, worüber wir vorgestern erst sprachen, dem tätlichen Angriff auf Ihren Ex-Freund und dem, was ich von Ihren ehemaligen Kollegen aus Hamburg erfahren habe, ergibt sich doch eine Situation, die gewisse Konsequenzen erfordert.»

Situation, die Konsequenzen erfordert, dummes Geschwätz, Schauer spannte sich im Stuhl an. Was folgte jetzt? Untersuchung, Beurlaubung, Suspendierung?

«Zwar weiß ich natürlich zu schätzen, dass es Ihnen mit großem persönlichem Einsatz gelungen ist, das Kind zurückzubringen. Ich sehe mich leider trotzdem gezwungen, Sie bei einem Aggressionskurs anzumelden, den Sie zu besuchen haben. Das ist ein Befehl!»

Bei dem hackt's doch, dachte Schauer, das war ja noch schlimmer als jede andere Bestrafung, ich lass mir doch nicht von irgend so einer Hippietussi in Birkenstocklatschen und Müsli in den Zähnen erklären, wie ich mit meiner Aggression umgehen soll.

«Danke, bin schon aggressiv», versuchte sie ihren Zorn zu kaschieren.

«Einen Antiaggressionskurs», korrigierte Simon seufzend. «Sie kommen nicht drum herum, auch wenn Sie uns vielleicht demnächst wieder verlassen, so wie ich das sehe!»

Ein bisschen war sie schon aufgeregt. Was wusste Simon? Hatte man sie nach Hamburg zurückbeordert? Sollte das nur eine kurze, wenn auch heftige Episode in ihrem Leben gewesen sein? Jetzt konnte sie denen erzählen, wie es war in Dresden. Finsterstes Mittelalter, fahrt bloß nie dahin, Leute, ihr werdet auf offener Straße überfallen, im Laden nur mit Hitlergruß, die Infrastruktur Dritte Welt, braunes Wasser aus der Leitung, verrückte alte Weiber, die ihre Nachbarschaft terrorisieren und Kinder entführen. Ungeduldig parkte sie ein, rannte fast zur Haustür, nahm jeweils zwei Stufen die Treppe hoch.

«Mensch, mach hinne jetzt», schnauzte sie ihren Laptop an, der alle Mühe hatte hochzufahren, so viel Schrott, wie der sich schon wieder eingesammelt hatte im letzten Jahr. Müsste man verbieten, diese Dinger. Endlich konnte sie ihr E-Mail-Postfach öffnen. Eine E-Mail fand sie. Polizeidirektion, las sie, das wäre ja ein Ding.

«Wollt ihr mich auf den Arm nehmen?», flüsterte sie vier Sekunden später fassungslos. München. Ihr wurde eine Stelle in München angeboten. «Seid ihr bescheuert?», fragte sie und war zu verblüfft, sich wirklich aufzuregen. Doch die E-Mail war an sie gerichtet. Nicole Schauer, Hauptkommissarin, Ihren Antrag auf blabla, auf der Position blabla, Landeskriminalamt. München! Davon war nie die Rede gewesen. Nun war sie doch wütend und klappte den Laptop zu. Das war ja noch weiter nach Hamburg. Von Dresden über Berlin knapp vier Stunden mit dem Zug. Und von München? Sie brauchte gar nicht darüber nachzudenken. Sie wollte das nicht, und erst recht wollte sie sich nicht durch die Gegend schubsen lassen.

Sie nahm ihr Telefon heraus, wählte Bruchs Nummer, zum zehnten Mal bestimmt. Er ging nicht ran.

«Also gut», sagte sie, die Gelegenheit, gleich wieder aus der stillen Wohnung zu entfliehen.

Sie hätten ihn eingeholt, so schnell er auch gefahren wäre. Sie hatten ihn gekriegt, hatten ihre klammen Finger um seine Glieder gelegt, hatten ihn geführt, hatten ihn diese Kiste hervorziehen lassen, hatten ihn den Deckel abheben lassen, den Inhalt betrachten. Der Abgrund hatte sich aufgetan. Es gab kein Entrinnen. Keinen Ausweg. Etwas aus seiner Vergangenheit kam heran, und je länger er versuchte zu fliehen, desto gewaltiger würde sein, was ihn irgendwann einholte. Nichts konnte er dagegen tun, außer sich zu stellen. Doch beides musste seinen Untergang bedeuten. Jedes Handeln war nichtig. Jeder Gedanke war verloren. Es würde kein

Vorher und kein Nachher mehr geben. Es gab nur das Jetzt, doch dieses war nicht, was es schien, war es nie gewesen und würde es nie sein.

Hier zu liegen, gefangen in der schwarzen Leere, gefangen in sich selbst, hatte etwas von tot sein, und das war es ja auch. Welchen Unterschied machte da dieser winzige Augenblick dazwischen, den man Leben nannte.

Da unten in dem Loch, da hatten sie auf ihn gelauert. Schon seit Tagen belauerten sie ihn, doch da unten, wussten sie, würde er irgendwann auftauchen, und dort würde er ihnen nicht entfliehen können, hatten nur darauf gewartet, dass er kam.

Irgendwo aus der Ferne drangen Töne zu ihm, Telefonklingeln, wie Fragmente aus der Tiefe des Universums, nach einer Reise durch die Endlosigkeit. Er war zu schwach, sich zu erheben, fand keinen Sinn darin, es zu tun. Alles andere, als hier zu liegen, würde das Unvermeidliche nur hinauszögern.

Überall Schwärze. In ihm, um ihn herum und draußen vor der Tür. Dabei hatte der Winter noch nicht einmal begonnen. Täte es der Körper nicht allein, wäre es nicht eine Mühe, sich dagegenzustemmen, er stellte das Atmen ein. Michael war längst auf der anderen Seite, hatte die Entscheidung getroffen, hatte ihm angeboten, ihn mitzunehmen. Er hatte das Angebot angenommen, es hatte ihm die Last von den Schultern genommen, es selbst zu tun. Doch es war ihm nicht vergönnt gewesen.

Er hörte das Klingeln, das Klopfen an der Tür, doch nichts konnte ihn dazu bewegen, sich dieser Last zu entledigen, aufzustehen. Er würde hierbleiben, würde ausharren, sich nicht rühren. Irgendwann würde es vorbei sein.

Durch die Haustür war sie noch gekommen, nachdem er auf ihr dutzendfaches Klingeln nicht reagiert hatte, hatte einfach gewartet, bis jemand herauskam. Vor seiner Wohnungstür war sie stehen geblieben, hatte gelauscht.

Nun klopfte sie. «Felix, mach auf», bat sie ihn. Nicht dass sie sich kümmern müsste, nicht dass er ihr es wert wäre. Er hatte nichts für sie getan. Vielleicht, dass er sie nicht verraten hatte an Simon, wegen diesem Berger. Vielleicht, dass er ihr die zwei Patronen gegeben hatte, damit sie nicht noch zwei Schüsse zu Protokoll geben musste. Doch für ihn mochte das gar nichts gewesen sein, für ihn mochte das die übliche Art gewesen sein, mit solchen Dingen umzugehen, so wie Simon die Informationen manipulierte, die er nach oben weitergab. Wer wusste schon, was hier abgegangen war in den letzten zehn Jahren, wie korrupt diese ganze Bande hier war. Nur dass er die Tablette nahm, damit sie den Anruf beendete und sich nicht in Angelegenheiten einmischte, die vielleicht so für sie endeten wie für seinen Freund Michael Bartko.

«Felix?», fragte sie.

Doch wenn sie ehrlich war, schienen sie sich ähnlicher, als sie es sich wünschte. Zwar fraß sie keine Psychopharmaka, aber vielleicht sollte sie. Und letztlich war er ihr Kollege, egal ob sie sich zehn Jahre kannten oder seit nicht einmal einer Woche.

Jetzt lauschte sie ins Haus und griff in ihre Jackentasche. Sie nahm ein kleines Etui hervor. Eigentlich hatte sich darin einst ein kleines Maniküreset befunden, jetzt befand sich Einbruchswerkzeug darin. Dinge, die man gelegentlich brauchte. Kein Brecheisen, kein Hammer, sondern kleine fragile, leise Werkzeuge. Selbst hergestellt. Ein kleines flaches gebogenes Eisen zum Beispiel. Vollkommen ausreichend für Türen, die nur ins Schloss gefallen waren.

Sie brauchte keine drei Sekunden, Bruchs Wohnungstür zu öffnen. Die Katze saß schon da, hatte sie gehört, gerochen und erwartet.

Schauer steckte das Werkzeug weg, ging in die Hocke. «Na, Süße», flüsterte sie, streichelte das Tier. Sie sah nach links, die Schlafzimmertür stand offen, Bruch lag auf dem Bett, mit Schuhen, in voller Kleidung. Schauer erhob sich, trat in die Tür, betrachtete ihn. Seine Augen waren nicht komplett geschlossen, der Blick starr zur Decke gerichtet. Sie ging näher, streckte die Hand aus, berührte seinen Hals mit Zeige- und Mittelfinger, fühlte seinen Puls. Dann sah sie ihn atmen. Ganz flach nur, aber er tat es.

«Idiot», flüsterte sie. Was jetzt tun, überlegte sie.

Eine Idee hatte sie. Nicht gerade hilfreich. Nutzlos eigentlich, aber irgendwie hatte sie sich das verdient. Sie ging in den Flur, trat an die Kommode und die Katze, als wüsste sie, was sie vorhatte, eilte zur verschlossenen Tür, hockte sich davor, blickte erwartungsvoll nach oben.

Schauer nahm den Schlüssel aus dem Schieber, steckte ihn ins Schlüsselloch, schloss auf. Kaum dass die Tür einen Spalt offen war, drängte sich die Katze hindurch. Schauer folgte ihr und musste einen Moment innehalten.

Das war mehr als nur ein Kinderzimmer. Das war ein Schrein, ein Tempel, den Bruch seiner Tochter gewidmet hatte. Nicht allein, dass die Wände rosa gestrichen waren, voller Bilder von Einhörnern, Schmetterlingen, Prinzessinnen, das Spielzeug bunt und kitschig, die Möbel voller Mädchenspielzeug, einer Unzahl von Puppen und Dingen, denen das Mädchen längst schon entwachsen sein musste, überall standen und hingen Bilder von dem Kind, als Baby, als Kleinkind, als kleines Mädchen, höchstens acht Jahre alt und jünger, mit Zuckertüte, im Prinzessinnenkostüm. Hübsch war sie, ein kleines niedliches Kind, nichts Besonderes an sich, und doch sein Ein und Alles. Die Katze sprang auf das seit Jahren ungenutzte Bett und rollte sich dort zusammen, als hätte sie all die Jahre nur darauf gewartet, das tun zu können. Mochte sie nun süße Träume haben von einer Zeit, in der sie die Gefährtin dieses Mädchens gewesen war, bevor Bruch sich diesen Verzicht auferlegt hatte.

Es mochte eine gute Entscheidung gewesen sein. So wie er war, konnte er sich nicht um das Kind kümmern, würde in ihm ein Bild formen. Ein Bild von einem verwirrten kranken Vater mit

Zuständen und Handlungen, die niemand nachvollziehen konnte, schon gar kein Kind. Doch welches Bild zeichnete sie sich jetzt von ihm? Einen Mann, der seine Tochter verlassen hatte, sie nicht mehr sehen wollte? Welches Trauma trug sie davon? Würde sie aggressiv werden, depressiv, überehrgeizig, oder würde sie gut damit umgehen können, ihm vielleicht eines Tages in die Augen sehen und akzeptieren, dass es so hatte sein müssen und nicht anders?

Schauer spürte, dass es ihr zu viel wurde. Sie musste hier raus. Sie scheuchte die Katze nicht auf, ließ sie auf dem Bett schlafen. Die Tür ließ sie einen Spalt offen, dann ging sie zurück ins Schlafzimmer.

Neben Bruch auf dem Bett lag etwas. Eine Kiste, vielmehr ein kleiner Schuhkarton, die ihm zugeschickt worden war, ohne Absender. Der Deckel war offen, der Inhalt sichtbar. Schauer umrundete das Bett, setzte sich auf die Bettkante, langte hinein.

Sie nahm zuerst ein Plüschtier heraus, einen Teddy, braun, nicht so groß, nicht einmal besonders hübsch, er war angeschmort, als wäre er zu nahe an ein Feuer geraten. Dann fand Schauer eine Scherbe, keine von einem Teller oder einer Tasse, eine aus blauer Keramik. Sie mochte von einer Figur stammen, einer kleinen Plastik. Das Blau glänzte und war von einer solchen Intensität, dass man sie ganz lang betrachten und gar nicht mehr aus der Hand legen mochte. Die Bruchstelle war braun, gebrannter Ton. Schauer legte sie ungern zurück, nahm jetzt einen Ohrring heraus. Es war ein fragiles Gebilde an einem Häkchen, ein flaches Ornament, ganz leicht, groß wie ein Eurostück. Das Gegenstück fehlte. Es gab nur dieses, und auch der kleine Verschluss fehlte, als wäre der Ohrschmuck einst vom Ohr gerissen worden. Sie legte den Ohrring zurück, musste sich über den Karton beugen, um zu erkennen, dass sich nur noch zwei Kärtchen darin befanden. Sie klaubte sie heraus, erkannte, dass es Polaroidfotos waren, hielt sie ins Licht, um sie besser betrachten zu können. Auf einem erkannte sie den Teil eines offenen Fensters, sehr unscharf, von hellem Sonnenlicht beschienen. Aus dem Erdgeschoss heraus geschossen, über das gelb leuchtende Dach eines Autos hinweg und die schmale Straße war eine lilafarbene Hausfassade zu erkennen, zwei Fenster mit Sandsteinumfassung, auf der Hauswand zwischen den Fenstern ein kleines weißes Graffiti. Auf dem zweiten Bild war eine Schulter zu erkennen, aus nächster Nähe fotografiert, längere Haare und der zarte Schwung der Schulter deuteten an, dass es sich um eine Frau handeln könnte. Hinter ihr, gegen den Himmel und ganz unscharf, der obere Teil des lila Hauses gegenüber. So als hätte jemand mal willkürlich den Fotoapparat ausgelöst. Das war alles. Das war es, was Bruch aus der Bahn warf. Mochte er wissen, was es damit auf sich hatte. Oder vielleicht ahnte er nur, dass es damit etwas auf sich haben musste. Vielleicht hatte es ihn an einen ganz vergessenen Teil seiner Vergangenheit erinnert.

Man könnte daran arbeiten. Man könnte einiges daraus machen. Versuchen, dieses Haus zu finden, versuchen herauszufinden, wo es solche Ohrringe gab und wozu diese Scherbe gehörte. Für einen Kriminalisten war das mehr, als an manchem Tatort zu finden war. Selbst DNA mochte an dem Ohrring zu finden sein. Vielleicht aber wollte Bruch das gar nicht. Vielleicht hatte er diese Episode seines Lebens absichtlich verdrängt.

Es würde sich finden. Schauer tat alles in den Karton zurück, nahm ihn und den Deckel, stellte ihn unten neben das Bett. Dann legte sie sich selbst hin. Neben Bruch, der sich bisher noch nicht geregt hatte, so wie eine Ehefrau. Sie legte sich auf den Rücken, verschränkte die Hände hinter dem Kopf.

«Ich werde übrigens noch 'ne Weile hierbleiben müssen, in Dresden», sagte sie und wartete ganz umsonst auf irgendeine Reaktion. Sie hatte sowieso nicht damit gerechnet.

Ein wenig ausruhen täte ihr gut. Schlafen, ein, zwei Stündchen, während Bruch neben ihr lag, still atmete und die Decke anstarrte. Schlafen. Dann weitersehen. Sie lag, schloss die Augen.

Nach ein paar Sekunden, einer Minute vielleicht, öffnete sie die Augen. Sie drehte sich nach rechts, auf die Seite, zog die Knie ein wenig an, rückte weiter vor, bis ihr Gesicht ganz nah an Bruchs Halsbeuge war, dann legte sie ihren linken Arm auf seinen Oberkörper, die Hand auf seinem Brustbein, und schloss die Augen.

«Idiot», flüsterte sie ihm ins Ohr, und dann schlief sie ein.